阴翳之美

谷崎润一郎精品集

细雪

下

[日] 谷崎润一郎 著

赵鹤 译

北京理工大学出版社

二十二

亲爱的莳冈尊夫人：

本月日本台风剧烈，我一心担忧您一家是否平安健康。您一家在过去数月里，遭遇了很多灾害，我一直希望您一家今后不再受灾。上次的岩石和沙土，我想已经从国道和芦屋附近清除了吧。交通也应该恢复常态，人们也恢复正常生活了吧？我家住的那个房子已经租出去了，您家应该又有好邻居了吧？我也实在是会经常想起那个家里可爱的院子，还有孩子们骑着自行车追逐嬉戏的那条安静街道。他们那时度过了非常愉快的时光，而且在您家见到了各种有趣物件。我再次感谢您对我家孩子们的亲切关怀。他们总是谈论您一家各位，更是十分怀念您和悦子小姐。佩特从船上寄了信，说您妹妹和悦子小姐带他们游览东京，度过了非常愉快的时光。真是太好了。对此我表示深深的谢意。他们已经平安无事到达汉堡，前几天我收到了他们发来的电报。他们现在寄居在我妹妹家里，妹妹有三个孩子，佩特现在就是家里的第四个孩子了。

我家在当地是个大家族。在这里有八个孩子，而我就像笼子里的一只母鸡。有时候孩子们互相打架，不过他们大多时候关系都很好，一起玩耍。罗斯玛丽年龄最大，也懂事。我们每天下午都骑车去美丽的散步人行道，在那里吃冰激凌。

希望您一家身体健康。请代我向您的丈夫、妹妹和可爱的悦子小姐问好。等到欧洲局势平稳下来，请您一家来德国到我家做客。现在到处刀光剑影，无论哪国国民都不喜欢战争，也许最后不会发展成战争吧。捷克问题，我确信希特勒能很好地处理。

衷心祝愿您身体健康。请勿忘记我对您的敬爱。

希尔达·舒尔茨　敬上

一九三八年九月三十日　于马尼拉

随信附上菲律宾刺绣小布，希望您能喜欢。

舒尔茨夫人这封英文写的信，到幸子手中时已经是十月十日左右了。附言里写的刺绣小布在两三天后也送了过来，那是非常精巧的手工缝制桌布。幸子想着立刻就写回信，但写了也不知道让谁来翻译比较好，丈夫觉得麻烦，说请她原谅，而眼前又找不到合适的人，结果又拖延了下来。有天傍晚她去芦屋川堤坝上散步，碰到一位舒尔茨夫人介绍过的、德国人黑宁戈的日本太太，幸子忽然想起了回信的事，和那位日本太太说了之后，太太说：“没有问题。我虽然写得不好，但我女儿能写德语也能写英语，就让我女儿翻译吧。”一口答应了。不过，幸子对于给远在外国的人如何写信，还一时没有头绪，就又放置了一段时间，终于有天，她自己写了封信，也让悦子写了封信，送到了黑宁戈太太那里了。

此后不久，悦子就收到了一个来自纽约的包裹，拆开一看，是佩特经由美国回国途中，按约定给她买了鞋子寄了过来。不过那鞋子不知怎么回事，明明那么仔细地量了脚的大小，对悦子来说还是太小，穿不进去。由于那鞋是用上等漆皮做的外出穿的鞋，悦子不死心，试着穿了好几次，好不容易穿进去了，却感觉硬邦邦的、紧得不行。

“太可惜了，要是太大了倒还好……”

“佩特是不是哪里搞错了呢？可能是严格按照尺寸买的吧。”

“也许是悦子的脚比之前又长大了呢。要是提前告诉他孩子的鞋得买大一点就好了。他妈妈跟他一起就好了。”

“太遗憾了……”

“行了吧，还要穿多少次啊。”

幸子笑着制止了悦子再去试穿那双鞋，但对人家好不容易寄来的礼物要怎么回复才好，她也不太明白，因此最终还是没能寄出感谢信。

那段时间，妙子说各个地方寄来的订单，想在出国之前都完成，就一天也不休息，去工作室工作。同时，她还每周三次去玉置女士介绍的西洋画家别所猪之助夫人那里学法语会话。那位夫人学费很便宜，每周三次一共十元，因此妙子几乎每天白天都不在家。悦子放学回家后，就走向分别后已是空房的舒尔茨家交界的铁丝网，充满怀念地从铁丝网缝隙中眺望如今长满杂草、虫鸣不停的后院。她至今为止因为在家附近就有了玩伴，就没怎么和学校同学一起玩，逐渐和他们疏远了。现在舒尔茨一家离开了，她似乎无法忍受这样的寂寥，又开始去交新的朋友了，但还无法一下子就找到投缘的朋友，说着“那边会不会还有像鲁米小姐那样的孩子来呢”，而那栋建筑原本就是面向外国人出租的，不会租给日本人，而西方人现在看到世界动乱不安的兆头，很多人都和舒尔茨一样离开东亚了，那个房子暂时还没人搬来。幸子也无所事事便开始练字或者教阿春弹琴度日。“寂寞的不止悦子。我也不知为何觉得今年秋天很哀伤，至今为止我一直都更喜欢春天，结果今年开始却能感受到秋天凄美之趣了，果然是上了年纪了吗……”这是她某次给雪子写信的第一句话。

从今年春天雪子相亲的事开始，六月是舞会、接着就是发大水、妙子遇险、山村阿作师傅去世、舒尔茨一家回国、去东京、关东大台风、被奥畑来信卷起阴云……到现在为止发生了不少大事件，直到最近才忽然平静下来。或许就是因为这些，才会觉得生活似乎忽然有了个大窟窿，因此平凡无趣的吧。幸子也不得不意识到，自己的生活无论内外，都和两个妹妹紧密地联系在一起。幸好她的家庭里，夫妻和谐，悦子多少不太懂事，但毕竟是独生女，亲子三人还是能和平共处，至今不断带来各种变化的是两个妹妹。虽说是这样，她也并非厌烦两个妹妹，反倒是觉得正因她们，家里才有了更加丰富的色彩，气氛也活跃起来，幸子对此很高兴。说到原因，是因为她继承了最多亡父的开朗奢侈性格，非常讨厌家里变得冷清寂寞，一直都希望吵吵闹闹、像年轻人一样充满活力地过下去。因此，妹妹们都不喜欢去本家，更多是在二姐家生活。幸子在姐夫、姐姐面前绝对不会这样劝诱她们，但心底里还是非常欢迎她们的。比起让她们去住本家那样很多孩子的地方，不如住在宽敞且人少的自家更自然。对这件事，贞之助还是顾忌本家那边，但他理解妻子这样的性格，就采取了乐意让妹妹们住在家里的态度。由于这些原因，她和两个妹妹之间，就不能用普通姐妹来定义了。她有时会发现，对贞之助和悦子，不如对雪子和妙子操心的时候多，自己也觉得很意外。实话说，这两个妹妹对她来说，是和悦子不相上下的可爱女儿，同时更是独一无二的友人。她现在一个人待在家里，第一次注意到自己似乎没有什么能称作朋友的人——除了形式上的交往之外，和夫人们的交往也不是很多——觉得很是意外。想了想，这是因为有了这两个妹妹，也就没有交友的必要了。现在，和离开了罗斯玛丽的悦子一样，她也开始感到寂寞起来。

妻子垂头丧气、无精打采的样子贞之助早就看在眼里，一边读着报纸十月末的演出专栏，一边说：

“喂，下个月第六代菊五郎就要来大阪了。”

他还说演出第五天时去看如何，这次有《镜狮子》，不知道小妹会不会来。妙子说下个月上旬也会很忙，准备自己等哪天再去看，因此那天，贞之助夫妇就带着悦子三个人去看了。幸子对九月在东京时没能去看演出依然心怀不满，这次终于圆了这个愿望，也实现了带悦子看菊五郎演出的心愿。但那天晚上，在《镜狮子》演出后的幕间休息时，幸子走到走廊，不经意间流下了泪。悦子没有发现，但贞之助发现了。妻子的确对什么事都心思细腻敏感，即使这样现在还是很奇怪。

“怎么了？”贞之助把她拉到角落里问，而幸子的眼泪依然簌簌落下。

“你是不是忘了啊？……那件事就是在三月的今天啊。要是没有那事，现在孩子就刚好满十个月了……”幸子说着，用指尖拂去睫毛上的盈盈泪珠。

二十三

玉置女士是在正月出发，但刚过十一月上旬，妙子就坐立不安，总是拐弯抹角地问幸子“贞之助姐夫什么时候去东京呀”，而贞之助大概两个月去一次东京办事，现在暂时还没有机会去。不过看完《镜狮子》的几天之后，就忽然说要去东京两三天了。

贞之助每次出发都很仓促，幸子是在出发前一天的下午，由于其他事情接到事务所打来的电话，才顺便听说了要出差的。她觉得这事怎么让他跟本家说才好，必须仔细考虑才行，就打电话给在工作室的妙子，让她马上回家。妙子为了成为一个独当一面的西洋服装裁缝要去法国留学，此外她还有个愿望藏在心里，那就是之所以要当裁缝，是为了将来和奥畑结婚后，以防万一要是哪天需要自己养他了——以此为前提。按顺序排列，其前提条件，也就是家里承认她和奥畑是亟待解决的问题，而这样一来就麻烦了，现在这段时间绝对来不及，传话的贞之助也不会愿意承担这个重要使命。况且妙子这边当时说只要能出国就行，不想卷进事件纠纷之中，现在还是不提结婚为好吧。那么要怎么传话过去？“自己过去曾经因为恋爱问题上了报纸，不是说心里不舒服才出去的，而是觉得自己可能没法嫁到大户人家里去，就想作为职业女性自立门户，这样如何？话又说回来，要是遇到了良缘，我也会嫁过去的，但不管怎么说自己有门技术，对自身条件也有利。出去留学拿个头衔回来，原先认为我是不良少女的人也会重新看我，算是一种挽回名声的途径，因此请一定允许我出国留学。要是因此为我出钱，以后结婚了也不会向你们要嫁妆。”这么说如何？这些主要都是幸子的提议，妙子也没有异议，说不管怎样就拜托二姐夫按二姐这个想法和方向去说了。

而幸子那天晚上，拜托丈夫完成这个使命时，又加进了自己的一两点个人看法。原因在于，她希望让妙子尽量远离板仓和奥畑，和妙子自己想出国的理由不同，但也是热切希望她出国的。而板仓的事对丈夫和其他人都没有说过，所以只拜托丈夫顺便提提奥畑的事。换句话说，最近奥畑为了请求他和妙子的结婚问题得到谅解，曾经来过一两次芦屋。幸子见了他，觉得他表面上装出了一副认真的态度，但少了很多以前的那种纯真。贞之助曾经私下调查过，说奥畑常常出没于花街柳巷和咖啡馆，看着不太像个前途无量的好青年。幸子希望这些事情丈夫能和本家讲一下。现在，妙子只希望能学到西洋服装剪裁技术，她这样的想法是非常不错的。本家应该会理解她这样的愿望，让她出国吧？而且妙子已经二十八岁了，应该不会再像那时候年轻气盛不懂事了，但她以前曾经犯过一次错，还是让她暂时去一个奥畑跟不到的地方比较安全——幸子想让丈夫从这个方向去讲。按她的想法，钱的话可以从妙子自己的嫁妆里出，对本家也不是说很难拿得出来，但无论何事都很保守消极的本家，是不会简单地允许女孩子出国留学的。她要是再去私奔就麻烦了——幸子想让贞之助讲的时候多少威胁一下，原因就在于此。贞之助为了妙子这件事，特意在东京又多待了一天，选择三日下午两点左右去涉谷那边，是觉得跟大姐说要比跟大姐夫说容易。姐姐听完贞之助讲的事情之后，说她了解他说的这些情况了，但她也什么都决定不了，等她征求了辰雄的意见之后再给幸子写封回信。回信这事，要是小妹等得急了我也会尽量早点寄出去。每次都让贞之助跟着操心两个妹妹的事，实在过意不去。这件事情本不是立刻就能得到回复的，贞之助只能带着姐姐说的这些话回家了。幸子知道姐姐磨磨蹭蹭的，要等到姐夫把事情决定下来也还要花好一会儿工夫，知道不会马上就有回复。但十多天之后却依然毫无音信，十一月都快到下旬了。她跟贞之助说“你再去催一下”，贞之助则畏畏缩缩地说：“我已经把这事开了个头了，之后我就不管了。”幸子又问：“小妹的事到底怎么样了啊，要走的话正月就得出发了。”贞之助也没有回应。“这段时间，小妹你去东京一趟吧，这样更快。”幸子这样说，妙子也决定自己两三天之内就出发去东京。到了十一月三十日，终于收到了这样一封信——

幸子收：

妹夫来过之后，很久疏于问候，不知你们还好吗？听贞之助妹夫说悦子的神经衰弱渐渐好转，我们也放心了。今年已至岁末，我将在东京迎来第二个正月，但一想到那样令人厌烦的冬天渐渐来临，我就哆哆嗦嗦地冷。据麻布的嫂子说，习惯东京的冬天要花费三年。听说她搬到东京后，前三年里每一年都会得感冒，这样一看，住在芦屋那样地方的幸子真是幸福。

前几天，为了小妹的事，贞之助妹夫特意在繁忙的工作中抽出时间，来家里和我讲了事情的经过，非常感谢。他一直为了妹妹们的事没少操心。其实本来应该更早点回信的，但我每天都要照看孩子们，实在是没什么回信的工夫，回信晚了请见谅。而姐夫的意见也不同意，因此我也很难下笔，就这样一天天耽搁下来，实在抱歉。

姐夫反对的理由用一句话概括，就是小妹不需要为那次登报事件觉得羞于见人。都是八九年前的事了，早就该一笔勾销了。因此，说什么担心嫁不到好人家、想当职业女性之类的，是小妹对自己太偏见了。自己家人这么说有点奇怪，但说到容貌、教养、才华，小妹肯定能有好姻缘的，不要让她这么想自己。

因此，对于把她名下的钱取出来，我们也很难办。而且我们手中并没有小妹名义的存款，只有考虑到将来举办小妹的婚礼时留下的一些钱，除此之外，不问理由、想要就能拿出来的钱，我们也没有。姐夫绝对不赞成小妹要当职业女性的想法，将来嫁个好人家，结婚后做个贤妻良母，这样多理想呀。要是想闲暇时间发展个爱好，还是做人偶比较好，西洋服装剪裁不太行。

对于启少爷的事，现在还不到赞同反对的时候，就先放置一边了。小妹本来都已经是个大人了，我们也不能像以前那样对她说这说那了。幸子你们监督她，偶尔交往一下没什么。比起这个她想成为职业女性的想法，还请你们注意。

贞之助妹夫难得前来拜访，真是不好意思，幸子你也多和小妹说说。小妹能有这种想法，我们觉得还是因为她等到结婚就太晚了，雪子的事显得更紧急了。真心希望雪子能尽早定下个好姻缘，可是今年看样子也要就这么过去了。

还有很多想写的话，但今天就到此为止吧。请代我向贞之助、悦子、小妹问好。

鹤子

十一月二十八日

“这封信，你怎么看？”在和妙子讲之前，那天晚上，幸子先把信给了贞之助看。

“钱的事，小妹想的和本家说的，是不是有点岔开了？”

“这是个问题啊。”

“你是怎么听的啊？”

“这么看来，我也不知道谁说的才是真的了。我听说过姐夫保管着爸爸交给他的钱……这事还是现在就告诉小妹吧。”

“不，这么重要的事，为了不产生误会，要是早点告诉她就好了。”

“对了，你是怎么讲启少爷的事的？……他最近不像以前那样单纯老实了，这个你有没有好好讲？”

“讲了，我们知道的事都说了，但看出来大姐不太想知道奥畑的事，我也没怎么好好说。大姐说现在尽量不让他们过多交往就行，但我们也不能说不同意他们结婚。本来想的是大姐问了再说，结果一到这个话题就被岔开了……”

“信上写着把启少爷的问题当白纸放一边，但我觉得大姐那边是希望他俩结婚的吧。”

“应该是吧，我也这么觉得。”

“这样的话，还是先结婚问题可能更好吧。”

“谁知道呢，要是先提结婚，他们又要说结了婚就更没必要出国了。”

“也是。”

“总之，这事这么麻烦，让小妹自己亲自去谈吧。我就做到这儿了。”贞之助说。

幸子对于一直以来比雪子对本家更反感的妙子，一直犹豫着要不要就这样直接传达姐姐和姐夫的意思，丈夫却认为还是不要隐瞒为好。第二天她把信给妙子看，结果不出所料。妙子说，自己已经不是小孩子了，至于品行道德、人情世故，不用姐夫他们来指手画脚。自己的事自己比谁都清楚，当个职业女性怎么就那么不好了。姐夫他们现在还讲究什么家道排场，家门中出了个女裁缝，他们是不是觉得很没面子？那不就是落后于时代的嗤笑偏见吗？既然这样，那就自己当面去理论理论，驳斥姐夫他们的错误想法。对于钱的问题，她更是非常愤慨，觉得大姐不该认为姐夫说什么就是什么。至今为止她都是冲着姐夫，从未觉得姐姐哪里不对，但这次，她的矛头也指向了姐姐。

确实，名义上没有她的钱，但她可是听富永姑妈说过姐夫手里存了一笔将来要给妙子的钱，姐姐以前也这么说过，结果到了现在对此却暧昧不清，简直太奇怪了。本家孩子越来越多，生活开销不小，姐夫不知道什么时候就改变了想法，连姐姐竟然也能这么若无其事地传话。行，本家要是这么说，她也做好了思想准备，一定要把那笔钱取出来。妙子又哭又闹，幸子好不容易才让她心里平静下来。“哎，贞之助姐夫的说话方式可能也是不太好，别太固执了。小妹说的这些我都懂，你也考虑一下我们的立场吧。你直接回家去谈可以，但说的态度能不能平稳一点呢？小妹要是去本家吵架的话，我们也很难办。我们不是为了让你去吵架才站在你这边的。”幸子说了半天，妙子也是一时愤怒，发泄出来而已，实在是没有这么做的勇气，过了两三天就冷静了下来，又是往常冷静的样子了。并且，她再不提这事了，幸子放下了心却仍有点担忧。十二月中旬的一天，妙子突然下午提前回家。

“我不学法语了。”妙子说。

“是吗？”幸子尽量不去触及这事。

“也不出国了。”

“是吗……哎，小妹好不容易才决定下来的，不过还是按本家说的，不去会比较好。”

“本家说什么我无所谓，是玉置老师决定不去了。”

“哎呀，为什么呢？”

“正月剪裁学校就开学了。所以没时间出国了。”

玉置女士之所以要去法国，是由于野寄的剪裁学校校舍必须改建，出国也是在改建期间去。之后又调查了一下受灾状况，发现几乎所有建筑都不能用了，需要重新再建。然而要重建的话，这个时期人手和材料都不足，无论是经济上还是时间上都很困难，最近也一直在考虑这件事。还好阪急电车的六甲地区有不需要太多钱就能买下的便宜洋房，那里可以直接用作校舍，因此决定买下。房子到手后，玉置女士就想马上重新办学，而且玉置女士的丈夫也担心欧洲局势动荡不安，一直劝她最好不要出国。按她丈夫的话说，他也是听最近刚从欧洲回国的武官说的，武官说德国与英法的关系自从九月末慕尼黑会议以来，表面保持和平稳定，但双方绝没有达成真正的谅解。英国的军事准备还不够充分，为了让德国大意才一时间妥协的。德国也察觉到了英国的意图，就将计就计，因此最近一定会爆发战争。因为这样那样的原因，最后玉置女士放弃了出国。没办法，玉置女士不去了，妙子也只能放弃，只是在做裁缝这件事上，本家说什么她也不会放下，既然正月剪裁学校就开学，那么自己也去学校学习。这件事让她深刻感受到，必须尽早自力更生，从而不依靠本家给的生活费生活。从这一点来说，把技术学到手更要紧了。

“小妹这么想挺好的，但要是学剪裁的事不停下，我们也没法跟本家说啊。”

“二姐你就当不知道吧。”

“这样能行吗？”

“因为我表面上还在做人偶，你可以说‘学剪裁的事似乎是放下了’。”

“要是被知道了就难办了。”

幸子察觉到妙子急于自力更生，就算吵起来也要拿回存放在本家的那笔钱，背后似乎潜藏着某种危险思想。而且，她也想到迟早有一天，他们会被夹在中间左右为难，所以那天不管妙子说什么，她都只说：

“很难办啊。”

二十四

妙子想获得职业女性的实力和资格的真正理由，到底是什么呢？要是按她本人说的那样，现在也还希望和奥畑结婚的话，这两件事能同时成立吗？她说，要是和启少爷那种没出息的人一起生活，就有必要为万一自己要养丈夫做准备，但奥畑可是个什么都不用愁的少东家，说什么吃饭都困难，那才是真正的“万一”吧。拿这么薄弱的理由去说想学剪裁、想出国，未免太不自然了。不如说，她应该更盼望和所爱的人组建家庭之日早日到来。妙子一直以来都很成熟老成、对事深思熟虑，对于结婚也会考虑得非常长远，并为此做准备。这一点幸子心里清楚，但仍有放心不下的地方。——这么一想，幸子开始认为是不是和自己以前一直想的一样呢？也就是说，妙子的真实想法其实是已经嫌弃奥畑了，只是想体面解除和他的婚约，出国是第一步，想成为职业女性，也是为了离开奥畑之后自力更生的手段吧？幸子心里再次疑云重重。

和板仓的事，也有还未释然的疑虑。从那以后，板仓再没有来过家里拜访，看样子也不像有电话书信往来，而且妙子一天当中大部分时间都在外面，所以也不是说他们不会在某个地方偷偷联络的。那以后板仓完全没有出现在家门口过，反倒让人觉得不寻常，甚至令人起疑他们是不是在幽会。幸子的这些疑虑虽然极为模糊，也无根无据，可是仅仅是日子一天天过去，这疑虑就越来越强烈，有时甚至觉得他们一定就是这样。在幸子看来，妙子的外貌——还有人格、表情、打扮、言行——这些，在这个春天都渐渐发生了变化，这也是幸子怀疑的一个原因。之所以这么说，是因为原本妙子在姐妹四个当中，是唯一一个举止干净利索的人，可以说是很现代化风格。而这一点近来却发生了微妙的变化，偶尔能看到她没规矩、粗鲁的言行举止。她对于被人看到自己外露肌肤十分坦然，在女佣们面前，也能做到只穿个浴衣在电风扇前吹风，常常像泡完澡的老板娘。坐着的时候也经常半躺下，甚至有时盘腿坐着。不遵守长幼有序，在姐姐们前面吃东西、出入家门，坐在上座。来客人时，还有外出的时候，幸子总是捏一把汗。今年四月去南禅寺的瓢亭时也是这样，她第一个走进去，坐在雪子的上座，一上菜比谁都先动筷子，之后幸子曾经跟雪子偷偷讲过，再也不想和小妹一起出去吃饭了。夏天去北野剧场时，在餐厅里，雪子给每个人都倒了茶，妙子眼看着却不帮忙，沉默着喝着自己的茶。这么不知礼数，以前曾经也有过，但最近却越来越严重了。前段时间的一个晚上，幸子不经意间走过厨房前的走廊，看到里面拉门半开着，烧洗澡水的口子通向浴室的小门开了五六寸，正泡澡的妙子肩部以上露在外面，从门缝也隐约看得到。

“喂，阿春，去把浴室门关上。”

幸子吩咐阿春，阿春正要去关门，妙子在浴缸里生气地大喊：

“不行不行，别关门。”

“哦哟，你要开着门洗澡吗？”

“不是，我要听收音机，特意开点门的。”

听她说完，幸子才发现，现在客厅的收音机里，正播放着新年音乐会。妙子把从客厅到浴室的拉门都稍微拉开了一点，这样就能一边泡澡一边听收音机了。还有就是今年八月的一天，小槌屋和服店的少主送来定做的和服，幸子在餐厅准备下午茶，就先由妙子在客厅接待。幸子在这边房间里听着他们聊天。

“姑娘有点胖，穿这个单衣单裤，容易把屁股那里的布撑破的。”小槌屋主人说。

“撑破倒不会，反倒能有人跟着她后面。”妙子说。

“是这样啊。”小槌屋主人说着，就嘿嘿笑了起来。幸子越听越觉得恶心，她知道妙子说话越来越没品位了，但没想到还能说出这种下流话来。小槌屋主人平时不是会对老顾客的夫人小姐这样说话的人，不如说是妙子哪里给了他这么随便说话的缝隙。恐怕在幸子她们不知道的地方，妙子一直这个样子和谁交际也说不定。妙子做人偶、练舞蹈、学剪裁，兴趣广泛，比其他姐妹都更能接触到社会各个阶层，自然也经常接触到底层。她是姐妹中最小的，却是最懂得人情世故的，一直以此为傲，有点把幸子和雪子当作不知世事的大家闺秀看待。幸子一直把这作为一种可爱的表现，一笑而过，但现在幸子也开始觉得不能再这样下去了。幸子本来也不像本家大姐那样具有传统气质，也不是为旧思想所困的人，但自家姐妹当中竟然会有人说出如此轻佻下流的话，令人很不愉快。而且，妙子会出现这种倾向，肯定是暗地有人对她产生了影响，这样一想，幸子更觉得板仓开玩笑的方式、观察的方法和其他粗鲁言行，似乎和妙子一脉相通。

然而，从另一方面想，妙子之所以会成为姐妹四个当中格格不入的人，也是有原因的，不能一味地完全责怪她。说到为什么，是因为她是四姐妹中最小的，只有她没有充分感受过父亲全盛时期的排场和奢华。四姐妹的母亲，在妙子刚上小学时就去世了，连母亲的面容也仅有模糊的印象。而对父亲这个人，喜欢讲究奢侈豪华，对女儿们也宠爱有加，只有妙子对于自己受过多少宠爱，几乎没有记忆。虽然没差几岁，雪子却还记得许多和父亲有关的回忆，经常说那个时候收到那个东西、做了这个，而妙子那时候还太小，就算父亲为她做了什么，她也是真的记不清了。要是继续学舞蹈就好了，但在母亲去世一两年后就不学了。反倒是她记得父亲总这样说："妙子这丫头，脸这么黑，太脏了。"这倒也是，父亲晚年时，妙子还在上女校，不化妆就出门了，穿着分不清男女的衣服，看着就是个脏兮兮的少女。当时，她只希望快点毕业，长到可以像姐姐们那样好好打扮出门的年龄，这样自己也能有漂亮衣服穿了。可是这个愿望还没实现，父亲就去世了，与此同时，莳冈家的荣华富贵也就此终结。此后不久，她就和奥畑搞出了"登报事件"。

所以，要让雪子说，能出那种事也是因为小妹得到父母的爱最少，父母去世后，和姐夫关系也不好，在家里也无聊地度日子，由此发展成了纤细敏感的少女心。并非是归结于某个人的责任，主要还是环境造成的。在校的学习成绩，小妹也不输其他姐妹，数学之类的课是全班成绩最好的。不过，那个事件给妙子的经历打上了烙印，她的性格也因此确实更加偏执。就是在今天，她也没有从本家姐夫那里得到和雪子同等的对待。很早以前，大姐夫就把她视为家门的异端者。同样都是处不来的人，他对雪子至少还能表示一下亲情，对妙子则当作一个麻烦人物。不知不觉，那种差别就明显体现在了每月的零花钱和衣裳上。雪子无论何时出嫁，衣箱里都准备了满满的嫁衣。对妙子却从未置办过什么高价衣物，现在她手上的几件贵重衣裳，不是她自己赚钱买的，就是二姐买给她的。本家说妙子本来就有额外收入，和雪子同等对待就太不公平了。妙子自己也说："我不愁钱，都给雪姐好了。"事实上也是如此，现在妙子带给本家的经济负担，还不到雪子的一半。而且，妙子每个月都能有相当多的收入，一边攒钱一边买最新流行的衣服，极尽奢侈地购买各种装饰用品。妙子经济头脑灵活且兴趣广泛，令幸子每每感慨不已（幸子也曾偷偷怀疑过妙子的项链和戒指，会不会是奥畑金店货架上的东西）。姐妹四个当中，妙子也是最能切身体会到金钱带来的好处的，在这一点上，在父亲家道全盛时期成长的幸子是最差的，而妙子充分感受过家道中落后捉襟见肘的痛苦。

幸子一想到这个奇葩妹妹迟早有一天要惹出什么事，自己这边卷进去就太麻烦了，所以还是要尽量把她交给本家为好。然而，能想象得到她本人一定不会同意，本家现在也没有要让她回去的意思。这次，本家明明该说："听你们讲了妙子的事，我们也很担心，让她来这边吧，我们在身边还能监督她。"可是却一直没有说。说到底，以前姐夫还顾忌着世人眼光，不愿意让妹妹们都住在分家，现在就不是这样了。而且很明显，和经济问题有关，现在在本家眼里，妙子差不多已是半独立状态了，每月给她一点钱就足够了。察觉到这些的幸子，有点可怜妙子，虽然她总是添麻烦，时至今日却不能放任不管。既然这样，就有必要再次问问她本人，把一直以来的疑问都好好问清楚。

新年正月初七后，妙子故意不告诉幸子，再次开始去剪裁学校学习。观察她的行为就知道的幸子，有天早上在她出门时问：

“玉置女士的学校，开学了吗？”

“嗯。”妙子答应一声，到玄关穿鞋。

“哎，小妹，我有几句话想跟你说——”幸子把她叫进客厅，两人围坐在暖炉边。“一个是剪裁的事，实际上还有其他事得问问你。今天我想到什么就会不客气地直接说出来，希望你也什么都别隐瞒，跟我说实话。”

“……”妙子把丰满有光泽的脸颊对着暖炉炉火，屏气盯着燃烧的薪火。

“那么，我就先问问启少爷的事。你现在还真心想和他结婚吗？”

最开始，妙子不管被怎么问，都只是沉默思考着，幸子换着方法问她最近以来对她的怀疑，妙子眼中渐渐湿润起来。突然，她拿出手绢捂住脸，抽抽搭搭地说：

“我被启少爷骗了。”

“记不住二姐是什么时候说的了，启少爷好像有了个相好的艺伎。”

“嗯，嗯，贞之助姐夫在南边茶屋里听说的。”

“那件事，是真的。”妙子说完，便一个一个回答幸子的疑问，坦白了以下事情。

她去年五月从幸子口中听到这件事时，说那不过是流言蜚语，表面上否定，但实际上那时候已经发现这个问题了。奥畑去茶屋游玩也是很早以前就开始了，他说，是因为两个人的结婚一直得不到同意，郁闷无处排解才去的，就别当回事了。我也就是叫了几个女人一起单纯喝酒，绝对没有玷污贞操，这点一定相信他，因此妙子也原谅了他这种程度上的出去玩。五月那时候也说过，奥畑家族都是这样，不管是兄弟还是叔伯，都是花花公子，妙子的父亲也时常流连花柳，她从小就跟着耳濡目染。启少爷这个样子也是没办法，只要他守住节操，她也不想说这说那。结果，妙子从偶然发生的一件事中前前后后了解到，奥畑说的话全是谎言，完全把人蒙在鼓里。她前前后后知道的，是宗右卫门的艺伎以外，奥畑还和别的舞伎发生关系，甚至生了孩子。奥畑知道这些事被发现后，就花言巧语来向她道歉，说舞伎已经是很久以前的事了，现在早就断绝了关系，实际上不知道是谁的孩子，所以自己不得不背锅，亲子关系也都断干净了。他还说，只有宗右卫门的艺伎那件事确实是他不对，发誓今后和她断绝关系。那时他的态度非常轻率，不把撒谎当回事，看着完全就是个不知廉耻的人，怎么也无法令人信服。他还把跟舞伎母子断绝关系、自己付抚养费的证明拿来给妙子看，应该不能是假的，但艺伎那边，他说已经断绝关系又没有证据，也不知道是否真实。除此之外，他是否还有其他女人，更无从得知。即使这样，奥畑仍然坚持想和小妹结婚的热情没有变，对小妹的爱情和对其他那些女人是不一样的。可是她总觉得自己可能也是他一时的玩物，说实话，那时她已经开始厌恶他了。只是，她不想让姐姐们和其他人说，“看到了吧？相信那种男人说的话，结果不还是被骗了吗？”才一直没有下定决心解除婚约，而是想暂时离开他一阵子，好好考虑清楚。出国确实是一种手段，想学剪裁，也是真的预料到某一天要独自生活的可能性，为此做好准备。这些正如幸子想的一样。

由于这些事情，她暗自考虑和奥畑结婚的问题时，发生了那次大水灾。那时她依然觉得，板仓不过是个忠诚的仆人，在那之后，她对那个男人的看法忽然发生了巨大转变。“要是说了这事，二姐和雪姐肯定觉得我真是个好色的女人，那是因为你们自己没有实际遭遇过那种危难，在千钧一发之时以为没有希望了，最终却有人来救自己，这种九死一生中得救的感激。”她说，“启少爷说那天板仓的行动是有目的的，还小气地污蔑了人家一通。就算有目的也行，总之板仓冒着那么大的危险，把救我的命放在第一位。而那么说别人的启少爷那时候做什么了呢？别说冒着生命危险救我了，连一点亲情不是都没表现出来吗？”她从心底里对奥畑失望也是从那天开始的。就是幸子知道的那样，那天奥畑直到阪神电车恢复运营后才来芦屋拜访，说是担心小妹出去看看，结果到了国道田中，只是有了一点水他就不敢再前进了。路过板仓家时，听说妙子没事，他就直接回大阪了。那天晚上出现在板仓家的奥畑，戴着巴拿马帽，穿着潇洒的藏青西服，拿着桦木手杖，提着康泰时相机。这个时候穿成这个样子，被揍一顿也不奇怪。他没有渡过田中那里的水流，不就是为了不弄湿他身上那条裤线工整的裤子吗？把他和贞之助、板仓、庄吉为了救出妙子满身是泥的样子相比，不是差得太远了吗？她知道奥畑讲究外表，不是说让他也去搞得浑身泥泞，而是说他这样连最基本的人情道义都没有。要是奥畑真的为妙子平安无恙回家感到高兴，就应该再到芦屋一次，看她一眼再回去。他自己也说过，之后会再来一次，幸子也以为他会再过来一趟，一直盼着他来，难道只要听说了人没事的消息，这人情道理就算尽到了吗？人的真正价值，正是在生死攸关时才看得最清楚。妙子认为，奥畑如果奢侈浪费、花花公子、没有出息，还可以说是两人有缘分，自己也不是说不能接受，但为了未来的妻子，他连裤子都不愿意弄脏，看他如此轻薄的态度，妙子彻底失望了。

二十五

说到这里，妙子一直落泪，泪水在脸上淌个不停，时不时擦擦鼻涕，但还算很平静，思路清晰，详细地讲述了事情经过。但之后讲到和板仓的交往时，又渐渐沉默寡言，幸子尽量委婉询问，而妙子依然只回答是或不是，所以幸子只能凭想象补充妙子回答中的空白。由此，以下内容均加入了幸子的补充和解释。

在妙子看来，板仓这个人，在很多方面都和奥畑正好相反，因此对板仓的感情也以极的快速度升温。虽说妙子一向看不惯本家，但心里仍有家室门第之观，自己都觉得和板仓那种人交往实在滑稽，也尽力控制自己，但心里那种反抗旧观念的想法越来越强烈。本来，她就是个无论什么情况都能保持冷静的人，即使和板仓交往，也不会变得盲目。尤其是她和奥畑交往时已经有过教训，这次更是长久计议，深思熟虑计算得失，充分考虑过各种情况后，认为和板仓结婚，自己会更幸福。其实幸子曾经对板仓和妙子的关系进行了种种猜测，却没想到妙子已经做好了和他结婚的思想准备，听到妙子这样讲，实在是大吃一惊。板仓以前只是个没受过教育的学徒，冈山在的佃农儿子，有着美国移民共同的粗俗缺点，这些妙子都非常清楚，她是一一考虑过这些因素后，才有了要和他结婚的决心。用她的话说，板仓虽是那样的男人，但和奥畑那种大少爷比起来，在品格上高出了好几个等级。总之，他身体非常强健，万一遭遇什么事也有赴汤蹈火的勇气，最大的优势是他拥有能养活自己和妹妹的技能，与那种啃老、依靠长兄却生活奢侈的人不一样。他白手起家，在美国各界闯荡，没有人资助，自己苦学掌握本领，而且还是在相当需要智慧的艺术摄影领域有了立足之地。他能在那个领域独当一面，且没受过正规教育，更体现了他拥有高水平的头脑和感性。要让妙子来说，他比关西大学毕业的奥畑更有学问头脑。而妙子自己，也变得不希望被家世、父母财产、徒有头衔的教养所诱惑了。那些东西多么没有价值，看到奥畑就全明白了。比起这些，她更倾向于实用主义，能成为自己丈夫的人，一是必须要拥有强健的身体，二是固定的职业，三是打心眼里爱自己、为自己甘愿奉献生命，要是有人能达到这三个条件，其他都不重要。板仓不仅满足这三个条件，还有一个优势，就是在老家有三个哥哥，他没有照顾父母和兄弟的责任（现在妹妹和他住在一起，是为了帮他料理家务和营业被叫来的，嫁出去了就让她回家）。也就是说，板仓确确实实是个单身汉，她可以谁都不用顾忌，被丈夫宠着。对于妙子来说，这比嫁给名门望族、大资产家不知要轻松快乐多少。

直觉很强的板仓，很早以前就“以心传心”看出了妙子的心思，在言行动作上也表现得很露骨，而妙子和他说明心意则是在不久前。去年九月上旬，幸子去了东京，只有她在家时，他们的事被奥畑察觉到了，两个人暂停交往，为此商量时，妙子首先表明了自己的心意。从结果上看，奥畑的干涉反而更加速了两人的接近。当板仓知道妙子所说的不仅是恋爱，更是要结婚时，一副怀疑自己耳朵听错了的样子。或许那是故意装出来的，不然就是他也没有想到会发展到这个程度。那时他说：“这件事我做梦都没有想过，实在太突然了，我也不知道怎么回复比较好，请给我两三天时间考虑一下。”然后他又说：“对我来说这实在是太荣幸了，不是什么愿意不愿意的问题，只是希望小妹以后不要后悔，请再好好考虑一下吧。”接着说，“要是真的结了婚，我自然是不能再随意出入奥畑家了，小妹也一定会被本家和分家放弃吧。不仅如此，我们两个可能都会收到来自社会的误解和迫害，我有直面和斗争的勇气，小妹能接受得了吗？”还说，“我肯定会被人说是花言巧语勾引了莳冈家的小姐，才能身份地位不同还能结婚。其他人怎么想无所谓，要是让启少爷这样想我就太难受了。”说完，他换了个语调继续说，“不过，反正启少爷对我的误会也消除不了，他要怎么想我也没办法。说实在的，奥畑家的确是我的老东家，而真正关照我的只有上一代老爷和现在的老爷（启三郎的哥哥），还有夫人（启三郎的母亲）。启少爷不过是旧东家的少爷，我没有从他那里直接受到过什么恩惠。而且，仔细想想，我要是和小妹结婚了，启少爷会很生气，但老爷和夫人或许反倒会觉得我做了件好事呢。之所以这样说，是因为老爷和夫人很可能现在也不同意让小妹和启少爷结婚呢。启少爷没有说，但在我看来应该是这样。”因此，他虽然前前后后多次表现得犹豫不决，最后还是磨磨唧唧地接受了妙子的求婚。

两个人眼下决定，他们私自订婚的事现在无论对谁都要绝对保密，目前首先是要解除妙子和奥畑的婚约，而且不能采取过于急迫的手段，要让奥畑自己一点点意识到，如果可以，最好让他自己断了念想。而最好的办法就是妙子出国留学。他们可以等两三年之后再结婚，那时可能会受到来自各个方面的经济压迫，因此，现在开始就要做好对抗的准备。准备其一就是妙子精进剪裁技术，等等，他们打算立刻开始实行，但没过多久整件事情就变得十分棘手了。原因就是妙子出国的计划遭到了本家的反对，且玉置女士的计划也发生了改变，导致出国这一点不可能实现了。妙子本想，奥畑追她就是出于对板仓的意气用事，所以自己人在日本，就不太可能和他断开联系。去了巴黎之后，可以给奥畑写封信让他不要再等着自己，自己在这边待一段时间，奥畑最后应该会放弃的。而出国这条路行不通，恐怕奥畑会更曲解她，认为她是为了板仓而放弃，更猛烈地追求她吧。况且她要是去了遥远的外国，一年半载见不到板仓也完全可以忍受，可是现在近在咫尺，一边是奥畑不厌其烦地缠着她，一边是自己见不到板仓，实在无法忍受。最近，他们开始认为，出不了国是没办法的事，再这样下去就很难糊弄住奥畑和世人的眼睛了，在做好发生各种摩擦纠纷的思想准备之上，逐渐倾向于考虑尽早结婚了。只是眼下无论是妙子还是板仓，还没有完全做好经济上的准备，并且，无论怎样的社会制裁他们自己都能接受，但不忍心看到雪子因为他们越来越嫁不到好人家。因此，无论如何，必须要等到雪子定下姻缘，只是因为这个理由才犹豫的。以上这些就是真实情况。

“那么……小妹和板仓就只有口头上做了约定，此外就什么都没有了吗？”

“嗯……”

“确定是这样没错？”

“嗯……除此之外，什么都没有。”

“这样的话，对于实行这个婚约，你要不要再考虑一下？”

“……”

“喂，小妹，你要是做出那种事，不管是对本家还是对社会，我都没有脸面了。”

幸子觉得眼前似乎忽然出现了一个陷阱。现在，反倒是妙子非常冷静，而幸子越来越激动，说话声音都变尖了。

二十六

在那之后的两三天里，每天早上丈夫和悦子出门后，幸子都把妙子叫过来，问她决心是否动摇，然而妙子心意已决，一点也不让步。幸子说：“和奥畑解除婚约的事，不管本家怎么说，我们是赞成的，看情况也会让贞之助姐夫回本家说说，不让启少爷再缠着你。学剪裁的事也是，现在我们没法公开同意，但还是可以当作没看到不知道，将来想当职业女性，我们也不妨碍你。存放在本家的钱，现在马上就取出来有点困难，等其他时间找个用钱的理由，寻找一个合适的时机，再帮你去谈谈，把钱交给你。”还说只有妙子和板仓结婚这事，劝她打消念头。然而，妙子语气强硬，说：“我们虽然希望立刻结婚，但为了雪姐才等到现在，请当作这是我们最大的让步。”言外之意就是“请尽快解决雪姐的姻缘”。幸子又说：“不提身份阶级，板仓这个人我是怎么都无法信任。他能从一个学徒做到照相馆老板，确实和启少爷那种大少爷不一样，但就是这点，我这么说不好，我就是觉得这说明他有混迹社会的狡猾。至于头脑，小妹说他聪明，可我们和他说话时，感觉他一点无聊的事都讲得多么伟大，还觉得很自豪，太单纯、太低级了。在兴趣和教养上也成不了事。这么一想，他那点拍照技术，只要有点职业技能、灵活一点，不就都能做到吗？现在小妹可能看不到那个男人的缺点，可是这不应该再好好考虑一下吗？要我来看，生活水准完全不同的人结了婚，肯定不能长久。说实话，小妹这么有判断力的人，怎么就能选个阶级那么低的人做丈夫呢？我实在是理解不了。嫁给那种人，生活立刻就捉襟见肘，到时候可有你后悔的。在我看来，他那种得得瑟瑟爱显摆的人，看着挺有意思的，要是和他待上一两个小时真是够受的。”她试着这样劝妙子，而妙子却说：“他从青少年时期就出来当伙计，又留学去美国，在世间到处闯荡，多少会有点世故圆滑，但也是由于境遇不得已而为之。其实他也有纯真正直的地方，本质上不是那种八面玲珑的人。的确，把无聊的事说得天花乱坠还很自豪，这是事实，也容易因此被人讨厌，而这不正是他天真烂漫孩子气的表现吗？说他教养不够、层次地下，或许确实是这样，那些我都已经知道得清清楚楚，没有关系，不用管这些。对我来说不是那种懂得高尚趣味、懂道理的人也没关系，嘚嘚瑟瑟、粗鲁庸俗的人也无妨。反倒是对方比自己层次低的话，更容易对付，不用特别费心。二姐是这么说没错，板仓对于娶我可是觉得非常荣幸，不光是他自己，他田中家里的妹妹、在乡下的父母兄弟，都说要是这样的大家闺秀能嫁过来，他们也跟着特别自豪，高兴地哭了起来。我一去他在田中的家，他就训他妹妹说他们不是能在这里问候小妹的身份，要是以前的话都要在前厅趴下问候的。兄妹俩都从来没怠慢过我。”最后，妙子竟然津津有味地讲起自己和他的那些恋爱无聊事了。幸子听完，板仓那种吹嘘自己娶了莳冈家的小姐的得意忘形的样子又浮现在眼前，而且明明说过要绝对保密，结果他立刻就回乡下老家吹嘘了，想到这里，幸子越来越不舒服了。

即使如此，妙子还是承认此前登报事件连累了雪子，说这次在雪姐定下姻缘之前，不会轻举妄动。因此，现在还没到无可挽回的地步，幸子稍稍松了口气。她担心这段时间里，若是强迫妙子和板仓分手，反而会引起她的叛逆和抵触。而且雪子定下亲事最快也要半年以后，于是幸子就想在这期间耐心地劝劝妙子，给她做做工作，让她心境逐渐变化。现在就只能先顺着妙子的意思，尽量不去刺激她，没有别的方法。然而，这样雪子的处境就变得太可怜了。设身处地替雪子想想，她一定会觉得是为了自己，妙子才延迟结婚的，而且肯定不愿意领情。之所以这么说，是因为雪子错过婚期，也有其他原因，但一想到雪子受了妙子登报事件的连累，就完全不觉得雪子领了妙子的情了。对于雪子，她一定会说，自己绝对没有急着结婚，也没有受到事件的影响，小妹不用顾虑自己，先结婚也没关系。妙子也绝对没有要施恩的意思，但对雪子结婚拖延至此，确实是等不下去了。就说那次登报事件，若是那时候雪子已经定了姻亲，或者即将订婚，妙子再怎么年轻不懂事，也绝对不会采取那样的非常手段。总之，姐妹几个看上去关系很好，绝对不会吵起来，但冷静观察一下，就会发现雪子和妙子之间潜藏了相当惊险的利害对立关系。

幸子从那以后——指的是去年九月因奥畑来信吓得不轻，直到今天都没有告诉别人妙子和板仓的事情，现在这个样子，要是把事情都憋在心里，实在是个太沉重的负担了。时至今日，她一直以妙子的同情者和理解者自居，支持她做人偶、帮她租夙川的公寓、默认她和奥畑的交往，发生什么事都在本家面前护着她，结果现在全部恩将仇报，对妙子的做法，她控制不住自己的愤懑。然而，从另一个角度来看，都是因为自己在其中掌舵，事情才仅仅发生到这种程度为止，要是没有她，事情得往多么危险的方向发展啊，又将会引起怎样大的乱子啊。但这些都是自己的想法，社会上的人们和本家姐姐姐夫不会这么看吧。幸子最担心的是，当有人来给雪子说亲时，信用调查所肯定会调查这边的情况，这样，妙子曾经的那些事都会被全部曝光。实话说，幸子对妙子的行为举止——她和奥畑还有板仓之间是如何斡旋的——详情一概不知，但别人看来就会认为是非常不检点的事，不难想象这会被一般人误解。原本在莳冈家这边，在谁看来雪子都是最纯洁的，调查不出见不得人的弱点，只是有个妙子这样特立独行的妹妹，惹人注目，比起调查雪子本人，调查者更会去调查疑点很多的妙子。她的事家里的人并不清楚，尽力护着她，可是社会上却知道得清清楚楚。说到这里，尽管幸子在各个方面请人帮忙为雪子定亲，但去年春天以后，却没有人再来，这是不是因为外面又传开了妙子什么流言蜚语，才连带着影响到了雪子呢？要是真的是这样，就是为了雪子，也不能放任妙子不管了。而且，这些流言蜚语如果只是在背地里传还好，要是口耳相传到了本家的耳朵里，自己一个人挨着责骂，实在太难受了。贞之助和雪子也会说，出了这么大的事，为什么不说出来大家商量一下。想让妙子回心转意，仅凭自己也做不到，幸子开始考虑或许和贞之助、雪子三人轮流劝说更有效果。

"嗯……那个，到底是什么时候的事？"

过了正月二十后的某天傍晚，贞之助在书房翻看新刊杂志，看幸子心事重重地进来坐下，他奇怪地抬起了头，然后幸子讲出了那件事。

"他们私自订婚，说是在去年我去东京时定下来的。那时候，我、悦子、阿春都不在家，板仓好像每天都会来家里……"

"那么我不是也有责任吗？"

"不是你的责任，你真的一丁点都没察觉到吗？"

"我也一点都没发现……不过，你这么一说，发大水之前，他们看上去关系就很好了。"

"是吗？那个男人对谁都是那样，不是说只对小妹不一样。"

"话是这么说……"

"发大水的时候他怎么样？"

"那时候他真是关怀备至，那么热情，又懂得体贴，我很佩服啊。小妹应该也是因为这个被打动了吧。”

“就算你这么说，为什么小妹那么聪明的人，就看不出那个男人的低俗呢？真是不可理喻。我给她说了，她还生气了，说什么就算我说这些他还有这样那样的优点，给他辩解，真是不懂事。……小妹那个样子，再怎么说也是个大小姐，多看得到别人的好，才被哄骗过去的。”

“不，我觉得小妹是好好考虑过的。她认为就算层次有点低，身体健康、吃苦耐劳、靠得住，能有这样的男人就可以，这不就是实用主义嘛。”

“她自己也说‘我是实用主义’……”

“这也是一种想法啊。”

“你怎么这么说？你是觉得她和这种男人结婚也没问题吗？”

“也不是，但要说和奥畑还是和板仓结婚，我觉得还是板仓更好。”

“我跟你相反。”

夫妻两个讲到这里，意见出现了很大分歧。幸子厌恶奥畑，最开始是受到了贞之助的影响，现在的确也没有什么好感，但一和板仓比较起来，就觉得奥畑也有点可怜了。的确，他是个娇生惯养的大少爷，没什么出息也是事实，一看就是个轻浮且令人反感的青年，这些她都清楚，可原本他和妙子就是从小一起长大的青梅竹马，又是船场旧家出身，毕竟还是同一种人，说喜欢讨厌也不过是在那个阶层范围内而已。让他和妙子正式结婚，以后遇到什么问题，目前在社会上也不会被说三道四。要是妙子和板仓自由结婚了，很明显会招致来自社会的嘲笑。所以，单独考虑和奥畑结婚的事，绝对不是什么值得期盼的好姻缘，可是跟妙子和板仓结婚的问题比起来，选择奥畑倒是更能防止出现问题。——这就是幸子的意见。而贞之助在这点上更开明，除了家世，奥畑没有一点能比得上板仓的，对于结婚的条件，小妹说得很对，爱情、健康、自立能力，这三点是最重要的，板仓既然已经通过了这些试炼，家室门第、教养之类的，还有那么重要吗？本来贞之助也并非如此中意板仓，只是和奥畑比起来，他更倾向选择板仓而已，心里也清楚本家不可能同意，自己还没到主动去本家斡旋的程度。在他看来，小妹这样的人无论是从性格上，还是过去经历上说，都不适合按传统习俗来结婚，更适合选择自己喜欢的人自由结婚。而且，自由结婚对小妹来说，也比一般的结婚更有利。小妹自己正是清楚这一点，才那样说的，他们不去横加干涉反而更好。要是换作雪子，她不是能放进社会风浪的人，他们无论何时都要照顾她，按传统循规蹈矩地给她说媒，那样就必须考虑血统、财产等问题了。小妹则不一样，不管给她放到哪里，她都能自力更生。贞之助的态度终究是很消极的。“你来问我意见，我也只是这样回答而已，这些也只对你一个人说，绝对不要跟本家说我是这样那样想的，对小妹说了也很麻烦。这个问题上，我希望自己是个彻头彻尾的局外人。”他说。

“为什么？”幸子问。

“小妹这个人，性格太复杂，我也有不太理解她的地方……”贞之助含糊其词。

“真是的……我为了小妹，一直站在她那边，我自己被误会了也为她尽心尽力，结果却被她耍弄了……”

“哎呀，话是这么说，她那个性格有特色，也挺有意思的……”

“……这样的话，她早点跟我说明白就行了啊。一想到她翻着花样欺骗我，这次我特别生气……真是生气……”

幸子哭泣时，脸就和淘气包似的，看着像个孩子。贞之助看着妻子因生气而涨红的脸上流着委屈的泪，不禁想象很久以前还是孩子的时候，她一定也是用这样的表情和姐妹们吵架的吧，真是可爱。

二十七

妙子不管不顾别人的想法，自己想干什么就干什么，与此相反，雪子完全缺乏自我能动性的力量。幸子的脑海里总是浮现出雪子自上次分别后在东京寂寞生活的样子。去年九月，与本家姐姐在东京站前分别时，大姐再三恳求她帮忙寻求雪子的姻缘。今年由于是雪子的厄年，本想在去年年内就解决，最后也落空了。幸子又想至少今年春分前定下来，然而现在离春分也只有一个星期了。而且，要是和自己推测的一样，妙子不太好的名声妨碍了雪子的姻缘的话，自己也有一半的责任。想到这些，幸子更觉得对不住雪子了。她一想到最能理解最近自己对妙子的不满的人的就是雪子，就想把她叫来，倒倒苦水倾诉一下。尽管她早就这样想过，但如果跟她说了妙子的新恋情，有可能对她产生心理上的影响，顾虑至此，才没有叫她过来。不过，要是一直藏着掖着，雪子如果从别处知道就太尴尬了。而且，本想让贞之助帮忙出出主意，他却和自己意见完全相反，剩下能商量的就只有雪子了，还是想个办法，找个借口，把她叫回来吧。正巧，下个月下旬要在大阪的三越百货八楼大厅举办已故阿作师傅的追悼舞会。

追悼山村作师傅　山村流舞蹈会

举办日期：昭和十四年（1939年）二月二十一日（下午一点开始）

举办地点：高丽桥三越百货八楼大厅

演出节目：袖香炉（上供）、菜叶、黑发、研钵、八岛、江户土产、铁轮、雪、芋头啊、都鸟、八景、茶音头、因缘之月、拿木桶（顺序可能有变化），演员名单及节目单当日奉上

会费：免费（当日谢绝未持招待券者进场）

报名日期：仅限二月十九日，限会员及家人报名

请欲参加者寄送往返明信片报名，以回复明信片作为招待券回信

主办：山村作门下乡土会

赞助："大阪"同人会

刚到二月，幸子就把乡土会印发的邀请函装进信封，给本家大姐和雪子寄了两封过去。给大姐那封，只简单写了："上次分别之后我一直想让雪子再回芦屋一趟，一直期待不久就有机会，结果到去年年底也没什么好姻缘来，今年也马上就到春分了。顺带一提，让她回来

没有其他什么要紧的事，我也很久没看见雪子了，想着雪子这时候大概也会想家了，要是可以的话，让她来这边稍微住一段时间可以吗？正好这个时候有山村舞会，随信附上邀请函，小妹也要表演节目，还说一定要让雪子看看。”给雪子那封则写得详细了些：“这次的舞会名义上是已故师傅的祈福会，然而此类集会的举办顾于时局似乎会越来越难，趁现在回来看一次怎么样？而且举办舞会的通知来得突然，小妹上次以后就再没怎么练习，一开始推辞了上台表演。但想到以后跳舞的机会可能更少，而且这次也当作是祭祀去世的阿作师傅，最后还是答应了。所以，若是你这次不来，以后可能再不会有看小妹跳舞的机会了。因此，小妹没时间准备新节目，只能匆忙重新练习去年跳的《雪》，服装也不能再穿上次穿的了。幸好我还有去年找小槌屋染色的小纹和服，可以穿去跳舞，就决定让她演出时穿这件了。来看小妹练舞的是已故师傅的高徒，在大阪新町有练舞室，人叫‘作以年’。所以，小妹现在每天都到新町去练习舞蹈，回来后让我弹伴奏，她来跟着伴奏再跳一次。在此期间还要去工作室，做人偶的工作也没停下。我每天都得给她弹伴奏，感觉自己也在跟着忙活，但是用三味线弹《雪》我没有把握，就用古琴来弹。每天做这些也不觉得厌烦，只是近来为了她，我没少操心，信上写不清楚，你要是来了，就跟你好好聊聊这些事。悦子也说，去年舞会时二姨没来，这次无论如何二姨也要来看。”如此等等。只是，无论是鹤子还是雪子，都没有回信。因此，幸子他们也在嘀咕，是不是有可能像上次那样会突然回来。

纪元节[1]那天傍晚，妙子说今天要穿上演出服，提着裙摆试着跳一下。当她在客厅跳起舞时，悦子第一个听到门铃声，马上跑了出去，说：

“啊，二姨！”

“您回来了。大家都在这里。”阿春也站起身，跟着迎向门口。打开了客厅房门。

雪子进来一看，房间里只剩一张长沙发，桌子和扶手椅全部搬了出去，绒毯也卷了起来，靠墙放在一边。妙子在房间中央，头上梳着扁平的岛田发髻、系了条浅粉红色的发带，身穿幸子信上写的那套衣服——葡萄紫的底色上点缀着仍挂着白雪的梅花和山茶花。她穿着那套小纹和服，拿着一把伞站在那里。幸子坐在角落里，坐垫直接放在地板上，面前是一张刻着光琳菊泥金画的本间古琴。

“我就知道已经开始了……”

雪子向贞之助轻轻点头致意。贞之助穿着两件大岛和服，衣襟那里露出了点针织裤，正坐在长沙发上观看着舞蹈。

“……老远就听到琴声了……”

“雪子一直什么消息都没有，还想这是怎么了呢……”

幸子停下了戴着指甲拨弄琴弦的手，抬头望着自上次分别后半年未见的雪子，看这个腼腆又爱热闹的妹妹因乘车而有些疲惫、脸色苍白地进来，而看到眼前姐妹跳舞弹琴的光景，眼里藏不住笑意。

“二姨，是坐燕子号来的吗？”悦子问。

雪子没有回答，问妙子：

---

① 每年2月11日，纪念《古事记》和《日本书纪》中所记载的初代天皇即位日，1948年废止。

“这个发型，是假发吧？”

“嗯，今天终于才做好的。”

“很适合你，小妹。”

“我也想时不时地给头发盘成这样的发髻，然后戴上这种假发，和小妹订做的。”

“要是喜欢的话，就借雪姐戴戴。”

“等出嫁的时候再戴吧。”

“傻不傻，这我的脑袋能戴进去吗？”

幸子开了个玩笑，雪子也笑着回答了。说起来，她的头发很浓密，一眼看不出来，但除去头发，她的头其实很小。

“雪子真是来得正好啊。”贞之助说，“今天小妹的假发做好了，说要把演出服都穿好跳一遍看看。二十一日是周二，我不知道自己当天能不能去看，就想着今天正式看她跳一遍。”

“悦子二十一日也去不了，太遗憾了。”

“真是的。为什么不在周日举办呢？”

“或许是时局的原因，不能太张扬吧。”

“那么，二姐，”妙子撑开伞，右手直接拿着伞柄说，“刚才那个地方，姐姐再弹一下。”

“不用了，就从最开始再来一遍吧。”贞之助这样说，悦子也跟着附和，“是呀，就让二姨再从头看一遍吧。”

“连跳两遍，小妹会很累呀。”

“哎呀，这就当作练习，再重新从头跳吧。”幸子也说，“我坐在这地板上，冷得受不了。”

“夫人，我把怀炉给您拿来吧。”阿春说，“把怀炉放在腰部，就不会那么冷了。”

“那就帮我拿来吧。”

“我趁这工夫休息一下。”妙子把伞放在地板上，提起下摆，慢慢走向沙发，坐在贞之助旁边。然后说：“不好意思，给我一支烟吧。”她跟姐夫要来一支Gelbe Sorte[①]的烟，点上烟吸了起来。

“我也去洗洗脸吧。”雪子也去了洗面台。

“雪子只要是看跳舞，心情就特别好。”幸子说，“老公，今天雪子也来了，小妹也跳了好几遍舞，晚上请我们吃饭吧。”

“让我来付钱吗？”

“是呀，这点义务得尽到吧。今晚就是想让你请客，家里什么都没准备。”

“姐夫请客，吃什么都行。”

“吃什么呢，小妹？与兵寿司还是东洋饭店的烤肉？”

“我都可以，问问雪姐吧。”

“在东京待了那么长时间，或许想吃新鲜鲷鱼了吧。”

“那就给雪子带上一瓶白葡萄酒，咱们去与兵吧。”贞之助说。

“既然饭钱有人出了，就得拼命跳舞了啊。”

看阿春拿回来了怀炉，妙子把沾上口红、吸了一半的烟头放在烟灰缸边缘，提起了衣服下摆。

---

① 烟草品牌。

二十八

贞之助这个月忙着某公司清账的工作，说二十一日不能来。当天早上，他从事务所打来电话，说就想看看小妹的《雪》，让幸子在《雪》开始前打电话通知他。“现在过来正好。”幸子下午两点半时通知了他，正要出门时又有客户拜访，聊了半小时左右。“您快点过来，再不来就赶不上了。”阿春又打来电话催促，他赶紧把客人打发走，从堺筋今桥的事务所到会场没有多远，他连帽子都没戴就冲进电梯、横穿电车轨道，赶往对面的三越百货。上到八楼大厅一看，舞台上妙子已经开始表演了。据幸子说，今天的舞会除了乡土会会员，其余主要是“大阪”同人会会员及该会发行机关杂志的读者，并非完全公开，因此不会有太多人来。而这是近期少有的集会，因此很多人托关系拿到了招待券，座席几乎坐满，还有一群人站在后面观看。贞之助也没有找座位的时间，就站在那群站着的人中间观看，忽然，他注意到离他不远处，有个男人站在观众的最后一排，徕卡相机对着舞台，脸贴着取景器拍照，那无疑就是板仓。贞之助大吃一惊，在对方还没发现自己时赶紧躲到远处角落里，时不时偷偷观察他。看到板仓立起了外套的衣领把脸埋进去，很少放下相机抬起头，对着妙子拍个不停。他本人为了避人眼目才特意穿了件外套，可是那外套似乎是洛杉矶时期电影演员喜欢的那种华丽款式，反倒更引人注目。

妙子去年也表演过一次《雪》，所以这次没出什么错。但去年之后就疏于练习，只在决定表演后练习了一个月。而且，此前的乡土会舞会要么是借用神杉宅邸日式客厅中的舞台，要么是在芦屋家里的客厅，像现在这样有正规的观众席和舞台，还是第一次。总觉得舞台空间还不够大、周围又太宽敞，真是无可奈何。妙子本人似乎很早就开始担心，想通过伴奏凸显舞蹈的优美，所以今天特地请幸子学琴的师傅菊冈检校的女儿过来，给她弹三味线伴奏，她自己也一点都没有紧张怯场。贞之助观看着，妙子没有失去从容，稳稳地跳着舞，完全看不出是仅仅练习一个月就站在这样大舞台的样子。不知观看舞蹈的其他观众如何评价，在贞之助看来，这样对外人如何褒贬毁誉不以为意、翩翩起舞的样子，竟令他有些嫉妒了。但转念一想，她今年已经二十九岁了，不算太年轻，若是艺伎的话也是老艺伎的年龄了，能有这样的大气也不足为奇。说起来，在去年舞会的时候，他也觉得平时看上去要年轻十多岁的妙子，仅有那天真实年龄显露无余。这样看来，日本这种德川时代服装，是会让女性显老的吗？还是说这仅仅是妙子一个人才有的现象？一个原因是平时她喜欢穿开朗活泼的西洋服饰，穿上古典和服就形成了鲜明对比；另一个原因是她跳舞时展示出的大气的舞台风格造成的吧……

表演刚结束，贞之助就看到板仓慌忙把徕卡相机夹在腋下跑去走廊，他的身影刚消失在门后没多久，观众席上有个绅士也飞奔出来，追着那华丽外套的身影，撞开门冲了出去。由于这些发生突然，贞之助几乎看呆，但下一秒他就认出了刚刚那个绅士就是奥畑，他也立刻起身去走廊。

“……为什么给小妹拍照？……你不是保证了不再给小妹拍照的吗？……”

奥畑顾忌着周围，努力克制自己，压下声音质问。板仓忍着心头怒火，但还是低着头，沉默地听着奥畑的训斥。

“把照相机给我。”奥畑说完，便像警察检查过路行人一样，在板仓全身上下摸索着，解开外套纽扣，手伸入上衣口袋里，迅速拿出了那徕卡相机。然后，正要把相机放进自己的口袋里，不知他忽然想到什么，又把相机拿出来，指尖颤抖着大力拉出镜头，咣当一下把相机摔到水泥地面上，看也不看一眼就离开了。由于几乎是瞬间发生的事情，等周围人都注意到时，已经看不到奥畑的身影，只见板仓捡起相机，默默走掉了。即使这样，板仓始终站着不动、低着头，不敢在旧东家少爷面前抬头，眼看着平时看得比命都重要的徕卡相机被摔在地上，他一直以来引以为豪的体力和臂力也毫无用处，只是呆呆地站在那里。

贞之助去后台露了一下面，跟大家打个招呼，慰问了妙子之后，马上就回事务所去了，对于刚刚发生的事，那时他什么都没有说。直到当天深夜，等悦子和小姨子们都回房间睡下，才告诉了妻子自己白天目击到的那一幕。按他看到的情况是，不知是板仓主动去的还是小妹拜托他去的，板仓为了拍摄《雪》，就算好时间偷偷摸了进来。当任务完成时，他正要赶紧离开，却被潜藏在观众席里的奥畑拦住了。不知奥畑是什么时候入场的，大概是觉得板仓这时一定会来，东张西望地寻找，很快就找到了他。在舞蹈结束前，贞之助远远窥视板仓的同时，奥畑也在某个角落里监视着板仓，等他离场时抓住机会逮住了他。贞之助说，从那时的情况来看，事情经过就是这样。不过，那时在走廊里围观了整个闹剧的贞之助，也不知他们两个是没注意到他，还是注意到了却因为愧疚而装作没注意到。幸子说：“我也不知道今天的舞会启少爷会不会来，要是他在会场里过来搭话就麻烦了。问了小妹，小妹也说今天的事并没有和启少爷说，他应该是不知道的。而且，启少爷除了周日以外，每天下午都要去店里两三个小时，不是说什么时候想出来就能出来的。不过，今天这个舞会曾经在报纸的演出专栏里写过两三句，启少爷或许是在报纸上读到了这个消息，得到消息后自然会想到小妹可能会出演，就从不知哪里弄到了招待券来看了。我时不时地也会看看观众席，但在《雪》开始之前确实没看到他。特别是雪子更是一直坐在观众席，而没有去后台，奥畑要是来了，她应该会注意到的。但她什么都没有过来说，那么奥畑应该就是和你前后脚入场的。不然，就是启少爷自己不知道在打什么主意，不让我们发现他，他自己躲在哪里偷偷看着，只有这两种可能了。至于板仓会过来，不清楚小妹知不知道，我和雪子是不知道的，更别提他俩搞出来的那个闹剧了。”

“还好还好，后台谁都不知道这事。这要是被知道了可太丢脸了。”

“板仓一直默默忍着，这事才没闹大。为了小妹，两个大男人不分场合吵起来，也实在是不像话。趁着这事大家都还不知道，赶紧想办法解决吧。”

“你这么说的话，那你就想想办法吧。”

“我倒是可以想办法，但这不是我该出场的时候。雪子她不知道板仓的事吗？”

“我这次把雪子叫来，就是想跟她谈谈这事。但我还没跟她说呢。”

幸子实际上是想等舞会结束以后跟雪子说的。夫妇两人聊完的两三天后，有天早上，妙子说想拍上次跳舞的舞姿作为纪念、再借她穿一下那件衣服，然后，她就把衣服的纸包拆开，把衣服放进衣箱行李中，假发、跳舞时的伞也都一起装进车里带走了。这时，家里只剩下幸子和雪子两人。

“小妹啊，一定是拿着这些东西找板仓拍照去了。”

幸子起了个头，然后开始讲起去年九月在东京收到奥畑的警告时受到的惊吓，到最近舞会时走廊里发生的闹剧。

“那么，那个徕卡相机坏了吗？”雪子听完，先问了一句。

“哎，谁知道呢。贞之助说，那么摔的话至少镜头肯定是会裂的。”

“胶片也没法用，都要重拍了吧？”

“嗯，很有可能是这样。”幸子看雪子一直平静地听她讲话，就接着说，“我是说这次，就是这次，真是被小妹给耍了。怎么想都特别生气。说来话长，不只是我，对雪子你，一直以来她也不是没少添麻烦吗？”

“我倒是觉得没什么……”

“别那么说。从以前那次登报事件开始，她给我们闹了多少麻烦啊……你的姻缘也是，我这么说你可能不高兴，小妹她牵连了你多少啊。……我们一直站在她这边，包庇保护着她，结果人家一句话都不跟我们商量，就跟板仓那种人私自订婚。”

“和贞之助姐夫说了吗？”

“嗯，我实在是一个人憋不住……”

“那他怎么说？”

“他说他不是没有自己的意见，但这件事他想做个局外人。”

“为什么呢？”

“他说他不了解小妹的性格……就是说，信不过小妹，不想扯上关系。不过，我只跟你说，贞之助姐夫的真正想法是，小妹那样的人是不需要别的人帮她打理这些事的，放她一个人不用管，按她想的和板仓结婚也挺好的，就让她想做什么做什么吧，反正她一个人也能过下去，适合这么办。他跟我的想法完全不一样，商量也没商量出个什么来。”

“我再去找小妹谈谈怎么样？”

“一定得跟她好好谈谈啊。现在除了我和你两个人轮流想办法找她谈谈之外，没有别的办法了。不过小妹也说了，等到雪子结婚之后再说……”

“要是能有个更好的对象，她先结婚也没关系的。”

“板仓这种人实在是太差了。”

“原来小妹也多少有点低级趣味啊。”

“可能是吧。”

“我也不想有板仓那样的妹夫呢。”

幸子就知道雪子一定会同意自己的意见，那么内向的人，竟然会有如此鲜明的态度，可见她比幸子自己更强烈地反对这件事。选择板仓，不如宁可选择奥畑，在这一点上两个人达成了一致，雪子说：“为了让她尽可能和启少爷结婚，我也得好好想办法说服她。”

二十九

芦屋家里也由于雪子回来，久违地回到了以前热闹的样子。雪子话不多，安静得连她在不在都不知道，只是增添了这么一个人，也不至于家里会变得多热闹，而现在看来，她清冷寂寞的性子里，还是潜藏着开朗活泼一面的吧。还有一个原因，那就是三姐妹住在同一屋檐下，仅是这样家中就如沐春风，三个人中缺了谁都会破坏和谐。说起来，自从码头分别之后就空着的舒尔茨家宅邸，似乎是找到了租客，晚上从厨房玻璃窗户里透出了灯光。主人好像是瑞士人，是名古屋某家公司的顾问，经常不在家，在家的是个年轻夫人，全身西洋人打扮、容貌却是菲律宾人或中国人的样子，雇了个阿妈使唤。由于那家没有孩子，因此没有舒尔茨家在的时候那么热闹，很多时候几乎鸦雀无声。尽管如此，仅一墙之隔、荒废得几乎要变成鬼屋的那栋洋房，有人住进去，就大不一样了。悦子本希望邻居家能再来一个像罗斯玛丽一样的孩子，对如今的状况也感到失望。但她已经在同学中交到了好朋友，用少女的方式，互相开茶会或是祝福生日，形成了她们自己的交际社会。妙子依然很忙，在外面的时间比在家里还要多，有时三天里只有一天能在家吃晚饭。贞之助察觉到，她大概是在家也要听幸子和雪子唠叨，对此已经厌烦了。尽管如此，这次的事会不会让妙子与两个姐姐感情疏远，特别是和雪子之间会不会出什么问题，贞之助一直如此暗暗担心着。有天傍晚他回到家，没看到幸子，为了找她，贞之助拉开了浴室对面六张榻榻米大小的房间拉门，看到雪子坐在廊子上，让妙子给她剪脚趾甲。

“幸子呢？”贞之助问。

“二姐去桑山先生那里了，马上就回来了。”

妙子回答时，雪子赶紧把剪下的脚指甲藏进衣摆下，重新坐好。贞之助看到妙子穿着裙子跪在地上把散落在地面上发亮的脚指甲屑一个个捡起来放进手心，就再次拉上了门。这一瞬间，姐妹之间的亲昵情景给他留下了长久深刻的印象。并且他又一次明白，这姐妹几个就算意见有分歧，也几乎不会疏远别扭的。

进入三月后不久，有天夜里快要睡着的贞之助，忽然感受到妻子的眼泪流到了自己的脸颊上，被惊醒了。黑暗之中，只听见妻子微弱的呜咽抽泣声。

“怎么啦……”贞之助问。

“今天晚上啊……老公……今晚正好是一周年忌啊……”幸子说着，更泣不成声。

“那件事就忘了吧……再怎么说也是没办法的……”

贞之助吻着妻子眼中不断溢出的眼泪。睡前还很开朗高兴的妻子，半夜突然说出这种事，他也不由得被吓了一跳。的确，这样说的话，去年雪子在阵场夫妇的介绍下和野村相亲时就是这个月，那么今天也确实可能就是流产一周年。不过，自己完全没有在意，妻子至今竟然心中仍深藏着悲伤，也不是不能理解的事，只是像这样悲伤总是突然袭来，令人不可思议。去年去岚山赏花时也是，秋天在大阪歌舞伎座看《镜狮子》时也是，无论是在渡月桥上还是在剧场走廊，他都看到妻子忽然流下眼泪，此后又恢复到完全没有事的状态。这次也一样，第二天早上，幸子似乎已经忘记了自己昨晚半夜哭泣的事。

基里连科的妹妹卡特里娜乘“沙恩霍斯特号”豪华邮轮出发去德国，也是这个月的事。贞之助他们从前年受邀做客他们夙川家里后，一直说要回请一次却总是没能回请。两家偶尔也只是在电车上碰面打个招呼，从妙子那里听到那个“老太太”、基里连科兄妹、伍伦斯基等人的消息。在那之后，听说卡特里娜不那么热衷于制作人偶了，但还不是完全放弃，偶尔忽然出现在妙子的工作室，请她批评指导自己最近的作品，这两三年间技术也进步不小。然而，不知从何时开始，她和一个叫鲁道尔夫的德国人交了“朋友”，两个人的交往似乎很愉快，在妙子看来，她是自那时候开始，对人偶制作的热情开始减退了。鲁道尔夫这个人，是在德国某公司神户分公司工作的青年职员，妙子曾在元町街上碰到卡特里娜时听她介绍过，之后总能看到两个人一起散步。鲁道尔夫一看就是典型的德国人长相，是个美男子，有种素朴刚毅的气质，个头很高，身材健壮。因此，这次卡特里娜下定决心去德国，也是因为和鲁道尔夫相识后对德国产生了好感，在鲁道尔夫的协调下，让她可以到柏林找他姐姐。不过，卡特里娜的最终目的是到英国，她和前夫生的女儿住在那里，去柏林是由于旅费和一些其他关系，先到达欧洲大陆，找个地方作为踏板，再出发去英国。

“嗯，那么‘卤豆腐’也和你一起坐船去吗？”

“卤豆腐”是妙子开玩笑叫鲁道尔夫的绰号，现在连幸子他们还没见过本人，也开始跟着叫他“卤豆腐、卤豆腐”了。

“‘卤豆腐’在日本呢。卡特里娜让‘卤豆腐’给他姐姐写封介绍信，然后她拿着这封介绍信自己一个人出发。”

“不过，等她去英国带回了自己女儿之后，是不是回到柏林，等

‘卤豆腐’回国呢？”

“那……大概不会这样吧。”

“那么，她就这么和‘卤豆腐’分手吗？”

“可能是吧。”

“真是潇洒啊。”

“兴许真是这样呢。”晚饭时，大家聊起这事，贞之助也插了一句，“也许他们之间本来就不是恋爱，只是玩玩呢。”

“那些人啊，一个人住在日本，互相不交往一下，不是太寂寞了吗？”妙子似乎为他们辩护着。

“对了，船什么时候出发？”

“后天中午。”

“你后天有时间吗？”幸子说，“你也去送送吧。真是的，我们还一直没请过客呢，这样不行。”

“到底还是光让人家请了咱们一顿。”

“可不是嘛，去送送她吧。悦子要上学，其他人都去吧。”

“二姨也去吗？”悦子问。

“二姨也去看看‘沙恩霍斯特号’。”雪子耸耸肩，笑着回答。

那天，贞之助上午在事务所待了一个小时左右，然后直接出发去神户，临近开船才到达码头，和卡特里娜好好聊聊的时间都没有。来送行的有“老太太”、哥哥基里连科、伍伦斯基、幸子三姐妹和另外一个人，妙子悄悄告诉姐妹们，那人就是鲁道尔夫，除此之外只有两三个不认识的日本人和外国人。船出发后，贞之助他们和基里连科一行人边聊边走过栈桥，在海岸大道上分别时，已经见不到鲁道尔夫和其他人了。

“那个老太太，不清楚她多大年纪，但看着一点都不像上了年纪的样子。”

贞之助看到“老太太”迈着像小鹿一样轻快的步伐、看上去格外年轻的背影说道。

“那个老太太，还能有机会再见到卡特里娜吗？”幸子说，“看着再怎么年轻，也是上岁数了呀。”

“不过，她一滴泪也没掉。”雪子说。

“真的，我们哭成这个样子，真是难为情啊。”

“欧洲马上就要爆发战争，还能一个人出发的姑娘真了不起，能让她一个人走的‘老太太’也了不得啊。本来他们那些人，都没少在革命中经历痛苦，也许他们就是习惯了呢。”

“卡特里娜出生在俄罗斯，在上海长大，又流落到日本，这次又要经德国去英国了。”

“那个讨厌英国的老太太，又会不高兴吧。”

“老太太说：‘我、卡特里娜，总是吵架。卡特里娜走了，我一点也不难过。我，很高兴。’”

很久都没有听过妙子模仿那“老太太”了，如今听完，和“老太太”一对比，大家都在街上捧腹大笑起来。

三十

“卡特里娜跟之前见面比起来，看着更有女人味了。我刚才看到她时，没想到她现在这么漂亮，特别吃惊。”

贞之助他们从海岸大道步行至生田前，钻进今天早上预约了座位的“与兵”店门，幸子、贞之助、雪子、妙子按顺序坐下，接着聊着卡特里娜。

“不至于吧，就是化妆化得好。而且今天还打扮得特别漂亮。”

“和‘卤豆腐’交了朋友之后，就换了个化妆的方法，所以给人感觉相貌不一样了。”妙子接过话头，“她本人特别有自信，跟我说，‘妙子小姐，你就看吧，我去了欧洲，肯定找个有钱男人结婚’。”

“那么，她没带太多钱走吧？”

“她在上海当过护士，说‘我要是没钱了，就去当护士’，身上肯定只带了点零钱。”

“果然是今天跟‘卤豆腐’分手了吧。”

“应该是吧。”

“作为感情最后的表现，他还给他姐姐写信让她去寄住，‘卤豆腐’也是很不错啊。对着甲板上的女方举起手挥了两三下，就潇洒地转过身走了，比我们走得还早。”

“真的是，日本人的话肯定做不到的。”

“日本人模仿他，就成‘醋豆腐[1]’了。”

幸子她们对贞之助这句“包袱”似乎是没听懂。

“什么呀，这话好像是法国小说里的。”

“就是费伦兹·莫纳尔写的。”贞之助说。

狭小的店里，直角形吧台前摆放着十张左右客用椅子。除了贞之助他们以外，还有附近股票行的老板样子的人带着两三名店员。吧台的另一边是老板和店员，似乎都是神户花隈那边的艺伎，由一个大姐带头，一共三人。光是这些人，店里就已经是满满当当了，客人身后与墙壁之间，仅能容一个人勉强通过。即使如此，时不时仍有人拉开店门，左右张望已经坐满的店里，恳求能不能再加个座位——甚至会哀求——这样的客人络绎不绝。这家店的老板也和平时常见的寿司店老板属于同一类型，冷淡待客，就算是常来的老主顾，只要没有提前预订，他也是一副“能不能进来，一看就知道啊”的样子简慢回绝。因此，第一次来的客人，若不是时机赶得巧，几乎别想进店。常来的、打了电话预约的老主顾，要是晚个十五或二十分钟，也会被拒绝进店，或是被要求在附近散个一小时步再来。原先这里的老板，是明治时代久负盛名于东京两国地区、已故与兵卫的徒弟，因此店名取为“与兵”。但这家寿司与以前两国的与兵卫寿司有些不同。那是因为，老板虽然是在东京学做的寿司，但其实他本人是神户出身，所以捏出来的寿司也有显著的京阪味道。例如，在醋的使用上，不用东京流的黄醋，而用白醋。酱油也是如此，用东京人绝对不会使用的关

① “卤豆腐”的谐音，也意为不懂装懂。

西酱油。对于虾、乌贼、鲍鱼等寿司，他会推荐洒点盐吃。寿司的食材，只要是眼前濑户内海里捕的鱼，什么都能捏成寿司。按他的理论讲，没有不能做成寿司的鱼。以前与兵卫老板的意见也是如此，因此在这一点上，他还是继承了一些东京流与兵卫的传统。他捏寿司，能用上海鳗、河豚、赤鱼、鰤鱼、牡蛎、生海胆、比目鱼裙边、赤贝的肠子、鲸鱼瘦肉等，甚至还用上香菇、松茸、竹笋、柿子等，他看不上金枪鱼，几乎不用，斑鰶、贝柱、蛤蜊足、鸡蛋烧更是在店里完全不见踪影。他常把食材烹饪后再使用，虾和鲍鱼必须拿到眼前还活蹦乱跳，处理食材捏成寿司，根据食材不同，有时不用山葵，而用绿紫苏叶、花椒芽或山椒佃煮等夹在饭里面上桌。

妙子和这位老板从很早以前就很熟悉，或者说，她可能是与兵的最早发现者之一。她经常在外面吃饭，对于神户元町到三宫一带有什么好吃的，了如指掌。这家店还没搬到这里时，开在交易所马路对面的小路里，最早的店面比现在要小得多。那个时候妙子就已经发现了它，也介绍给了贞之助和幸子。据她所说，这里的老板很像《新青年》侦探小说的插画画的样子，体形矮小、脑袋像个巨大的木槌，看着活像畸形儿——贞之助他们常听她这样形容，拒绝客人时冷淡生硬，拿起菜刀时表情兴奋，以及他的眼神和手势等，妙子都详细地介绍过。去了一看，老板本人果然像妙子模仿的那样，甚至有些滑稽。老板先把客人排好，然后再问从什么开始吃，不过其实都由他说了算，要是最开始做鲷鱼，那就拿出鲷鱼，按客人人数做成刺身，分别送到每一个客人面前。然后是虾，接着是比目鱼，一种接一种地做。若是第二道寿司端上来前，第一道寿司还没吃完，他就会不高兴。如果还剩下两三个寿司，他就会催促说“寿司怎么还没吃完呢”。食材每天都不一样，他最擅长做的是鲷鱼和虾，无论何时都缺不了这两样，且最开始做的一定是鲷鱼。“没有金枪鱼吗？”这种不懂行的客人问这样的问题，他是绝不欢迎的。要是哪位客人让他觉得不中意了，就会给那位客人的寿司里放上加量的山葵，辣得客人“啊”地跳起来，或是辣得流眼泪，他一边看着一边偷笑。

幸子尤其喜欢鲷鱼，自从被妙子介绍到这里后，马上就爱上了这里的寿司，成了这里的常客。而雪子其实也不亚于幸子，被寿司诱惑爱上了这里。稍微往大点说，吸引她从东京回到关西的种种原因中，这家店或许也是其中之一。她人在东京、思绪飞到关西上空时，首先浮在眼前的，自不必说是芦屋分家，而脑海中某个角落里，有时也会浮现出这家店的样子、老板的容貌、在他刀下活蹦乱跳的明石鲷鱼和大对虾。她其实算是更喜欢西餐，没有特别喜欢寿司，在东京住的两三个月里，总是吃着红肉刺身，她也开始回想起那明石鲷鱼的滋味，切口如青贝一般透亮雪白，这刺身的样子和阪急沿线的明朗景色、芦屋姐妹侄女的容貌神奇地融为一体。因此，贞之助夫妇也了解到这是雪子留恋关西的原因之一，只要她回来，都要带她来一两次。吃饭时，贞之助的座位夹在幸子和雪子之间，时不时地悄悄敬妻子和两个小姨子几杯。

“好吃，太好吃了……”妙子一直边吃边感叹着这里寿司的美味，雪子顾忌着周围，弯下身子碰杯时说：

“贞之助姐夫，这么好吃的东西，要是请那些人来吃就好了。”

“真的是。”幸子也说。

“请基里连科和老太太他们来这里就好了。”

“我也不是没想过，但这样人数一下子就增加很多，那些人能不能吃这些东西也不知道……”

“说什么呢？”妙子说。

“西洋人里也有不少爱吃寿司的吧。是吧，老板？”

“是的，会吃。”

老板正把案板上活蹦乱跳的大虾用被水泡发的五根手指按住，说：

“我们店里也经常看见洋人呢。”

“喂，舒尔茨夫人不是也吃了散寿司吗？”

“吃了是吃了，但里面没放生鱼片……”

“生鱼片他们也总吃……当然，他们有能吃生鱼片的也有不能吃的。金枪鱼就不怎么吃。”

“哎，为什么呢？”股票行老板插嘴说。

“我也不清楚，金枪鱼、鲣鱼那类，都不怎么吃。”

“喂，大姐，那个鲁兹先生——”年轻艺伎操着神户方言，小声和老艺伎说，“那个人，只吃白肉刺身，红肉的一点都不吃呢。”

“嗯，嗯。”

老艺伎用手挡着嘴，拿牙签剔牙，对那个年轻艺伎点点头说：

“西洋那边的人，觉得红肉的生鱼看着吓人，所以不怎么吃。”

“原来如此。”股票行老板附和一下，贞之助也说：“按西洋人来看，在白色的米饭上放不知道是什么的红色生鱼片，确实挺可怕的。”

“喂，小妹……”幸子望向丈夫和雪子旁边的妙子，“如果基里连科家‘老太太’吃了这里的寿司，能怎么说呢？”

“不行，不行，这里不能说。”妙子忍住不在这里模仿“老太太”。

“今天各位去码头了吧？”

老板说着，剖开虾肉，放在捏成团的米饭上，用刀切进五六分的位置，切成两份。然后，在妙子和雪子面前放上一份，贞之助和幸子面前放上一份。用一个去掉虾头的对虾直接做成寿司，一个人要是吃掉一整份，那么之后其他寿司就吃不进去了，所以贞之助他们两个人吃一份。

“嗯，我们去送人，顺便看看‘沙恩霍斯特’号。”

贞之助拿起装盐的调料瓶，把混合了味素的盐粉撒在微微颤抖的虾肉上，顺着刀口拿起一块放进嘴里。

“德国的船虽说是豪华邮轮，但跟美国的感觉还是太不一样了。”幸子说。

“是的。”妙子附和。

“和之前的那艘‘柯立芝总统号’很不一样。那艘船全身都是明亮的白色，德国船身涂的颜色却很灰暗，像军舰似的。”

“姑娘，快吃吧。”老板又犯了催人的毛病，对还没开吃、盯着眼前寿司不动的雪子说。

“雪姐，你干什么呢。”

“这虾，还在动弹呢……”

雪子来这里吃饭，最难受的就是必须要和其他客人吃得一样快。而且，刚切好的虾肉还在微微颤抖，这也是这家店招牌的“颤抖寿司”。雪子虽然喜欢吃虾不亚于吃鲷鱼，但在虾肉还在颤抖时依然有些害怕，想等它不动了再吃。

“趁最新鲜时吃才好呀。”

“快吃吧，吃了它也不会成精跑出来的。”

“就算变成虾精出来了，也没那么可怕的。”股票行老板也跟着打岔。

“虾的话倒是不可怕，吃蛙才吓人呢，是吧，雪子？”

“哎，还有这种事？”

“嗯，你是不知道，住涉谷的时候，姐夫带我和雪子去道玄坂的烤鸡店吃饭。吃烤鸡肉的时候还好，最后是当客人面杀食用蛙然后烤着吃，那个时候青蛙呱呱大叫，我们两个脸色都吓白了。雪子那天晚上总觉得耳边环绕着青蛙叫……”

“啊，别说了——”雪子说着，再次仔细看看虾肉，确认这“颤抖寿司”不再颤动，终于拿起了筷子。

三十一

四月中旬的一个周末，贞之助、姐妹三个还有悦子，一行五个人按惯例去京都赏花，在回程电车上，悦子忽然发了高烧。悦子在一周前就总说自己身体没力气，在京都时也没什么精神，晚上回家后一测体温竟然高达四十度，赶紧请来栉田医生。医生说可能是猩红热，明天再来仔细检查，就回去了。第二天，悦子除了嘴边满脸通红。“已经毫无疑问是猩红热了，像这种除了嘴周围以外，脸红得像猩猩一样，就是猩红热的症状。”栉田医生说。他建议把悦子送去有隔离室的医院住院，不过悦子尤其讨厌住院，而且这病虽说是传染病，但大人却很少感染，更少有一家人中患者接二连三的病例。因此，如果能在家里尽量腾出一间用来隔离、不让家人进出的病房，那么在家治疗也可以。幸好的是，贞之助的书房与主房隔开，虽然贞之助抱怨说自己的书房被征用很困扰，但幸子依然强迫他同意，把书房暂时搬到主房，搬离后的书房作为隔离病房。四五年前，幸子患重度流感时也曾经把那里作为病房，那里完全独立于主房，从主房到书房要穿鞋过去，是一个六张榻榻米大小的房间再附带一间三张榻榻米大小的套间，包含煤气和电热设备，更好的是在幸子生病时，那里安装了水管道，能做做简单饭菜。因此，贞之助就把书桌、小型文卷箱和一部分书架搬到了二楼夫妇八张榻榻米大小的卧室里，其余碍事的东西都收拾进仓库和壁橱里，悦子和护士搬进书房，这样和主房就隔离开了。但这并非是完全隔离，悦子和护士的饮食，每顿饭都需要从主房送过去，因此必须有一个人负责来回联络。让收拾餐具的女佣来做太危险，眼下只有阿春最合适，她本人也不怕传染病，比谁都更勇敢，就高兴地应下了这个工作。干了两三天，虽说她自己不怕，但出入病房时从不消毒，接触过悦子的手又到处乱摸，首先雪子就开始抱怨她到处散布病毒。最终，阿春被换下，雪子接下了这个任务。雪子对于照顾悦子已经熟门熟路，所以特别小心谨慎，而且也不是一味地害怕，在护理上也非常细致周到。她完全不让女佣们碰病房用的餐具，从做饭到送饭，连洗涤都由自己一人包办。在悦子连着一周发高烧时，夜晚雪子和护士轮流照顾，每两小时换一次冰袋，几乎没有合眼的时候。

悦子病情逐渐好转，一周后就渐渐退烧了。但这病要等到身上红疹都干瘪脱落，全身几乎脱下一层皮才能痊愈，而这个过程需要四五十天，所以雪子本打算去过京都后就立刻出发回东京，也为此暂时留在家里了。她给东京那边写封信说明原因，让本家寄来一些换洗的衣物，就担起了看护的重任。即使是看护悦子，跟回东京相比，她还是觉得在这里生活更轻松快乐。她严禁自己之外的人进入书房，说“二姐你容易生病”，连幸子也不允许进入病房。幸子虽有个生病的孩子，但完全不用操心，每天无所事事。雪子说：“不用担心悦子，二姐去歌舞伎座看看演出吧。”这是因为，这个月菊五郎又来大阪，表演《道成寺》，幸子在菊五郎的表演中最喜欢旦角，尤其喜欢《道成寺》，本打算无论如何这个月也要去看，结果赶上悦子生病，幸子为此没少难过，雪子的话道破了她的心思。不过，孩子生病母亲却去看戏，怎么说也都是太不当回事了，因此她只能想象着舞台上的第六代菊五郎，放着松永和风的《道成寺》唱片望梅止渴。“我去不了了，小妹去看吧。”因此，最后只有妙子偷偷去看了。

病房那边，悦子逐渐康复，也渐渐觉得日子无聊，就每天播放唱片听听。搬进原先舒尔茨家的瑞士人有意见了，一个月前也是如此，提意见说夜里狗叫吵得睡不着。每次都不直接提出意见，而是拜托洋房房东佐藤家来提。佐藤家与幸子家仅隔着一户，由佐藤家的女佣拿着那个瑞士人用英语写了两三行的纸条送来。狗叫的时候写着：

亲爱的佐藤先生：

实在抱歉来麻烦您，邻居家的狗整晚叫个不停，吵得我每天都睡不着。拜托您代为转告邻居，提醒注意。

这次的纸条上写着：

亲爱的佐藤先生：

实在抱歉来麻烦您，邻居家最近每天从早到晚开留声机，实在是太吵了。拜托您代为转告邻居，劝告提醒他们，我将不胜感激。

佐藤家的女佣每次来时都一脸为难，抱歉地笑着说："波什先生提了些意见，先给您送来看看。"放下纸条就离开了。狗叫的时候，杰尼也只有一两天晚上整夜叫吠，就没有在意，这次却不能放任不管了。是因为悦子在的病房——也就是贞之助平时用的书房所在的这栋房，并非铁丝网围墙，而是木板做的围墙。虽然从外面完全看不到屋里，但在距离上却和邻居家最近。以前舒尔茨一家住在这里时，贞之助常常被佩特和罗斯玛丽吵闹的声音烦得不行。因此，在书房里开留声机，当然会吵到那个吹毛求疵的瑞士人波什了。这里顺便再讲讲波什先生的情况。如前所述，波什先生似乎是在名古屋工作，但他这样总提意见，明显说明他经常会回到这里住的。然而，他是怎样一个人，莳冈家这边却谁都没有见过他。舒尔茨家在这里时，主人舒尔茨先生、夫人及孩子们都常到阳台上来，或是去后院里。波什先生搬进去后，只能偶尔看见他夫人，波什本人却从来没有出现过。他似乎有时候也把椅子搬到阳台上，悄悄坐在那里，但现在阳台铁栏杆内侧正好围了一圈木板，木板高度刚好挡住人坐下时的头顶。也就是说，波什先生对被人看到非常恐惧，明显是个非常奇怪的人。据佐藤家的女佣说，波什先生体质非常虚弱、很神经质，每晚都为失眠烦恼。不知真假，不过有次一位警察来到莳冈家，说“那人自称瑞士人，但真实与否不明，行动十分可疑，请多加小心。万一有什么可疑情况，请立刻告知警察”，说完就回去了。丈夫国籍不明、整年出门旅行，夫人看上去也像是和中国人的混血儿，因此也很容易招致怀疑了。此外，警察还说，那个中国人混血儿女性似乎不是正式的妻子，更像同居情人。而且，她的国籍也暂时不明。在日本人来看，她的相貌很接近中国人，但她本人否认自己是中国人，而是南洋人，但又不说明是南洋的哪里。幸子曾被邀请去过她家一次，进到她的房间里一看，全是中式紫檀家具，可见她的确就是中国人，不过故意隐瞒而已。只是，有一点很明显，那就是她兼具东洋的魅惑与西洋的优雅，属于妖妇那类人。很久以前美国曾有个电影明星，叫Anna May Wong[①]，是个中法混血儿，这位夫人和她给人的感觉很像，是那种欧洲人会喜欢的异国情趣美人。在丈夫旅行时，她常常无所事事，就让阿妈去莳冈家邀请说“请夫人来玩”，路上偶遇时也会邀请幸子，但幸子听了刑警的话后，怕扯上关系，就尽量避免和她接触。

---

①黄柳霜（1905—1961），美籍华裔女演员。

“小姐生病了，放放留声机怎么了！那个西洋人难道不知道邻居和睦相处吗？”阿春对此十分愤慨。“哎呀哎呀，波什先生是个怪人，没有办法。而且一大早就开始放，现在这个情况也确实不太好。”贞之助制止她说。悦子从那之后就每天玩纸牌。然而，对于打扑克，雪子又表示反对，是因为猩红热在恢复期红疹脱落时，是最容易传染的。悦子正处于恢复期，现在是最关键的，打扑克容易传染别人，因此陪悦子打扑克的一直是护士“水户姐姐”和阿春。叫护士“水户姐姐”，是因为她长得很像大船制片厂的女演员水户光子，悦子才这样叫她的。这位护士自己曾经患过一次猩红热，有了免疫力。阿春则说：“传染给我，我也一点都不怕。”悦子吃剩下的鲷鱼刺身之类的东西，别的女佣碰都不碰，只有阿春一个人吃得高高兴兴。一开始，雪子严禁他人接近，但悦子实在熬不住寂寞，“水户姐姐”也说不用那么小心、几乎不会传染，雪子的警告也就不管用了，她们最近就一直整天泡在病房里。只是打扑克还好，有时阿春和“水户姐姐”两个人抓住悦子的手脚，剥红疹疤痂玩儿。“小姐，快看，这样能剥下来不少呢。”说着，抓住结痂一边往下剥，竟然一点点剥下了一大块。阿春把剥下来的结痂捡起来放在手里，回到主屋厨房，说：“快看，从小姐身上竟然能剥下这么一大块皮。”把结痂给其他女佣看。大家都只觉得恶心，后来才慢慢习惯，不再怕了。

不知妙子是怎么想的，这个时候说要去东京一趟。此时正是五月上旬，悦子的病一天天逐渐康复的时候。据她所说，自己无论如何也要去一趟本家，和大姐夫直接谈判，不解决那笔钱的问题不行。她已经决定不出国了，现在也并非急着结婚，只是有个小计划，因此能拿到的东西要尽早拿到手。况且万一姐夫无论如何不肯给她，还能尽早重新想办法。当然，这件事不能给二姐和雪姐添麻烦，因此想独自、温和地去找姐夫谈谈，所以不用姐姐们担心。再说，又不是非要这个月去不可，只是想着雪姐回来这边生活，自己在东京也有能住下的地方，才突发奇想要去的。“在那么个狭小的家里，孩子那么多又那么吵闹，我不会想住太长时间的，办完事就回来。想看的也不过是演出什么的，而且前段时间刚在这边看完《道成寺》，这个月看不看都行。”幸子问她到底要和谁谈、计划的是什么事，但近来妙子总被两个姐姐反对，因此不那么容易说出实情。所以，对于幸子的疑问，她没有明确回答，只说谈的对象首先选鹤子，要是谈不清楚，再直接找姐夫谈。不顾一切、想尽办法也要达到目标，对于“计划”是什么，她也没有清楚说明。不过，幸子从她牙缝里挤出来的几句话得知，她得到了玉置女士的支持，想开一家小规模的女士西洋服装店，因此需要钱作为启动资金。若是这样，她这个希望恐怕不会被接受，幸子想。在姐夫看来，除了正式得到了他承认的结婚以外，他是不会拿出钱的，这一点现在也不会变。况且妙子想做职业女性，他那么强硬地反对，这计划就更不用说了。然而，要说这完全没法商量，也是还有一点微弱的可能性的，那就是妙子直接看机会找到姐夫理论了。为什么这么说，是因为姐夫生来小心懦弱，年轻时总被幸子和下面的小姨子们捉弄，即使背地里有强硬意见，表面上却很软弱。只要这边稍微强势一点，他就会被吓住，因此只要妙子稍微吓唬他一下，那么会有什么结果就说不定了。妙子肯定也是瞄准了这一点，抓住这仅有的一缕希望才决定要去东京的。姐夫可能会想办法到处躲藏不被她发现，而她也不会放弃，只要能等到他，等多长时间都可以。

妙子突然在这个时候提出去东京，是因为想到现在幸子和雪子都不能陪她一起去。幸子不禁怀疑她是否是故意选择了这个时间去，想了想又开始担心起来了。妙子嘴上说着要温和地去谈，但搞不好她宁可与本家断绝关系，也要跟姐夫谈判。正因如此，才不让幸子和雪子陪她一起去的吧。不过，就算这么说，应该也不会做出那么过激的事，但看形势也不是没有失控的可能。要是真发展到那种地步，姐夫很可能会误会幸子是为了为难他，才让妙子一个人去的。妙子为此事去东京而幸子不陪同一起，是表现出她尽力与这个问题划清界限。但还有另一种解释，那就是可以认为幸子就是为了让姐夫陷入困境才选择不陪同的。被姐夫如此误会还能忍受，若是大姐也觉得"幸子怎么没阻止小妹，让她就这样来家里闹"，因此怀恨在心的话，幸子在两边就都没有立足之地了。不过，如果先把悦子交给雪子照顾，自己对妙子的计划将计就计，陪她一起去东京的话，那么必然会卷入他们的金钱之争中。更令人困扰的是，这种情况下无论选择站在哪一边，她自己都无法下定决心。而在雪子看来，小妹要开西洋服装店的计划，很明显背后和板仓有关，往坏处想，这只是去本家要回钱的借口，一旦拿到了钱，计划不知道要再怎么改变呢。小妹表面看上去那么强硬，但意外地是个老实巴交的人，恐怕板仓说什么她就做什么，被人利用了也说不定。因此，只要小妹没和板仓断绝关系，这笔钱就不应该给她。这也是一种观察，但在幸子看来，妙子那么积极用心地准备，自己横加阻挠令其失败，实在于心不忍。的确，对于妙子不听她们的忠告，一心要和板仓结婚，她感到十分不满，但话又说回来，一个年轻女性，不依赖任何人，自己立志做出一番事业来，想到自己妹妹如此胸怀大志，就更不忍站在姐夫那边欺负弱者了。不管这笔钱怎么使用，都是可以作为独立资金，况且妙子实际上也确实有好好使用的能力，要是姐夫那里存有这笔钱，那么她也有让姐夫拿出来给妙子的意愿。不过，如果她和妙子一同去东京，不管自己愿不愿意，都不得不被夹在本家与妙子之间，甚至被大姐说服，不得不违心站在本家那边吧。幸子不愿这样，但说实话，她更没有明确站在妙子这边逼迫姐姐、姐夫的侠肝义胆。

三十二

雪子原先就反对让妙子一个人去东京，说："不管怎么说，没有二姐不陪她去的道理。悦子的病已经恢复得差不多了，没什么问题，家就交给我来看，你就安心去吧。不用着急回来，在那边好好待几天。"不过，妙子听说幸子要陪她去，表情有些微妙。幸子说："我只是考虑到本家可能会有想法才去的，绝不是要妨碍小妹。小妹自由行动就行，想找谁谈都可以。姐夫和姐姐可能到时候会让我也过去，但这不是我的本意，我会尽量回避的，要是实在回避不了，也可能会到场。但我一直站在第三方的公平立场，不做不利于你的事。"对东京那边，幸子也写信大概讲了妙子这次由什么目的去东京，并且附加几句："我也会和她一起去，但小妹不希望我介入其中，我自己也不想和这个问题扯上关系，请和小妹直接谈吧。”写完寄到了大姐那边。

幸子这次也住在筑地的滨屋，妙子为了避免被误会自己是和幸子谋划的，就采取了事情解决前一直住在涉谷家里的战术。两人从大阪乘坐“海鸥号”列车出发，到达后已是傍晚。幸子先带妙子到滨屋，给大姐打了电话，说本想马上送小妹去涉谷，但自己今天实在太累去不了了，小妹一个人也不知道路，能不能麻烦辉雄或是谁来接小妹过去。“那么，我去接吧，现在还没到晚饭时间，三个人在哪里一起吃个饭吧，就去银座那边吧。”大姐回答。妙子说既然要去银座，想去总是听别人说起的新格兰或是Lohmeyer餐厅，因此最终决定去了Lohmeyer餐厅。“我也没去过呢，在数寄屋桥站下车后怎么过去呀？”姐姐反倒问起了幸子。

不过，两个人洗完澡出发后，发现大姐已经提前过来，定好座位等着她们了。“今天我请客。”大姐说。每到这个时候，由于幸子这边经济情况较好，所以一般由幸子结账，但今晚大姐似乎特别大方，对妙子说了很多慰劳的话，说：“我们没有忘记小妹，可是家里实在太小了，雪子也一个人默默忍受着呢。本来我们也想过叫小妹也过来，但确实是太忙了。”讲了一大堆原因。然后，三个人一人喝了一杯德国扎啤，离开Lohmeyer餐厅后，沿着初夏夜晚的银座大道，步行前往新桥方向，幸子把两人送到新桥站后就与她们分别了。

她打算在妙子办完事前的两三天里，尽可能不去本家，一个人做点什么打发时间。因此，她想到了去拜访现在嫁到东京的女校时的朋友。第二天早上，幸子正在房间里读报，妙子打来电话说：“我现在可以去你那边吗？”幸子问她有什么事，她说没什么，就是太无聊了。“谈判的事怎么样了？”幸子追问。“今天早上给大姐讲了一通，她说这周姐夫很忙，下周再说，那么这段时间也没什么要做的事了，就想去你那边玩玩。”妙子说。幸子说：“今天下午约好去拜访一个在青山的朋友，直到傍晚我都不在，晚上五六点钟才能回来。”说完就挂断了电话。在青山，幸子被朋友热情挽留吃了晚饭，过了七点才回到旅馆，正巧妙子也来了。妙子说，其实今天她一直等着辉雄放学回家，然后让他带自己参观了明治神宫。刚才，也就是五点左右，两个人曾经来过一次这里，但幸子一直都还没回来。其间他们肚子都饿了，老板娘还问了他们是否需要用晚饭，可是她实在无法忘怀昨晚喝的德国啤酒的味道，就请辉雄在Lohmeyer吃了晚饭。刚才在尾张町和辉雄分开，然后就来旅馆了。看来她今晚一定是要在滨屋住了。幸子仔细问过，得知在涉谷家里，姐夫和姐姐都热情款待了妙子，姐夫今天早上出门时还说：“小妹好不容易来一趟，这次多待几天再走。家太小实在对不住，雪子现在也不在家，也不是完全住不下。不过我最近真的特别忙，等过了五六天我有空了，就带你到各个地方转转。不过我中午能休息一个小时，今天要是中午来丸之内这边，我们就一起吃个午饭。”还说，“今天在丸之大厦的售票处给你们买好歌舞伎的票，这两三天里可以和鹤子、幸子三个人一起去看看。”等等，热情得甚至令人受不了，妙子至今从未听过姐夫对她如此热情地讲话。她等姐夫和孩子们出门后，就赶紧拉住大姐，详细讲了一个多小时自己此次前来的目的。大姐却没有一点厌烦的样子，始终认真倾听着。然后，她说：“哎，我会跟你姐夫说的，试着跟他谈谈。实际上姐夫在的银行现在正搞合并，他实在是太忙了，晚上也很晚才能回来，你先等等，下周就应该能有空谈谈了。这段时间就先到处好好玩玩吧，小妹也很久没来东京了，让辉雄带你走走各个地方怎么样？而且幸子一个人待着也挺无聊的，你去筑地也可以的。”虽说不知事情能如何解决，总之先听大姐的话等等好了。妙子昨天坐火车来沼津一带时，看到富士山大部分隐没于云层后面，就开玩笑说这前兆看着不太好，能不能达成本次来东京的目的，现在不光没有自信，更提高了戒心，防止被本家姐姐、姐夫拉拢过去。不过，难得被大姐、大姐夫捧在手里，她也并非对此有意见。嘴上说着“他们要是这么说完还要骗我，那我可不答应”，可脸上还是一副得意的样子。

昨晚几乎是一个人睡在滨屋二楼的幸子，虽说人在旅途，心里却感到寂寞，整晚都没怎么睡着，又想到还要持续五六天这样的日子，该怎么熬过这种寂寞呢？今晚偶然妙子又来了，两个人一起睡在十张榻榻米大小的房间里，这已经是不知时隔多少年姐妹俩再次并枕而居了。回想一下，从船场时代开始，到少女正值妙龄，她们多年来一直都在一个房间里起居，这个习惯持续到幸子和贞之助结婚的前一晚为止。太久远的事情已经记不清了，幸子上女校时开始，最大的姐姐就单独睡在别的房间，剩下幸子三姐妹一直一起睡在二楼六张榻榻米大小的房间里，很少单独和妙子睡在一起，一般中间都会夹个雪子。房间实在太小，也有三个人挤进两床被子的时候。那时雪子睡相很好，夏天炎热的晚上也好好地在胸前盖着薄棉睡衣，从没有过睡觉衣衫不整的时候。幸子现在和妙子睡在一起，又怀念起那时的光景，眼前仿佛浮现出自己和妙子中间老实睡着的雪子，还有她瘦弱纤细的样子。

第二天早上，和以前还是小姑娘时一样，睡醒了躺在床上，聊了一会儿心里话。

“小妹，今天怎么安排？”

“做什么呢？”

“小妹有没有什么想去的地方吗？”

“大家都说‘东京、东京’什么的，还真没有什么想去的地方。”

“果然，我们都觉得还是大阪京都更好吧。昨晚在Lohmeyer吃了什么？”

“昨天的菜不一样。有维也纳炸牛排。”

“辉雄肯定很高兴吧？”

“我和他吃饭的时候，对面角落里走来了他在学校的朋友，他父母带他来这里的。”

“哦。”

“辉雄被他朋友看见了，满脸通红，说‘完了，完了’。我问他怎么了，他说和我在一起，别人肯定不会信他是和姨妈在一起的……”

“也是啊。”

“服务生上来就问：‘您两位是一起的吗？’一脸怪怪的表情，我说来杯啤酒，他‘欸’了一声，不可思议地上下打量我，好像是把我当成小孩子了。”

“小妹穿着那件西服，看着不像辉雄的姐姐。肯定是觉得你是不良少女吧。”

快到中午，涉谷家里打电话过来，告诉她们明天歌舞伎演出的票已经买好了。但今天一天无所事事，下午两个人就去银座喝茶，在尾张町搭了辆出租车，从靖国神社到永田町、三宅坂一带，逛了一圈后到达日比谷电影院。妙子在路过日比谷十字路口时，望着窗外行人说：

"东京真是很流行箭羽花纹啊。刚才从日耳曼烘焙店出来后，到日本剧院前这段路，就有七个人穿着这花纹的衣服了。"

"小妹，你数了？"

"看吧，那里一个人，那边也有一个。"妙子说。她停顿了一下，不知想到了什么，又说："中学生两手插进兜里走路太危险了。"接着说，"不记得是哪里了，关西有中学做校服裤子时没有设计裤兜，是好事啊。"

幸子知道，这个妹妹从小姑娘时说话就老成，而现在实际年龄已经符合她说话口气了。幸子感叹着，附和她说：

"真的是啊。"

三十三

第二天看歌舞伎时，在最后的《吃又[①]》开幕前没多久，舞台那边扩音器不断播报着人名——"本所绿町的某某先生""青山南町的

① 指近松左卫门所作的净琉璃《倾城反魂香》，由于主人公是个结巴，所以多被简称为结巴。

某某先生”——又叫到“西宫的某某先生”“下关的某某先生”，等等，最后广播了“菲律宾的某某先生”，真不愧是歌舞伎座，不只是日本全国，连南洋的观众也来了，幸子她们正感叹着，妙子忽然说：

“别说话！”

她做出制止的样子，竖起耳朵倾听。

“芦屋的莳冈女士。”扩音器里的确在叫着她们，“兵库县芦屋的莳冈女士——”广播呼叫了她们第三遍。

“怎么了，小妹出去看看吧。”

被幸子派出去看看的妙子，没过多久就回来了，带上自己座位上的手提包和蕾丝披肩，说：

“二姐，过来一下。”

她把幸子带到走廊。

“什么事？”

“现在滨屋的女佣在门口呢。”妙子所说的，是这样的。

歌舞伎座这边说有人来见莳冈女士，妙子出了正门入口，就看滨屋的女佣站在台阶上，说：“刚才您芦屋家里那边打来电话（那女佣是用大阪话讲的），我们想联系夫人，但给歌舞伎座打了好几次电话，都说一直占线，老板娘就让我赶紧过来一趟，来向夫人报告……”问她打电话来是什么事，女佣说：“电话是老板娘接的，不是我接的。说是病人的病情非常严重，但病人不是您家小姐……听说前段时间您家小姐得了猩红热，但这位病人不是您家小姐，是在耳鼻喉科住院的那位，说是和莳冈家小妹很熟悉，还多次嘱咐千万别弄错了……老板娘说，现在夫人和妹妹们都去歌舞伎座了，现在马上就去转达给她们，还问是不是只有这一件事。对方又说：‘让小妹尽量今晚坐夜行列车回去，如果离回去还有时间，就在这里打个电话回去。’”

“那么，说的是板仓了？”

幸子在来时的火车上听妙子说过板仓耳朵做了手术的事。当时她说，四五天前板仓就患了中耳炎，耳内流脓，去神户中山矶贝的耳鼻喉科看了病，但前天又引发了乳状突起炎，医生说必须手术，因此昨天就住院做了手术。幸好手术顺利，板仓本人很有精神，说不用担心他，让妙子去东京。妙子也想到都已经做好准备出发了，板仓平时也是个健壮的男人，不那么轻易会被杀死，觉得确实不用担心，就出发来了东京。然而，现在大概是他的身体状况急剧下降。打电话的据说是个稍大的妹妹，看来应该是板仓的妹妹或是别的什么人在医院通知家里的，然后雪子也无法放任不管，直接往这边打来电话的吧。乳状突起炎虽说做了手术就不用太担心，但如果耽搁了，往往就会侵入大脑，甚至牵扯到性命。总之，那个男人要是到了需要特地给雪子打电话通知的程度，情况肯定不容乐观。

“怎么办，小妹？”

“我现在就回滨屋，然后出发回家。”

妙子面不改色，依然如平时一样冷静。

“那我怎么办？”

“二姐在这看到最后吧。留大姐一个人在这不太好。”

“我怎么跟大姐说？”

“怎么说都行。”

“小妹这回把板仓的事跟大姐说了吗？”

“没说。”妙子在门口，披上奶油色蕾丝披肩说，“……不过，你要说也没关系。”扔下一句话就下楼了。

幸子回到座位时，《吃又》已经开演，大姐专心地看着舞台，一句话也不说，对幸子来说反倒是好事。等演出结束，两人夹在人群中走出正门时，大姐才问：

“小妹呢？”

“刚才忽然有个朋友来见面，就一起出去了。”

幸子随便找了个理由，把大姐送到银座大道，在尾张町分别后就回到了旅馆。“刚才小妹走了，和您就差一步。”老板娘说，“其实，我们接到那个电话后，就先买好了一张今晚的卧铺车票。小妹从歌舞伎座回来，就说马上坐卧铺车回去，急急忙忙就出发了。走之前好像给芦屋您家里那边打了个电话，但详细情况没有说。只说在电话里讲不清楚，似乎是在手术时感染了病菌，特别痛苦，还说她就坐这趟车直达三宫，明天早上到站后直接去医院，让我们告诉您。然后，她在涉谷那边还放了一个小包，说您什么时候回去记得把它也带回去。”老板娘说的时候，似乎已经隐隐察觉到病人和妙子的关系了。幸子也无法平静下来，赶紧给芦屋打了个电话叫雪子接。然而，雪子说话的声音却太难听清，实在不知道她说了什么。倒不是由于打长途电话，而是雪子本身说话声音就很小，她就算扯破嗓子，听上去用“模模糊糊”形容也不为过。她又细又弱的声音，在电话里确实是听不清楚。平时和雪子打电话就让人心急，她自己也不愿意打电话，一直都是叫谁来代劳。而今天的事和板仓有关，不能让阿春打，也不能拜托贞之助，没有办法，只能自己接电话。雪子稍讲几句，就又变回了蚊子声，幸子觉得比起说话的时间，“喂、喂”的时间更长。最后，她终于一点点听清了怎么回事。说是今天下午四点左右，有人打来电话自称是板仓的妹妹，然后说板仓因为耳朵手术住院，手术过程很顺利，但从昨晚开始，情况发生了急剧变化。问她是病菌侵入大脑了吗，她说应该不是这样，突然变化的不是大脑，而是脚部。又问他的脚怎么了，那边说具体情况也不清楚，总之是非常痛苦，稍微碰一下就痛得快要跳起来，一个劲地喊疼，身体扭成一团，呻吟个不停。板仓本人只是一直喊着疼，但没说要叫小妹回来，是她觉得这么痛苦不是小事，似乎已经不是耳鼻喉科的领域了，就想找其他医生来诊查。但她自己这么想什么问题都解决不了，也想不出什么别的办法就打了电话。幸子又问那之后他的情况怎么样了，雪子说刚刚小妹来电话通知今晚出发，她就马上把消息告诉了对方。那边说情况越来越不妙，一直像疯子一样挣扎不停，已经给他老家那边打了电报，明天早上他父母就会过来。幸子说妙子现在已经出发了，自己留在这里也不是个办法，也准备明天出发。挂断电话前，幸子顺便问了下悦子的情况，回复悦子已经完全恢复了精神，在病房里也不老实待着，总想跑到外面，真是败给她了。身上的结痂也几乎都掉了，只有脚心那里还剩一点点。

幸子不知道自己要是也赶紧出发，得怎么跟大姐说才好。不管怎么想，似乎都没有一个自圆其说的理由，就下定决心不找理由了，对方觉得奇怪也无所谓了。第二天早上，幸子就打电话说昨晚妙子有急事回关西了，自己也决定今天回去，想和大姐找个地方见个面，她这就出发去涉谷。“那么我去你那边好了。”大姐回答，没过多久就见她拿了妙子的包，出现在滨屋。大姐是姐妹几个当中最稳重的，妹妹们总说她“神经迟钝”，因此，她才没有问妙子的急事到底是什么事。不过，小妹带着件麻烦事过来，还没等到回复就回去了，幸子看得出大姐似乎悄悄松了口气。大姐说今天一会儿就回去，但还是在旅馆和幸子两个人吃了午饭。

“小妹最近在和启少爷交往吗？”大姐忽然问。

“嗯，偶尔有点来往。”

“启少爷之外，还有个男朋友？”

“这事你听谁说的？”

“前段时间有想娶雪子的人，就调查了我们的情况。不过这事已经告吹了，就没和雪子说。”

大姐说：“来介绍姻缘的人说，是出于好意才告诉我们的，具体情况没有问，但说了最近小妹和一个不是启少爷、身份地位卑微的男人走得很近，和那个男人传出了流言蜚语，问我们知不知道。他说，这当然只是个传闻，就是提醒你们注意。而且，那个婚事告吹了，雪子也没什么可挑剔的，会不会是小妹的绯闻作祟的呢？”还说，“我信任你和小妹，这事到底有多大程度是真的，那个青年是怎样的人，我都不想知道。说句实话，无论是你姐夫还是我，现在都最希望小妹能和启少爷结婚，只要雪子的事能定下来，我们就跟那边商量试试。所以这次钱的事也是，和信上写的一样，不准备答应小妹。但看小妹那么气势汹汹地过来，怕万一搞不好和姐夫吵起来，就回复说仔细考虑后再答复。现在没有比先让她平静下来回去更重要的，为了说服她，这段时间真是想尽了办法、绞尽了脑汁。”大姐说完，叹了口气。

“可不是吗，能和启少爷在一起就是最好的了。我和雪子都这么想，一直劝她呢。”

幸子说的听上去似乎像在开脱，大姐没有回应，吃饭时只讲了自己想说的话。

“承蒙款待。”大姐放下筷子，收拾了一下，说，“那我就回去了。今晚应该不能去送你了。”连休息也不休息一下，就起身回去了。

三十四

第二天早上幸子回到家，从雪子口中听到了事情的大概——

前天傍晚，听到一个自称板仓妹妹的人给雪子小姐打电话时，雪子还不知道板仓住院的事，更没见过他的妹妹，以为是不是给妙子打电话结果打错了。可是女佣说没有打错，就是打给雪子小姐的。雪子接电话后，对方说知道小妹已经去东京了，实在失礼，实际上是因为哥哥现在这样那样的情况才打来电话。板仓耳朵的手术是在妙子出发前一天做的，当天妙子去看望时，他还是非常精神，到了晚上就说脚很痒，开始只是给他挠挠。第二天早上开始，“痒”就变成了“痛”，且疼痛越来越厉害。之后，在这种状态下过了三天，只见他越来越频繁地喊痛，一直不见好。尽管如此，院长也只说病人现在这个状态，是因为手术创痕开始愈合而已，也不理睬。每天上午来一次，换了纱布就急忙走了。到今天已经是整整两天，放着如此痛苦的病人不管，护士们都说，这个手术院长做失败了，真是同情病人。他妹妹自从板仓病情恶化后，就停止了田中照相馆的营业，一直在医院陪护。但是，这种时候就更希望能有谁来商量一下，万一有什么好歹，自己也有责任，想到现在除了让妙子立刻回来以外没有更好的办法，就尝试着给芦屋打了电话（似乎是在医院外某处打来的电话）。“我是偷偷打电话的，之后可能会被哥哥骂。”她在电话里哭着说。不难想到雪子一如往常，只听对方说话，偶尔“啊、啊”地回应着。不过，曾听妙子讲过，板仓这个妹妹是个在农村长大，还不适应都市的二十一二岁的姑娘。从她的声音语调上也能听出，她是非常担心哥哥的情况，下了极大的决心和勇气才打来电话的。因此雪子很快答应：“我知道了，马上转告给东京那边。”做了那样的处理。然后，昨天从三宫站直接去医院的妙子，傍晚也回了家，待了一个小时左右又出门了。按当时妙子的话说，平时那么能忍耐、从不诉苦发牢骚的板仓，竟会发出如此没骨气的声音一直喊着“疼、疼”，看着都很吓人。今早妙子走进病房时，他妹妹靠近病床对他说“妙子小姐回来了”，而病人只是痛苦地看了妙子一眼，依然只是喊着“疼、疼”。他竭尽全力忍着痛苦，似乎没有注意其他的空余了。就这样，他日夜不停地呻吟，睡也睡不着，吃也吃不下。而看上去却没有肿胀流脓的地方，不知道是哪里疼痛。患部似乎是左腿膝盖直至脚尖，躺着翻身、轻轻碰一下，他都痛得受不了，发出特别大的尖叫声。雪子问妙子到底是什么原因导致他这样，明明是耳朵的手术，和腿脚又有什么关系，而妙子也并不清楚。这是因为院长不光没有清楚明白地说明情况，在患者痛苦时更是尽可能逃避问题，据护士们说的话和外行的猜测来看，手术时也许是感染了什么恶性病菌，而病毒又循环感染到腿脚那里了。然而，在那之后，今天早上他父母和嫂子等人从老家过来，在病房外面商量办法，矶贝院长也无法不管不顾，下午就请某外科医院院长来会诊，在科室里两个人商量了很长时间，那外科医院院长就离开了。又来了一位别的外科医生，诊查后和矶贝院长悄悄谈了什么后也走了。问过护士才知道，这个院长自身已经束手无策了，所以请来了神户最有名的外科医生来看看，那医生说必须要锯掉大腿，但现在再锯也晚了。院长听完更慌了，又请来了第二个外科医生，那医生也表示束手无策就回去了。妙子又补充了几句，说她今天早上看到病人的状态，又听他妹妹讲了大概的经过，觉得一刻也不能耽误，现在不是顾忌院长想法的时候，必须立刻请来值得信赖的医师来好好处理。但乡下来的老人们实在是慢性子，只知道头碰头商量，却又商量不出什么下决定的结果。她明白这样完全是浪费时间，很容易导致无法挽回的后果，然而自己今天和那些人是第一次见面，没法说什么太出格的话，说了自己的意见也只是得到“哦，这样吗”的回应，完全不行动，她看着只能干着急。

以上就是昨天傍晚的事。妙子今天早上六点左右又回家待了两小时，休息了一下又走了。当时问了她医院的情况，她说昨天深夜院长又请来了个叫铃木的外科医生，说可以手术，但不保证结果，如果可以接受就做手术。然而，到了这个份儿上，他父母那边依然无法下定决心。他的父母，尤其是他母亲，说如果怎么都无法挽救的话，就不要手术了，让他死了留个全尸吧。他妹妹说不到最后彻底没有希望，就要采取尽可能的手段救治。很明显，妹妹的意见是正确的，但老人们却完全不理解。不过，妙子觉得现在不管怎么样都为时已晚，她自己已经放弃了。而且，还有个照看板仓的护士，似乎对院长很反感，时不时就说院长的坏话。也不知她所说的有多少可信度，按她的话来讲，这个院长是个老酒鬼，或许也有上了年纪的原因，患了酒精中毒，指尖颤抖，经常把手术做失败，至今为止也有过一两个患者受其所害。此后，妙子把这件事前因后果都告诉了栉田医生，栉田医生说，耳朵的手术里病菌侵入，感染四肢，就算是一流医生再怎么小心谨慎，也难以避免。医生不是神仙，不能期望他万无一失。然而，手术后万一发现病菌感染，不管患者觉得身体哪里有一丁点疼痛，都要立刻叫外科医生来处置，若是拖延了就危险了，可谓是分秒必争。所以，矶贝院长手术失败还可饶恕，但却放着痛苦呻吟的患者三天不顾，就是他态度怠慢、没有诚意、缺乏医德了。患者的父母若不是什么都不懂的农村老夫妇的话，肯定不会善罢甘休。这次重大事件竟然没有闹大，也可以说是矶贝院长的好运了。同时，板仓竟然不知道他是个如此不靠谱的医生，还去他的医院治疗，只能说他太倒霉了。

不过，这都是后话了。

幸子听雪子讲完这一连串的事情，还问了在板仓妹妹打来电话时是在哪个房间接的，电话里说的内容有没有被阿春等女佣们听到，贞之助知道吗，等等。雪子说，最开始打来电话时，自己和阿春都在书房里，电话打到这里，悦子、“水户姐姐”、阿春都听到了。“水户姐姐”和阿春一脸惊讶地默默听着，悦子一直吵着问“板仓怎么了？为什么小姨要回来？”让她很为难。阿春听到了这事，肯定要和女佣们讲的，那种场合下也没办法，而且让“水户姐姐”听到也不合适，因此第二次打电话时就进主房里打了。对贞之助姐夫也说了电话的事和自己处理的方法，得到了他的谅解，等等。“现在贞之助姐夫也暗暗担心，今天早上出门时还问了妙子详细情况，说让她一定劝劝板仓家人同意接受外科手术。”

“我也准备看望一下板仓……”

“那……给贞之助姐夫打个电话商量一下吧……”

“我先睡一觉，醒了再说。”

幸子在夜行列车上没怎么睡，想回来补觉，就暂时在二楼八张榻榻米的房间里躺了一会儿，脑子里却一直惦记着这件事，又没有睡着。于是她决定不睡了，下楼洗了洗脸，交代厨房早点做午饭，给贞之助打了电话。“板仓得了病，把小妹叫回去也是情非得已的事，我要是也露面，等于说我基本承认了这两人的关系，不合适。但水灾那时他的确救过小妹一命，现在明知他情况不乐观却不去探望，他要是万一真有个三长两短，我也良心不安。况且，怎么看板仓也很难得救了，那么结实健壮的男人，却怎么都觉得他薄命。”幸子说。“不知道为什么，我也这么觉得，你去探望一下也没关系……”贞之助说，“不过，奥畑也会去探望的吧？他要是去了，你最好就不要去了。”最后决定下来，只要不遇到奥畑就没关系，可以去探望一下，不要待太长时间，尽快回家，也尽量不要把小妹留在那里，幸子回家时顺便把小妹也带回去。然后，幸子给妙子打了电话，问是否碰上了启少爷，妙子回答说："现在只来了板仓的双亲和兄弟姐妹，其余谁都没告诉，即使板仓情况恶化，也没有必要告知奥畑。特别是启少爷要是来了，可能会刺激到病人，什么后果都可能发生，所以我表示反对，尽量避免刺激病人。实际上，我更想拜托二姐过来一下。原因就是板仓家人那边对于是否做外科手术依然犹豫不决，还在商量这商量那，我和他妹妹都主张赶紧交给外科医生处理，可他父母依然犹豫不决，定不下主意，二姐来说几句肯定有用的。"

"那么我吃完饭就直接过去。"幸子答应下来就挂断了电话，和雪子两个人提前吃了午饭。幸子想到这个时候要是从护士嘴里泄露出去妙子的事就麻烦了，而且最近她都一直陪着悦子玩，没什么别的工作，今天就让"水户姐姐"先回家吧。和雪子商量后，正好雪子说"水户姐姐"自己也想请假。"那么虽然有点急，雪子可以跟她说今天等到我回来，吃完晚饭再让她走。"幸子说完，吩咐下人叫了辆十二点出发的车，直接去往医院。

去了一看，医院就在中山手电车沿线往山手方向上行半里的狭窄坡道中间。说是医院，也不过是个两层小楼，看上去十分简陋，二楼只有两三个日式病房。板仓所在的病房有六张榻榻米大小，窗外接着邻屋阳台，挂着许多件衣物。现在正值穿轻薄哔叽单衣的季节，四五个人坐在病房里，室内通风很差，弥漫着汗臭味。板仓躺在靠近右侧墙壁的铁床上，面朝墙壁，有些蜷缩着卧在那里。幸子进病房时，就听见板仓用低低的声音语速飞快地叫着"疼疼疼"，一秒都不停歇。在妙子的介绍下和板仓的父母、嫂子、妹妹等人打招呼时也是如此。妙子介绍完，就跪在病床枕边。

“米子，”妙子小声说，“二姐来看你了。”

“疼疼疼。”

板仓依然背对着她，视线停留在墙壁上的一点喊着疼。幸子站在妙子背后惊恐地看着，板仓右侧卧在床上，侧脸来看没怎么消瘦，脸色也不像自己想象得那样差。身上的毛毯滑落到腰间，只穿了件纱布做的睡衣，从裸着的胸口和卷起的袖口来看，还是那么健壮，只是耳朵上绷带绑成了十字，一端绕过头顶围到下巴，另一端从额头绕到后颈。

“米子，”妙子又喊了一声，“二姐来看你了。”

幸子听妙子叫板仓“米子”还是第一次。在芦屋家里，妙子讲起他时都叫他“板仓”，幸子、雪子，就连悦子背地里也丢掉敬称，“板仓、板仓”地叫他。其实他的本名叫“板仓勇作”，之所以会叫他“米子”，是因为他在奥畑做学徒时还叫“米吉”。

“板仓先生，”幸子说，“真是遭了不少罪啊。你这么强壮的人，竟然这样喊着疼……”幸子说着，拿出手绢擦擦眼泪。

“哥哥，这是芦屋的夫人。”妹妹也靠过来说。

“哎，别说了。”幸子制止她，“他疼的不是左腿吗？”

“是啊。右边耳朵做了手术，只能右耳朝上躺着，左腿本来就疼，又压在下面。”

“那得多难受啊。”

“所以现在腿更疼了。”

病人皮肤粗糙的额头上，渗出了不少因忍痛而出的油汗。刚才有只苍蝇时不时地飞到病人头上，妙子一边说话，一边挥手赶走苍蝇。

突然，病人停下了喊痛，说：

“要尿尿。”

“妈妈，哥哥说要尿尿！”妹妹喊了一声，靠着对面墙壁的母亲起身走过来，“抱歉，”她弯下腰，拿出床下用报纸包着的尿壶，塞进他的毛毯。

“唉，又得难受了。”母亲刚说完，板仓疯了似的尖叫，声调和刚才的叫声完全不同，“疼啊——疼、疼、疼——”

“疼也没办法，先忍着吧。”

“疼、疼——一碰就不行，别碰——”

“忍着点，你这样怎么尿尿啊？”

幸子觉得很不可思议，那板仓到底是碰到了哪里，才会发出如此痛苦的声音？就再次眼光转向板仓端详着。板仓移动一尺左腿的位置，身体稍微转向平躺，光是这样就费了两三分钟。然后，他沉默了一会儿，调整呼吸，等呼吸平静下来再小便。他一边小便，一边大张着嘴，用从未在他身上见过的怯懦眼光，直勾勾地盯着床边的人。

“他吃点什么了吗？”幸子问他母亲。

“一点东西都没吃……”

“就只喝了柠檬水，这样才能排尿……”

幸子看到板仓疼痛的腿露出了毛毯。实际看上去那条腿没什么变化，只是透过皮肤，能隐约看到些许血管偾张，显得有些发青，不过这也许是幸子的错觉。板仓为了还原此前的姿势，喊痛的程度不减刚才，现在在喊“疼、疼”之间，还加进去了“哎呀，我想死啊，让我死吧……”“快点杀了我吧，杀了我吧！”等等。

板仓父亲这个人，是个沉默寡言、眼神局促不安的老人，像是个没什么自己意见的淳朴善良的老头子。他母亲则比他父亲看上去更坚定，不知是因为睡眠不足、还是哭泣太多、又或是说患了眼病，眼睑肿胀下垂，看着总像睁不开眼的样子。外表上看，是个表情迟钝、有些呆滞的老太太。幸子刚刚就看到，照看板仓的工作几乎都是他母亲在做。板仓似乎也十分依赖他母亲，她说什么，他都安静地听着。据妙子讲，把板仓转到外科这事停滞下来，实际上就是因为这个老太太不点头。幸子来后也是如此，一边是他父母、一边是妙子和他妹妹，两拨人分开，常常去房间角落里或是来到走廊上悄悄商量着。在双方中间斡旋的嫂子，一会儿被叫到那边去，一会儿被叫到这边来。老夫妇说话时声音特别小，幸子听不清楚，只看到他母亲说话时不时就叹气，他父亲也只是跟着她走，默默听着。妙子和他妹妹在这期间赶紧抓住嫂子，说服她说如果不采取外科手段，导致板仓救不回来，就是父母和兄弟姐妹的责任，并拜托她想办法让母亲同意手术。嫂子听完她俩的话，也觉得是这么个道理，就去找他母亲讲了很多。但他母亲执意主张要死就留全尸，嫂子再硬要说些什么，他母亲就说："做这么残忍的事，能保证他一定没事吗？"嫂子只能先退回来，说不管她怎么说，他妈妈都不同意，跟老人讲道理他们也不懂。于是妹妹亲自去劝说母亲："妈妈现在只能想到可怜啊、残忍啊这些眼下的痛苦，却一点都没有尽到做父母的责任。先不管能不能得救，为了将来不后悔，用一切能用上的方法救他，这不正是我们的责任吗？"带着哭腔责备母亲冥顽不灵。总的来说，双方就这样一再来回重复着。

"二姐……"妙子把幸子叫到了走廊最远的角落里，说，"乡下人怎么能那么不紧不慢啊，真是太傻了。”

“不过，站在他母亲的角度上想想，她那么说也不是不能理解的。”

“反正都已经晚了，我放弃了。不过他妹妹一直拜托我请二姐跟他妈妈说说。那老太太在家里很强势，但在地位尊贵的人面前，无论说什么她都答应照做。”

“我是尊贵的人吗……”

说实话，幸子觉得对他人与自己无关的事多管闲事，要是结果不好，看老太太的样子，不知要怎么记恨她呢。而且这是十有八九都成功不了的事，她真是不想掺和进来。

“……还是先等等吧，她是那么说，但她明白最后还是要按大家意见办的。只是想发泄一下、发发牢骚罢了。……”

比起这些，幸子只把来看望板仓当作尽到情义罢了，她想的是必须要把妙子带回家，却没有个好机会，为此而困扰。

这时，一个护士上来，正准备进病房，在走廊里看到妙子，就说：

“那个，院长先生想见病人父母一面……”

“……能不能派一个人去一下？”

妙子为传话进病房时，看到嫂子和他妹妹蹲在板仓枕边，他父母则在板仓脚边。这个时候，老人们还互相推脱让对方去，磨磨唧唧了一会儿，最后两个人一起去了。十五分钟后回来，父亲坐下来，不时愁得叹气，母亲则哭着在父亲耳边悄悄地说着什么。不知两个人从院长那里听到了什么，过后问起来，才知道院长说要是病人在这里去世，会让他很困扰，不管怎么说都必须要接受外科手术，巧妙地劝服了老夫妇。按院长的话说，“对于令郎的耳朵，我已经尽力做了最好的处置，彻底进行了消毒，应该不会有什么失误。现在来看，令郎脚部疾病和当初耳朵的病不是一回事，如您所见，令郎的耳朵已经康复了，因此已经没有再在我院住下去的必要了。我院考虑到其他在院治疗的患者，以防万一，就在昨夜拜托了铃木医生继续治疗，得到了他的同意，但病人父母却迟迟无法下定决心，浪费了宝贵的治疗时机。虽然现在再做手术也可能已经错过时机了，但再这样拖延下去，情况会更加不容乐观，病人如果去世，本医院不负任何责任。”诸如此类，把自己的失误撇得一干二净，语气似乎是错过治疗时机都怪病人双亲犹豫不决，给自己拉起了防线。老夫妇对于院长说的话只能“是、是”地答应着，说完“那么就拜托您了”就退了出来。母亲回到病房，就说被院长巧妙说服都是父亲的不是，骂了一通。然而，在幸子看来，他母亲也是由于过于悲伤，才抱怨发泄个不停，知道最后儿子还是要转到外科的，顺着台阶下来而已。

铃木医院位于上筒井六丁目，就在以前阪急电车终点站附近，等到办好手续、病人被抬出来，天色已经渐晚了。那时矶贝院长的态度也极为冷漠，事情一定下，就像解决了个大麻烦似的，自己不但不露面，离院时连招呼都不打。搬运病人时，也全部是铃木医院派来的医生护士做的。不知病人是否在父母兄弟姐妹商量的几个小时里，知道自己可能将被锯掉大腿的事，整个人全然成了只会不断喊痛、只会呻吟的非人类怪物——而他的父母和兄弟姐妹，似乎已经不认为这是他们的儿子、小叔子、哥哥了，而把他当作这样一个怪物，不问他的意见、也不跟他说明前因后果了。他们最担心的是把他从病房里推出来时，这个怪物会怎样撕心裂肺地叫喊。之所以这样说，是因为病房外的走廊和普通住宅一样，仅仅三尺宽，楼梯狭窄，没有楼梯平台，整体弯曲呈螺旋状。用担架抬他下楼时，无疑会对病人造成比小便时更加剧烈的痛苦。然而，他的父母兄弟姐妹比起心疼病人，反倒更不如担惊受怕听到他凄惨的尖叫声。幸子实在于心不忍，问护士是否能想想什么办法，“不，不用担心，给他打一针再抬出去。”铃木医生代为回答，大家都松了一口气。给病人打了一针后，稍微安静了些，由医生、护士、母亲陪同着抬了出去。

三十五

趁着板仓的父亲、嫂子和妹妹收拾病房、缴费的空当，幸子把妙子叫到角落里，说：“我马上就回家了，小妹也和我一起回去吧？贞之助姐夫走之前也一直交代我，让我回来时尽量也把你带回去。”她试着劝妙子一起回去，但妙子却说先等到手术结果之后再回去。幸子没有办法，只好用车把那四个人送回铃木医院，自己再坐车回到芦屋。车停在医院门前时，她再次叫住准备下车的妙子，说：“我知道现在小妹是想陪护他的，但看样子无论是板仓还是他的父母兄弟姐妹，似乎都顾忌着我们，不觉得小妹那么有必要留在那里，所以还是能找机会脱身就脱身——但这当然也是要看情况的，反正我们最害怕的，就是你和板仓之间订婚的事暴露出来，被社会误解。无论什么情况下都不要忘记——莳冈家的名誉，特别是对雪子的影响，好好考虑过再行动。”有点唠叨过度地嘱咐一番。幸子想的是，小妹如果实际上最后和板仓结婚了，那也无可奈何。如果板仓死了，他们之间的约定也最好不要被其他人知道。幸子尽量委婉地说，妙子一定也了解了她的言外之意。

幸子这段时间里最烦恼的问题——自己的亲妹妹要嫁给一个不知根不知底、学徒出身的青年当妻子，这件事现在竟然以一种意想不到的自然方式，发展到有利于自己的地步了，说实话，她最先感受到就是值得庆幸，甚至抑制不住这个心情。一想到“希望别人快点死掉”的念头潜藏在自己的内心深处，自己也觉得很不愉快、卑鄙可耻，但这的确就是事实。不过，现在这种情况下，有同样心情的一定不光是自己，雪子当然不用说，贞之助也会有同感，要是启少爷知道了这事，恐怕比谁都要高兴得跳起来吧。

“回来得太晚了。”已经从事务所下班回家的贞之助，似乎一直在客厅等着妻子回家，一看见她进来就问，“你明明中午出去的，现在回来也太晚了，我正要给医院打电话呢。”

“我是因为想带小妹一起回来，就磨磨唧唧到了现在……”

“小妹也一起回来了吗？”

“没有。她说要等到手术结束，我觉得也不是没有道理……”

“决定手术了？”

“是的——我去了以后，对于做不做手术，他们商量了很长时间，最后终于定下来做手术了，大家刚把病人送到铃木医院。”

“那么情况能怎么样？能有救吗？”

“谁知道呢——大概没什么希望吧。”

“真是奇怪，他的腿脚到底怎么了？”

“我也不知道。”

“有问医生这叫什么病吗？”

“想问了，但矶贝医生一直躲着，铃木医生好像也顾忌着他，没和我们都说清楚。可能是败血症、坏血病之类的吧。”

幸子见护士“水户姐姐”早就收拾好等着她了，就给了她四十天的报酬，让她回去了，然后和丈夫、雪子坐在桌边吃晚饭。其间，铃木医院那边打来电话，她又起身去接。贞之助他们在餐厅听着，电话里似乎是妙子在说话，打了很长时间。电话里说，手术做完了，眼下情况正常，但可能要输血，除了老夫妇以外大家都抽血做了检查，板仓和他妹妹是A型血、妙子是O型，所以目前他妹妹给他输血就可以。但是还需要一两个能输血的人，因为妙子是O型，所以可以给他输血，不过他的父母兄弟姐妹都不愿请妙子给输血。这里有点难办的是，他妹妹提议通知一下板仓的老同事、也就是奥畑商店的两三个店员，那些人应该马上就到了。妙子不想碰见那些人，而且，启少爷知道的话有可能和他们一起过来，为了避开他，妙子准备先回家一趟。那些店员都是板仓做学徒时的旧友，他妹妹是为了找输血者才告诉他们的。妙子自己现在也特别疲累，想让家里叫辆车到医院接她，然后回去马上洗个澡吃个饭，让家里准备一下。——妙子所说的大体如此。

“这么说，到底——”贞之助等幸子回到桌前，就压低声音说，“板仓的父母和兄弟姐妹，知不知道小妹和启少爷的事呢？”

“父母应该是不知道的。要是知道了，肯定不会让他儿子娶小妹的。”

“是啊，肯定不知道的。”雪子也说，“和启少爷的事，小妹没和他父母说。”

“可能只有他妹妹知道——”

“那个奥畑商店的店员们，不是一直出入板仓在田中的家吗？”

“谁知道呢，他那些老朋友，我没听说过。”

“就因为他那些朋友，小妹和板仓的事肯定已经传得相当远了吧。”

“真是。启少爷说他用各种手段调查过，现在什么都知道，大概就是指这些人吧。”

接妙子的车马上就出发了，可妙子却过了一个多小时才回来。问她时，她就说车在去医院的路上爆胎了，所以在医院里等了很长时间。只是等着的话还好，等待的时候，奥畑商店的店员们来了，没想到启少爷也来了，大家都碰上了（妙子说，启少爷那个时候应该不在店里，大概是店员给他打电话通知了他）。妙子尽量和启少爷拉开距离，启少爷也还看着场合，没有轻举妄动。不过，妙子正准备回家时，启少爷走过来，故作亲近地在她耳边小声说：“小妹得再多待一会儿陪陪吧。”这话怎么听都像在嘲讽。他在店员们主动请求测血型时，也说“请看看我的血型吧”，让医院验了血。不知道他有什么意图，但他一直都那么轻浮浅薄，这不过是随口说的一句话罢了。妙子测血型，是因为板仓的嫂子和妹妹都测了，只有自己不测不太合适。但无论是他父母，还是嫂子、妹妹，都一直劝阻她不用测血型。

“他的腿从哪儿开始截肢的？”妙子刚洗完澡穿好睡衣走到餐桌旁，其余三人就围在她身边，聊了一会儿，幸子问道。

“从这里开始的。”妙子把腿从桌子下伸出来，在大腿上隔着睡衣用手比画着手术时切下的动作，又慌忙比画着切掉。

“小妹看见了？”

“看到了一点儿。”

“小妹，是在手术室里看的吗？”

“我在手术室旁边的房间里等着。——跟手术室就隔着扇玻璃窗，能看见手术的样子。”

“就算能看见，你也是真敢看啊。”

“本来不要看的，可是越害怕越想看，就偶尔瞟了几眼。板仓的心脏跳得特别有劲，他的胸口一会儿鼓起来一会儿凹下去，全身麻醉就是那样吧。二姐的话，可能连这个都不敢看。”

“别说了！”

“可是我觉得没什么，终于看到个厉害的东西了——”

“闭嘴！别说了！”

“可像牛肉上的雪花了——”

“闭嘴，小妹！”雪子也喊了一嗓子。

“话说回来，知道是什么病了。”妙子对贞之助说。

“说叫坏疽病。铃木医生在矶贝医院时没和我们说，等到了自己的医院，就跟我们讲了。”

“嗯，坏疽病的话，会那么疼的吧。果然还是耳朵造成的吧？”

“哎，谁知道呢，我也不清楚了。”

之后才知道，这个铃木医院的院长在同行中的风评也不怎么好。原本这个地区一流的两位外科医生已经觉得没有希望，拒绝了手术，而他却带着不保证成功的附加条件，接受了病人转院，想来的确有些奇怪，或许正由此反映出这位院长风评不佳。妙子那天晚上没注意到这些事情，不过，那么大一个医院，竟然其他一个住院患者都没有，显得十分清闲，也令人觉得十分萧条。而且，这个医院是由曾经的外国人宅邸改建而成的，为明治时代风格的老洋房，也许出于这个原因，走廊里脚步声在高高的天花板的反射回声下显得更加阴森，整个医院好似鬼屋。妙子在踏进门的一瞬间，就觉得阴森寒冷的气息扑面而来。病人在手术后被推进病房，从麻药劲儿中醒过来，抬头看到枕边的妙子，不由得悲痛地感叹："啊，我成瘸子了！"即使这样，在矶贝医院住院起就痛苦呻吟的板仓，此刻终于开始正常说话了。不仅如此，板仓这句话，也能听出即便那时自己像个呻吟怪物，也清楚地意识到自己现在处于什么状态，知道自己身边的人们是怎么商量的。不管怎么说，他已经不再一直喊着"疼、疼"了，看到他比前段时间好受很多，妙子也松了一口气。而且，她甚至想过他失去一条腿，是否就能换来性命得救，也想象过他康复后拄着一根松木拐杖走路的样子。事实上，仅仅这两三个小时里，板仓才得到了些平静。奥畑商店的店员们和启少爷等人赶来时，也正好是这段时间。妙子也确信他手术成功，就准备离开了。而且，只有板仓的妹妹知道妙子、启少爷和自己哥哥之间的情感纠葛，她也尽力帮着妙子尽快离开。妙子嘱咐送到医院大门的板仓妹妹说，有什么突发情况随时通知她，还对来接的司机说，看情况今天夜里可能还要麻烦他起床再送她一趟……

妙子虽说一直喊累个不停，却还是和餐桌旁另外三人详细讲过之后才去睡觉。第二天凌晨四点，如她预期一样，被医院那边打来的电话吵醒，回到医院。天亮时，幸子迷迷糊糊中听见汽车在家门口启动发动机的声音，想到可能是小妹出去了，就又晕晕乎乎睡过去了。不知过了多久，拉门被拉开一寸左右。

“夫人——”是阿春的声音，“刚刚小妹打来电话，通知说板仓先生去世了。”

“现在几点？”

“六点半左右……”

幸子正准备接着睡，可是怎么也睡不着了。贞之助好像也听到了小妹打电话的事，在书房睡觉的雪子和悦子在八点左右起床后，才从阿春那里听到消息。

中午妙子回到家，讲了板仓后来病情再次急剧恶化，他妹妹和店员们轮流输血也没有效果。板仓从腿脚疼痛中解放了出来，但病毒却侵入了胸部和头部，他是在极度痛苦中去世的。妙子从未见过人会那样痛苦地死去。板仓直至临终前意识都非常清醒，和守在他枕边的人们——父母、嫂子、姐妹、朋友们，一一告别，对启少爷和妙子，也好好感谢了他们对他生前的恩德，祝福他们将来幸福。对莳冈家——老爷、夫人、雪子姑娘、悦子小姐，甚至阿春——都一一叫过名字，说请代他向各位问好。彻夜守在身边的奥畑商店的店员们，由于第二天还要上班，就马上离开医院了，启少爷和他的家属们一起把遗体搬回田中家中。妙子也一起去了，刚从那里回家，启少爷还留在那里。板仓的家属们一直叫他“少爷、少爷”，他也尽量多照顾一下。今晚和明晚是守夜，后天在田中家里举办告别仪式。妙子说了这些，此时已因看护板仓时的疲累和睡眠不足显得脸色憔悴，但表情和动作上依然很冷静，一滴泪都没有掉。

守夜时，妙子只在第二天下午去了一个小时左右。她还想再多待一会儿，可是从前天晚上以来，启少爷一直没有离开，看得出他只要有机会就想找她谈谈，因此她对他更加戒备。贞之助说，告别仪式他们家不去不好，但事到如今，还是两个小姨子将来的利益要放在第一位，在仪式现场肯定会遇到很多人——尤其是在登报事件发生后，在那种场合碰到奥畑一家，实在是没有意义，所以最终贞之助自己没有去，只让幸子特意选个其他时间前去吊唁。妙子也出席了告别仪式，但没有去火葬场。她回家后，说来参加告别仪式的人意外地多，很多意想不到的人都来了，妙子也很意外板仓是什么时候交际扩大到那么多人的。那天启少爷也不忘表现他的浮夸，和店员们一起列队站在棺材一侧。听说板仓的骨灰将由他的家属带回乡下寺庙里埋葬，板仓照相馆也关掉了，离开时却没有一个人来莳冈家告别，大概是为了避免更多交往吧。妙子在他三十五日忌前，每隔七天就一个人悄悄去故人的故乡，静静地扫墓，不去家属家里，就回家了。幸子也多多少少知道这些事。

雪子和悦子在“水户姐姐”走后，觉得两个人住在书房里很寂寞，晚上就让阿春也来住，不过也仅仅是两个晚上。正好在板仓的告别仪式的前一天，撤出了床铺，卧室搬回了主房。然后，用福尔马林给书房消一遍毒，又变回了贞之助的书房。

话说回来，这段时间里发生了各种各样的事，其中五月下旬的某一天，莳冈家收到了一封经由西伯利亚寄来的书信，在这里顺便一同记下。那是从马尼拉出发回到汉堡的舒尔茨夫人，用英文给幸子写的信。

亲爱的莳冈夫人：

对于您如此亲切热情的来信，我没能及早回复，实在抱歉。不过，实际上我在马尼拉的时候，还有坐船的时候，几乎都没有空闲。我妹妹由于生病现在仍在德国，我必须替她收拾好她那么多的行李。而且，我需要带她的三个孩子回去，也就是说，我必须照看五个孩子。从热那亚到不来梅，几乎没休息过。我丈夫也来到了不来梅，看到我们都平安无恙回国，他很高兴。我丈夫看上去身体非常健康，佩特也一样，他和我的亲戚朋友一起到汉堡车站迎接我们。我还没见到我的老父亲和其他兄弟姐妹。我们想先建一栋住的房子，但是太费事了。所以我们去看了很多房子，最终找到了适合我们的，因此现在正在置办家具和厨房用具，过两个星期就会万事俱备了。我们寄出去的大件行李还没有收到，我想再过十天后左右应该就会收到了。佩特和弗里茨还暂时住在朋友家里。佩特在学校里有很多事要做，他让我和您家各位问好。五月份，我们的友人中有要回日本的。到时候他们会代我们给悦子小姐带些小礼物过去。请把这些当作我们和您一家人的友情的纪念。您一家人何时会来德国呢？我希望向您和家人展示我一直引以为豪的汉堡。那是座非常漂亮的城市。

罗斯玛丽给悦子小姐写了一封信。悦子小姐，请一定写封回信来呀。不要担心英语写错。我们也会犯很多错误的。对了，房东佐藤先生拥有的那栋房子现在是谁在住呢？其实我经常会想起那个可爱的地方。请务必代我向佐藤先生问好，也向您家人各位问好。悦子小姐收到了佩特从纽约寄去的鞋子了吗？我衷心希望您不会为此纳税。

希尔达·舒尔茨　敬上

一九三九年五月二日于汉堡

以上就是舒尔茨夫人信上写的内容。此外，“这是罗斯玛丽用德语写的信，我翻译成了英语”。这封信也随之前那封一同寄了过来。

亲爱的悦子小姐：

我很长时间都没有给你写信了。现在我给你写这封信。我认识一位日本人，住在冯·普斯丹夫人家里，他是横滨正金银行的职员。他的夫人和三个孩子现在来到了这里。他们姓今井。从马尼拉到德国的旅行非常好玩。我们只有一次是在苏伊士运河遭遇了沙漠风暴。我的表兄弟们在热那亚下了船。然后他们的妈妈带他们坐火车回德国。我们一直坐船到不来梅。

我们借住的出租屋里，卧室窗檐下有一只黑鸟筑了巢。最开始她下了蛋。然后现在，她必须要孵蛋。有一天，我看到鸟爸爸嘴里衔着一只苍蝇飞了过来。鸟爸爸想把苍蝇给鸟妈妈，但鸟妈妈飞走了。鸟爸爸非常聪明，把死苍蝇放在鸟巢里就飞走了。鸟妈妈又立刻回来了。然后她吃了苍蝇，又卧在蛋上了。

我们马上要有新家了。地址是：奥菲尔贝克街十四号，一楼左侧。

亲爱的悦子小姐，请一定给我写信。

请代我问全家好。

罗斯玛丽

一九三九年五月二日　星期二

昨天我们见到了佩特，他也让我来向你们问好。

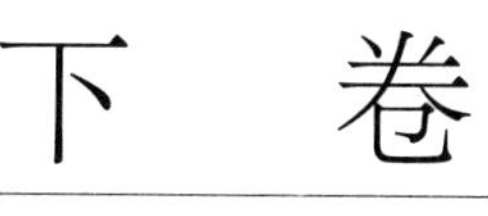

下卷

X I　X U E

一

雪子在二月份的纪元节[1]回到关西，一直待到五月，这次她在芦屋家里待了将近四个月。本人似乎也没有要回去的意思，好像在芦屋生了根。进入六月后的不久，东京大姐那边难得带来了个相亲的通知。为什么说“难得”，是由于实际上从前年三月阵场夫人介绍野村之后，雪子再没有过姻缘找上门——也就是意味着，这是时隔两年三个月之久的提亲；另一个原因则是最近几年雪子的姻缘一直由幸子联系，然后再通知东京那边的。本家姐夫在雪子这边吃过一次苦头后，就再没有积极地操心过这些事。而这次是由姐夫先和大姐提起，大姐再通知幸子的，从这个意义上说，也是非常难得了。不过，幸子读过大姐寄来的信后，却觉得不太能靠得住，也不能说是难得一遇的好亲事。真实情况是，姐夫的大姐嫁给了大垣富农菅野家，那菅野家几代前就与名古屋大财主泽崎家交好，泽崎家的上一代老爷曾由于高额纳税被任命为议员，整个家族的名声世上无人不知。这次就是姐夫在菅野家的姐姐的斡旋下，泽崎家的家主希望能和雪子相亲。话说回来，嫁到菅野家的这个姐姐，在辰雄的哥哥姐姐当中是和幸子姐妹最

① 《日本书纪》中神武天皇即位之日，2月11日。该节日于1945年被废除。

熟的。幸子二十岁时，和辰雄、鹤子、雪子、妙子一起去长良川放鸬鹚捕鱼，回来途中曾在菅野家住过一晚。那过后两三年，又是同样这些人，被邀请到她家采蘑菇。幸子还记得那时发生的种种，如从大垣町出发，汽车在田间小道上开了二三十分钟，开进一个非常荒凉的村落，在看着似乎是县道的路边拐弯，沿篱笆开入深处，直到尽头才看到了菅野家的大门，附近仅有五六家贫困百姓，自从关原之战①以来，菅野家就拥有了这样宏伟壮阔的一片地，佛堂堂宇隔中庭与主房相立。满是青苔的泉水石头紧挨着后院菜园，秋天去的时候，那里的栗子树上挂满了栗子，小女佣们爬上树枝给他们打落栗子。菅野家请他们吃的主要是亲自烹饪的蔬菜，但十分美味，在味噌汤里煮的小芋头和炖煮莲藕尤其美味。幸子记得的大概就是这些。姐夫的大姐——也就是这家的女主人，现在已是遗孀，也许是生活太过轻松，听说幸子下面的雪子妹妹至今未婚，就说一定要给雪子找个好人家。因此，幸子也不是不知道她一直帮忙联络亲事。所以，这次似乎就是这位遗孀张罗的。不过，泽崎家的家主到底是怎样的一个人？他说要和雪子相亲，这前因后果又是什么？对这些问题，鹤子在信里写得很简单。信上写，菅野家的姐姐说想让泽崎先生和雪子小姐见个面，总之先把雪子小姐送到大垣。泽崎家是大资产家，坐拥数千万元的资产，如今的莳冈家与之差距太悬殊，实在是不般配，甚至有些滑稽。但对方前妻已经去世，这次是续弦，而且已经非常详细地派人到阪神地区调查了莳冈家的家世和雪子的性格、容貌，在此之上才提出的希望见面，

① 1600年于日本美浓关原地区打响的一场战役，交战双方为德川家康的“东军”及石田三成的“西军”。

所以并非完全不靠谱。不管怎么说，难得菅野的姐姐如此好意介绍姻缘，若是置之不理，那么姐夫也很难做。菅野那边说的是，眼下只要把雪子送过来就好，关于对方的详细情况之后再通知。虽然不知具体情况如何，还希望幸子这边不要埋怨，让雪子过来就好。况且，雪子已经在关西那边待的时间够长了，总归要让她回来了。让她回东京的途中顺便去一下如何？菅野那边没说让谁陪着过去，姐夫也说自己很忙，那么大姐从家过去也是可以的，但不好意思，还是幸子陪着去更合适……反正不是什么正式仪式，只是见个面而已，请放轻松，就当出门玩了。

看信的内容，大姐似乎觉得无所谓，但最终雪子能同意“过去”吗？——幸子首先考虑的就是这点，因此她先把信给贞之助看看。贞之助也觉得哪里过于唐突，不像大姐一直以来的风格，甚至给人有点缺乏常识的感觉。诚然，说到名古屋的泽崎家，在大阪一带名声也是如雷贯耳，并非是哪里不知名的小家族。即使如此，对雪子说想见面的，到底是个怎样的人，这边完全没有调查，就按对方说的把雪子送过去，未免会受到过于轻率的责难。不光这样，对方是大资产家，与雪子身份高低如此悬殊，能不能会认为女方没有见识呢？就算并非如此，雪子至今已拒绝过多次相亲，也说过今后相亲前请务必对对方进行充分调查，本家大姐应该非常清楚这一点的。贞之助第二天从事务所下班回家后说，不管怎么看这件事都有点奇怪。他那天找了两三个稍微了解情况的人，尽可能详细地打听了泽崎家家主的情况。然后得知，泽崎家的家主毕业于早稻田大学的商科，今年四十四五岁，两三年前妻子去世。他妻子是某个华族出身，他和亡妻之间有两三个孩子。泽崎家当选贵族院议员的是他的父亲，现在的资产状况也绝对不差，可以说是名古屋一带屈指可数的富豪，等等，贞之助对此大体上有了了解。而对于对方本人的人品、性格等细节，则谁也没有明确回答。不管怎么说，和华族结过婚的千万富豪，虽说是找第二任，竟然会选择没落的莳冈家小姐，实在令人无法理解。若是真的，难道是对方自身有什么没法找到门当户对妻子的毛病吗？可是，为什么那位菅野遗孀那么强烈地要让雪子去那里呢？所以，能想到的就是，对方看中了雪子的外貌——那种纯日本式的、如昔日大门不出的千金小姐的人，不惜砸重金寻找，偶然听说了雪子，就产生了好奇心，因此提出想先见一面看看吧。或许也是听说芦屋家里，雪子受到了侄女比对母亲还要深切的爱戴，其本人经常代替母亲照看外侄女，这样的人一定也会宠爱亡妻的孩子吧？只要能和孩子处得好，其他什么条件都不看，或许对方就是以如此简单明了的动机，把目标锁定在雪子身上的，反正应该不会超出这个范围的。不过，更有可能性的，恐怕是第一条原因吧？听说莳冈家的小姐相貌如此漂亮，就想看看到底有多漂亮，由此产生了好奇心，觉得见了面自己也不会损失什么，一半出于光看不娶的态度提出见面的吧？本家对此竟然问都不问，就让雪子答应下来，很明显，辰雄对他在菅野的姐姐连个“不”字都不敢说。辰雄是种田家最小的孩子，如今又入赘莳冈家，直到现在也没法在老家哥哥姐姐面前抬起头来。在兄弟姐妹中最年长的菅野的姐姐，在辰雄眼里几乎可以看作是母亲或姑妈，她说的话，对他来讲几乎就是命令。“雪子估计不会很快答应，为了让她同意，希望幸子能尽量去说服她。姻缘能不能成都是次要的，但雪子不去，姐夫就很为难了。”

信上如此写道。然后又加了几句，“这次的事我觉得有点过分、没有道理，也不抱什么希望。但缘分这个东西也不是说没有就没有，不管怎样，先接受了菅野家的好意，对雪子来说也不坏”。

这封信寄来后不久，菅野家也寄来了一封信。菅野遗孀在信里写道：“跟辰雄说过后，才得知雪子一直在您那边。我想，与其绕弯让其他人转达，不如直接和您商量。大体情况您应该已经从鹤子小姐那里听到了，其实这件事请您不要顾虑太多。比起相亲，更主要的是从上次以后，很久没和您再见面，想请幸子小姐、雪子小姐、妙子小姐和还没见过的悦子小姑娘一起过来玩玩。乡下这十几年来没什么大的变化，但现在马上就到抓萤火虫的季节了。这一带虽说不是什么抓萤火虫特别有名的地方，不过再过一周，晚上这附近的田地里的那条无名小河上，萤火虫漫天飞舞，非常美丽。与采蘑菇和赏红叶不同，这对您各位来说肯定很新鲜难得。抓萤火虫的季节很短，从现在开始的一周内来看是最好的，过了这段时间就不行了，而且还需要天气情况配合，连着几天晴天不太好、雨天也不行，下雨后的第二天才是最好的。所以下周周末两天去抓萤火虫，下周六傍晚前您一家来到我这里如何？这样，大家都在这边时，抽出时间让雪子小姐和泽崎先生见一面。现在还不知道要怎么见面，大概是泽崎先生光临敝舍，两人在我家见面。见面也就见个一时半会儿，不过泽崎先生当天也可能来不了，怎么都无所谓，主要还是想邀请您各位前来抓萤火虫。”恐怕这是东京那边跟她说，让她直接给这边写信劝说的。幸子想，信上虽写着“没什么道理，也不抱希望”，姐姐、姐夫心里可能却不这么想，反倒真心希望这件事梦想成真。不过，最近极少有人来介绍雪子的姻缘，幸子也没有勇气直接拒绝这次的亲事。四五年前，也曾有过和这次情况很像的姻缘，双方身份差距悬殊，对方有意娶雪子为妻。但当这边积极调查后发现，对方家庭外遇不伦，令这边惊愕不已。因此，贞之助怀疑这次的亲事是否也和上次一样，他十分愤慨："虽然明白菅野遗孀的好意，但我总觉得她是把这边当傻子看。不走正常程序，直接叫人过去见面，未免太失礼了。"但不管怎么说，这都是时隔两年三个月才有的一次相亲。幸子回想起两三年前至今，来给雪子介绍亲事的人急剧减少，以致无人问津，其原因就在于她们过度拘泥于过去的家世，要求过高、不切实际，一个个拒绝了前来上门提亲的人。另一个原因，或许也是妙子风评不好，给雪子也造成了影响。无论哪个原因，幸子都觉得自己有一半的责任，不禁自责起来。而现在这个时候，菅野遗孀带来了新的姻缘。有段时间，幸子悲观地认为世间已完全失去了对莳冈家的同情，不会有人再来提亲了。在她看来，即使希望渺茫、具体情况不详，如果直接摇头反对，又怕会不会再次招人反感。这次先答应下来，若是最后没成，也会以此为契机，之后还会有人来介绍姻缘的。若是直接拒绝，恐怕一段时间里，没有人会再来提亲了，再加上今年又是雪子的厄年，更难办了。况且，即使幸子嘲笑姐夫、姐姐的内心想法，也觉得还不至于鄙视他们把这件事当成"梦想"。丈夫说还是多加警惕为好，但真的需要如此警惕吗？虽然不知那个泽崎家到底多么有钱，但毕竟是找二婚妻子，又有两三个孩子，和那种男人比起来，雪子就那么配不上吗？况且莳冈家也是个正经家族啊。幸子这样讲，贞之助听完也无言以对，如此妄自菲薄，不仅对不住九泉之下的父亲，更对不起雪子。

夫妇俩考虑了整整一晚，还是得出了结论——总之先听雪子怎么说，按她的想法来办。第二天，幸子跟雪子简要讲了两封信的内容，寻求她的意见时，却看她似乎没有想象中的那样不愿意。和往常一样，没有明确给出去或是不去的回复，但幸子从她模糊回应的"嗯""啊"当中，暂且听出了些她的想法。幸子察觉到，这个心气清高的妹妹内心果然也有些焦躁，不像以前那样，对"相亲"如此抗拒了。而且，幸子对雪子讲述这些时，尽量不伤害到她的自尊心，在雪子看来，也没有感受到这次相亲有什么不般配或滑稽的地方，更不会想到其中有一半玩笑成分了。按以前的情况，要是听说对方有前妻生的孩子，对于孩子是否可爱、年龄多大等，她都会相当详细地问一番，这次却不太在意这些，说反正也是要回东京一趟的，如果大家一起把她送到大垣，去抓萤火虫也是可以的。"果然雪子还是想去有钱人家的。"贞之助说。因此，幸子给菅野遗孀写了封信，说："那么我们就按您说的那样，恭敬不如从命，就拜托您多多关照了。雪子本人也痛快地答应了见面，到时候我、雪子、妙子和悦子四个人到您府上拜访。只是，很抱歉有一个不情之请，悦子生病了很长时间，最近才见好，还在家休息没有去学校，因此从我们这边的情况来看，和下周六、周日相比，下周五、周六更合适。相亲的事，我们不希望让悦子知道，因此能否请您到时候只说是抓萤火虫呢？这些拜托您了。"等等。要把日期提前一天，是因为雪子要从大垣直接回东京，其余三人想送她到蒲郡，所以决定周五住在菅野家，周六就去常盘馆了。然后，她们计划周日下午在蒲郡分别，当天各自回家，让悦子下下周的周一去上学。

二

幸子在夏天乘火车时，很想穿西洋服装，但考虑还有“相亲”的事，就忍着夏天的炎热，系着博多袋子式腰带，十分羡慕穿着简单、和悦子没太大不同的妙子。雪子也说，现在这个时局，还是不要穿吸引同车乘客注目的衣服了，就想把衣服装进别的包里一起带着。多少由于沟通不够充分，考虑万一到地方后，对方就等在那里，因此她还是决定准备好了再出发，为此用心收拾打扮了一番。出发后，贞之助和她们一起坐省线电车到大阪，从头至尾他一直端详着雪子的身姿。

“真年轻啊！”

像现在才发现一样，在幸子耳边感叹着。贞之助所言极是，完全看不出这是个正值三十三岁厄年的人。脸型细长、五官有些寡淡，但浓妆艳抹之后，着实令人惊艳。她身着的服装袖长两尺多，材质为薄绸乔其纱混纺，介于单衣和薄衣之间。在深紫色底上，处处绘有大竹篮纹样，胡枝子、瞿麦、白色波浪花纹作为点缀。这是她所有的衣服中，尤其能体现她性格的。这次决定前去赴约，雪子立刻给东京家里打电话，特地让那边把衣服寄来。

“是年轻吧？”幸子回答，像鹦鹉学舌，“雪子这个年龄，几乎没有像她一样能把这套华丽衣服穿得这样漂亮的。”

雪子似乎察觉到姐夫、姐姐在谈论自己“年轻”，一直低着头。不过，硬要挑毛病的话，就是她的眼眶附近的褐斑，近来一直没有消退。幸子记得是在去年八月，送佩特出发时，雪子带着悦子从横滨出发的前一晚，发现雪子那块褐斑又时深时浅地出现了，却从未完全消失过。当然，在褐斑颜色浅的时候，不知道的人完全看不出来，注意到的人也只能看到非常浅的斑痕。而且，以前褐斑颜色常在生理期前后变浓，一般呈周期性出现，但近来出现的时期完全不规律，无法预料到何时变深何时变浅，看上去似乎和生理期没什么关系了。贞之助也注意到了这一点，说如果打针有用的话就让雪子去试试，幸子也一直说，让哪个专家给看看病吧。不过，前几年在阪大就诊时，医生说如果不连续注射几次就没有效果，而且结婚后就会自愈，不至于打针。要是看习惯了，也就不觉得是什么明显的缺陷了，顶多只是自己家人太在意而已，外人并不觉得这是什么大问题。更不用说，雪子本人一向不会为此伤神，因此其他人也决定放置不管了。不巧的是，今天她浓妆艳抹了一番，褐斑反倒在脂粉的衬托下更加明显，如同从侧面透光看到的体温计水银一样显眼。贞之助今天早上待在化妆室时，从她梳妆打扮起就注意到了。现在在电车上一看，的确，那块褐斑比任何时候都更清晰。再怎么偏袒她，也不觉得这能逃过他人的目光了。幸子嘴上没说，也大概觉察到了丈夫的想法。而且，幸子夫妇从一开始就不对这次相亲抱有多少热情，现在看来，更不抱希望了。他们尽量不在脸上表现出来，但互相都心知肚明。

悦子似乎很早就察觉到，这次去大垣并非只有抓萤火虫那么简单。在大阪换乘火车后，问，

“妈妈为什么不穿洋装来呢？”

“真的，我特别想穿洋装，但觉得不穿上和服不礼貌。”

“嗯——”悦子应着，不过好像还没有完全理解，“为什么呢，妈妈？”

“为什么——乡下的老人，特别注重这些事——”

“今天是还有其他什么事吗？”

“什么别的事？今天不是去抓萤火虫吗？”

“是啊，去抓萤火虫的话，妈妈、二姨为什么打扮得这么好看呢？”

“悦子，这抓萤火虫啊——”妙子帮忙打圆场，“你看，画上不是都这么画的吗？公主小姐带着一大帮下人，穿着长振袖和服，就是这样，”她边说边用手比画，“拿着团扇，在池子周围或者是土桥上追赶萤火虫嘛。抓萤火虫，就要穿着那种友禅和服，装作优雅、做作地走才有气氛。”

“那么，小姨怎么这样穿呢？”

“小姨现在没有能穿来的和服呀。今天二姨她们是公主大人，小姨只是摩登的下女呀。”

妙子在两三天前，刚为了板仓“三七忌”去冈山祭祀回来，但那不幸的事似乎没有给她心里留下特别大的创伤，现在已经恢复了活力。而且，她时不时地讲笑话逗乐悦子和姐姐们，或是拿出砂糖点心、年糕片之类的小零嘴，像变戏法一样一个个地拿出来偷偷吃掉或是分给大家。

“二姨，你看！能看到三上山。”

极少去过京都以东的悦子，这次是第二次看到近江地区的景色。她看得出神，想起去年九月和雪子一起去东京时，雪子指着告诉她的濑田长桥、三上山、安土佐和山古城遗迹，等等。火车刚开过能登川站，“咣当”一下子，在路上突然停了下来。乘客们都把头伸出窗外看，在田地中央，火车停在轨道稍有些弯曲的路基上无法动弹。到底发生了什么事故，只从眼前状况来看完全搞不清楚。驾驶室里下来了一两个列车员，来回看着车厢下面。大家都在问“怎么回事？怎么回事？”他们似乎也不清楚原因或者说知道原因也不能说，只回了个含糊不清的“哎……”。本以为五分钟或十分钟就会解决，过了很长时间，火车依然停在那里不动。过了一会儿，后面来了一趟列车，同样停在了这里。从那趟列车上也下来了列车员，或是观察一下，或是跑回能登川站……

“怎么回事，妈妈？”

“怎么回事……”

“是轧到了什么吗？”

“看着不像啊。”

“早点开就好了。”

“开车的是傻子吧，竟然停在这种地方……”

幸子在刚刚火车停下时，首先想到的是会不会有人被轧死了，吓得不得了——不过，幸好不是那种不吉利的事……然而，在农村的支线或是私营线路的这种主干线上，火车这样长时间，甚至不明原因停留三十分钟以上或许是常有的事。不过，对少有旅行经验的她来说，总觉得是不可思议的。谁都看得出来，这不是出了什么事故，火车一点点放慢速度，最后才“咣当”一下子停下的。在她看来，简直太滑稽了，似乎连火车都在妨碍今天的相亲……这是因为，无论什么时候，只要是给雪子介绍姻缘或是相亲的日子，多数会发生不吉利的事或是莫名奇怪的事。“这次希望不会有不好的事。”幸子最近一直担心着……然后，今天很幸运，没出岔子就坐上了火车，她正要为这次终于平安无事而松一口气……结果还是出了这种事。幸子自然知道，自己脸上阴云密布。忽然，妙子说："也没有什么特别着急的事。火车停下这空档，咱们也吃饭吧。"她的语气中稍带了些玩笑，"它这么个停法，我们也能好好吃饭了。"

"是啊是啊，现在就吃吧。"幸子也振奋精神说，"这天这么热，不早点吃就变味了。"她正说着，妙子就站起来，把放在行李架上的筐和行李包拿了下来。

"小妹，鸡蛋卷没坏吧？"

"别说，三明治更放不了那么长时间。还是先打开这个吃吧。"

"能吃啊，小妹。刚才开始嘴动弹就没停过。"

雪子的语气中能听出，她似乎没有感觉到姐姐妹妹的言外之意。又过了十五六分钟，列车由前来迎接的机车牵引着，才渐渐咣当咣当地再次出发。

三

此前，姐妹几个受邀去采蘑菇，正是幸子婚前最后一年秋天。那时，她已经和贞之助定下婚约，两三个月后举行婚礼。那已经是大正十四年（1926年）的事了，至今已有十四年，那年幸子二十三岁、雪子十九岁、妙子十五岁。当时菅野遗孀的丈夫还健在，这个人的方言味儿特别浓重，把“要”说成“亚”、“是”说成“四”，发音听上去十分好笑，一听他说话，姐妹三个就互相望望，拼命地忍住笑。当他把“祖先的牌位”说成“祖先的爬位”时，她们终于忍不住了，爆笑起来，现在仍记得当时辰雄姐夫表情十分尴尬。辰雄似乎很自豪，自己在菅野家有一位在关原之战的军记物语[1]中留名的乡居武士亲戚，只要有机会，就拉着鹤子和小姨子们过来。然后，还扬扬自得地带着她们到附近的古战场和不破关下转转。第一次来时正值盛夏，乘车走在满天灰尘、炎热的田间小路上到处看了一圈，大家都被搞得筋疲力尽。第二次来时，她们又被带到了同样的地方，已经没有兴致、无言以对了。不知他人如何认为，一直以“大阪出身”为豪的幸子，从小时候开始就喜欢丰太阁[2]和淀君[3]，对关原之战却完全提不起兴趣。

第二次来的时候，可能是因为侧房的房间刚刚建好，他们受菅野家邀请来访。对此，其实也有展示新居的意义。菅野家亡夫当时说，这是为了时不时睡午觉、下棋、让来访客人留宿才建的，给它起名为“烂柯亭”。这栋独体建筑有一个八张榻榻米大小的房间和一个六张榻榻米的套间，和主房之间由一条弯曲成“く”形的长长走廊连接。只有这里多少采用了些茶室风格，建得优雅别致，却绝没有一点奢华糜烂，还保留着乡居武士宅邸的大气，令人心生好感。这次她们依然被请进了“烂柯亭”，或许是因为带了些十几年的时代光泽，比那时更添了些稳重和平静。

---

① 日本古典文学的一个门类，以历史上的战争为主题。

② 即丰臣秀吉，他让渡关白之位给外甥丰臣秀次后被称为“丰太阁”。

③ 丰臣秀吉的侧室。

“哎，欢迎你们光临！”

八张榻榻米的房间里，四个人在休息，眺望庭院新绿景色，这时菅野遗孀带着儿媳和孙辈前来问候她们。菅野的儿子在大垣的银行工作，儿媳是第一次和幸子她们见面，抱着出生不久的小婴儿。除此之外还有一个六岁左右的男孩，紧紧地跟在她后面进来。那儿媳名叫常子、两个孩子里哥哥叫惣助、妹妹叫胜子……菅野夫人一个个介绍给她们，又闲聊了一阵，在这里，以雪子为首，姐妹们的“年轻”也成了讨论的话题。菅野遗孀说，刚才听到汽车停下的声音，出门迎接时，看到妙子第一个下车，还以为那是悦子小姐……再加上她本来眼神就不太好，之后雪子、幸子跟着下车时，她以为是妙子、雪子，还在想怎么没看到幸子小姐呢。又看见还有个小姑娘，更觉得奇怪了。即使如此，她依然没意识到是自己认错了人，现在到偏房里来打招呼，再次与四人见面聊天，才逐渐把她们对上了号。儿媳常子也附和说：“虽然是第一次和大家见面，但很早以前就听说过各位，知道诸位的年龄，但看到大家从车上下来时，我几乎看不出谁是谁。”还说，“这位雪子小姐，恕我失礼，听说比我大个一两岁……”“常子今年三十一岁。”菅野遗孀说。不管怎么说，她儿媳数年前嫁过来，如今已经生了两个孩子，自然看上去有些显老，今天似乎也全身上下特意打扮了一通，但和雪子比起来，看着简直不像是年龄相近的人。菅野遗孀又说：“说到年轻，妙子小姐也是相当年轻了。最开始，妙子小姐来玩时，也不过是比这位小姐（指着悦子）稍大一点，第二次来是大正十四年（1926年）的话，那么距离现在也有十五六年了。”她似乎是怀疑自己是否看错，使劲眨眨眼睛，接着说，“这次看到妙子小姐过来，我根本不敢相信上次至今已经过了十几年岁月了，真是不可思议。刚才我把妙子小姐错当成悦子小姐，实在疏忽，现在再仔细看看，和那时候相比，妙子小姐根本没大多少，硬要说的话也就一两岁，怎么看都觉得是十七八岁的少女。”

下午三点送来了冷面，吃过后，幸子一个人被叫到主房的一个房间里谈正事，两个人相对而坐。说实话，幸子听遗孀讲了五分钟到十分钟，就开始后悔今天不答应过来好了。在菅野遗孀的讲述之中，她觉得最意外的、也是这段时间最担心的重要问题就是——对于对方的人格品行，遗孀不仅一概不知，甚至还没有见过泽崎家家主这个人。照菅野遗孀的话来说，泽崎家与菅野家同为世家，很早以前就世代交好，亡夫生前也与泽崎家两代家主交情甚好，丈夫去世后，儿子就没怎么和泽崎家交往了。因此，菅野夫人并不了解两家上代家主的事，且如今当家的泽崎，在她记忆里似乎从未来访过，自己也没和对方见过面，直到这次的事情之前，都没有书信来往。然而，由于两家的关系，双方共同认识的媒人、亲朋、出入家里的熟人不少，自然知道泽崎家的家主两三年前妻子去世，最近正在找续弦，相亲两三次都没成的事。续弦的事一直没有进展，泽崎先生本人年纪也已过四十岁，还有前妻留下的孩子们，尽管如此，却希望第二任妻子是第一次结婚，并且希望尽量是二十多岁的女人。这些消息即使不刻意打听，也会很大概率传到她耳朵里。菅野夫人说自己一直想着雪子小姐的事，虽然年龄上不符合对方要求的二十多岁，但还是觉得可以先谈谈，就提出了这门亲事。原本按程序来，应该由合适的人去谈，但又不能随便找个人就去，比起为让谁去烦恼而耽误时间，不如速战速决。因此，虽然有些唐突，还是由自己直接写了封信过去，说这边亲戚里有位合适的姑娘，不知是否愿意见一面，等等。之后，对方一直没有回信，她以为对方拒绝了，过了两个月，对方终于寄来了回信，可能这段时间对方正据她的信调查着吧。菅野遗孀说："这就是那封信。"把信展示给幸子看。幸子一看，写得非常简短："烂柯亭大人在世之时，幸得高谊，至今未得拜见伯母之荣，失礼之甚。然先日得您恳切来信，如此深情厚谊，不知何以感谢。未能尽早回复，只因俗务繁多，无可辩驳。此事难得，在下望与小姐见面。若您在两三日前告知，周六周日在下均可前去拜访。详细事宜可以电话告知。"信是在卷纸上用候文[①]写成的，字体、文体都是照例那一套，淋漓尽致地体现了"平凡"二字。幸子读过，有些哑然，惊得说不出话来。既然说是世家，那么无论是泽崎家，还是菅野家，都应比普通人更注重这样场合的传统习俗，现在这个样子算什么呢？尤其是菅野遗孀，事先未和莳冈家商量，按自己的想法，擅自与未曾谋面的人写信提亲，这做法简直不合她这么大年纪，粗鲁蛮横。幸子此前一直不知道这位老妇人还有如此莽撞的一面，说起来，还是由于上了年纪，才愈发明显的吧。而且她的相貌总有种权力威严之感，看得出是个直性子，看来本家姐夫尤其敬畏这位大姐也说得通了。此外，泽崎先生能答应这个邀约，也是很不平常，但考虑到他或许是不想对菅野家失礼，也不是解释不通。

幸子努力不表现出不满的神色，"我性子很急，不愿意拘泥于

① 日语文体的一种，特点是每句话以表示尊敬的"候"结句。起源于镰仓时代，多用于书信或公文中，现代仍在书信中保留部分传统。

规矩形式……”菅野遗孀似乎是在辩解：“因此，我想总之先让双方见个面，其他的事之后再说也可以，所以目前还没有对对方进行调查。但无论是泽崎先生本人，还是他的家庭，至今都没听说有过什么丑闻，我觉得应该不会有什么要紧的缺点。您各位觉得哪里有疑问，可以到时候直接问他，这样效率更高。”尽管如此，光是“泽崎先生前妻留下的孩子有两三个”这点，到底是两个还是三个、男孩还是女孩，到现在还没打听明白。不过，菅野遗孀似乎对自己的计划进展到这个地步很满意，非常高兴地说：“所以，一收到幸子小姐的回信，我就马上给对方打电话了，明天上午十一点左右，泽崎先生就会来访，咱们这边就由雪子小姐、幸子小姐和我，三个人与他见面。家里没什么好款待的，我想就让常子做点饭菜，中午一起吃个午饭。顺带一提，抓萤火虫的事就在今晚，明天早上妙子小姐和悦子小姐，就由我儿子带着，去看看关原之战和其他古迹，给他们带上便当出门，要是两点之前能回来，那么这边也应该能结束了。”然后，她接着说，“缘分这种东西谁都不知道，我实际上只想着雪子小姐今年是厄年，根本没想到本人看上去会那么年轻。让别人来看，说是二十四五岁都不为过，这样不也符合对方的年龄要求嘛。”幸子想，现在只要能找个巧妙的借口，真想把这次的事当作只抓萤火虫，相亲的事先延期一下。老实说，她因为菅野遗孀的一封信，就把雪子带过来，终归是由于信任菅野遗孀，觉得既然到了如此地步，应该已经做好了对应的准备。然而，对于雪子，无论是菅野家还是泽崎家，都太轻率对待了。要是雪子听到这些，她本人自不必说会生气，很明显，贞之助等人也会非常愤慨的。况且，不难想象，那个千万富翁泽崎先生，对于这样不请媒人、只凭一封信就要求相亲的人，心里是有多么瞧不起啊。甚至能想到，他一定不会把这次相亲当回事。幸子觉得，如果贞之助现在和她一起，也能提出在相亲之前要先调查对方身份，请个媒人按规矩办事。这些要求无论由谁评判都是完全有道理的，因此这也是个推迟相亲的办法。然而，面对一个女人家家、却如此热心张罗的菅野遗孀，她终究是说不出什么，再加上要考虑到东京姐夫的立场，虽然心里觉得雪子可怜，最终还是只能对菅野遗孀说“那就拜托您了”，任其发展了。

“雪子，觉得热的话就换衣服吧。也帮我脱一下。”

幸子回到偏房，用眼神表情示意雪子今天不相亲，自己也准备解开腰带，不知不觉发出了一声失望的叹息，她赶紧解释说是天太热的原因。菅野遗孀话里不愉快的部分，就不要对雪子和小妹说了。自己一想到那些话，都觉得心里堵得难受，今天一天就先努力忘掉这些吧。明天的事明天再说。今天就尽情享受抓萤火虫吧。……这种时候，幸子一向不会想不开，很快就能调整好心情。然而，一看到被蒙在鼓里的雪子，她心里仍然很难受。为了排解郁闷，她从衣服包里拿出波拉呢单衣和单层腰带，换好衣服，把脱下的衣服挂在衣服架上。

“那件和服，不穿着去抓萤火虫吗？”悦子似乎在怀疑，问。

“汗出得太多了，就换了这件。”幸子回答着，把衣服架挂到日式衣架上。

四

幸子这天一直睡不着。或许是因为换了个地方，但更主要的是疲劳过度吧。今天早上，她比往常起得都要早，在炎热之下坐了半天的火车和汽车，到了晚上，又和孩子们在漆黑的田间小路上到处跑来跑去，前前后后走了三四公里。……不过，抓萤火虫这件事，等以后回想起来才更怀念。……说到抓萤火虫，幸子只知道在文乐座[①]看《朝颜日记》[②]中宇治的场景——人偶深雪和驹泽在画舫上说着悄悄话——幸子一直以为抓萤火虫时会是像妙子说的那样，穿着友禅振袖和服，乡间晚风吹起裙摆衣袖，手持团扇到处追着流萤，这样才有风情。但实际上并非如此，因为要进入漆黑的小路和草丛中，所以菅野遗孀说，“穿的衣服会被弄脏，请换上这件”，也不知是为了今夜特意准备的还是常备的替换浴衣。她为幸子、雪子、妙子和悦子每个人准备了一件纹样合适的绉绸单衣。“真正抓萤火虫，可不能像画里画的那样了。”妙子笑着说，因为天越黑越能抓到萤火虫，所以就没有为衣服争奇斗艳的雅兴了。离开菅野家的家门时，外面已暗得仅能隐约看清脸，走到萤火虫出没的小河附近时，夜晚忽然降临……说是小河，也不过是田地里一条比沟渠稍大一些的普通小河中的一条，两岸生长着茂盛的芒草，遮掩住河水，甚至难以看清水面。最初，还能看清百米外有个土桥，据说，萤火虫讨厌人声和光亮，因此他们选择

① 木偶剧院，位于大阪道顿堀。

② 净琉璃歌舞伎剧。

从远处用手电筒照射，不声不响地接近萤火虫。来到小河附近，也没看到什么像萤火虫的东西，她们悄悄讨论着今晚萤火虫会不会不出来了，“不，有很多，请跟我来。”听到这个声音，大家钻到河岸草丛深处，此时正好是微弱余晖一点点转为墨色夜空的微妙时刻。从两岸草丛中，萤火虫簌簌地飞了出来，划出与芒草差不多高的低空弧线，飞向河道中央。一眼望去，小河沿岸处处是萤火虫飞舞，似乎没有尽头。之所以刚刚没有发现萤火虫的踪影，是因为芒草太高、太茂盛，在草丛中飞舞的萤火虫并不向上飞，只贴着水面在低空摇曳着。不过，就在天空即将变成墨色之时，在凹下的河面上，浓厚的夜色覆盖上来，眼前还能隐约看到近处杂草随风摇曳时，在遥远无边的河流前方，萤火虫从两岸草丛中飞出，划过无数道弧线，闪闪烁烁如鬼火一般，令人眼花缭乱。回想起来仍觉得似乎梦境一般，闭上眼，这情形依然历历在目。这是今晚印象最深的一刻。仅是看到如此景象，抓萤火虫便不虚此行。原来，抓萤火虫并非如赏花一样欣赏如画的景色，是具有冥想性的……但仍有一种童话世界的感觉，拥有童心童趣。……那样一个世界，与其描摹成画，不如谱写成乐。若能用古琴或是钢琴，作出一曲有如此风格的乐章就好了。

幸子这天深夜躺在床上，闭上眼想到这时那条小河两岸无数萤火虫整晚无声无息地闪烁、交织、飞舞，似乎被带入了一种无法言说的浪漫心境。自己的灵魂仿佛出窍，交织于流萤之中，忽高忽低地在水上飞行、摇曳、向前……说起来，追逐萤火虫时，她们发现那条小河蜿蜒绵长，一直延伸至看不到的尽头。河上架了土桥，她们在桥上到处来回于两岸……一边互相提醒着不要掉进河里，一边担心遇到眼睛如萤火虫闪烁的蛇向前行进。和她们一起去的菅野家男孩今年六岁，名叫惣助，对附近地形十分熟悉，在伸手不见五指的黑暗中敏捷利索地奔跑。“惣助！惣助！”今晚做向导的父亲耕助——也是菅野家的家主，担心儿子乱跑，时不时大声呵斥他。那时已有相当多的萤火虫了，大家都毫不顾忌地发出声音来。但由于被萤火虫吸引，大家很容易分散，因此他们需要时时互相呼唤，以免有人因黑暗掉队。幸子不知何时发现，只有她和雪子二人了，时不时地听到对岸悦子“小姨、小姨”的喊声，和妙子回答的声音……此时有些微风……声音时有时无。不管怎么说，只要是这种孩子气的游戏，姐妹三个当中，妙子是最爱玩的，身体也非常灵活，这种时候通常都由她陪悦子玩。……从小河对岸由风传来的声音，至今仍萦绕在幸子耳边，“妈妈，……妈妈在哪里？”“在这里呢……”“二姨呢？”“二姨也在这里……”“悦子抓到了二十四只萤火虫哦……”“注意别掉河里了。”……耕助在路边拔了些草，扎起来做成扫帚用手拿着。幸子一开始不知道他到底要做什么，原来是为了让萤火虫停在上面来抓的。耕助介绍说：“说到抓萤火虫的有名去处，就是江州的守山附近，还有岐阜市的郊外。在这些地方，特产萤火虫常被进献给达官显贵，禁止平民百姓捕捉。这里虽不是什么名所，但抓多少也不会有人说什么。”抓萤火虫抓到最多的就是耕助了，其次应该是惣助。父子俩勇敢地下到河边捕捉。耕助手上的野草扫帚因萤火虫点点发光，看上去犹如玉帚一般。幸子她们不知道到底走到哪里才能返回，耕助也不轻易说回去，幸子就说：“风大起来了啊，是时候回去了吧。”“已经在回去的路上了，不是来时的路。”耕助回答。但走了很久依然没有到达，才发现不知不觉间她们已经走了很远。突然，耕助说：“就是这里了。”大家抬起头一看，不知何时已经回到了菅野家的后门。每个人手里都拿着装了几只萤火虫的容器，幸子和雪子把它放进袖子里，抓紧袖口……

当晚抓萤火虫的情景，此后一直如萤火一般，毫无章法地在幸子脑中胡乱飞舞。她不禁怀疑自己是否在做梦，睁开眼，看到头顶小电灯仍在亮着，楣窗上挂着白天见过的匾额。匾额上书“烂柯亭”，由奎堂伯[①]所写，右上角盖着“御赐鸠杖”[②]。幸子并不知道“奎堂”是谁，只端详着“烂柯亭”三个字。忽然，漆黑的套间里，好像有什么在闪着光飞过，她抬起头，发现是一只不知从哪里误撞进来的萤火虫，被蚊香烟雾熏得要逃出去。此前，抓来的萤火虫中，大部分都已经被她们在草丛里放生，也有不少跟着飞进了房子里。睡前关窗户时，幸子以为已经全部放回庭院里了，不知这只萤火虫是哪里的“漏网之鱼”。萤火虫飞到五六尺高，却疲弱得已经没什么力气飞舞了，斜着飞过房间，停在幸子在角落里日式衣柜上挂着的衣服上了。然后，它似乎是顺着衣服上的友禅纹样，爬进衣袖里面了，透过灰蓝色绉绸，还能看到萤火虫的微弱亮光。幸子为了不让蚊香烟雾熏得自己咽喉痛，就起身走到装蚊香的素烧狸形蚊香台前，灭掉了蚊香。顺便抓住了那只萤火虫——她觉得用手直接碰有点膈应，就用手纸垫着，轻轻包着萤火虫——从窗户缝隙中放飞到外面。此时再看，那草丛里和水池边有许多闪烁发光的萤火虫，如今似乎都已经回到小河两岸

①清浦奎吾（1850—1942），伯爵，1924年出任首相。

②战前，皇宫赐予八十岁以上老臣的老人手杖，手杖顶部为鸠形。

了，几乎看不到了，庭院里又恢复了漆黑一片。幸子再次回到床上，依然翻来覆去地睡不着，听着其他三人熟睡的呼吸声。八张榻榻米的房间里，沿着壁龛，分别是幸子、妙子，两人对面是雪子和悦子，四人头对头睡着。忽然，幸子听到了不知是谁的轻微鼾声，她竖起耳朵仔细听听，发现似乎是雪子。她感慨着雪子竟然会发出细微平稳的可爱鼾声，正倾听时，本以为已经睡着的妙子保持着睡姿，轻轻问她：

“二姐，还醒着吗？”

“嗯……我一点也睡不着。”

“我也睡不着。”

“小妹一直醒着吗？”

“嗯……我一换地方就睡不着。”

“雪子睡得真好啊。都打呼噜了。”

“雪姐打呼噜，像猫似的。”

“真的是，‘小铃’就那么打呼噜。”

“她可真悠闲，明天还得相亲呢。”

幸子想起，在“睡眠”上，妙子比雪子更神经质。怎么想都觉得这两人应该是相反的，但妙子平时比别人睡觉轻得多，稍有些动静就会被惊醒，而雪子却不像表面看上去的那样，睡觉很踏实，疲累的时候在火车上也能坐着呼呼大睡。

“明天，那个人来这里吗？”

“嗯，十一点左右到，一起吃个午饭。”

“那我怎么办？”

“小妹和悦子由耕助先生带着去参观关原。然后雪子、我，还有菅野大姐三个人和他见面。”

“这些跟雪姐讲了吗？”

“刚才跟她说了一下……”

幸子由于今天悦子没离开自己身边，所以一直没有机会和雪子讲明天的相亲安排。此前在抓萤火虫的路上，她趁着只有她和雪子两个人时，在雪子耳边悄悄说：“雪子，明天中午和对方见面……”不过，雪子只回应了一个“嗯”，没有再多问什么，在一片漆黑中默默地跟着她走着。幸子不知如何接话，只好沉默着走路。就像妙子说的那样，听到雪子如此安逸的鼾声，就知道她并没有把明天的相亲太放在心上。

“雪姐这种相了多少次亲的人，对相亲已经习惯了吧。”

“或许是吧。不过，她可真是个心大的人。”幸子说。

五

悦子听幸子对她说，“妈妈和二姨已经去过好几次关原了，就在家待着了。小姨只在小时候去过，她还想再去看看，今天就让小姨带悦子去吧”——她似乎发现了今天要有什么事情，要是平时，她定会撒娇说二姨不去不行，这次却老老实实地同意了，和耕助、惣助、妙子和带着便当的老用人五个人乘上来迎接的汽车出发了。没过多久，“烂柯亭”六张榻榻米的房间里，幸子正帮雪子梳妆打扮。

“客人已经到了。”

常子走过走廊，前来通知。幸子和雪子两人被带到主房最里面的一间十二张榻榻米的房间里，房间有着书院式窗户，风格偏古。在漆黑发亮的厚地板走廊外面，有一个专为此房间建造的庭院。对面透过古老枫树的新绿嫩叶，看得到佛堂屋顶瓦片，水钵前石榴花盛开，从那里到铺满那智黑石的水池，木贼草繁茂丛生。幸子没想到在这样的乡下竟然会有如此别致的房屋庭院，一时看得出神，久远记忆复苏。她渐渐回想起二十年前第一次拜访这里时，似乎就是被带到这个房间里的。那时还没有偏房，大姐夫妇和幸子姐妹五个人就睡在这个大房间，那么应该就是这里了。幸子几乎忘记了其他事情，神奇的是，只记得水钵前的木贼草。说到原因，大概是木贼草在走廊旁边生长得非常茂盛，青绿细茎如雨丝一样茁壮成长，看上去甚至有些奇妙，难得一见，当时给她留下了深刻印象。两个人走进房间，客人正因初次见面和菅野遗孀互相行礼问候，介绍过幸子她们，依次照序就座。泽崎背对正面壁龛，背对侧面拉门、面对明朗庭院的是幸子和雪子，坐在泽崎对面下座的则是菅野遗孀。泽崎入席就坐前，面向壁龛跪坐，壁龛花瓶里插着一枝摆放成未生流[①]式的一叶兰。他似乎在仔细打量挂轴上的书法，而幸子和雪子也趁此机会从后观察他。泽崎大概四十四五岁，外表瘦小，脸色显得有些腺病体质，是个绅士。他的举止言行，一举一动等都很寻常，并没有豪阔的样子。茶色西服挺括有型，但边边角角已有磨损，富士绢衬衫似乎因多次泡水而有些发黄，丝质袜子

① 在大阪发源的花道流派之一。

上的条纹也快消失。他穿着的这套衣服，和幸子她们的装束相比，显得过于粗糙了，这就是他没把这次相亲放在心上的证据，同时也显现出他是个生活节俭的人。不知泽崎是否满意地欣赏过了挂轴上的诗。

“这星岩[①]真是不错啊！”说着，坐回座位，“据说当家的收藏了很多星岩的书法呢。”

“呵呵。”

菅野遗孀笑得矜持。不过，这位老妇人似乎最受用这种客套话，表情一下子和颜悦色。

“我去世丈夫的祖父，曾经师从星岩先生……”

不仅如此，还收藏了几件星岩先生夫人红兰的书法、写的扇面和屏风；山阳[②]有名的女徒弟江马细香[③]的几幅墨迹；做大垣藩侍医的细香家与菅野家似乎有过来往，因此也收藏有细香父亲兰斋的尺牍[④]。这些藏品成了两人讨论的话题，菅野夫人与泽崎就此聊了一会儿，谈到了细香与山阳的恋爱关系、山阳在美浓游玩时的事以及《湘梦遗稿》，等等。泽崎讲了不少，菅野遗孀的话不多，但仍一直应和着，表示她并非对这些事情一概不知。

“亡夫喜欢收藏细香在墨竹上写的赞词，时常展示给客人看，边展示边讲细香的故事，我听得多了，自然也记住了……”

“啊啊，是这样啊……先代家主真是个兴趣广泛的人啊。我曾经

---

① 即梁川星岩（1789—1858），江户末期汉诗诗人。

② 即赖山阳（1780—1832），江户末期汉学家。

③ 江马细香（1781—1861），江户末期女画家、诗人。

④ 即书信。

也有幸和他下过几次棋，每次都对我说到‘烂柯亭’来做客，当时我说有机会一定到府上打扰，拜见家主珍藏的字画……”

“实际上，今天本来想带您到‘烂柯亭’的，但不巧那里已经有客人住了——”菅野遗孀对着一直闲来无事的幸子姐妹说，“莳冈家的各位下榻我家，就让她们住在了那里——”

“的确如此，这里的房间也真是漂亮。”幸子终于插上了话，“不知是否是独立成栋的原因，‘烂柯亭’非常悠闲清静，真是个不错的地方。能在那里住下，比住什么旅馆的配楼都舒服。”

“呵呵。”菅野夫人又笑了笑，“确实如此，您若是喜欢，请再多住几日……丈夫晚年喜欢清静，就一直待在‘烂柯亭’里。”

“说起来，‘烂柯亭’的‘烂柯’是什么意思呢？”

“啊，这还是请泽崎先生说明一下吧……”菅野夫人的语气似乎是要考考他，泽崎的脸色一下子变了。

“哎——”他的表情马上正经起来，显得很不愉快。

“晋朝有个樵夫叫王质，在山里围观童子下棋，正值其时，他的斧头木把都烂掉了，是这样的典故吧？”

“啊——”

泽崎脸色更加难堪，眉头紧蹙。菅野夫人不再追问。

“呵呵。”

只是笑了笑，那笑声听起来有些微妙地令人不舒服，场面一度有些难堪。

“大家请吧，没准备什么——”

这时，常子坐在泽崎的食盘前，用青九谷酒壶斟酒。

今天虽说是家常饭菜，但从菜色来看，大部分似乎都是大垣附近外送饭馆送来的饭菜。实际上，幸子觉得，这么热的天，比起这样生鲜较多、且是乡下料理店做出来固定几种宴会料理，更想吃自家厨房煮的新鲜时令蔬菜。她试着拿起筷子夹起一片鲷鱼刺身放进嘴里，果不其然，嘴里黏糊糊的，刺身早已软了下来。幸子对于鲷鱼的口感特别敏感，吃下去时慌忙喝了杯酒，和着咽了下去，然后暂时放下了筷子。环顾所有菜色，能引起她的食欲的，只有盐烤小鲇鱼了。刚才菅野夫人道谢时，她从中听出这是泽崎带来的礼物，冰镇后拿过来的，在家里烤好上菜，一看就和饭馆料理不同。

“雪子，尝尝鱼吧。”

幸子由于自己问了那样一个不合时宜的问题，让所有人冷场，因此想着必须弥补一下，然而泽崎很难接近，没有办法，只好先和雪子搭话了。雪子一开始就没有说话的机会，只能低着头。

“啊……”她稍稍点了下头。

“雪子小姐，喜欢吃小鲇鱼吗？”菅野遗孀问。

“嗯……”雪子再次点了下头，幸子接着说，“我非常爱吃鲇鱼，妹妹比我更爱吃……”

“啊，那就太好了。今天全是乡下的饭菜，我还担心合不合各位的口味，幸好泽崎先生送来了这些新鲜小鲇鱼……”

“在我们这种乡下，几乎都吃不上这么新鲜的鲇鱼。”常子插话说，“而且还用了这么多冰块冰镇着拿过来，一定很费劲吧？这么新鲜的鱼，是在哪里抓到的呢？”

“是在长良川……”泽崎渐渐平复了心情，“昨天打电话拜托别人，刚刚用火车送到岐阜站的。”

“哎呀，真是劳您费心了……”

“托您的福，吃到了这么新鲜的鱼。”菅野夫人说完，幸子也跟着说。

从这个话题开始，座间气氛逐渐缓和下来，大家聊了岐阜县的名胜古迹、日本莱茵河[1]、下吕温泉、养老瀑布、昨晚抓萤火虫的事等话题。不过，聊这些时实在不如一开始那样有兴致，大家忍着生硬尴尬，为了不冷场才硬要找话题聊。幸子想到自己酒量还可以，这种时候稍微来点酒桌上的“斡旋”就好了，但这里毕竟是十二张榻榻米那么大的房间，四个人的座位隔得相当远，又只有一位男客人，常子考虑不到这一点也情有可原。况且，不管怎么说，这都是夏天的午饭，即使劝酒也不会喝太多。菅野遗孀和雪子食盘上的第一杯酒已经冷掉了放在那里，幸子的酒在刚才吃鲷鱼刺身时就已经一并喝下，酒杯空空，常子却只为泽崎斟酒，似乎认为女客人们不再倒酒也可以。然而，泽崎不知是心情不好还是客气，或是真的不喜欢喝酒，给他斟酒三次他只喝了一次，实际只喝了不过两三杯酒。此后，“请您放松坐下就好。”菅野遗孀时不时这样劝他，“不，现在这样就可以。”他边说边并拢穿西服裤子的膝盖，毕恭毕敬。

“那个，请问您经常去大阪神户地区吗？”

“是的，神户没怎么去过，大阪的话，一年去个一两次——”

幸子无论如何也无法想清楚自己心里的疑惑，即泽崎这样一个

---

① 岐阜县南部溪流，由志贺重昂按德国莱茵河命名。

“千万富翁”是出于什么动机答应和雪子的相亲的。今天从一开始，幸子就一直在观察这个男人是否有什么缺陷，但从到现在为止的举止言行来看，似乎没有什么突出的异常之处。只不过，有点滑稽的是，他被问到自己不知道的事时的态度。不知道的东西明明说“不知道”就好，他却那么不高兴，这点看得出他世家少爷的脾气。这样一想，再看他眉间稍往下一点，鼻梁两侧看得到青筋暴起，是肝火旺盛的面相。而且，不知是不是错觉，他的眼神很女性化、很阴郁，甚至有些惴惴不安，令人不禁觉得他是不是藏着什么秘密。不过，比起这些，幸子很早就察觉到，这个人对雪子没什么兴趣。她在刚刚泽崎与菅野夫人闲谈时，发现他时不时用目光打量雪子的容貌，那阴郁冷淡的眼神，此后几乎没在雪子身上停留过。他清楚菅野遗孀和常子一直煞费苦心寻找话题让两人说上话，但他也只是出于礼貌，说了一两句话后又转向了别人。一个原因是，雪子不管别人说什么，都只回答“是、是”，似乎没什么主见。但很明显的是，泽崎并不中意雪子，而且这样推测的主要原因或许就在雪子左眼眼眶。之所以这样说，是由于雪子那里褐斑一直没有消失，幸子从昨天起心情就不大好，期望今天那块褐斑能变淡一些，然而今天却比昨天颜色更浓了。雪子本人对此倒是毫不关心，今天早上依然一如往常厚厚地扑粉。“雪子，粉扑得太厚了。”幸子一边帮忙，一边默默抹掉些脂粉，在她眼睛下方打上腮红，用各种方法遮挡住褐斑，但不管怎样，都没法完全遮盖住。幸子进到这个房间里时，一直提心吊胆。菅野遗孀和常子有没有注意到雪子的褐斑，从她们的举止中还看不出来，但不巧的是，雪子的座位从泽崎的角度来看，正好是左半张脸对着他，初夏庭院的眩目阳光直直地照在雪子脸上。只是雪子自己并不觉得这是缺点，从未表现出厌恶或羞怯，言行举止非常自然，多少挽救了些场面。然而，幸子却觉得这时比昨天早上坐省线电车时更加明显，长时间把雪子放在那里，反倒是幸子觉得无法忍受了。泽崎吃过饭后，忽然说：

“恕我实在无礼，火车快出发了。”

他淡然起身告辞，幸子从心底里舒了一口气。

六

“难得来一趟，就再住一晚嘛，明天是周日，带你们去刚才提到的养老瀑布怎么样？”幸子婉言推辞了菅野遗孀，说悦子她们回来后就收拾收拾告辞，赶上了预定的三点零九分出发的列车，这样五点半左右应该就会到达蒲郡了。明明是周六下午，二等车厢的乘客却寥寥无几，四个人正好坐上了面对面的座位。一坐下就涌上了昨天至今的疲劳，大家连说话的力气都没有了，筋疲力尽。即将入梅，天空阴郁，车厢闷热潮湿，幸子和雪子靠着椅背开始迷迷糊糊起来，妙子和悦子亲密地挨在一起，读着《周刊朝日》和《SUNDAY每日》。读了一会儿，妙子忽然说：

“悦子，萤火虫会飞跑的。”

她取下挂在窗边的装萤火虫的小罐，把它放在悦子的膝盖上。这是昨天夜里，菅野家的老用人为悦子做的，把空罐头底部剪掉，两侧盖上纱布，就成了个简易的装萤火虫的容器。悦子很宝贝这个罐子，甚至把它带到了火车上。不知何时，缠纱布的绳子松了，从缝隙里爬出了一两只萤火虫。

“给我给我，我给你补补。”

马口铁制罐头滑溜溜的，悦子没法好好把绳子重新绕上纱布，妙子就把它拿到自己的膝盖上。即使在白天，只要把纱布里面的萤火虫放在阴暗的角落里，依然看得到它们闪烁着青光。妙子从纱布缝隙中向里看。

“啊，悦子，快来看。”她又把罐子递给悦子，“不知道是什么，好像进去了很多不是萤火虫的东西……”

悦子也往里面瞧了瞧，说：

“是蜘蛛啊，小姨。”

“还真是。……”妙子说着，只见米粒大小的可爱蜘蛛跟在萤火虫后面，一个接一个地爬了出来。

“啊，完了，完了！”妙子把罐子扔在椅子上后站起来，悦子也站起身，幸子和雪子也睁开眼。

“怎么了，小妹？”

“蜘蛛，蜘蛛……”

在一群小蜘蛛中，忽然爬出来了一只大的，四个人都站了起来。

“小妹，把那罐子放别的地方吧。”妙子抓起罐子扔向地板，或许是因此受惊，罐子里飞出了一只蝗虫。蝗虫在地板上蹦跶了一会儿，就飞向座席过道的另一端了。

“哎呀，太可惜了，那些萤火虫……”悦子恨恨地盯着罐子说。

“哎，我帮你们抓蜘蛛吧。”斜对面座位上，一个男人笑着观望着一切。这男人看样子五十岁左右，像当地人，身穿和服，边说边捡起罐子。

“请借我个发卡或是别的什么。”

幸子借给了他一个发卡。然后，他从罐子中一个一个地夹出蜘蛛，把它们都仍在地板上，使劲用木屐踩死。发卡一端和蜘蛛一起带出了缠绕在上面的草，还好萤火虫没怎么逃出来。

“小姑娘，萤火虫大多都死了。”那个男人重新卷好纱布，左右晃了晃罐子，“拿到洗手池去，稍微给它洒点水。”

“悦子，顺便好好洗洗手再回来，摸萤火虫可是有毒的。”

“萤火虫好臭，妈妈。”悦子闻了闻自己的手，“有种青草的味道。”

“小姑娘，萤火虫死了后不要扔掉呀。留着它们，能做药呢。”

“能做什么药？”妙子问。

“给它弄干了之后保存，等被烫伤或摔伤时，把它和饭粒拌在一起，涂在伤口上就行。”

“真的有用吗？”

“我也没试过，是听说有效果的。”

列车渐渐驶过尾张一之宫。幸子她们从未坐过普通列车经过这一带，看列车一站一站地停在自己不记得的小站，无聊得不得了，感觉岐阜到名古屋那段特别长。不久，幸子和雪子又开始打起了盹儿。“到名古屋了，妈妈……能看到古城了，二姨……”悦子正准备叫醒她们，车上忽然涌进了不少乘客，两个人睁了下眼，等车开出名古屋，又立马睡过去了。列车开到大府一带时下起了雨，她们浑然不觉，睡得香甜。妙子站起身，关上车窗，而车厢里车窗处处紧闭，室内更加闷热透不过气，大部分乘客都前仰后合地睡着了。忽然，幸子她们座位四排前面、过道对面背向坐席上坐着一位陆军士官，哼起了舒伯特的《小夜曲》。

我的歌声

穿过深夜

悄悄向你飞去

在这幽静的……

那士官端正地坐在座位上，一动不动地歌唱，幸子她们睁开眼时，一开始不知是谁在歌唱，只听密闭的室内空间里歌声缭绕，最初还以为是从放在哪里的扩音器传出来的。从幸子她们这边来看，只能看到穿着军服的背影和侧脸的一部分，不过，很显然这是个二十多岁的青年，稍有些腼腆地唱着。幸子她们在大垣站上车时，就看到这位士官已经在车上了，只看到他的背影，没见过正面。然而，刚刚由于萤火虫闹出来的骚动，全车乘客的目光都集中在了幸子她们身上，那位士官应该不会没有看到她们。他大概是过于无聊，为打消袭来的睡魔才唱起歌的，对自己的歌声看来很有自信。他似乎察觉到后面一群华丽漂亮的女人们听他唱歌，因此有些拘谨。当他唱完歌，好像更害羞了，低下了头。没过一会儿，又开始唱起舒伯特的《野玫瑰》。

小童一见野玫瑰

荒野中的野玫瑰

纯洁盛放将欲滴

令人心动惹人爱

红艳娇美野蔷薇

……

这些歌曲都是德国电影《未完成的交响乐》的插曲，幸子她们也十分熟悉。她们不知是谁起了个头，一起和着士官的歌声哼唱起来。歌声渐渐变大，最终和士官的歌声融到一起了。士官的脸红到了脖子根，从后面看得一清二楚，忽然，他的声音兴奋得颤抖起来，再也抑制不住，唱得越来越大声。无论是士官还是幸子她们，座位相隔相当距离，在这种场合下反倒更适合，互相没有阻碍，可以尽情歌唱。合唱一曲完毕，室内又恢复到此前的寂静。士官此后再未唱歌，羞涩地低下头，到冈崎站时偷偷摸摸站起身，逃也似的下了车。

“那位军人，一次都没让我们看到正脸。”妙子说。

幸子她们是第一次到蒲郡游玩。这次之所以想去，是从贞之助那里听说了这边常盘馆的介绍。贞之助每个月都要去名古屋出差一两趟，每次都说“下次一定要带你们去一次那边，悦子肯定会高兴的”，总说“下次”“下次”，也约好了两三次要去，但每次约定都不巧告吹，因此这次她们几个去蒲郡旅行，就是贞之助提出来的。贞之助说一直想在名古屋时顺便玩玩，但每次事情都很多，没有陪她们去的时间，就借这次这个机会让她们自己去吧。虽然时间有点匆忙，但还能从周六傍晚玩到周日下午——说完，给常盘馆打了个电话交涉一下，预定了房间。自从去年去东京以来，积攒了不少没有丈夫陪同的旅行经验的幸子，与以前不同，自己更加大胆，如小孩子一般高兴地出发了。她到达旅馆后一看，必须感谢丈夫为了她们做出的日程安排。原因就是，今天的相亲回想起来，越想心里越不痛快，如果当时就那样和雪子在大垣站前分别，这种说不出口的烦闷心情不知要持续到何时。对她来说，自己不愉快还好，要让雪子遭遇到这种打击，让她一个人孤零零地回东京，幸子实在是不忍心，因此丈夫真是做了个非常好的安排。幸子自己当然也在努力，不再去想今天在菅野家发生的事情，但重要的是看到雪子和悦子、妙子一样，享受在这里的一晚，就觉得如释重负。比这更幸福的是，第二天早上雨也停了，是个天气不错的周日。而且这个旅馆里的各种设备、娱乐设施、海岸景色，等等，都如贞之助预想的一样，让悦子特别高兴。尤其是幸子看到，雪子似乎没把昨天的相亲放在心上，心情特别明朗，幸子也觉得庆幸不已，仅仅这点，就已经值得来了。此后，她们下午两点多去蒲郡站，分别乘仅隔十四五分钟的上行车和下行车，各奔东西，一切均按计划有条不紊地进行。

由于雪子要坐的上行车是后出发的，因此她目送其他三人离开后又等了一会儿，才坐上开往东京的普通列车。她事先想过，这么长的路程，坐普通列车一定很无聊，但拜托旅馆买快车票，还要在丰桥换乘实在太麻烦，就决定坐直达东京的列车，拿出放在包里的阿纳托尔·法朗士的短篇小说集读了起来。然而，不知为何心情烦闷，读不进去，因此雪子没读多久就放下了书，望着窗外出神。她知道自己现在心情烦闷，是前天起到现在，肉体疲劳积攒下来造成的，也是刚才和大家开心玩乐的反作用。还有个原因就是，今天起又要在东京待上几个月，一想到这点，就觉得胸中喘不上气来。特别是这次在芦屋待的时间尤其长，甚至以为从此以后不用回东京了，还有在旅途中一个不知名的车站，忽然仅剩下自己一个人，更是孤独寂寞。刚才悦子开玩笑说“二姨今天别回东京，送悦子吧”时，她轻轻答应了一下：“我马上还会回来。”但说句实在话，“要么先回一趟芦屋，改日再去东京吧”——她甚至认真地考虑了一下这样做的可能性。二等车厢比昨天还空，她一人占了四人的座位，盘腿坐在座位上，靠着椅背准备睡觉，但左边肩膀僵硬酸痛，连脖子都没法转动，无法像昨天那样很快睡着，稍微迷糊一会儿就又醒了。过了三四十分钟，列车开过辨天岛时，她已经完全清醒、睡不着了。她刚才就注意到，在她对面隔着四五排的座位上，有个男人面对自己坐着，目光盯着自己的睡颜，才让她一直睡不好的。那男人看她把腿放下来，穿上草鞋，悄悄坐直起来，才把目光转向窗外。他好像突然想到了什么，没过一会儿又上上下下打量起雪子来。雪子最初对这无礼的视线觉得很不愉快，但后来还是认为，这男人一定是有什么原因，才这样盯着自己的。这是因为，在这期间，她开始觉得那个男人的脸曾在哪里看到过，那个男人大概四十岁左右。身穿鼠灰底色的白色竖条纹西装，里面穿着开襟衬衫，皮肤黝黑，头发立立正正地梳着偏分，给人一种乡间绅士的感觉。他身材瘦小，两膝之间夹着洋伞，手搭在伞上，刚刚还把下巴放在手上，现在背靠椅背，头上边的行李架上放着纯白色的巴拿马帽子。这人到底是谁，雪子怎么也想不起来，双方面面相觑，不管是那个男人还是雪子，对方看过来，自己就偏过头，这边看过去，对方也回避视线，互相偷偷窥视着。雪子想起这个男人之前是在丰桥站上的车，觉得在丰桥一带应该没有认识的人。忽然，她想到这会不会是十多年前，在姐夫的介绍下相过亲的三枝？那时的确说过，三枝是丰桥市的豪门，大概那个三枝就是现在这人没错了。那个时候，她就觉得这个男人相貌看起来像乡间绅士，一点没有聪明灵活劲儿，因此没看上他。尽管姐夫热情周旋，她依然任性拒绝，从那时起已过了十多年的岁月，如今再看，那人还是一副乡下人的样子。倒不至于有多难看，但一开始见他就觉得显老，虽说和那时相比没有老太多，但乡下气息更浓重了，正由于这个特征，雪子现在才能在过去众多相亲对象已然模糊的"脸"中想起这张脸。雪子想起他时，男方似乎也隐约认出了她，突然有些尴尬，赶紧把视线转向别处。即使如此，他似乎仍有些怀疑，经常偷偷摸摸、反反复复窥向这边。若这个男人真是三枝，那么在那次相亲之外，他还到过一两次上本町的家，和雪子见过面，沉溺于她的美貌，热切恳求过结婚。如果是这样，即使她忘了，他也应该是记得她的。恐怕那个男人不是怀疑她是否变老，而是看她自相亲后几乎没什么大的变化，依然保持年轻，一身大小姐装束，对此十分惊讶吧。雪子希望那个男人目光执着地停在她身上的原因，不是前者而是后者。即便如此，被这样上下打量着端详，雪子也并不愉快。她想到自己昨天也在相亲，已经不记得是那次以来的第几次相亲了，况且现在还是在相亲结束的归途中，若是让他知道了这些，自己不由得开始惊惧。更不走运的是，今天和昨天不同，穿的是颜色并不艳丽的友禅和服，脸上的妆也是随意化的。她自己也知道，自己坐火车旅行时，脸色比平日更加憔悴，因此几次想去重新化妆。但在这种场合，路过这个男人去洗手间自不必说，连从包里拿出粉饼都觉得是自己示弱，顿觉厌烦。不过，看这个人也坐普通列车，应该不是去东京，但她一直在意着他到底会在哪站下车。到了藤枝站，那个男人站起身，取下放在行李架上的巴拿马帽子，走的时候还毫不客气地瞥了一眼雪子再下车。

不过，那个男人下车后，雪子疲倦的脑子里却不断浮现出那次相亲前后的事。自己和那个男人相亲是昭和二年（1927年）吧？……不对，是昭和三年（1928年）吧？……自己那个时候刚过二十岁，那次是自己经历的第一次相亲吧？……不过，自己为什么讨厌那个男人呢？……姐夫那时候那么热心张罗，三枝说起来也是丰桥市屈指可数的资产家，那个男人又是那家的嗣子，说什么对雪子来说没什么不好的，对现在的莳冈家也是非常难得的不错姻缘，都进展到这个地步了再不同意，他的立场也没了，换着花样来劝自己……自己说什么也不同意，是觉得那个男人的相貌缺了点聪明劲儿——但这并非唯一的理由。不光是容貌，那男人说自己上中学时因病没再升学，当雪子知道实际上是他中学时期的成绩并不好后，更加反感了。而且，做个再怎么有钱的资产家夫人，都要在丰桥这个小城市里无聊地度过一生，实在是寂寞。这个理由二姐也非常同意，说嫁到那么个农村去，雪子真是太可怜了，甚至比她自己更强烈地反对。……不过，不管是二姐还是自己，虽然没说出口，但的确是存心让大姐夫不舒服的。那时父亲去世不久，她们对平时低眉顺眼的大姐夫一下子威风起来非常反感，而这时大姐夫想用自己的权力威严强行给雪子拉来那门亲事，以为只要稍微压迫一下，女人就会听话。不光是自己，二姐和妙子也被他惹怒，三人同盟和姐夫作对。大姐夫最生气的是，自己从未明确表示过

“不同意”，不管他怎么问，自己的态度都含混不清，最后姐夫没有退路，自己才明确拒绝。自己因此被姐夫指责时，借口说年轻小姐的谨慎谦恭令自己无法在人前明确答复，自己到底同不同意，从言行举止上就能看出来。但实际上，自己知道这个姻缘是大姐夫在银行的上司在牵线搭桥，为了让姐夫骑虎难下，才故意拖延回复的。……不管怎么说嘛，自己和那个男人没什么缘分，但他偶然间被卷入自家家庭不和中，成为兄妹斗争的道具，只能说他不走运了。……自己自那以后，再没回想过那个男人，也没有听说过他的消息，也许那之后不久他就和谁结婚了，现在有了两三个孩子了吧。而且，恐怕他已经继承了三枝家，成了三枝资本家家主了吧。……雪子想到这里，又设想了一下自己如果现在是那个乡间绅士的妻子会怎样——她没有不服输，只是觉得自己那样一定不会幸福。如果过着像那个人一样的生活，每天坐悠长的普通列车，在东海道线偏僻车站之间来来往往，和那样的人过一辈子，哪里幸福了呢？只能说，自己没嫁给他是正确的。

那天晚上过了十点，她回到了道玄坂的家中，路上邂逅那个男人的事，她没有对姐夫和姐姐说。

七

那天，幸子坐在回家的火车上也想到了很多。在她脑海中，比起前天夜晚抓萤火虫、昨晚到今天上午在蒲郡的情景，以及快乐的游玩，更多的是浮现出刚才在车站分别时，雪子一个人站在站台上目送她们的样子，还有眼眶下的褐斑，今天比昨天更加显眼，以及憔悴的脸，等等，一直挥之不去。由此，那痛苦的相亲记忆又浮了上来。她至今为止不知陪雪子相亲过多少次——已经十年了，像这次这样简单的相亲也有五六次了——但如这次一样，自己这边觉得自卑的，还从来没有过。至今为止，一直都是自己这方条件优越，带着自信和自豪去相亲的，且一向都是对方来请求自己这边同意的——总是由自己这边表示“不同意”，让对方“落第”——这次一开始就令自己这边低声下气。本应在最初收到来信时就拒绝的，是自己这边让了步，在接下来听菅野家遗孀说明时，明明可以拒绝的，结果又让了步。这些总之都是看在菅野遗孀和大姐夫的面子上做的，但在相亲席上，这样战战兢兢、小心翼翼，是怎么了呢？明明一直以来都认为雪子这个妹妹无论带到哪里都不丢份，逢人便夸赞，为什么昨天泽崎目光转向雪子时，自己就提心吊胆呢？不管怎么想，昨天自己这边都是“考生”，泽崎才是“考官”。她一想到这里，就觉得自己和雪子不知受了多大的侮辱。更别说，现在妹妹脸上出现了无法否认的瑕疵，虽然微小得不值一提，但毕竟确实是个瑕疵——这个想法重重地压在幸子的心头，无法排解。反正对这次相亲的结果也不抱期待，但以后要怎么办呢？事到如今，最亟待解决的问题就是治疗褐斑了，但到底能不能彻底治好呢？因为它，会不会让雪子的姻缘更加困难了呢？……即使这么想，昨天褐斑比以往颜色都要深，再加上光线、位置、角度，等等，对雪子来说都是非常不利的条件，才会导致如今的结果吧？不过，有一件事是确定的，那就是从此以后，再也不能用以往那种优越感来对待“相亲”了。恐怕下一次相亲，也要像昨天一样，自己提心吊胆，不得不让妹妹暴露在对方的凝视之下。

妙子也看出幸子心情格外低落不只是因为疲劳，她思考了片刻，当悦子起身去给萤火虫罐子洒水时，

“昨天情况如何？……”她悄悄问了下幸子。

幸子甚至没有心情说话，过了一两分钟后，像忽然想起什么似的，说：

“昨天啊，非常草率地就结束了。”

“这次结果能怎么样？”

“谁知道呢……反正去的时候，火车都停在半路不动了。”

幸子说完，便又陷入沉默，妙子也未再深究。当晚回家后，幸子跟丈夫大致汇报了昨天的情况，至于那些令自己不快的事，若是讲出来，就会再次令夫妇俩都觉得不愉快，实在难受，因此她选择一笔带过。贞之助说：“要是肯定被拒绝的话，还是我们这边先提出回绝怎么样？对于那样的男方，我们不要被小看了才好。”话是这么说，这种事情对于菅野家和本家是绝对做不到的。况且，不管怎么说，万一有可能呢——幸子心中依然抱有一线希望。然而，还不等夫妇俩想出办法，追着幸子回家的，便是菅野遗孀很快寄来的信。

莳冈幸子夫人妆次：

谨启者，前日特地远道而来，可惜敝舍穷乡僻壤，招待不周还望海涵。金秋时节，还请各位到时光临采蘑菇，热切盼望各位到来。

本日接泽崎氏来信，随信附上请您过目。本人言微力轻，虽尽力周旋，仍无果而终，在此表示深深歉意，恳请您宽宏大量。近日犬子拜托名古屋友人帮忙打听，昨日收到回复，称对方即使恳望结亲，也不知女方定会同意。此非令人惋惜之缘分。只是念及您和各位不辞辛劳，舟车劳顿远行至此，实在过意不去。最后，拜托您一定代我问候雪子小姐。

菅野安谨上

六月十三日

菅野遗孀来信内容如上。随信所附泽崎来信记载如下：

菅野安夫人侍史：

谨启者，梅雨时节，天气阴郁，祝您一家隆盛繁荣。

前日受您多方关照，设宴款待，深表感谢。

关于莳冈小姐之事，其后商议，均曰无缘，请代为转告。念及尽快回复，故匆忙回信。

承蒙厚爱，再次深表感谢。

泽崎熙拜手

六月十二日

这两封言辞怪异的信，在各种意义上令夫妇俩再次感到不快。首先，这是他们第一次遇到由相亲对象明确宣告“落第”——第一次站在被打上“失败者”烙印的立场上——对此他们已做好心理准备。让他们心情尤为烦闷的是，泽崎与菅野遗孀的写信方式，也就是对待这次相亲的方式。如今再谈已无意义，泽崎的书信写在了一张格子信笺上（此前，幸子在菅野遗孀那里看到的，明明是用毛笔写在卷纸上的信）用钢笔写得满满当当，这一点就令人感觉不快。信中还写着“其后商议”，可以想到，实际上十日那天他心里一定已经决定了，本应立刻回绝，却顾忌着各方才隔一天通知的。尽管如此，这也并非直接寄到莳冈家的信，语气如此做作，何必不用能让菅野遗孀接受的方式拒绝呢。只说“均曰无缘”，却没有讲清理由，且不提把人大老远叫过去有多过分，对于菅野家来说，不也是很失礼吗？此外，“均曰无缘”中“均曰”又是什么意思？看此句上文“其后商议”，意思似乎是和家人亲戚商量过后，大家都认为两人无缘，难道这就是所谓千万富翁的见识吗？不管怎么说，这“均曰无缘”更是缺乏诚意，令人不愉快。菅野遗孀写了这么一封信，又随信寄来了泽崎的信，到底是什么意思呢？不管泽崎怎么写，眼不见心不烦，又不是寄到自己这边的信，没有必要特意让女方看吧？菅野遗孀读到这封信时什么都没有感觉到吗？在遗孀的立场上，本应悄悄把信藏起，尽力找一个不损害女方感情的借口来通知告吹，才更符合她的年纪。“称对方即使恳望结亲，也不知女方定会同意。此非令人惋惜之缘分”什么的，假惺惺地说了一通，完全起不到安慰的作用。总体来看，菅野遗孀这个人，虽说是有名的地方豪门夫人没错，但还是非常不了解城里人的敏感纤细，粗心大意、神经大条。自己没有搞清这点，就让人家帮忙牵线搭桥，是自己失策了。幸子夫妇得出了这样的结论，这样，责任自然归于本家姐夫了。在贞之助他们看来，且不说菅野遗孀，正因为是本家姐夫提出的姻缘，幸子她们是由于信任姐夫才赴约相亲的。既然姐夫清楚菅野遗孀如何为人处世，既然要插手这个问题，他自己难道不应该事先调查一下，先了解一下有多大可能成功吗？大姐在信上写，要是白白浪费了菅野家的好意，那么姐夫的立场就难办了，能不能成功是次要的，总之还是先去见面。既然大姐都这么说，姐夫是不是也该站在雪子的立场上考虑一下，跟菅野遗孀确认一下有没有做过调查，对雪子稍微亲切热情点吧？姐夫不过是传话而已，这样是不是太放任不管了？结果，这次相亲，最终除了让贞之助、幸子和雪子觉得被耍弄之外，什么也没得到，整件事似乎只是为了姐夫的面子才办的。贞之助认为自己和幸子还好，默默担心这件事会不会让姐夫和雪子的关系更加恶化。不过幸运的是，这两封信没有寄到本家，而是送到了幸子这里。幸子按丈夫的意思，在那之后故意拖了半个月，才给大姐写了封信。信上先写了些无关紧要的客套话，直到最后才写了句："菅野大姐来回信说这次亲事似乎实在不成。"然后，又加了句："希望大姐能委婉地告诉雪子，要是觉得难说出口，那么先不说也可以。"

八

那之后过了半个多月，七月上旬，贞之助去东京待了两三天。他回家后和幸子说，由于自那以后一直担心雪子，因此在半天闲暇时间里，他又去了趟涉谷的家里。“没和姐夫见面，大姐和雪子看上去心情都不错。雪子去厨房做冰激凌时，我就和大姐聊了一会儿，但一直没提前几天相亲的事。我实际上是想来问问，菅野遗孀有没有告诉本家为什么对方没看上雪子，不知道是菅野遗孀没有来信，还是来信了但本家瞒着我，看得出大姐尽量避免提到这事。比起相亲，大姐倒是一直说今年是母亲的二十三周年忌，再下个月大家必须去大阪。雪子不像咱们担心的那样，看上去心情不错，大概是因为不久又要回关西吧。”他说。

然后，他接着说：“大姐说，母亲的忌辰是九月二十五日，准备提前一天，也就是二十四日周日在善庆寺做法事，因此辰雄和她周六就必须到大阪。如果把六个孩子都带着，那就太麻烦了，就考虑了一下到底带谁去。然后决定把长子辉雄和上学的几个孩子留在东京，正雄和梅子必须带着。但又考虑让谁留下看家比较好，如果雪子留下那就最好了，不过母亲的法事不能不让她参加，也没有其他能拜托的人，只能让阿久留下看家了，两三天而已，应该没什么问题。然而，这么安排的话，六个人去了住哪里呢？要是都住在一栋房子里，实在是给人添麻烦，所以还是得分住在两个地方。她自己的话，大概会住在芦屋家里。”讲完大姐说的话，又补了一句，“还有两个多月呢，现在就开始担心起来了。”其实幸子也想问问今年母亲的二十三周年忌要怎么办，正准备去信打听。原因就是，此前昭和十二年（1937年）十二月父亲十三周年忌时，辰雄没来大阪，只在道玄坂附近与善庆寺同属一派的净土宗寺庙里，举办了一个简略的法事。的确，那年秋天本家刚刚搬到东京，正忙于各项事宜之中，再让他们一大帮人回到大阪实在折腾。因此，姐夫来信告之："这次请恕我擅自决定将父亲的法事移到东京举办。若有上京亲友顺路出席，不胜感激。正值繁忙季节，无须特地前来，只求各位当日务必至善庆寺朝山参拜。"来信以外，分送亲戚每人一个春庆漆香盆。实际上，虽说有很多理由解释，但姐夫心里想的，是在大阪做父亲的法事无论如何都要奢侈华丽，恐怕要花不少他觉得没用的钱，幸子如此猜测。反正父亲喜欢叫艺人来捧场，在三周年忌时，来参加的演员、艺伎相当多，在心斋桥"播半"的开斋宴会上，还有春团治[①]演单口相声的余兴节目，极为盛大，令人回想起莳冈家曾经的富贵荣华。因此，辰雄被那时的花销所震慑，在昭和六年（1931年）父亲七周年忌时，请帖只给了一些亲朋，但还有很多人记得父亲的忌辰，口耳相传而来的。因此，无法按预想一样从简举办。一开始计划不在饭馆设宴，只在寺庙吃盒饭，结果最后还是在"播半"开了宴会。"即使如此，故人也是个喜欢奢侈华丽的人，在父亲法事上多破费一些，也算是尽孝了。"有人为此很高兴。而辰雄当时就说："然而万事都要合乎身份地位，莳冈家已今非昔比，这次的法事本应该更节俭的。父亲九泉之下也会理解我，由于莳冈家如今不同于以前而不得不节俭办事的。"出于种种原因，十三周年忌似乎有意避开大阪举行。亲戚中有些老人指责辰雄的做法，说："给父母做法事，从东京回来一趟有什么不行？听说本家好像最近生活特别节俭，但花钱在这事上，和别的事情还是不一样的。"七嘴八舌说了一通，鹤子夹在中间很是为难。那时辰雄借口

① 即桂春团治，京阪地区单口相声的名家。

说，十七周年忌时再去大阪弥补好了。因此，有前例在先，幸子才会去信询问今年母亲的法事如何进行。如果还是在东京举行，别说亲戚会说三道四，她们自己也不会放过他的。

姐夫辰雄完全不了解母亲这个人，对此也不会有什么感情，但幸子怀念母亲的感情中，又有一种与对待父亲不同的特殊感情。大正十四年（1926年）十二月，五十四岁的父亲因脑溢血去世，也不能说不是短命，但母亲在大正六年（1918年）三十七岁时，年纪轻轻就去世了。——幸子想到这里，忽然发现自己今年正是母亲去世时的年纪，本家姐姐现在已比那时的母亲大上两岁了。在她的记忆中，母亲这个人，比现在的姐姐和她自己都更加清秀漂亮。当然，这和母亲去世时周围的状况和生病的状态等有很大关系，但在当时还是个十五岁少女的幸子眼里，母亲的容貌比实际上更要清秀吧。对于肺病患者来说，一旦病情加重，很多人都会变得面容枯槁、脸色不佳，但母亲虽然患了肺病，临终时却依然没有失去某种娇艳。脸色白得透明，没有发青发黑，身体虽然消瘦，但四肢皮肤依然留有光泽。母亲患上肺病，似乎是在生下妙子后不久。最初在滨寺疗养，此后转到须磨，最后由于待在海岸边反倒对身体不好，就在箕面租了个小房子，转到那里疗养。幸子在母亲晚年时，只被允许一个月去探望一两次，而且时间还要尽量缩短，尽快离开，因此回到家后，海边寂寞的波浪声音、松涛风响与母亲的面容合而为一，无论何时都留在脑海中挥之不去。正因如此，她在脑海中把母亲理想化，怀念的是这个理想化后的印象吧。但移居箕面不久，母亲在世所剩时间就不多了，她被允许比以前更频繁地看望母亲。临终那天，清晨就接到了电话，幸子她们赶过去没多久，母亲就咽气了。那时，秋雨几日绵绵不断，雨滴萧瑟地拍打着病房门楣的玻璃窗，烟雨迷茫。窗外有个小庭院，从那里能步行来到溪川边，自庭院到河崖盛放的胡枝子在秋雨击打下即将凋谢。那天早上溪流水位上涨，村民因担心山崩而骚动起来，水流声比雨声更震耳欲聋，每当河床石头互相撞击时，“咚咚”声震响地面，震得房子跟着摇晃。幸子她们一边担心水涨上来怎么办，一边守在母亲枕边，就在此期间，如白露消失一般——母亲去世了。看到母亲安静平和的面容，幸子她们忘掉了恐惧，沉浸在洗练沉静的感情之中。这固然是悲伤，但是一种惋惜美丽事物消逝的悲伤，超越个人关系，伴随着一种音乐性的愉悦。幸子她们尽管已经做好了母亲坚持不过这个秋天的思想准备，但若母亲的遗容不那样美，那么当时的悲痛恐怕更难忍受，灰暗的记忆更长久地残留心间。父亲很早以前就是个放荡堕落的人，在当时那个年代结婚很迟，二十九岁才和比自己小九岁的母亲结婚。听亲戚中上了年纪的人说，当时的父亲结婚后甚至远离了一阵茶屋，夫妻美满和睦。父亲生活大手大脚、性格豪放爽快，与之相反，母亲出身于京都商人家庭，容貌、举止、进退，都是典型的“京美人”，双方性格完全相反，却又完美互补，在外人看来是一对令人羡慕的般配夫妻。不过，这些都是幸子她们没什么记忆的遥远往事，幸子记忆中的父亲，总是放着家里不管，在外花天酒地，母亲却满足于有一个这样的丈夫，是个毫无怨言地侍候他的商人家妻子。此后，母亲开始离家疗养，父亲出去玩更加肆无忌惮，甚至发展到“豪游”的地步。但幸子知道父亲比起大阪，更常游于京都，自己也时不时地被他带到祇园的茶屋，因此认识了几个和父亲相熟的艺伎。如今回想起来，父亲果然还是喜欢京美人类型的。此外，说起来，同样都是自己的妹妹，自己爱雪子深过妙子，虽说有其他各种理由，但很可能是由于这个妹妹是姐妹四人当中，最继承了母亲相貌的。姐妹四人中，幸子和妙子长得像父亲，鹤子和雪子长得像母亲，这点此前已交代过。鹤子个头很高，整体身材骨架偏大，因此相貌给人以京都女子的感觉，但缺少母亲所拥有的纤弱娇媚。母亲生于明治年间，身高不足五尺，四肢可爱纤细，手指漂亮优雅，如精巧的工艺品。因此在姐妹之中妙子最矮，而母亲的个头比妙子还要矮。比妙子只高了五六分的雪子，和母亲相比也不免显得高大，即使如此，她比其他人都继承了母亲的性格和容貌中的更多优点。母亲身边飘荡的香气，也能在她身边隐约闻到一些。

幸子从丈夫那里间接听说了法事的事情，七八月份时，她并没有从大姐或雪子那里收到任何来信。斗转星移，直至九月中旬，才收到了本家寄来的正式请帖。然而，让她感到有些意外的是，在亡母的二十三周年忌的同时，也要借此机会提前两年，举办亡父的十七周年忌。贞之助也是头一次听到这个消息，在东京和大姐相谈时，的确只听大姐说过母亲二十三周年忌的事情，对于父亲的十七周年忌则完全没提。先不说大姐，姐夫当时大概就已经如此打算了。原本双亲的周年忌，也有提前一方，共同举办的先例，虽不至于指责，但姐夫曾因以前粗略举办岳父的法事而遭到责难，他自己也保证说过，岳父十七周年忌要好好张罗来弥补。但那时与现在形势不同，如此时局之下，这样决定也不是不能得到同意。但这不应该提前和说三道四的亲戚们商量一下，求得他们的谅解吗？事到如今，火烧眉毛了才突然通知，难道不是欠妥吗？请帖内容写得很简单，只说父亲的十七周年忌和母亲的二十三周年忌法事将合并于九月二十四日周日上午十点在下寺町善庆寺举行，望各位前来。收到请帖的几天后，大姐才打来电话详细说明。“前几天见到贞之助时，还没有定下这个决定。但姐夫很早以前就说，如今社会都主张着国民精神总动员，已经不是能为了做法事花钱大手大脚的时代了，把父亲的周年忌也放在今年一起举办怎么样？虽说如此，直到最近都没有真的打算如此实行，请帖上也只写了母亲的周年忌。但欧洲战争爆发后，姐夫的想法就变了，觉得日本可能很快也要陷入战争动乱了。他说日华事变[①]已经三年了，至今还没有结束，搞不好的话很可能被卷入全世界动乱当中，现在我们也必须更加节俭生活了，就突然决定把父亲的法事也合并在一起办了。请帖也是，这次邀请的人不多，不至于拿出去印刷，所以都是一张张手写的。由于中途事情有变，因此就拜托了银行的年轻人们，赶紧加急重新改写寄出去，最终也没有和亲戚们商量的时间。这次我想应该不会像之前那样有那么指责我们的人了，我这回也支持你姐夫。”等等，大姐大段辩解说明了一番后，又说，“我和雪子准备带着正雄和梅子，二十二日坐‘燕子号’出发，然后住在你那里。姐夫和辉雄周六晚上出发、周日早上到，然后当天晚上就坐夜行列车回去，不会麻烦任何人。我两年没回大阪了，家里还有阿久在，能放心，我也不知道以后什么时候再能回去，所以想住个四五天，最晚二十六日也要回去了。”于是幸子问当天午饭怎么办。“哎，午饭啊，”大姐说，“准

① 即日本对抗日战争的称呼。

备借寺庙的大厅，饭菜让高津的八百丹送，所有事情都在电话里跟庄吉交代好了，庄吉去办这些，应该不会出错。不过幸子你还得跟寺庙和八百丹都好好叮嘱一下。人数预计大约有个三十四五人，饭菜订了四十人份的，酒的话，也每人准备了一两合[①]。热酒由善庆寺的夫人和女儿帮忙，但在大厅里酒席间周旋就必须由我们做了，就是这样。”大姐很少打来电话，但一打电话就会聊很长时间，一件事接着一件事地讲，“本来还想让雪子和妙子也出来接待的，但这两个人还没出闺呢，让她们出来也不合适。”又开始讲到该给亲戚们准备什么礼物，幸子只能说：

“那么，后天再见。”

她找了个时机挂断了电话。

九

幸子听大姐在电话最后说的那句：“本想让雪子和妙子也出席的，但这两人都没嫁出去，就让她们在那么多人面前抛头露面，作为姐姐心里很是过意不去。”恐怕不光是姐姐这么想，姐夫心里也堵得难受吧。往坏处想，这可能也是姐夫不愿意办法事的理由之一。从姐夫和姐姐夫妇的角度来看，他们一定希望，至少雪子在今年周年忌前定下姻缘吧。三十三岁这个年纪，仍被人“小姐、小姐”叫着的

① 合（gě）是日本的容积单位，每合等于0.180公斤，十合为一升。

雪子——比她年纪小的表妹们大概都已经成了太太，甚至有人生了孩子，而雪子依然没找到合适的姻缘——昭和六年（1931年）父亲七周年忌时，雪子正值二十五岁，人人都为她依然年轻所惊讶，说着“真是一点都没变”的客套话，在姐姐、姐夫听来实在刺耳，如今又要再来一次。雪子的确依然年轻，和那时比几乎看不出什么变化，她自己对于亲戚女儿们在她之前结婚，一点都不觉得自卑，而这一点又令人们更加同情她，这样一个完美无瑕的“姑娘”竟然一直独身，真是不可理喻。父母在九泉之下该有多担心啊，这一定都是本家的责任。到了这种地步，幸子也定会默默觉得自己也有一半的责任，体会到姐夫和姐姐心里的难言之苦。然而，说实话，比起雪子的事，她更担心另一个问题，因此听说姐姐久违地要来大阪，不知如何是好。

这是因为，最近妙子身上，又有了个新变化。

妙子在板仓去世时，完全打不起精神，对什么事情都失去了兴趣。但没过太长时间，一两个星期后，看上去又恢复了正常。对她来说，为了达到目的、不惜与来自各个方面的压迫对抗的恋爱，突然被打上了休止符，一时间感到茫然且手足无措。但她不是总想不开的性格，自己打起精神，不知从何时起又开始去剪裁学校学习了。不管她内心怎么想，从外人的角度看，她又恢复了原先那个积极有活力的妙子。幸子对此也十分感慨：“本来以为这次小妹难免一蹶不振的，她自己却那么坚强不示弱，真是了不起。小妹不愧是见识过各种场面的人，我的话也是模仿不来的。”她对贞之助说。那是七月中旬的事，有一天幸子与桑山夫人到神户与兵吃午饭，听说了妙子刚刚打过电话，预约了晚上六点的两个席位。妙子那天早上就出了家门，也不知是在哪里打的电话，更想不到会和谁两个人一起吃饭。“这段时间小妹带了个男客人来了两次。”与兵的年轻店员说。幸子不由得大吃一惊，很想仔细问问那个男人到底什么样，但碍于桑山夫人在场，只好轻描淡写地回了个：“啊，是吗？”说实话，她想问个清楚，那个男人到底是谁，但又害怕问出了是谁。所以，那天离开与兵，与桑山夫人告别后，就又去了新街区，看了一场曾经看过一次的法国电影《望乡》。五点半电影结束，她走到户外时，想过现在去与兵附近看看，正好也是妙子和那个男的吃饭的时间，但转念一想，又打消了这个念头，直接回家了。那之后又过了一个月，也就是八月中旬，菊五郎来到神户，贞之助、幸子、悦子和阿春四个人来到松竹剧场观看演出（妙子那个时候，难得没有答应幸子一起看电影或演出的邀约。她说自己看是很想看，但今天就不去了。很多时候她都是自己行动）。四个人在多闻路八丁目的电车道上下了出租车，正要走过新街区的十字路口走向聚落馆，贞之助和悦子先走了过去，幸子和阿春没赶上绿灯，站在路边等着，从楠公前方向来了一辆汽车，很快从她们眼前驶过。那车里坐着奥畑和妙子，由于是夏日白天，因此毫无疑问就是他们。只是，车里这两个人说着话，没有注意到路边。

“阿春，不准跟老爷和悦子说！”说完，幸子马上就闭了嘴。阿春看到幸子脸色倏变，自己也一副认真的表情。

“是！”回答后又低下头走路。幸子为了平复跳得厉害的心跳，盯着约百米外贞之助和悦子的背影，故意放慢了脚步。然后，由于每当这种时候幸子都会指尖发冷，不知不觉间就握住了阿春的手，气氛沉闷得令她难受。

“阿春，你知道多少小妹的事？小妹这段时间，好像在家里有点待不住……”

阿春又答：“是！”

“哎，你知道什么就说什么。有没有接到过刚才那个人打来的电话？”

“来没来电话我不太清楚……”阿春支支吾吾了一阵，终于又开口，“实际上，我前几天在西宫遇到过他两三次。”

“就是刚才那个人？”

“是的，那个……还有小妹……”

幸子那时没再追问下去。第一场《野崎村》结束后的幕间休息时间里，她和阿春站起身去卫生间，走到走廊时又问起阿春。据阿春所说，上个月下旬由于她在尼崎的父亲做痔疮手术，住进了西宫某家肛门医院，当时她请了两周的假去陪护父亲。那段时间，她大概每天都要为了送饭或其他东西，在尼崎家中和医院之间往返一次。医院位于西宫惠比须神社附近，因此她一直坐国道机场道到尼崎的公交汽车，就在往返的路上遇到了三次奥畑。一次是她正要上车，而奥畑下车，两人擦肩而过；另外两次则是在车站等车时遇到的。奥畑和她乘车方向相反，他坐的一直都是去往神户方向的公交，一次都没坐过去往野田的车。因此，为了等车，阿春都要从南到北横穿国道，站在靠山一侧的车站里，奥畑则是要从靠山一侧车站背面的“慢坡”出来，从北向南横穿国道，站在河边一侧的车站（阿春现在还在用“慢坡”这个词，但现在只有关西的一部分人才会使用，是古旧的方言，意思是像短隧道的地方，现在多用“桥洞”指代。这个词最初可能起源于荷兰语的“满布”，有人会按荷兰语来发音，但在京都大阪地区一般都会像阿春那样讲方言。阪神国道西宫市机场附近北侧，省线电车和铁道路基呈东西走向，路基下面开了一个比桥洞还要小的隧道，大小仅够人勉强穿过，而穿过那条小隧道便是公交车站）。阿春最开始见到他时，犹豫着要不要上前打招呼，而奥畑笑着摘下帽子打招呼，她也回了个礼。第二次碰见时，两边公交车都没有来，他们都等了很长时间，站在对面的奥畑不知想到了什么，穿过马路漫不经心地走到她这边，跟她搭话，“阿春，真是总碰见你啊。你来这边是有什么事吗？”阿春向他解释了一下，两人站着聊了一会儿。奥畑笑嘻嘻地说：“原来是这样啊，才来这边的啊，那么有机会来我家玩一次吧，就在穿过桥洞那边。”——他指着那“慢坡”的入口，“阿春，那棵大松树，你知道的吧？我家就在那松树附近，马上就能找到，一定要来啊。”说完，奥畑还想接着说点什么，这时去往野田的公交车驶来，阿春说着抱歉先走了，坐上了公交车（阿春有个毛病，每当像这样讲事情时，就爱模仿对方的语气，一丝不苟地再现当时的对话）。因此，遇见奥畑的时候只有上述三次，每次时间都是傍晚五点前后，三次都是碰见奥畑一个人，另外还有一次在车站遇到了妙子。还是同样的时间，阿春站在车站里，妙子从后面走过来，一边喊着“阿春”，一边拍拍她的肩膀。阿春慌慌张张地问了一句：“哎呀，您这是上哪儿去啦？”说完反应过来，赶紧闭上了嘴。看妙子忽然从后面出现，她想一定是穿过“慢坡”而来的。妙子忽然问：“阿春，你什么时候回来呀……你父亲的病怎么样了？”又笑嘻嘻地问：“你呀，碰见启少爷了吧？”阿春还被她的话吓得愣在那里。“快点回来吧。”妙子扔下这句话就过马路到对面，坐上去往神户方向的公交车走了，也不知她是直接回去了，还是去神户或者别的地方了……

在剧场走廊里所讲的就是这些，但幸子一直觉得阿春似乎还知道些什么。第三天早上，这天是悦子学钢琴的日子，等妙子离开后，让阿照陪着悦子，幸子把阿春叫到客厅继续盘问。然而，阿春虽说，不知道其他的事情……但还是讲了些别的事。“我一直以为那位先生住在大阪一带，所以听他说他家在西宫那棵大松树旁边时还很意外。有一天，我穿过那个‘慢坡’，走到那棵松树附近一看，发现真的是那个宅子。他家前面有一道低矮的篱笆，整栋楼分两层，红瓦配上白墙，是那种文化住宅式的。门牌上只写了‘奥畑’，一看门牌的木头就很新，肯定是最近才搬过来的，我去的时候过了晚上六点半，天色已经很暗了，二楼的窗户还大开着，白色蕾丝窗帘里面的灯还亮着，留声器也在响着，我站在外面往里看了一会儿，发现除了那位先生之外，还听到了另一个人——好像是一个女人的声音，但唱片声音太大，我就没听清（阿春讲着讲着，还说‘对，对，就是那张唱片，对，那个，达尼尔·达黎欧在《晓归》里唱的，就是那首歌’）。我只在那时去看过他家一次。如果有时间的话，还想再去一次，再仔细地看看，但那之后两三天我父亲就出院了，自己也回到芦屋里，所以最终还是没机会再去。然后，我也一直很犹豫到底要不要和您报告。说到为什么，就是无论是那位先生还是小妹，在车站遇见他们时讲了那些，但又没刻意说要我保密，所以我想夫人您或许已经知道了，真是这样的话，我不说反倒显得奇怪。但是我又想到不要讲多余的话比较好，因此一直没有说，恐怕小妹这段时间总是去那里。如果有必要的话，我就去问问他们的邻居，更详细地了解一下情况。”阿春说。

幸子那天看到坐在车里的那两人也是事出突然，吓了一跳，回过神来仔细想想，妙子自从板仓救她那事以来，虽然看清了奥畑，但还不至于完全绝交。更何况现在板仓已经去世，这两个人偶尔一起走走，也不值得那样大惊小怪。只是有一次，那时板仓去世刚过十天左右，有天，幸子在报纸上看到了奥畑母亲去世的讣告，说了句："启少爷的母亲，去世了啊。"她悄悄观察妙子的脸色，妙子只回了个"嗯"，似乎对此完全没有反应。"病了很长时间吗？"幸子又问。"谁知道呢……"妙子回答。幸子接着问："最近你们都没见面吗？"妙子依然只用鼻子"嗯"了一声。幸子发现在那之后，妙子非常厌恶提起奥畑的事，在她面前甚至连"启少爷"的"启"字都没说过。即便如此，也没从妙子口中听到她说已经和他完全绝交的话。况且，幸子不由得认为妙子早晚会交个板仓第二的对象，对此非常担心。不过，比起再选个看不上眼的对象，不如跟奥畑和好显得更加自然，也更体面，无论从哪点来看都很不错。然而，只听阿春讲的那些就认为他们已经和好，实在为时过早，不过也有这样的可能。妙子知道本家和幸子他们理解自己和奥畑的恋爱，既然是事实，也没有隐瞒的必要。也许是此前一时间那样对奥畑失望，由自己提出和好，这件事被其他人知道就太尴尬了吧！尽管如此，又认为还是要让幸子她们知道为好，或许就是想借阿春之口来通知的——幸子如此设想着。几天后的早晨，当餐厅里仅剩幸子和妙子两人时，幸子若无其事地问：

"小妹，前段时间，也就是我们去看菊五郎那天，看你坐车路过新街区了啊。"

“嗯。”妙子点点头。

“也去与兵了吧？”

“嗯。”

“启少爷为什么会在西宫有房子？”

“被他哥哥撵出来，不能再住在大阪家里了。”

“为什么？”

“至于为什么，他没有明说。”

“之前他母亲不是去世了吗？”

“嗯，好像是和那事有关系。”

即便如此，妙子也讲出了一点情况。那房子租金每月四十五元，奥畑和一个曾经是他乳母的老太太两个人住在那里，等等。

“小妹，什么时候又和启少爷来往的？”

“正好板仓七七那天。”

妙子每过七日便到板仓故乡上香。上个月上旬，也就是板仓七七那天早上，妙子很早就出发去冈山，上完香，正准备上回家的列车，到了车站，看到奥畑站在车站正面入口，说：“我知道你来上香，就在这里等你。”妙子说，没有办法，从冈山到三宫只能两个人一起回来。板仓死后一时断绝的交往，从那以后就又恢复了。然而，尽管这样，她说她并非对启少爷改观，虽说启少爷一直说母亲去世后才明白世态炎凉，被赶出家门后才幡然醒悟之类的，她依然没有完全当真，只是看他一个人孤零零地被撵出来，谁都不搭理他，觉得自己对他不能那样没有人情味，才恢复和他交往的。她对现在的启少爷的心情，不是恋爱，而是怜悯——妙子如此辩解。

十

妙子对这件事不愿多提，看得出她不愿被如此刨根问底地质问，幸子在那之后也从未提起过那些问题。然而，知道了这些，幸子再次注意到了许多事情。这段时间，妙子直到深夜才回家的次数多了，不知在哪里消磨了那么多时间，在家里待着的时候，看着也不像这家里的一员了，等等。虽说都能以此为理由，但妙子近来回家后经常连澡都不洗了，从那时她的脸色来看，应该就是在外面洗过了。妙子本身就爱在穿衣打扮上花钱，自从和板仓交往后，感受到了存钱的必要性，同时吝啬起来，烫发也尽量去廉价的美容院。然而，最近无论从化妆还是从衣着和细小的饰品，看得出她又回到原先奢侈的作风了。幸子注意到，她的手表、戒指、手包、烟盒、打火机等物品，这两个月左右的时间里，一个个地换成了新的。妙子此前一直把板仓生前爱用的徕卡相机——就是以前在大阪三越百货八楼被奥畑摔在地上的那个照相机，故人把它修好后仍在使用——故人五七忌后，冈山老家把它作为遗物送给了妙子——走到哪里带到哪里，最近也把它换成新的铬制徕卡了。幸子一开始把这些事情简单地解释为，恋人去世后妙子的人生观突变，从存钱的节俭主义中自暴自弃、醉生梦死，然而实际上似乎并非只是如此。说起来，人偶的制作她也放弃很久了，还说将来什么时候把夙川的工作室也让给徒弟，剪裁学校那边也不经常去了。幸子远远地看在眼里，却把事情都压在自己心里，然而妙子就这样和奥畑恢复交往，两个人大胆出门散步，不知什么时候就会被贞之助看见。想到这些事情，再考虑到本身就非常讨厌奥畑的丈夫，若是知道了这事，肯定很有意见。因此，某天幸子和丈夫说明了这些事情。说完，丈夫果不其然脸色不佳。两三天后某个早晨，贞之助见幸子走进书房，便让她坐下，说：“我从其他地方打听到启少爷被撵出家门的事了。实际上，之前听你说完，我就觉得他被撵出家门很蹊跷，所以就用了些手段调查了一下。然后发现，启少爷和奥畑商店的店员串通一气，偷偷拿走店里的货物。而且也不止这次，之前也发生过一两次这样的事情。以前，每当这个时候，一直都是他母亲去跟他哥哥求情，请他原谅。然而这次他母亲已经去世了，启少爷又屡教不改，他哥哥气得要去告他，是有人劝他，在母亲五七忌后，才把他撵出家门的。”

“到底小妹知不知道这些事，我也搞不清楚。”贞之助接着说，“无论是本家还是你，既然知道这些事实了，有必要改改想让小妹和启少爷结婚的想法了吧？尤其姐夫又是那样一个人，要是知道这些事，想法肯定会变的。到现在为止，姐夫，还有你们，都对小妹和启少爷的交往睁一只眼闭一只眼，内心还觉得很高兴，认为这两个人能结婚就是最好的。要是丢掉这种想法，我觉得就不能让他俩再这样交往下去了。假如你、大姐和雪子还认为嫁给身份地位卑微的人不如嫁给启少爷的话，姐夫也一定不会同意的。至少也要启少爷回到家，得到奥畑家的承认，他和小妹正式结婚，否则姐夫不可能同意。现在这个状态放任他们交往，对哪一方都没有好处。况且，之前启少爷在奥畑家，还有他母亲和哥哥的监督，现在他被撵出来了，就算只是个小房子，他也有随心所欲的自由了，反倒更麻烦。恐怕被撵出来的时候，他就多少拿到了点钱吧，正合他本人的意。不考虑以后的事，想着有钱就花了吧。而且小妹也是，是不是多少接受了他什么东西了呢？如果小妹对启少爷的感情不是恋爱的话——我不愿意去往不好的方面想，但怎么想怎么觉得这不太可能是单纯的怜悯，恐怕有更坏的解释。放任小妹如此下去，以后两人纠缠不清乃至同居，又该怎么办？不，就算不会同居，小妹每天都泡在他西宫的家里，启少爷他哥哥要是知道了，对方会怎么想我们呢？没办法阻止外人说小妹是个不良少女，那我们作为监督者，不也要跟着受别人的白眼吗？”贞之助又说，“我从开始一直对小妹的行动采取旁观态度，现在也并没有要插手干涉的意思，但如果小妹再不停止和启少爷交往的话，希望能让本家知道，得到姐夫、姐姐的认可，至少也要得到默许。否则，这次就是我们对不住本家了。”其实，贞之助最近开始去高尔夫球场打球，在茨木的俱乐部里时常见到奥畑的长兄，他说这些，似乎是由于担心见面尴尬。

“事情倒是这样，那你认为本家能默许吗？”

“我觉得啊，不太可能。”

“那得怎么办？”

“当然还是让他们断绝来往吧。”

“要是真能断绝来往也行，就怕偷摸来往……”

“小妹要是我的亲妹妹或者亲女儿，不听的话，我就把她撵出去……”

“咱们要是这么做，她不是更会跑到启少爷那边了吗？”幸子说着，眼里早已泛起泪花。的确，这边如果也放弃妙子，不让她出入的话，是对社会和奥畑家有交代了，但那不正是招来丈夫最讨厌的结果了吗？按丈夫的话说，小妹也是个生活能自立的二十九岁女子，让她按他们自己的想法行动是不对的。不如给她放出去一次，看看会是什么结果。如果还是发展成和启少爷同居，那就没办法了，他们再担心也没用了。要让幸子来看，不说别的，就这样给妙子打上“逐门”的烙印，想想都觉得可怜。至今自己在本家面前事事维护的妹妹，竟然现在为了这种事要被家人抛弃，有必要吗？丈夫未免把妹妹想得太坏了。小妹即使那个样子，怎么说都是个大小姐，实际上是个温柔善良的女子。幸子自己觉得这个妹妹很小就没了母亲，实在太可怜，因此，尽力代替母亲给她母爱。在母亲的法事时把她逐出家门，幸子无论如何都做不到。

“我也不是说必须把她撵出去啊。”贞之助望向妻子眼中，有些狼狈，“我刚才是说如果小妹是我的亲妹妹的话，是个假设。”

“这事你就交给我吧。等大姐什么时候来了，我只悄悄跟她讲，让她了解一下情况。”

然而，幸子其实是想看情况再决定要不要和大姐说。她想，总之，二十四日法事顺利结束前，是不会说的。在大姐一行人到达芦屋的二十二日晚，幸子只和雪子讲了，问问她的意见。雪子说：“这两个人重修旧好，怎么说都是好事。启少爷被撵出家门，没必要想得那么严重。就算他偷偷拿着货物出去，也是自己店里的东西，又和偷别人东西不一样。哎，启少爷这个人，也是有可能做出这种事情的。就算被逐出家门，恐怕也只是一时的惩罚，很快就会得到原谅的。只要他们不大摇大摆地出去，私下里偷偷来往就当没看到好了。”雪子接着说，“不过，最好还是不要告诉大姐。跟大姐说了的话，她肯定要和姐夫讲的。”

幸子觉得这样似乎是在和本家对着干，十分过意不去，但不知为何她对这次的法事一直觉得不太满意。因此，为了补足缺憾，也是为了慰劳久未光临的大姐，在善庆寺集会结束后，她想举办一个只有她们姐妹几个的小聚会。法事做完的第三天，也就是二十六日白天，她决定在去世双亲熟悉的播半举办这个小聚会，也不让贞之助来，除了大姐和自己三姐妹以外，只请富永姑妈和她的女儿染子。至于余兴节目，就让菊冈检校和她女儿德子过来，德子伴奏，妙子跳《袖香炉》；检校弹三味线，幸子弹琴，两人合奏《残月》。因此半个月前，幸子忽然开始在家练琴，妙子也去大阪的作稻师傅那里练舞了。大姐二十二日到达，二十三日早上很早起床，只带着梅子买东西，去各家打招呼，晚饭不知在哪里吃过才回来。二十四日当天，大姐、正雄、梅子、贞之助夫妇、悦子、雪子、妙子八个人在阿春的陪同下，八点半就出了家门。女人们皆着家徽和服，大姐身穿二重黑羽，幸子及以下的三姐妹各穿稍有不同的紫色系绉绸，阿春则穿紫黑捻线绸。途中，在阪急夙川站，基里连科上了车，他身穿短裤，露出汗毛很多的小腿，看到车厢里色彩如此缤纷鲜艳，大吃一惊，睁大双眼，走到贞之助他们面前，拽着吊环。

“要去哪里？”他弯下身子，问，“大家今天全家出动了呢。”

“今天是我妻子母亲去世的日子，大家都去寺庙参拜。”

“哦哦，什么时候去世的？”

“是二十三年前了。”妙子说。

“基里连科先生，卡特里娜小姐有来信吗？”幸子问。

“是啊，是啊，我给忘了。前段时间来信让我代她向各位问好。

卡特里娜现在在英国。”

“已经不在柏林了吗？”

“只在柏林待一小段时间，马上就去了英国。然后也见到了女儿。”

“那真是太好了。她在英国做什么呢？”

“在伦敦的保险公司工作，做经理的秘书。”

“那么现在是和女儿一起生活吗？”贞之助问。

“不是，还没有。现在正为要回女儿打官司。”

“是吗？那真不容易。”

“下次写信时，请一定代我们跟她问好——”

“但是现在发生战争了，送信也要很长时间了。”

“老太太一定很担心吧？”妙子说，“据说伦敦要被空袭了。”

“不过用不着担心，我妹妹胆子特别大——”基里连科也讲起了大阪话。

法事之后的宴会，对还记得播半酒宴奢侈华丽的人来说有些冷清，但把善庆寺的三个房间连通后，整个空间里有四十多个人就餐，就显得不那么寒酸了。除了亲戚以外，木匠塚田、音爷爷的代理人庄吉等经常出入家里的人也前来参加，船场时期的伙计佣工也有两三个人出席。席间应酬本应由鹤子姐妹负责，有了表姐妹、阿春、庄吉妻子等人帮忙，姐妹几个几乎无须起身。幸子远眺着庭院里长得很高的红色和白色的胡枝子花一点点凋谢，回想起母亲去世时，箕面那个庭院的风情。男人们则大多数在讨论欧洲战争的话题。女人们照例夸奖雪子姑娘和小妹依然保持年轻，但适可而止，以防辰雄误会她们。只是，昔日店员当中有一名叫户祭的男人，似乎喝醉了，从末座扯着破锣嗓子喊：

“雪子姑娘听说还是一个人啊。到底为什么啊？”

他毫不顾忌地追问，全场顿时安静下来。

“我们啊，反正都已经耽误这么长时间啦。”妙子故意冷静从容地回答，“不如就慢慢找啦。”

“但你们也太慢了吧？”

“你知道什么啊！‘现在开始也不迟’，没听过这句话吗？”

到处传来女人们憋着笑的声音。雪子也安静地笑眯眯听着，辰雄假装没听见。脱了国防服[①]上衣、只穿了件白衬衫的塚田从对面大声喊：“户祭君、户祭君！听说你最近买股票发大财啦？”他黝黑的脸龇着金牙问道。

“还没呢。我正准备大赚一笔呢！”

“有什么好事吗？”

“我这个月要去中国华北。实际上，我妹妹在天津的舞厅跳舞，被军部看上了，让她做间谍呢。”

“哦嚯——”

“现在又成了在华浪人[②]的夫人，可了不得呢，时不时地就给家里寄个一两千元。”

“真是的，我怎么就没有这么个妹妹呢。”

“我那个妹妹啊，还说现在别让我总在国内发呆，一本万利的路

---

① 国民服，太平洋战争中使用的、日本国民男子的标准服。

② 明治初年至抗战失败为止，在中国大陆各地居住，秘密实行日本的大陆政策，与当地政经界及军部有关联的日本民间人士。

子，在天津可有不少呢。”

“也把我带着吧，看情况，木匠活什么时候都能停。”

“我只要能赚钱，什么都能干。当个妓院老板也没问题。”

“是啊，是啊，这点勇气都没有，怎么能行！”塚田又喊，“阿春，把那个酒壶拿过来！”

把阿春拉到面前，开始喝酒。这木匠在芦屋家里也是如此，阿春一给他斟酒，就飘飘然起来，时常说醉话：“哎，阿春，你就当我老婆吧。只要你同意，我马上就让家里那个出去。不，没跟你开玩笑，说真的。”阿春保持着亲切，觉得有趣又捧腹大笑，因此常常没完没了。不过，今天阿春也喝了不少，她找了个机会，说：

“我去给您拿热酒。”

说完，逃进厨房。她听到塚田边喊“阿春、阿春”，边追上来，但她就当作没听见，出了后门，藏在后院杂草丛中。然后，从黑腰带中拿出粉盒，给自己微醺的脸补了妆，悄悄环顾四周，见没有人之后，打开常出入芦屋家的杂货店老板送她的搪瓷烟盒，拿出一根“光”牌烟点上，急急忙忙抽完半根，把火灭掉，装回盒子里，又回到酒席间。

十一

大姐说二十六日必须动身回去，所以当白天在播半聚餐后，没有再回芦屋，去心斋桥附近逛了一个小时左右，就直接由幸子她们送到了梅田车站。

“大姐，一段时间里不会再来了吧？”

“还是幸子来东京吧。”大姐从三等车厢的车窗中探出头说。她说由于带着孩子，买了卧铺票也没法好好睡觉，二等车厢和三等车厢都一样，以此为由省下了车票钱。

“这个月没有菊五郎演出，下个月有。”

“菊五郎上个月来神户，我们去松竹剧场看了，但没有在东京和大阪能看的那些演出。他演了《保名》，但延寿太夫又没来……”

“据说下个月菊五郎在舞台上要用真正的鸬鹚，演长良川喂鸬鹚那部狂言。”

“那么就是新的演出喽。我果然还是最想看他的舞蹈。”

“说起来，小妹那个舞蹈，富永姑妈可是夸得不行。说从来没想到能看到跳得那么好的舞蹈。”

“雪子姨妈不上车吗？”正雄用东京话问。

“……”雪子此刻成了送行的人，笑嘻嘻地站在幸子后面，嘴里不知说了些什么。发车铃响，谁也没听清她到底说了什么。不过，她和大姐一起来大阪，很想待在这里就不走了，大姐自然一开始也看出了这点，没说让她一定跟着一起回去，本人又没找什么借口，自然而然变成这样了。

幸子按雪子的意见，妙子的事完全没和大姐说。妙子看自那以后幸子再没对此说过什么，自己把这解释为随她的意，此后更是变本加厉地跑去西宫。如果只是白天去还好，晚上竟然也常常不回家吃饭。贞之助看她这样都觉得不太高兴，幸子也不得不默默为她担心。每当晚上她不回家吃饭，丈夫、自己和雪子都尽量不提“小妹”，然而互相对此一清二楚，更显得尴尬。而且，又要考虑这对悦子的影响。悦子从母亲和雪子那里听说，小姨回来晚是因为最近做人偶很忙，但她明显是不信的，虽然没人教过她，但她也不再在晚饭时提起妙子了。幸子虽说时常提醒妙子至少不要让丈夫和悦子发现，妙子也只“嗯，嗯”地答应，早回来个两三天，然后马上又变回原样了。

“你之前，有跟大姐说妙子的事了吗？”有天晚上，丈夫终于忍不住了，问道。

“想说来着，一直没找到机会……”

“为什么？”丈夫以前所未有的严肃语气质问。

“实际上，我和雪子说了，雪子说还是不跟大姐说比较好……”

“为什么雪子这么说？”

“因为雪子同情启少爷，就想着装作没看到好了。”

“同情也是要分情况的。这么下去，你知不知道这对雪子本人的姻缘会造成多大麻烦吗？”丈夫一脸不满地说，说完陷入了沉默。幸子也不知道丈夫心里在想什么。十月中旬，丈夫又去了东京两三天。

“你去涉谷了吗？”幸子问。

“嗯。那件事，我跟大姐说了。”丈夫说。不过又说大姐只说要好好考虑一下，没给出什么意见，幸子也就没再提起此事。意想不到的是，这个月底，大姐寄来了下面这封信——

幸子妹妹：

上月一大家子人冒昧打扰，又承蒙在播半设厚宴款待，受故乡热情厚爱，深感愉快。回家后日日繁忙，因此未能及时表示感谢，但今日虽非我所愿，仍不得不写下这封信，因有必要之事告知幸子，无可奈何只好提笔。

此事关乎小妹。前段时间，从贞之助那里听到了很多详细情况，我们实在大吃一惊。贞之助把所有事情都毫无保留地告诉了我们，从板仓那人的事，到如今启少爷被赶出家门，如数告知，我越听越觉得意外。迄今为止，对小妹的流言蜚语也曾隐约传到我们耳朵里过，但一直认为小妹不会那样放荡不检点。更不要说幸子陪在身边，绝对不会如此放任她的，现在看来，是我想错了。正因我不愿让小妹变成那样不良，才多次为她操心，一直以来，我一旦要干涉时，夹在中间包庇小妹的不是幸子你吗？

我为自家人中出了这么个妹妹感到羞耻。对莳冈家来说也是前所未有、极不光彩的。听说连雪子也站在小妹那边，说这次的事没有告诉我们的必要之类的。不管是雪子还是小妹，为了让姐夫丢脸，连本家也不回，这次又出了这样的事情，到底是什么意思？我不得不认为，是幸子你们三个为了难住姐夫，故意来刁难的。虽说这样那样的事，都是我们没做到位……

我因抑制不住自己的愤怒，写下这些，如果破坏了你的心情，还请谅解。

对于如何处理小妹这事，说实话，我们也曾经认为，尽可能让她和启少爷结婚，这样才是最好的。但知道了这些事情后，我们无法再这样坚持了。假设退一两步，将来如果启少爷被允许回家，那么还有重新考虑的余地，现在启少爷已经被撵出家门，我们绝对不允许小妹出入他现在的家的。对小妹来说也是如此，如果将来无论如何都想结婚，那么现在不停止和启少爷交往，就更会伤害到奥畑家的感情。因此，姐夫的想法是，即使小妹说断绝来往，也不可听信，现在必须让她来东京住一段时间。你知道的，我家狭小，不像幸子你家生活那么宽裕，让她过来也是过意不去，但现在已经不是说这些的时候了，请你讲清楚原因，务必把她送来。姐夫说，到现在一直担心家里太小，看来是错了。的确，家里不大，但也能互相将就一下，让雪子也回来。

幸子也是，这次务必不要放任小妹。如果无论如何小妹都不愿来东京，你也不要留她在家。这是姐夫的意见，我也赞成。姐夫说，希望这次幸子也能站在我们的立场上，采取果断措施。我们好不容易才下定决心，这次不能拖拖拉拉，要么把她送到东京，要么她和莳冈家断绝关系。这个月里决定好选哪边，再和我们报告。然而，自不必说，我们并不希望断绝关系，为了事情圆满解决，还请你和雪子好好劝劝小妹。等你们的回信。

鹤子

十月二十五日

“雪子，大姐来了封这样一封信。你看看吧。”幸子眼圈泛红，先把信给雪子看。

“大姐难得写语气这么强硬的信。雪子也被埋怨了。”

“这封信，肯定是姐夫让她写的。”

“就算如此，姐姐写下这些，也真是的。”

“给姐夫丢脸、不回本家——写这些不都是讲以前的事吗？去了东京之后，姐夫根本没考虑过真的要接我们过去。”

“雪子你还好，明明姐夫就差说出小妹要来就麻烦了。”

“首先，房子那么挤，怎么住下啊？”

“一看这信，感觉小妹变得不良，都是我的责任。我还觉得小妹怎么都不是一个会听本家话的人，至少我在中间，还能监督她，没出现什么太过分的事。大姐是这么说，可是如果我不把好方向，现在她肯定更出格，真的变成荡妇也说不定。我也有我的苦衷，既要考虑到本家，又要想到小妹，哪边都不能不管，我在中间多难啊。”

“大姐他们的想法真的简单到把举止不良的妹妹撵出去就解决了吗？”

“那又能怎么办呢？小妹肯定不愿意去东京的。”

“那事问都不用问。”

“那怎么办呢？”

“先搁置一下？”

“这次可不行，贞之助也赞成本家。”

幸子说，总之先试着说说看，雪子也一起。第二天早上，她们关上二楼妙子的房门，只留三姐妹商谈。

“哎，小妹，不去长时间住也行，先去东京待段时间吧？”

妙子一听，像孩子一样摇摇头说：

“我不，我要是和本家一起生活，不如去死。”

“那我得怎么说啊？”

“想怎么说都行。”

“但是，贞之助姐夫这次也站在本家那边，没法蒙混过关啊。”

“那我就一个人去住公寓好了。”

“小妹，你要去启少爷那里吗？”

“是跟他在来往，但一起住还是算了吧。”

“为什么？”

妙子听后陷入沉默，最终只说了不想被误会。那误会的意思似乎是，自己只是单纯地怜悯启少爷而已，让人以为自己爱他，出乎意料。幸子她们只把这理解为嘴硬，但如今这种场合，让她暂时去过独身生活，同样都是离开家，这样也更体面。

“肯定去吧，小妹？肯定去住公寓的吧？”幸子似乎松了一口气，“那么，虽然过意不去，暂时也只能这样了。”

“公寓的话，我也能经常去看看。”雪子说。

幸子又说：“真的，小妹。不用说你也能明白，别把这事想得那么难办，就说有点事去公寓住，跟谁都别说是离家出走。只要贞之助姐夫和悦子看不到就没事，想回来的话就白天来。这边也会让阿春过去看你。”

说着说着，幸子和雪子眼中都湿润起来，只有妙子依然冷静、面无表情。

“行李怎么办？”她问。

“西装衣柜之类显眼的东西，不拿走不行，重要的东西就放这吧。决定住哪里的公寓？”

“还没考虑。”

“松涛公寓呢？”

“不想住夙川，我这就出去看看，今天之内定下来。”

两位姐姐离开房间后，妙子一个人坐在扶手窗边，抬头仰望晚秋晴空，不知何时，泪水顺着她的脸颊流下。

十二

妙子搬过去的公寓，位于国道公交本山村站北侧，名叫甲麓庄。按阿春的话来说，是前段时间刚开业的新公寓，独栋建在田地里，设施还未完善，看上去有些煞风景。幸子刚过三天，就想约妙子吃午饭，和雪子两个人到神户。她试着往公寓打了个电话，发现人不在。问过阿春，也说不是一大早就打电话的话，其他时间应该都不在。即便如此，幸子心中暗自期待妙子会回来，然而，等了几天妙子也没有出现，电话也一个都没打。

贞之助不知是相信妻子和雪子真的与妙子“断绝关系”，还是明知她们私下联络却拿她们没办法，表面上对赶出妙子表现得很满意。悦子听说小姨这次租了甲麓庄做工作室，人也住在那里，虽有些怀疑，但还是接受了。幸子和雪子以前也有很多时候见不到妙子，所以她们想这和以前没什么区别。事实上，即使有那种家里因她不在而有开了个洞的感觉，那也应该是很早就有的，并非由这次引起的。只是，家里有个妹妹如今见不得人——一想到这点，她们心里都觉得寂寞苦闷。

为了缓解心情，幸子和雪子两人几乎每隔两日就结伴去神户。不管是老电影还是新电影，什么都看，有时甚至一天看两场。这一个月左右时间里，细数两人看过的电影，有《阿里巴巴进城》《Donogoo Tonka》《海伦娜》《山丘剧院》《Girls and Boys Town》《苏伊士运河》，等等。她们想过有没有可能在街上偶遇妙子，可是一直没有碰到过她。过了很久，妙子依然杳无音讯。有天早上，幸子让阿春过去看看，阿春回来报告说："今早我去的时候还没起床，但看样子很有精神。我说夫人和雪子小姐都很担心，希望她能回一趟家，她笑了笑，说过段时间就回去，不用担心。"之后，十二月的某一周，幸子翘首以待的法国电影《监狱纵火犯》上映，和雪子两个人去看了电影，但当天幸子患上感冒，只能暂时无法外出了。

妙子在二十三日早上，也就是悦子放假的前一天，时隔两个月终于回了家。她把正月穿的衣服装进包里，聊了一个小时左右，说过了初七再拜年，就回去了。然而，直到正月十五早上她才回家，喝了小豆粥，稍微多待了一下，下午又走了。幸子由于去年年底患了感冒，有些怕冷，一直在家待着。雪子虽然喜欢看电影，但一个人的话也绝不会去电影院。她现在已是这个年纪，依然怕生，就算出门买个东西都要拽上个人一起。幸子为了让她去学习书道和茶道，自己也陪她到书道和茶道师傅那里去。久而久之难免厌烦，每三次中就让雪子自己一个人去一次。而且，从去年起就想无论如何也要实行的——为了消除脸上褐斑，每隔一日让雪子去注射一次。打针是根据阪大皮肤科给出的意见，去栉田医生那里打女性荷尔蒙和维他命C。这件事以及悦子每周去学两次钢琴的日子，回家后陪悦子练习，最近都是雪子要做的工作。

幸子一个人时，经常弹钢琴打发时间。弹够了，就到二楼八张榻榻米的房间里练字，或是叫阿春过来教她弹古琴。阿春最开始学琴是在前年秋天，幸子从大阪七八岁幼女的入门曲开始教，如“千金小姐桃花节”那首歌，以及《四季之花》，等等，高兴了就教一教，现在已经教到《黑发》《万岁》之类的曲子了。这个不愿进女校，一心要做女用人的阿春，看来也喜欢文娱技艺，跟她说今天要学琴，她就会赶紧把工作都做完。而且，还让妙子教她《雪》和《黑发》的舞蹈动作，且悟出了些门道。她这次要学的是《鹤之声》——

……是谎言，咚锵，还是真实……

这个地方怎么也弹不好，歌词一到“谎言”，琴就已经弹过去了，因此两三天以来一直让她练这个地方。甚至连悦子都记住了，嘴上模仿着她。

“阿春，我要复仇啦。”悦子说。

一直以来，只要她钢琴弹错了，阿春就不管不顾地模仿她弹错的旋律，让她很是生气。

妙子在月末又来了一趟。有天早上，说是早上，其实已经接近正午时分，幸子一个人在客厅听广播时，妙子进来。

“雪姐呢？”说着自己在炉火旁边拉出椅子坐下。

“现在去栉田医生那里了。”

“去打针吗？”

“嗯……”

幸子听的是关于时令料理的广播节目，不知何时变成了歌谣。

“小妹，去把收音机关掉吧。”她说。

“哎，看这个。”妙子冲着姐姐脚边的小铃努努下巴。

小铃从刚才起就走到暖炉前趴了下来，正愉悦地闭着眼打盹儿。幸子听妙子说了才注意到，每当歌谣中忽然敲起一下鼓，小铃的耳朵就跟着动一下。只有耳朵跟着那音响条件反射地动，猫自己看上去却什么都没意识到。

“怎么回事，它这耳朵……”

“真稀奇……”

两个人像看稀罕物一样，盯着看了一会儿猫耳朵随鼓声颤动的样子。歌谣播完，妙子站起身去关掉收音机。

“注射怎么样？能有点效果吗？”回到座位后，妙子接着问。

“谁知道呢，那种东西必须得坚持啊。”

“得打多少次才行？”

“打多少次才有效，医生也没明确说，反正只说先坚持打一段时间。”

“果然还是没结婚就治不好吗？”

“倒不是治不好，栉田医生是这么说的……”

“打针的话，我觉得不一定就能完完全全消除那块褐斑。”妙子说。

“对了，卡特里娜结婚了。”

“哦，她给你写信了？”

“昨天在元町碰见基里连科了。他一直追着我喊‘妙子小姐、妙子小姐’，追上我之后说卡特里娜结婚了，两三天前给他寄信通知的。”

“跟谁结婚了？”

“说是自己当秘书的那个保险公司总经理。”

“真是让她抓住了啊。”

“她往寄给基里连科的信里塞了总经理家的照片，说他们现在住在那里，丈夫说也要把她妈妈和哥哥接到那里，让他们快点去英国，旅费随时邮给他们。看那张照片，那房子可真是个大宅邸，像城堡一样，可壮观了。”

“真是抓到了个不得了的人物啊，是个走路都摇摇晃晃的老头子吧？”

“真就不是，那人三十五岁，第一次结婚。”

“真的假的？”

“她说去欧洲了一定要找个有钱男人结婚，你们都等着瞧吧。现在是达成目的了啊。”

“她什么时候从日本出发的？还一年都没到呢。”

“是啊，她去年三月末走的。”

“那么也就是说，只过十个月？”

“到英国也不过半年左右吧。”

“半年就找到了那么好的对象，真是不得了。美人就是有优势啊。”

“说是美人，卡特里娜那样的，不还是到处都是吗？难道英国是那么缺少美人的吗？”

“基里连科和那个‘老太太’会去英国吗？”

“不会去的吧。‘老太太’说他们那样生活凄惨的人，去那边就是女儿的耻辱，在日本的话，他们什么都不知道，挺好的。”

“哦，西洋人也会有这种心情啊。”

“对了对了，关于她和前夫生的女儿，也都谈好了，要回自己这边了。”

妙子似乎没有什么其他事情，只是为了讲讲卡特里娜的事来的。幸子说雪子马上就回来了，劝她一起吃了午饭再走，她说她和奥畑在某个地方已经约好了，下次来的时候再说，在家待了三十分钟左右就回去了。之后，幸子又盯着炉火一个人沉思了一会儿。确实，卡特里娜结婚，值得让妙子特意跑回来一趟告知。年轻富有的总经理与新来的女秘书陷入恋情，娶她为妻，幸子以为这只会出现在电影中，现实世界几乎不会有，但这不就是一个例子吗？按小妹说的，卡特里娜不是什么出类拔萃的美人，也没有什么厉害的手段，却能抓住如此好运，难道在西方是很平常的吗？既然是一个保险公司的总经理，住着大宅邸，又是三十五岁第一次结婚的绅士，竟然会和半年前才雇用的、无亲无故、籍籍无名的外国女性结婚，即使她是个倾国倾城的美人，在日本人的常识看来，也是无法想象的……听说英国人十分保守，他们对结婚的态度会这样自由吗？卡特里娜说要找个有钱男人结婚，幸子只觉得是不知世事的年轻女子的梦想而已，当耳边风吹过。却没想到卡特里娜这个想法是认真的，是觉得只要有自己这样的美貌，一定可以做到，因此才出发离开日本的吗？

把一个亡命天涯的白人俄罗斯姑娘，和大阪世家千金小姐相比，可能有些不当，但卡特里娜那样的女人都可以，自己的姐妹们怎么就这么不要强呢？自己姐妹们当中最敢于闯荡，甚至有些“奇葩”的妙子，关键时刻也多少有些惧怕社会，现在也没能和喜欢的人在一起。而卡特里娜比妙子还小，却能放下母亲、哥哥以及这个家庭，走向世界，自己去开拓自己的命运。她并非那样羡慕卡特里娜，虽然她觉得和那样的人相比，雪子不知强了多少倍，但两个姐姐、两个姐夫四个人都围着她转，直到现在也没找到个合适的妹夫，怎么说都太窝囊了。雪子这样落落大方的人，绝不想让她模仿卡特里娜，让她模仿她也模仿不来，这正是雪子的价值。但作为监护人，负有责任的本家和自己夫妇，面对那个俄罗斯姑娘，不觉得难堪吗？“你们各位这样陪着她，怎么还是这个样子？”即使被卡特里娜如此嘲笑，不也没有办法吗？……幸子想起大姐去年在大阪站前分别时，在她耳边说的悄悄话：“我现在的心情就是，只要能有愿意娶雪子的人，是谁都行。就算可能会离婚，也要先结一次婚。”一边讲一边叹气。不久，大门门铃响起，听雪子走进客厅，她低下被炉火照得发热的脸，悄悄拭去眼角泪水。

十三

或许是那事过后的两三周——幸子和雪子依然总去井谷的美容院，井谷似乎也一直挂念着雪子的姻缘。有一次去美容院时，井谷问：“夫人知道大阪一个叫丹生的夫人吗？”“井谷女士为什么会知道丹生夫人呢？”幸子反问。“我最近刚好才认识的，”井谷说，“是前段时间在庆祝某人出征的欢送会上被介绍认识的。和她聊了一下，偶然得知那位是夫人您的朋友，我们就聊了一会儿您的事。丹生夫人说和您关系非常好，但最近很长时间没来往了，以前和其他两三个人一起拜访过芦屋，但那时您正因黄疸卧床休息，但这也是很长时间以前的事了，大概三四年前吧。”幸子才想起确实有过这件事。的确，那时丹生夫人，下妻夫人，还有一位忘了名字从东京过来、十分时髦的——从美国回来的，“则四森么森么”讲着怪腔怪调的夫人一起前来拜访，还在生病的幸子和她们见面时表现得有些冷淡，没多久就打发她们赶紧回去了。不知是否因此扫了兴致，从那之后丹生夫人再没来拜访过。

“啊，是，是，我那个时候对丹生夫人太失礼了，可能对我有什么想法吧。”幸子说。“哪里哪里，倒是问起了雪子小姐的事，说不知道那位妹妹现在怎么样了，还没定下姻缘的话，她那里有个好人家。说是刚提到雪子小姐，就一下子想起来了，要是那个人的话，肯定和雪子很般配的。”井谷把话往那个方向带。“再怎么说，我和丹生夫人都是第一次见面，丹生夫人中意的那个‘好人家’，我也不知道是怎样一个人，但您和那位夫人关系不错，那么我想应该是值得信赖的。为了雪子小姐，我拜托她无论如何也要帮她，褪一层皮也在所不惜。那位据说是个医学博士，前妻已经去世，只有一个十三四岁的女儿，没什么其他的累赘。虽说本职是医生，但现在完全不做本职工作，做了道修町的某个制药公司的董事。我听说的就是这些，觉得应该不坏，所以我马上就说：‘如果有什么我能帮得上忙的，请通知我，我一定全力以赴，请您一定帮忙和对方说说。莳冈家那边应该也不会提出以前那么苛刻的条件了，听您刚才一说，我觉得还是尽快办成为好。’丹生夫人只说她先去确认一下对方的意向，我就说，‘确认是一定要确认的，先大致定个见面日期如何？’她说那样的话对方应该也不会有异议，即使有，她也会不管这些拉他过来，那人那边没关系的，莳冈家那边就拜托我去谈谈了。大家在哪儿一起吃个便饭，场所就在大阪，日期就定在两三天内。等完全确定下来再打电话告知。我也答应下来，说这真是太好了，莳冈夫人肯定也会很高兴的。分别时还说等这边的好消息，反复叮嘱了很多次，我觉得最近就会来电话了，等那个时候我再去拜访您……”井谷说。

幸子那天只简单听了一下就回家了。无论是丹生夫人还是井谷，都是急性子，行动力又都很强，大概不会就放着这事不管的。幸子正想着，果不其然，三天后的早上十点左右，井谷就打来了电话：“上次和您说的那件事，刚刚丹生夫人给我打来了电话，说今天晚上六点在岛之内一家叫‘吉兆’的日本料理店见面，让我带着雪子小姐去，您看怎么样？就把它当作简单去吃个晚饭，放松心情。丹生夫人提了个建议，说尽量还是让雪子小姐一个人来，如果需要有人陪同的话，那就让您先生来吧，夫人您最好不要来。如果像您这样如孔雀开屏般美丽的人在场，对方就很难对雪子小姐本人留下清晰的印象，这一点我也同意，拜托您按她的意见做吧。我知道在电话里和您说这些不合礼数，但之前已经和您征求了意见，又是很急的事……”似乎是要她马上做出答复，她只回答说“请稍等一两个小时”，就挂断了电话。“雪子你怎么想？当天才通知当天见面，搞得这么急，我真是不喜欢。但上次之后，井谷始终考虑着雪子的事，这份热情是必须感谢的。而且，丹生夫人也不是说昨天今天才认识的，她很清楚我们的事，我觉得她不会介绍给我们有大问题的人。”幸子说。“但只听她之前说的那些，我觉得还是靠不住，打个电话也行，直接详细问问丹生夫人吧。”雪子回答。因此，幸子给丹生夫人那边打了个电话，仔细打听了对方的情况。那人名叫桥寺福三郎，出身于静冈县，有两个哥哥，哥哥们都是医学博士。他曾经去德国留过学，现住在大阪天王寺区乌辻的出租屋里，和女儿两个人生活，雇了个老妈子。女儿现在在夕阳丘女校上学，长得很像亡妻，容貌美丽，是个天真直率的孩子。他家兄弟几个都相当优秀，在老家属于名门望族，大概会分到不少财产。他本人又是东亚制药的董事，收入肯定相当可观，看得出生活奢侈豪放。据说本人风度翩翩，仪表堂堂，可以说是个美男子，等等。知道这些，看来条件真是不错。问起对方的年龄，据说四十五六岁，而他女儿的年纪，只说现在在读女校、中学二年级左右。再问起有没有姐妹？有没有弟弟？电话那边却没有明确地回答。问双亲是否健在，对方也只答“哎，在不在呢”，问到最后，才知道那人的亡妻是丹生夫人爱好相同的朋友。只是在蜡染讲习会上相熟起来的关系。“我呀，没怎么去拜访过他们家。就在他妻子生前见过一次他，还有葬礼和一周年忌时见过，因为这次的事，昨天去见了一面，这是第四次。”丹生夫人说。“我跟他说，您这么怀念妻子，怀念到什么时候才是个头呢？妻子去世，您也没什么办法挽回不是吗？我这边有个非常不错的大家闺秀，给您介绍一下，一起见个面吧。他就说‘那么就一切拜托您了’，所以莳冈夫人请一定要答应我呀。”她会根据对象不同，选择是讲大阪话还是东京话。这段时间不知她是不是一直在讲东京话，上次见面也是如此，今天更是语速飞快，似乎就是个土生土长的东京人。

“丹生夫人真是的，”幸子也被带上了些东京腔，“你不是说，不让我跟着去嘛？”“那是井谷老板娘说的，我也同意，但说出这话的可是井谷老板娘，生气的话找她算账去，”丹生夫人说，“对了对了，说起来，前段时间碰到了阵场夫人，聊到你们了。她说她也给雪子小姐牵过线。”幸子暗暗吃惊，赶忙问她阵场夫人说了什么。“啊，那个……”丹生夫人有些犹豫，“说虽然给牵了线，但对方斩钉截铁地拒绝了。”“阵场夫人肯定很生气吧？”幸子说。“哎，可能是吧，没有缘分，也没法强求。就因为这事生气的话，以后还怎么能给人介绍对象？我可不那么不懂人情，双方见面觉得不行的话，不用客气，大方拒绝就行了。别想那么多，放松心情，来就是了。……哎，总之先见个面，您和雪子也说一下，要是不见面就拒绝，我真就生气了。”丹生夫人说完，又补了一句，“不管来还是不来，我都已经订好座位了，按时请桥寺先生去我们定好的地方，您也不用打电话回复了。我觉得您那边应该会来的，我就在那等着……”

幸子觉得，今天刚说完，就要在今天见面，就这么答应她匆匆忙忙地赶去见面，实在太轻率了。但只要不纠结这点，那么今天让雪子去见面也不是不可以。雪子应该讨厌一个人去和对方见面，此前也有贞之助代替幸子陪她去相亲过，只要贞之助有时间，这事就解决了。问题是，幸子实在不想就这么轻易答应下来，虽说最后也要答应的，但今天还是不行，怎么也得延后个两三天。总之，就是想摆摆架子而已。另外，幸子认为，对方那样热心想着雪子的事，如果不答应她，又担心对方的感情会不会因此受伤。她刚刚在电话里听到——阵场夫人生了气，这事让她心里一紧，因此今天更令她胆怯。前年，拒绝阵场夫人介绍的野村那个人时，她找了个理由说本家不同意，本以为十分委婉，但现在看来，这个回应果然相当强硬。对阵场夫人来说，生气也是有理由的，幸子也暗暗自责，担心阵场夫人会不会生气。这次一听丹生夫人的话，她内心更加害怕起来，而且，丹生夫人为什么会突然说起那件事呢？虽说那位夫人平素话多，但忽然提起不相干的人，跟她讲本不必告诉她的事，怎么听都不像单纯的聊天，可能隐含威胁的意思在里面……

“怎么办，雪子？”

“……”

“先去见见吧……”

“二姐呢？”

“我想去，但人家都那么说了，只能照做了。不愿意和井谷老板娘两个人去？”

“两个人的话……”

“那让贞之助陪你去吧。”幸子看着雪子的脸色，说，“只要没什么事，他就会陪你去的。我给他打个电话？”

“嗯。”

看雪子微微点头，幸子紧急给大阪的事务所打了个电话。

十四

贞之助听说，井谷和雪子分别出发，五点半时到事务所集合，就强调说分开过来没关系，井谷一定会按时到的，雪子也不要迟到——比井谷早个二三十分钟过来。但过了五点十五分，似乎两人依然没有要来的迹象，贞之助坐不住了。妻子和雪子每次都不按时，自己虽然已经习惯了，但让急性子的井谷等着，他也跟着焦躁起来。这个时间他觉得雪子应该已经出门了，但以防万一，他还是给芦屋打了个电话。电话还未接通时，事务所的门就被推开了，井谷和跟在后面的雪子同时进来。

“呀，能一起来正好。刚要给你们打电话呢……”

“其实我为了请小姐过来，去了趟您家。”井谷说，“时间已经到了，咱们马上出发吧？车在楼下等着呢。”

贞之助对于今天相亲的情况，只听妻子刚才在电话里大概讲了一通，对丹生夫人这个人，听过她的名字，实际上还不确定到底有没有见过她，整个人有些迷离恍惚。因此，他在车上一直问：“今天相亲的对象是怎样一个人？和井谷您是什么关系？”井谷只答：“我也不是十分清楚，详细情况请问丹生夫人吧。”“那么丹生夫人和您是什么关系？”贞之助又问。“那位夫人是我最近才认识的，今天是第二次和她见面。”听到这个回答，贞之助更搞不清状况了。然后，到了那家饭店——“吉兆”，那位夫人和桥寺已经坐在那里等了。井谷走进包间，问：“您好。等了很久了吧？”今天只是第二次见面，语气却很亲切。

“没有，我们也刚到。”丹生夫人也用亲密无间的语气回答，“不过真是佩服，竟然在六点准点到了。”

“我可是很准时的，今天考虑到小姐，就去接她一起过来的。”

“这里很快就找到了？”

“是的。那个，莳冈先生知道这里的——”

“真是很久没见。好像见过一次您。”贞之助忽然想起在自家客厅里曾被介绍认识过她，便问候道：“上次见过面后久疏问候，我家内人受您关照了。”

“没有没有，我也很长时间没见过夫人了。从上次夫人患黄疸卧床后，一直没来得及去看望。”

“啊啊，那个时候。已经是三四年前了。”

“是的，可不是嘛。那时和朋友三个人不请自来，硬让卧床的夫人起来陪我们，可能她觉得我们是‘女黑道’了呢。”

“可不就是‘女黑道’嘛。”

一直等着夫人介绍，穿着茶色西服，两膝并拢、弯下些腰的桥寺，瞥了一眼丹生夫人，嘴角浮现出微笑，说：“哎呀，我叫桥寺，初次见面……”他首先和贞之助打招呼。

“这位夫人真是的，完全就是女黑道嘛。说什么都要拉着我过来，所以今天我就一头雾水地跟着过来了……”

“哎，桥寺先生，你这样可不像个男人啊。来都来了，就别说这种话了。”

“真的是。”井谷也跟着附和，“您何必找这些借口呢？男人嘛，敢作敢当，您这样首先对我们就很不尊重，不是吗？”

“哎，真抱歉，”桥寺挠挠头，“今天我得被欺负了。”

“您在说什么呢，怎么能觉得我们在欺负您呢。我们这是同情您，像您这样一天到晚靠盯着亡妻的照片过活，对身体也不好呀。偶尔也出来看看，来了解一下这世界上还是有美貌不输您前妻的美人的。”

贞之助看着雪子的脸色，捏一把汗。雪子不知何时似乎已经习惯了如此场面，微笑着听他们聊天。

“行了，行了，别说东说西的了，大家快就座。桥寺先生请坐那边，我坐这里。”

“好了，好了，既然有两位女黑道，你们怎么说我就怎么做，不敢不从。”

大概桥寺也和贞之助他们一样，都是被强行拉来参加的。他自己现在并非着急再婚，只是突然被丹生夫人——而且还不是关系特别熟的夫人——抓住，似乎连考虑的时间都不给，就被拽过来坐在这里了。他总是说着“真困扰啊”“真吃惊啊”之类的，但他为难的样子实在可爱，不会让对方不快。贞之助和他聊了一会儿，发现这个男人精于社交、处世圆滑。看他递过来的名片，上面写着医学博士的头衔，又是东亚制药的常务董事，他自己也说："现在不做医生，当药店的掌柜了。"听得出他属于待人灵活、应对圆滑的实业家类型，几乎看不到什么医生的特质。听说他今年四十五六岁，看他从脸面、手腕到指尖，处处肌肉丰满、肤色白皙、五官端正、双颊丰满，是个美男子。由于身材丰腴，所以不会显得轻佻，气质和他的年龄相符，看上去是个有威望的绅士。在至今为止的相亲对象中，这位男士的风采数一数二。酒量虽然不如贞之助，但多少也能喝一些，只要倒上酒就从不推辞。因此，明明是一群不相熟的人聚会，往往会冷场，但有两个勇敢的女黑道在场，还有这个男人处世圆滑，席间进行得十分顺利。

"恕我失礼，我很少来这里，没想到今天的饭菜样数可真不少。"贞之助似乎有些酒精上头，脸颊喝得通红发亮，"最近这段时间，酒和菜都越来越少了，这里一直都有这么丰富的饭菜吗？"

"不，应该不是吧。"桥寺说，"今天是看在丹生夫人的面子上，才做的特别料理吧。"

"也不是这样，但我家丈夫常来这里，所以比预想的会多一些。况且今天这个日子，'吉兆'这个名字听起来就很吉利，所以就选了这家。"

"刚刚夫人您说的是'吉兆'，其实是写作'吉兆'，却读作'吉象'的吧？"贞之助说，"这个词，我想关东人应该是不知道的。大阪有个叫'吉象'的东西，井谷老板娘您知道吗？"

"哎呀，我也不知道啊……"

"'吉象'？"桥寺也歪着头，"我也不知道啊。"

“我知道。”丹生夫人说，“说到‘吉象’，哎，不就是那个吗？正月初十那天祭财神，在西宫和今宫卖的那个，细竹枝叶上绑着小金币、账簿、万宝箱之类的那个东西吗？”

“啊，对，就是那个。”

“啊，就是那个，像蚕茧似的[①]东西？”

“对，就是那个——《祭财神日卖东西》。”丹生夫人说着，一边嘴里哼起“祭财神”那天的歌谣，一边打着拍子，“包袋、小碗和钱袋，金币、钱罐，还有黑漆帽……”一个一个掰着手指头数着，“把各种各样的东西都绑在细竹枝上。那个东西在大阪，汉字写作‘吉兆’，但因为方言影响，就读成‘吉象’了。是吧，莳冈先生？”

“对，是的。不过，真是没想到夫人会知道‘吉象’啊。”

“人不可貌相，对吧？别看我这样，也是大阪出生的呢。”

“是嘛，夫人在大阪出生？”

“所以这点事我还是知道的。但现在也不知道还有没有用旧时读法的人。这家店的人好像也都叫它‘吉象’呢。”

“那我还想再请教一下，刚才那首《祭财神》的歌里那句‘葩煎袋’是什么？”

“‘葩煎袋’？——不是‘包袋’吗？‘包袋、小碗和钱袋’……”

“不对，正确的应该是‘八仙袋’。”

---

① 在日本，是在小正月或二月初午之日用来装饰的“饼花”的一种，由米粉或年糕制成，呈蚕茧状，挂在柳树、梅树等树枝上，用来祈求农作物顺利生长和丰收。

"'包袋'这东西，有吗？"

"难道不是装爆米花的袋子吗？"桥寺也插嘴说，"爆米这玩意儿，就是糯米炒过以后膨胀起来的东西。我不知道汉字要怎么写，大概是炒糯米时会爆起，所以才叫爆米的吧。关东那边三月过节时会用那个做炒豆……"

"这还是桥寺先生最了解。"

话题暂时转向了关东与关西的风俗和语言对比。在大阪出生、在东京长大，然后又回到大阪的丹生夫人说："我可是两栖动物。"她对于这些事情比谁都要了解，能分别灵活地对贞之助和井谷讲大阪话或东京话。此后，曾为研究美容技术赴美国一年的井谷讲起她"在那边的事"，桥寺也谈起他在德国参观拜尔制药公司时的见闻。他说那公司的规模非常大，连工厂内的电影院都建得像道顿堀的松竹座那样大，等等。井谷见好就收，努力把话题拉回正事，问了问他的女儿和故乡的情况，制造雪子和他交谈的机会，不知何时起，话题又回到了他的再婚问题。

"小姐怎么说？"

"还没问过女儿的意见，比起女儿，还是我自己还没有下定决心……"

"所以还是要定下来呀，反正也不会不再娶妻的吧？"

"嗯，是，是这么回事，只是我也不知怎么……怎么说呢……心情还没急到要马上组建新家庭的程度。"

"那是怎么回事呢？"

"也没什么原因，只是没这种感觉。所以有夫人您这样的人在旁边催着我、往前推我一把的话，也许最后可能会决定再婚的。”

“那就是都交给我们了？”

“不，您这么说，我也很为难……”

“桥寺先生啊，真是像鲇鱼一样啊。早一天组建新家庭的话，您前妻在九泉之下也会发自内心地高兴的。”

“我也不是因为那么顾忌亡妻啊。”

“哎，丹生夫人，这种人啊，饭不端到面前是绝对不拿起筷子的，所以不用在意他，我们尽管往下进行就是了。”

“可不是嘛，等到那个时候，就由不得他磨磨蹭蹭的了。”

贞之助和雪子，只能笑着看桥寺被两个“女黑道”缠着。今天完全没有来相亲的心情，和电话里夫人说的一样，只是“放松心情”来一起吃个晚饭。而对方也完全没有要相亲的意思，她们却强迫他过来，在自己眼前逼他答应，确实是只有“女黑道”才会干出来的事情。贞之助觉得自己这边所处的立场十分微妙，但比起这个，对于雪子不知何时有了笑嘻嘻观望这种场合的气量，他更是感到惊讶。当然，跟表现出胆怯发怵相比，落落大方笑盈盈的，在这种场合下更好，不过，如果是以前的雪子，恐怕会觉得无地自容、满脸通红、眼里泛泪，甚至羞而离席吧。虽说无论年龄多大，她依然保持着少女的纯真，但经历过这么多次相亲，果然还是有了一种厚脸皮，心理承受能力也变得越来越强。即使并非如此，考虑到她已经三十四岁，这也是理所当然的。被她外表年轻和大小姐风格的梳妆打扮所蒙蔽，贞之助直至今日才发现了她的变化。

不过，虽说如此，桥寺又是怎么想的呢？被丹生夫人说“介绍一个如此这般的小姐”的话所吸引，觉得见一面也没有损失才来，但如果按他嘴上说的“还没有心情”，这次也不应该答应来的，虚有其表，其实还是可以看作是“有心”的吧？从刚才起一直表现出为难的样子，做得有几分夸张，或许他心里想如果雪子符合他提的条件，那么娶她也可以，可想而知，他并非是完全抱着一看而过的想法来的。不过，他的言行举止如丹生夫人所说——像鲇鱼，过于圆滑世故，也不知今晚雪子给他留下了怎样的印象，从表现上似乎看不出他的想法。除了雪子，其他四人聊得热火朝天，似乎只有她一开始就被“女黑道”们说的话吓到了，全程几乎没有加入他们，偶尔得到和桥寺交流的机会，也一如既往不易聊起话题。桥寺那边也是如此，忙于接“女黑道”们的招，对雪子不过说了两三次应酬话。因此，到最后也依然不了解对方的心情。贞之助在分别时，也不知是否这次以后就分道扬镳，以及从此以后双方是否还会见面，因此只简单客套了几句。井谷和他们同乘阪急电车回去，途中悄悄凑到贞之助耳边，反复说着：“这次的姻缘，我和丹生夫人一定要缠着他促成，桥寺先生既然已经露面，同意不同意就不是他说的算了。那人内心一定是看中了雪子小姐，这些我都观察到了。”

十五

那天晚上，贞之助给幸子讲了他对桥寺的印象。从他所见，这个人可以打满分，是个非常理想的对象。但对方目前仍在考虑再婚问题，似乎并非如丹生夫人和井谷所说的那样有意再婚，目前只能再等等了。一不注意听信了她们所说的话，那就很有可能吃大亏了——对雪子的姻缘，去年以来这夫妇俩就谨小慎微了起来，因此两人只讲了这些。不过，第二天傍晚井谷就前来拜访。“今天早上丹生夫人很早就打来电话，问了相亲的事。”她说，想问问对昨天那人印象如何，雪子小姐又是怎么想的。幸子说，昨天听丈夫说过了，是个非常不错的对象，但对方似乎还没考虑清楚。“不，这点您不用担心，”井谷说，“只是今天早上丹生夫人打电话说，对方说看雪子小姐沉默内向，不知道她到底是不是这样的人，他自己是喜欢活泼张扬的人。”然后，她接着说，“我是这么回答的，无论是谁第一次见到雪子小姐都会这么想，但小姐绝不是阴郁内向的人，请和桥寺先生好好解释一下——说句实话，小姐可能是有点内向，但绝对不是阴郁的人。她很淑女，一看确实有点这样的感觉，但如果相处渐渐多起来，就会意外发现，我这样说可能有些失礼，她的兴趣爱好以及其他方面都比想象中更时髦、现代，是那种开朗的人。所以我才说，那位小姐正是桥寺先生理想的那种活泼张扬的人，如果不相信我，那请实际交往看看。首先，在音乐上她喜欢弹钢琴；其次，吃的东西喜欢西餐，看的东西喜欢西洋电影，又学了英语和法语，这不都能看出来小姐是个开朗的人吗？虽说衣着上喜欢穿和服，那也是因为她适合那种衣摆很长、华丽的友禅，这都体现了小姐性格之中喜爱华丽的一面。关于这些事情，只要交往起来，马上就会明白的。如果一个千金小姐，从第一次见面开始就唠唠叨叨讲个不停，绝对不是什么正经好姑娘。我可是努力不让电话挂掉，跟丹生夫人说了很多好话呢。”井谷说完，又补了几句，“只是雪子小姐也不要太沉闷了，很容易被误会的，这样就不好了。现在再多鼓起点勇气，和对方试着多聊一聊是最好的。最近还会再和他见一次面的，那个时候请尽量给对方留下一个开朗的印象。”说完，就回去了。

幸子暗自担心着雪子眼眶的褐斑，还好这次没有那样明显，她稍稍松了口气。尽管如此，相亲还能有希望吗？井谷的话她只听了半分。第二天下午三点左右，井谷打来电话说：“我现在在大阪了，一个小时以后，就和丹生夫人一起，带着桥寺先生到您家里拜访。”幸子慌了起来，问：“是要来我家吗？”“对，是的。对方说今天没有多余时间，只有二三十分钟左右，又找不到其他合适的见面场所，同时也想看看您家的样子。”井谷回答。“来我家的话，那个，有点……”幸子支支吾吾犹豫不决，井谷还没听完，就打断她说，“不，今天事出突然，就打扰二三十分钟而已，您什么都不用准备。好不容易桥寺先生动了心，如果再变动的话，可能又会伤到对方的感情，这样不好，请您一定照做。”语气咄咄逼人。幸子试探着雪子的心情问：“怎么办呢，雪子？可以让悦子由阿春陪着去神户……”“不用，那两个人似乎已经发现了。”雪子难得爽快地回答。因此，幸子听完，回复井谷表示同意：“这样的话，我们恭候您的光临。”挂掉电话，又立刻给丈夫的事务所打了电话，请贞之助尽量在那个时候回家。

贞之助在客人来访前回到了家。“实际上井谷也给我打了个电话。她说桥寺先生似乎是希望感受一下我们家的气氛，所以今天想到家里和各位见个面。但没想到，雪子竟然如此痛快地答应了在家见面。”他说，“看雪子的心境有了这么大的变化，比什么都让我高兴。”没过多久，那三个客人就到了，被请进客厅。井谷自己来到走廊，叫幸子，问：“小妹今天不在家吗？”幸子吓了一跳，说：“不凑巧，妙子现在出门了。”“那么请把悦子小姐也带过来吧，桥寺先生也想带他的女儿过来，但今天来得太急，等下次他再把女儿带来，正好还能和悦子小姐交个朋友呢，”井谷说，“两个小姑娘成为朋友那就是最好的，这样桥寺先生也会更心动，我觉得这事进展得也会更顺利。”贞之助也认为，雪子难得心境变化，让悦子也出来，听听她的观察和意见也很好，因此由贞之助、幸子、雪子和悦子四个人待客。但那天桥寺依然是那种被两个女人硬拉出来的态度，“遇上这两位夫人，真是没办法，”他说，“突然打搅，实在失礼。但我完全是被两位女黑道绑架过来的，来到这里并非是我本意，”一再解释着，“我不过是一介工薪阶层，娶您家的千金小姐，身份地位相差悬殊。”不知让人如何理解。

雪子虽不如以前难伺候的样子，但生来个性并非能够突然改变。尽管井谷已经给了忠告，那天也看不出她做出了什么改变，说话回答依然模糊不清。贞之助注意到这点，就让人拿来有每年京都赏花时照片的相册，但做出说明的主要还是幸子，偶尔雪子和悦子在一旁小心地插话补充。这种时候，幸子不由得开始想，如果妙子在场，适当开开玩笑，让席间气氛活跃起来就好了，恐怕其他三人心里也是这样想的吧。如此这般地聊了一阵，客人本说只待二三十分钟，现在却过去了一个小时。桥寺看看手表，说：“那我先告辞了。”从椅子上站起身，丹生夫人和井谷也站了起来。“哎呀，不过，您二位就别着急了吧？”幸子挽留两位女客人。她知道井谷很忙，就对丹生夫人说：“丹生夫人，都很久没见您了，您就再坐一会儿吧，虽然没准备什么招待客人的。”“那我就先留下了，可以吗？晚上请我吃饭吗？”“……嗯，不过只有茶泡饭呀。”“……茶泡饭也好呀。”丹生夫人拖拖拉拉地留了下来。

晚饭席间，让雪子和悦子回避，留下其他三人谈论此事。今天第一次和桥寺见面的幸子，对他也有了不错的印象，夫妇俩出奇地一同称赞他的人品，虽然还未征求雪子的意见，但看得出对这个人并不讨厌，在这一点上，他们达成了一致。然后，丹生夫人又讲了他的收入、家世和性格等的调查结果，幸子夫妇更希望能尽力促成这段姻缘了。不过，在夫妇俩看来，桥寺那边似乎并没有太大热情，心里没底。对此，按丹生夫人来说，这都是因为被她们逼得太紧，闹烦了，为了掩饰自己害羞才做出那个样子的，但心里对雪子小姐依然有很大兴趣。不过，说句实话，他的亡妻和他是自由恋爱结婚的，所以他至今多少还顾虑着前妻，也在意着前妻留下的女儿的想法，拘泥于这些因素。而且，即使再婚，他似乎也希望尽量做出被动的、被人生拉硬拽着结婚的样子。此外，实际上，或许是他自己也一直没法下定决心，希望有谁能在他背后推一把。如果他真的没有再婚的想法，不管怎么说第二次也不会让人拉出来的。就是今天，他嘴上说着去拜访只见过一面的小姐家里实在不合常识，最后还是被她们带了过来，不还是证明他对雪子小姐有意思吗？丹生夫人这话听起来也不是完全讲不通。她还说：“对于桥寺先生来说，女儿的想法无疑是非常重要的，如果他女儿中意，那么他绝对不会再说什么，所以下一次就准备让他女儿和雪子小姐见面，那个时候一定要把悦子小姐也带去，让两个小姑娘关系变好。”说完，丹生夫人也回去了。之后，幸子对贞之助说：“到现在为止相了这么多次亲，数这次是最好的。我们提出的条件他都具备，地位、身份、生活水平，等等，既不会好得过分，也不太差，正好非常合适——这次要是错过了，恐怕以后再不会有这样的姻缘了。丹生夫人说，对方故意采取被动态度，希望我们这边多主动些，那我们也更积极一点如何？”她希望丈夫能出出好主意。贞之助也赞成自己这边积极行动起来，但他也不清楚要怎么做才好。“不管怎样，最重要的是雪子是个那么消极沉闷的人，这种时候最让人觉得困扰。实际上，今晚她要是再稍微开朗一点就好了……我再想想别的办法吧。”他说，却也没想出什么好办法。

第二天去事务所上班的贞之助，想到道修町离这里不远，觉得可以找个适当的理由，到桥寺的公司看看，说定这门亲事。说起来，昨天席间谈到药品的话题，幸子说：“自己家里一直在用德国产的维生素B和磺胺，就没断过，但最近受到战争影响，氮磺胺片剂和注射液时不时就会断货，真是烦恼。”“我们公司生产一款名为普莱米尔的磺胺片剂，请一定试着用用。我们公司的产品不像大多数国产药，没有那些副作用，而且效果也和氮磺胺没什么区别。维生素B我们公司也生产，也请您试试。”桥寺说，“马上安排人给您寄过来。”“不用，不用寄过来，我每天都到大阪上班，可以去您公司取……”“那请您一定光临，随时等您，如果来之前打个电话就最好了……”贞之助想起了昨天这些对话。虽说当时他并非为了取药才说那些，但如果说内人想尽快用到昨天说的那些药，前去拜访也不会显得奇怪。由此，那天贞之助稍微提早下班，出了事务所走过堺一带。桥寺的公司位于堺路往西一百米左右、道修町大道北侧，四处都是土木仓库旧时风格的老店，只有一栋楼是近现代钢筋水泥建筑物，在其中非常显眼。从里面走出来迎接的桥寺，问都不问贞之助的来意，互相寒暄过后就叫来手下一个学徒，要他把这些那些药每种拿几盒包好，并且便于提走，然后说："这里没什么能待客的房间，陪您去附近哪里坐坐吧，稍等一下。"走进楼内，和两三个店员交代一些事情，没穿外套、没戴帽子就出来了。贞之助在店外等了五分钟左右，从桥寺对待店员的态度，以及店员对待桥寺的态度来判断，让人感觉他虽说是个董事，但更像这家店的总管。"如果还需要用，请随时再来。"桥寺说着，把一包药递给贞之助。贞之助正苦于对方不收药钱，只好不断客套着："您百忙之中还受我打搅，实在过意不去，就此告辞。"对方却说："没有没有，不怎么忙，我陪您到那边坐坐吧。"贞之助觉得，或许对方有话要说，不好好利用这个机会可是损失，便跟着他一起过去了。不过，贞之助本以为对方大概会带自己到周边的咖啡馆，没想到进了一个狭窄的胡同里，上到一个商业街住户似的小饭馆二楼。贞之助虽然也相当了解大阪的各个地方，却还是第一次知道这样的地方竟然会有这种小巷和饭馆。饭馆二楼只有一个房间，四周都是人家的屋顶，处处只见高耸大楼，似乎有种船场中心地带的感觉。恐怕这里就是道修町的商人，主要是药店老板和掌柜带客人来吃个便饭、谈谈生意的地方吧。"在这么个地方实在失礼，但今天回去之后还有些事情。"桥寺解释说。而贞之助却完全没想到会请他吃饭，听桥寺那样说，更是不好意思。

这里的饭菜并非特别美味，上了五个样式漂亮的菜还有两三瓶酒。开始吃饭时时间还早，贞之助也看出桥寺很忙，便很快吃完结束。吃过饭后，拉门外依然是早春的夕空，可见两人对坐时间还不足两小时。桥寺并没有讲贞之助暗自期待的“话”，似乎完全是出于礼仪闲聊一番而已。只是对于贞之助的问话，他才说，“原先自己是内科专业的，在德国也专门研究胃镜的使用方法。回国后偶然间进了现在这家公司，出于周身各种事情的原因不做医生了，不得不改行开了药店。现在这个公司，虽说总经理另有其人，但他几乎不来上班，实际工作几乎都由我自己一个人来做。去别的地方推销新药时，对方有时候不知道我是医生，就把我当外行，我去详细说明新药的时候，对方才发现我是个医生，很狼狈，看着有些滑稽。”贞之助这边提出了这些问题，对方却完全不提一句莳冈家和雪子的事，贞之助也很难再说这方面的事了。餐后水果端上来时，贞之助终于调整好心情，说自己小姨子虽然看上去那个样子，但绝对不是个阴郁的女子。为了让对方听起来不像是在辩解，他也只能在讲其他事情中稍微插进个一两句。

十六

第二天，丹生夫人给幸子打了个电话，说：“听说昨天您丈夫去拜访了桥寺先生，这样开始直接交往非常好，请继续下去，争取双方结为至交。一直以来您家都是把事情托付给其他人，这样不好，所以才会被说高高在上的。我们已经搭起了这个桥，剩下的就取决于您家的热情和努力了。我们的任务已经完成了，井谷老板娘和我准备暂时退场了。我想您那边一定会很好处理的，请务必用心，希望能尽早收到好消息。”甚至还说“恭喜恭喜”，而在幸子夫妇看来，事情还远远没发展到能庆祝的程度。刚挂断电话，栉田医生来了，说是巡诊途中顺道路过自家门前，就进来了，还说，已经了解到了前段时间她们请求调查的人的情况。这是因为，幸子发现桥寺与栉田医生同为大阪大学毕业，只是两人毕业年度不同，幸子就拜托栉田医生顺便调查一下桥寺的情况。栉田医生一向事务繁忙，所以说声失礼，穿着外套进到客厅，坐都不坐，站着讲完了大概，最后说了句“其他事项都写在这张纸上，请您过目”，从口袋里拿出一张纸片递给幸子后，就离开了。那份报告的内容，据说是栉田医生的同窗亲友写的，这位和桥寺也很亲近，因此写得相当详细，不仅有其本人和故乡的情况，连他女儿性格温和、在女校评价很好之类的情况都写得明明白白，证明了很多贞之助打听至今的事实。栉田医生临走前也加了一句：“这个人我也极力推荐。”

“这次正是雪子交好运的时候，一定想办法要促成这两人。”贞之助对妻子说。虽然有些不合常识，他还是下定决心写下了五六尺长卷纸的信。

以此书信告知此事，深知失礼。但考虑到务必请您了解我家雪子的事，且前日拜访时，话在嘴边却未敢多话，恕我冒昧寄去此信。

所报告之事无出其右，只是想到您可能会怀疑为何女方年龄至此却依旧没有结婚，或是怀疑她的个人经历——要么就是健康上是否有什么难言之隐。对此，我说实话，没有一点这样的事。雪子至今还未结婚，只因周围亲族虽非名门望族，却拘泥家世门第不放，自断良缘，此事想必丹生夫人和井谷夫人均已告知，仅此而已，没有其他原因。实在愚笨，因此招致世间反感，再无人上门求亲。此事绝无虚假，若您充分调查清楚，疑虑解消，感激不尽。将雪子置于如此不幸之地，责任全在周围亲族，其本人清白无瑕，无愧于世。如此禀告，似偏袒包庇，然其本人于头脑、学识、品行、才艺等皆可及第。尤令小生深为感慨的是，她非常爱护幼者。小生之女今年十一岁，爱慕雪子更胜其母，学业、钢琴皆由雪子耐心教导，患病时亲力亲为竭力照料，回想至此，与其母相比更爱慕于她，便是理所当然之事。此类事情也请您顺便调查了解，确认事实真实与否。此外，对于她是否为阴郁之人的疑虑，如前日所述，绝非如此，无须担心。恕我妄为，小生认为，若雪子有幸成为贵夫人，定不负您期待。至少可断言雪子会使令爱幸福。小生如此评价家人，恐怕招致您的不快，此为殷切希望您娶之为妻之由。恕我再次恳求。对如此失礼之信，还望海涵。

贞之助为表达此意，特地用郑重的候文写下了这封信。他从学生时代起便对自己的作文充满自信，觉得用难写难读的郑重文体委婉表达并非难事，但又怕写得太郑重起了反作用。为了不使信看上去强加于人、也不过分客气，在如何恰如其分地表达上没少费力。第一次写完，觉得语气过于强硬，便重写一封；第二次则觉得过于低声下气，再次重写；第三次终于写好寄了出去。寄出后，他又觉得是否还是不寄为好，立刻就后悔了。如果对方无意结婚，那么也不会因为这样一封信就改变主意，再说，如果他有意结婚，收到那样一封信，反倒会招致厌烦。果然还是放任自然、听天由命才是最好的吧……

贞之助也没有特别期待对方回信，但两三天后，对方依然没有回信，他也不由得开始坐立不安。下个周日一早，他故意不告诉幸子，只说“出去散散步”，便离开了家。然后，他坐上阪急电车，到梅田站下车，坐上出租车后对司机说“去乌辻”。他出门时记住了桥寺家住哪里，但他只是想到附近，看看他住在什么样的家里，路过门前就好，并非打算登门拜访。因此，他看到差不多就是这里了，就下了车，一家一家看过门牌，或许是由于那天是今年以来最有春天气息的一天，他的步子也轻快起来，不知为何觉得是个吉兆。而且，桥寺的家也是个特别新的建筑，坐北朝南，明朗敞亮。曾听桥寺说过是租来的房子，但实际上并非那样简陋，有点外家风格的小巧二层建筑并排了三四栋，隔木墙可见松树，桥寺家即为其中之一。失去妻子的中年绅士，和女儿两个人住在这里，也显得很宽阔。贞之助在门外踟蹰了一会儿，抬头看到朝日阳光透过松树叶子斑驳闪烁的样子，仰望玻璃拉门拉开一半的二楼栏杆，转念一想好不容易来到这里，信步而行走向大门，按下了玄关的门铃。

五十岁左右的老妈子没过多久就带着贞之助上了二楼，正走在楼梯上时，下面传来一声叫喊，贞之助回头一看，桥寺站在一楼的楼梯口，穿着睡衣，披着华丽的八端织宽袖棉袍。

“实在失礼，我这就来，请稍等一下。……今天早上睡过头了……”

“您请，您请，……不着急，……我也是突然打搅……”

贞之助看桥寺轻松地行了个礼就消失进楼下里屋，松了口气。其实他这段时间一直担心桥寺会如何看待那封信，没看到他的表情时，一直无法安心。如今看到他对自己的态度，至少可以确定没有感到不快。贞之助在一个人等待的时间里，慢慢环顾了房间一周。这里是二楼外间，应该就是这家的客厅吧。这间八张榻榻米大小的房间里，有着六尺壁龛和一个架子，虽然花没有摆成插花，但仍有趣味不俗的挂轴、摆件、匾额、对折屏风、花梨木桌子和桌上烟具，等等，一板一眼，摆放得整整齐齐。拉门、地面也一尘不染。整栋房子看起来并非煞风景的鳏夫之家，一个原因是主人品位很高，另一个也是体现了亡妻的人格。刚才在门前仰望时，贞之助的感觉就是如此，进到家里，房间给人的感觉比想象得还要更加明朗。白底云母梧桐花纹的拉门反射了不少外面的光亮，室内一点阴暗的地方都没有，空气处处通透，贞之助吐出的烟形成了一个明显的烟圈。贞之助在递给老妈子名片时，还觉得有些厚脸皮，胆怯畏缩，但现在却觉得来得真是太对了。这样，作为这家的客人，能观察到主人的脸色，已经很顺利了。

“让您久等了。”

过了十分钟左右，桥寺边说边上楼，换上了衣线平整的藏青色西装。“这边暖和，坐这边吧。”把客人请到面向往来街道的走廊的藤椅上。贞之助不想让对方觉得自己是来问回信的，打算见一面后立刻告辞，然而，沐浴着穿过玻璃拉门照射进来的阳光，主人又是善于交际的人，不知不觉间聊过了一个小时。和上次一样，都是些杂谈。“前几天给您寄来一封非常失礼的信。”贞之助提起这事，桥寺却若无其事地说：“哪里哪里，从您那里收到一封如此恳切郑重的信，真是非常感激。”此后又是无关紧要的闲聊。聊了一会儿，贞之助终于察觉到时间不早，正要站起身。“请稍等一下，今天一会儿准备带女儿去朝日会馆看电影，如果您没有什么事情的话，请和我们一起去吧。”对方说。其实贞之助正想见见他女儿，悄悄看一眼也好，因此，他只得回答说：“这样吗？那就一起到那边吧。”

那个时候在街上已经很难打到出租车了，桥寺给不知哪个车库打了电话，叫了一辆帕卡德。到中之岛的朝日大厦的拐角时，桥寺说：“这样您看怎么样，给您送到阪急车站，如果您没什么事的话，在这里先下车一下如何？”正是饭点，贞之助发现是要带自己去“阿拉斯加[①]”。今日又要受其款待，让他于心不安，但这也是个和他女儿亲近起来的好机会，这样也许能加深他们之间的交情，想了想还是答应了。去了之后，他们又边吃边闲聊了一个小时。这次由于桥寺女儿加入进来，所以聊的都是电影、歌舞伎剧、美国和日本的演员、女校的事，等等，比刚才的聊天还要无聊。他女儿比悦子大三岁，今年十四岁，听她讲话，和悦子相比要冷静成熟得多。究其原因之一大概就是

① 大阪的一家西餐厅。

相貌带来的感觉。她穿着女校校服，脸上没扑脂粉，从轮廓上看已经不是少女了，脸型细长、鼻梁较高、肌肤紧致，更像成年人。而且，看上去一点都不像桥寺，一定是更像母亲。由此可见，母亲也拥有相当漂亮的美貌，可以想到，桥寺就是通过这个少女来怀念亡妻音容笑貌的。

结账时，贞之助说："今天请让我来结账吧。""那可不行，是我邀请您来的。"桥寺不同意，贞之助立刻说："那么今天多谢您款待了。有机会的话，请一定来我家，可以带您去神户转转。下个周日，请一定和您女儿一起过来。"让桥寺答应下来，两人在五楼的电梯口分别。最后，下周日的约定，是贞之助带回的比什么都更珍贵的礼物。

十七

那天丈夫回家后，幸子从他那里听说了事情的前后经过。虽然她嘴上嘲讽说"你可真是能厚着脸皮去啊"，心里却喜不自胜。要是放在以前，她非但不会高兴，还会生气地抱怨他怎么这么没有见识，如今丈夫竟然也变得如此厚脸皮，在雪子的姻缘上，幸子为他们出现了如此大的变化而吃惊。因此，之后就不需要再做什么了，只等下个周日来就好，其间，丹生夫人打来过一次电话。"听说上次见面之后您家丈夫还和桥寺女儿见了面，越来越有希望了，值得祝贺。还有，下个周日听说您一家要招待桥寺父女俩，请你们务必好好款待。特别是雪子小姐，一开始给人留下了‘阴郁’的印象，这次一定要努力消除啊。这是我最担心的事，所以多提一句。”看来，桥寺把相亲后的进展一一报告给了丹生夫人，他那边也绝不是对此一点都不关心的。

到了约定好的周日，上午十点，桥寺父女俩来到芦屋，在家里待了一两个小时，然后他们和主人家四个人，一共六个人一起乘车驰往神户，去了花隈的“菊水”。关于今天的吃饭地点，虽然提议了中华菜、东洋饭店的西餐、宝家的卓袱料理[①]等等，但既然来到了神户，那从观光意义上说，还是“菊水”最有特色，因此选择在这里吃饭。午饭吃得有些晚，下午两点左右开始，直到四点左右才吃完，从元町到三宫町散步回来，在Juchheim咖啡厅稍作休息，目送父女俩乘阪急列车离开后，莳冈家四人来到阪急会馆，看了美国电影《秃鹰》。这天只是双方家人见个面而已，还没到互相放下拘束的程度。

第二天下午，雪子正一个人在二楼习字，阿春上来，说：

“有您的电话。”

“打给谁的？”

“说是请雪子姑娘接电话。”

“谁打的？”

“是桥寺先生。”

听完，雪子有些慌张。她虽然搁下笔站起了身，却没有马上去接电话，脸色通红，在楼梯口转悠个不停。

---

①长崎地区的特色菜，是一种经日式改良的中国菜。

“二姐呢？”

“好像是出去了……”

“去哪儿了？”

“应该是去寄信了吧。刚刚才出去的，要叫她回来吗？”

“快点！快点叫她回来！”

“是！”

阿春急忙跑了出去。幸子为了顺便运动，一向自己找邮筒寄信，然后一直散步到大堤。因此，阿春转过一个拐角，就找到了她。

“夫人！雪子姑娘叫您回去！”

阿春上气不接下气，幸子觉得有些惊讶。

“怎么了？”

“桥寺先生打来了电话。”

“桥寺先生？”意料之外，幸子也大吃一惊，“给我打的吗？”

“不是，是给雪子姑娘打的，但她说要叫夫人您回来。”

“雪子没接电话吗？”

“哎，我也不知道，我出来的时候，她还在楼梯口转悠……”

“为什么不自己接呢？真奇怪啊，雪子。”

幸子感到有些不妙。雪子不愿意接电话，这点在全家族中都是有名的，因此极少有人会给她打电话，即使打也是转给别人代接。如果不是什么不得了的重要事件，否则她是不会接的。至今为止这样没有什么大问题，但今天和以往都不一样。虽然不知是因为什么事情，会让桥寺特地给她打电话，但毕竟没有她本人不去接的道理。要是幸子代她去接反倒显得奇怪。她又不是十七八岁的小姑娘了，觉得羞涩或是不好意思，雪子这样的性格只有姐妹几个一清二楚，外人却是不知道的。如果桥寺要是没觉得受到侮辱还好。即便如此，雪子磨磨唧唧的，最后到底有没有接电话？要是让人家等那么久，又是不情不愿地接了电话，再如往常一样模糊不清地应对的话——打电话时更是那样——会更坏事。要是这样的话，不如不接更好。再说，她还是个格外倔强的人，会不会无论如何也不接，只等幸子回来救场呢？不过，就算幸子马上赶回去，恐怕对方也早已挂断。即使没有挂断，她去代接电话，又要怎么和人家道歉呢？总之，今天必须由雪子自己接电话——而且必须马上去接电话。幸子似乎突然有种预感，就因为这样的小事，好不容易事情进展到这里，最终也会白费。然而，桥寺是那样一个会灵活变通、考虑周全的人，一次这样的事应该不至于让他心灰意冷。即便如此，只要自己在家，就算强迫她也要让她立刻去接电话。结果，就在她离开家仅仅五六分钟，电话就打了过来，怎么想都感觉非常不妙。

幸子匆忙赶回家中，直接走向装了电话的厨房，看到电话已经被挂断，雪子也不在那里。

“雪子呢？”幸子问正为下午茶和面捏点心的阿秋。

“刚刚来过这边……现在可能在二楼吧。”

“雪子接电话了吗？”

“是的，接了。”

“马上就接的吗？”

“不是，那个……等了您一段时间，看您一直没回来，就……”

“讲了很长时间吗？”

“就讲了一小会儿……一分钟左右。”

“什么时候挂的？”

“就在刚才。”

幸子走上二楼，看雪子一个人靠着练字的桌子旁，手里拿着字帖，低头看着。

“桥寺先生的电话，是什么事？”

“说今天四点半在阪急梅田站等我，问我能不能出去。”

“嗯，可能是要和你两个人一起散步吧。”

“他说，在心斋桥逛逛，然后在哪里吃个晚饭，问我能不能一起。”

“雪子你怎么回的？”

“……”

“答应说要去了吗？”

“没有。”雪子咽了口唾沫，模糊不清地回答。

“为什么？”

“……”

“去了不是挺好的吗？”

相亲的事还在进行当中，和男方——而且还是个只见过两三次面的男人，两个人单独去逛街散步，平时的雪子是绝对不会同意的，这一点上，幸子作为她的亲姐姐，一开始就心知肚明，能想得到对于雪子那种性格来说，不是没有道理的。但幸子还是非常生气。就算雪子不愿意和一个不相熟的男人散步或是吃饭，且不说对幸子，对贞之助来说，这不也是对不住他吗？无论是贞之助还是幸子，这次都豁出去了，放下脸面、委曲求全，雪子本人如果稍微考虑到他们一点，自己也应该更积极一些吧？再说，桥寺既然能打来这样的电话，对他来说，这也是下定了很大决心的，可现在却被如此冷淡应对，他该有多灰心啊？

“那么你拒绝了？”

“我说有点不太方便……”

就算要拒绝，如果有个信得过的理由，嘴上会说一点，那么拒绝了也没关系。但雪子偏偏不是有那种本事的人，不那么能说会道，幸子一想到她可能极不自然地回答对方，惋惜的泪水不由得盈上眼眶。看着眼前的雪子，她更是生气，立刻转身下楼，从阳台走到庭院。

让雪子重新给对方打个电话，表示一下此前的失礼和歉意，答应今天下午就去大阪。幸子知道，这是弥补过错的最好办法，但不管怎么劝说雪子，雪子都绝不会答应，要是强迫她去，反倒更会导致双方不愉快，以争吵告终。“今天无论如何都不太方便，没法赴约。”即使由幸子言辞巧妙地代她说明这个理由，对方真的会信服吗？要是对方说“那么明天如何”，又要怎么回答呢？雪子讨厌这种事情，不是今天明天的问题。如果双方没有熟悉起来、互相了解，不用说，她一定是不愿意的。那么今天只能先放下此事，明天由幸子到丹生夫人那里去，详细说明雪子的性格，讲清楚雪子绝非疏远桥寺、也非厌恶与他一起散步，只是现在依然保持着千金小姐的小心矜持，在这种场合下，一下子就会心慌意乱、踌躇胆怯，这正是她的单纯之处。如果能请丹生夫人把这些告诉桥寺，桥寺大概也会谅解吧。

幸子正在院子里边走边想，厨房那边电话又响了起来。阿春跑到阳台，往庭院的方向大喊：

“有您的电话：是丹生夫人打来的。”

幸子心里咯噔一下，跑向厨房，又忽然转念，把电话转接到丈夫的书房。

“哎，幸子夫人，刚刚桥寺给我打电话了，听着可是特别生气呢。”

丹生夫人说着，语调也与往常不同。她本身讲的就是清脆利落的东京话，此刻由于亢奋更加麻利爽快。“我不知道为什么，但桥寺先生特别生气。他说：‘我最讨厌那种优柔寡断拖拖拉拉的小姐。您几位都说她张扬活泼，到底哪里活泼了？我明确拒绝这门亲事，请您现在就和女方那边传达一下。’我也不知道他怎么那么生气，问了才知道，‘本来想两个人好好谈一谈，就约她今天下午一起去散步。最开始是女佣接的电话，我说如果雪子小姐在的话请她接电话，女佣说她在，就放下电话了。不知道为什么雪子小姐一直没来接电话，左等右等都没等到。最后终于等到了，我问她方不方便一起出来散步，她一直反反复复嗯嗯啊啊的，也不知道到底是方便还是不方便。我接着追问她，她说话声音特别小，几乎听不清，好不容易才听清她说不太方便……只说了这句，然后就一句话都不说了。这把我也惹毛了，一下子就把电话挂了。’桥寺先生就是这么说的，‘那个小姐到底在想什么，也太瞧不起人了。’听上去特别气愤。”丹生夫人一口气说了这些，然后又补了一句，“就是这样，实在遗憾，您就当这事告吹了吧。”

“真的抱歉，真的抱歉，给您添了这么大的麻烦……我要是在家的话，肯定不会让她这样失礼的，我那时候不巧出了门……”

“不过……您就算不在，雪子小姐不还是在吗？”

“是的，是的，的确是这样……真的非常对不起……现在这样也没法拜托您帮忙求情了……”

“是啊，当然是了……”幸子羞愧得恨不得打个地洞钻进去，一边语无伦次地应着一边听对方说话。

“那么幸子夫人，电话通知实在不好意思，现在再见面也没什么用了，我就不去见您了，不好意思——”

“真的对不起，真的对不起……改天我到您府上道歉……您生气也是应该的……”幸子忙不迭地道歉，甚至不知道自己在说什么。

“不用了，幸子夫人，您别这么说。您要是来访，那太不好意思了。”

对方似乎说的是“听都觉得烦”，幸子还在提心吊胆时，对方挂掉了电话。

放下听筒，胳膊肘支在丈夫放座机的桌子上，托着下巴，幸子默默坐了一段时间。她想，丈夫回来后，这事他不愿意听也必须告诉他……又想，今天先不提这事，明天等心情平静下来再说如何……想象得到，丈夫该有多么失望啊。不说失望，如果这事没让丈夫讨厌雪子就好了……一直以来，丈夫都是不那么喜欢妙子而同情雪子，这次会不会两个妹妹都被讨厌？妙子已经有了能依靠的人还好，雪子现在被贞之助放弃了该怎么办？直到现在，幸子觉得妙子无法忍受时就和雪子说，觉得雪子有什么让她受不了的事情就和妙子讲，平时一直觉得没什么，现在这个时候妙子却不在家，没有比这更难熬的寂寞和不便了。

“妈妈！”

悦子拉开书房拉门，站在门口，讶异地看着母亲的脸。刚刚从学校回来的她，发现家里静得出奇，察觉到家里一定是发生什么事。

“妈妈，怎么啦？”悦子说着走进房间，从母亲背后再次探过头观察她的脸色。

“妈妈，怎么啦？妈妈……妈妈……”

“二姨呢？”

“二姨在二楼看书呢……哎，妈妈，怎么啦？”

“没怎么。你去找二姨吧。”

“妈妈也一起来。”说着，悦子拉起幸子的手，“嗯，我们走吧。”

幸子整理好心情站起身来。她们一起回到主房，让悦子一个人去二楼，幸子自己走进客厅，坐在钢琴前，打开琴盖。

贞之助是在那之后一小时左右回家的。那时幸子仍在弹琴，听到门铃的声音赶紧到玄关迎接，丈夫抱着公文包径直走进书房，幸子追着他进去。

“哎呀！好不容易费了那么大劲进展到那种程度，结果告吹了。”

她刚刚还在犹豫到底是今天讲还是明天再讲，看到丈夫回来，还是忍不住说了出来。丈夫脸色虽然一瞬间沉了下来，但也只是轻轻叹了口气，没有表现出明显的不愉快，安安静静地听幸子讲完。看到丈夫如此冷静，幸子自己又开始懊悔：“我们这么为她担心着想，她怎么能这样！”她从未如此激烈地责备过雪子。的确，现在再说什么也无济于事，果然桥寺先生还是有结婚意愿的。虽然嘴上说得暧昧不清，内心还是中意雪子的。所以他今天才会提出那样的邀请，不是吗？幸子想清楚这点，今天在接电话上的失误更令她悔恨不已，想捶胸顿足地大哭一场，然而再怎么哭也同样无济于事。机会已经永远失去了。为什么那个时候自己没在家？只要自己在家，就算没法答应对方，至少也会让雪子给个差不多的回复。如果是这样，那么这门亲事还是有可能顺利进地行下去的……不远的将来，或许还能订下婚约呢……那也未必就是在做梦吧。明明照常推进的话，十有八九是能成功的，即使如此，怎么能想到就在自己不在家的五六分钟里，那电话就打来了呢？所谓人的命运，就是由这种极其偶然的小事决定的啊。幸子想要放弃却又犹豫不决，悔恨不已，因为自己那时不在家，所以过错似乎都在自己身上。选什么时候打来不好，偏偏就要在自己不在家的五六分钟里打来，她甚至开始觉得是雪子不走运了。

“这么想的话，生气归生气，雪子还是很可怜的……”

“不过，这是雪子的性格导致的悲剧，就算打电话时你也在，结果不还会是一样的吗？”

贞之助不得不反过来，站在安慰自己妻子的立场上说：“假如当时你也在，雪子也做不到好好应对人家。况且，如果她不爽快答应对方的邀约一起散步，也很难避免招致对方不满。这样一来，发生今天这样的事，原因就在于雪子的性格。与你当时在不在她身边，也没有太大关系。就算今天想办法巧妙地解决了，今后还会有不知多少次类似的事情。所以这次亲事告吹是命中注定的，雪子不重新改正的话，这可能就会是雪子的宿命。”

“要像你这么说的话，雪子不就嫁不出去了吗？”

“不是，我说的是，雪子那种内向沉闷、打电话都没法打好的女性，也是有其特有的优点的。我想会有那种男性，并不会把这些一概归为落后于时代、因循守旧，而是能看出这种性格之中的女人味和优雅之处。如果一个男人不能理解这些，那么他没有做雪子丈夫的资格。”

幸子发现，自己好像成了被安慰的一方，反倒更觉得对不起丈夫，她尽量把雪子往可怜的方向去想，渐渐平复了心情，可是回到主房，进到客厅，看到雪子不知何时从二楼下来坐在沙发上，把“小铃”抱到腿上逗着玩，满不在乎、泰然自若，幸子心里更生一层愤懑。她努力忍着不发火，涨红了脸喊：“雪子！”又接着扔给她一句话，“刚才丹生夫人打电话来，说桥寺先生特别生气，亲事就此告吹。”

“嗯。”

雪子一如既往，漠不关心地应了一声，可能是多少掩饰一点自己的羞愧吧。腿上的猫咕噜咕噜地叫着，她把手伸到它的下巴下面，挠挠它逗它高兴。

“不光是桥寺先生，丹生夫人、贞之助姐夫和我都特别生气。”

这句话幸子马上就要脱口而出，话到嘴边又尽力压了回去。然而，这个妹妹最终会意识到今天的失误是“失误”吗？意识到的话，也应该在丈夫面前说句“对不起”。一想到这个人这个时候即使意识到了也绝不会道歉，又不由得觉得她面目可憎起来。

十八

第二天井谷来访时，和幸子详细讲了桥寺生气的事情，事态更加明了了。

按井谷所说："听说昨天桥寺先生给丹生夫人打了电话，其实他也给我打电话了。不管怎么说，那么温厚一个绅士，竟然如此愤怒，甚至对我说：'那个小姐实在太不礼貌了吧！'我一听，觉得这事不简单，就马上赶到大阪，和桥寺先生以及丹生夫人都见了面，详细了解之后，明白桥寺先生为何如此愤怒了。这是因为，不光是昨天的事，从前天就有苗头了。前天，桥寺父女受您一家招待，到神户的菊水一起吃饭，回去的路上，大家在元町散步时桥寺先生和雪子小姐两个人很自然地走在了一起，因为当时街头有出征军人的送别队伍，他们俩和其他人被长长的队伍隔开了。那时，桥寺先生正好瞥见一家杂货店的橱窗，就对雪子说：'我想买双袜子，可以一起进去看看吗？'而雪子当时只回了个'嗯'，磨磨叽叽的，好像求救一般频频回头望着几十米后面的夫人你们，满脸为难地站在那里不动。桥寺先生愤愤然地一个人进到店里，买完东西出来了。这不过是十五二十分钟的事，其他人都不知道，桥寺先生当时相当不快。但那个时候，他想雪子小姐可能就是这种性格，没有厌烦自己，心里努力把雪子小姐往善意的地方想，随后恢复了心情。然而，他对这事果然还是很在意，不知道自己到底有没有被讨厌，就想再试探一下。正好昨天天气不错，公司那边也有空闲，就想到了这一点，给她打了电话。结果如您所知，桥寺先生再次受了挫。他说，如果前天那次还能认为是她害羞，但有了第一次，第二次却依然被这么对待，他只能认为是被她讨厌得不得了了。她那种拒绝方式，就好像在说：‘你难道还看不出我讨厌你吗？’简直太直接了，不然，最好也还是换个委婉的说法吧。在他观察，看出那位小姐就是在故意毁坏周围人为她想尽办法、尽心尽力促成的姻缘。桥寺先生还说，他非常感谢丹生夫人、井谷夫人、莳冈家的姐夫和姐姐的好意，但小姐那个表现，这好意实在是想接受也接受不了。他觉得这段缘分不是由他拒绝的，而是被小姐拒绝的。”据她说，昨天去见面时，丹生夫人比桥寺先生更生气。丹生夫人说，“我也觉得雪子小姐对男性的态度实在是不太好，所以当然会被人说是‘阴郁’。我都告诉过她，让她为了给人留下一个明朗的印象，努力表现得开朗一些，可是雪子小姐就是听不进去。比起雪子小姐本人，我更不理解幸子夫人为什么会让雪子小姐采取那样的态度。如今华族小姐、皇家公主也没理由拿出那种态度，幸子夫人到底是怎么想她自己的妹妹的？”井谷多少有些借丹生夫人之口泄愤，语气相当严厉。无论被怎么说，幸子都无法反驳。不过，井谷毕竟有些男子气，说过之后心里就痛快了，然后又聊了些不要紧的家常。看到幸子垂头丧气的样子，她反过来安慰说：“不要那么悲观。不管丹生夫人怎样，今后我依然还会帮雪子小姐说媒的。”说完，又照例谈起了雪子眼眶上的褐斑，“桥寺先生前后见了三次雪子小姐，都完全没有发现她脸上的褐斑。只是他女儿在回家后，跟她父亲说‘那个人脸上有褐斑’，桥寺先生说：‘是嘛？这样吗？我完全不知道。’所以那块褐斑也无须担心，有时候完全不是问题。”

前天在神户元町也惹桥寺生气的事——幸子没把这事告诉贞之助。

就算告诉了，如今也没有办法，反倒有可能让丈夫更加讨厌雪子。贞之助也一样，没和妻子说过，便自作主张给桥寺写了一封信——

事态发展至此，无言可说，或许有些拖泥带水，但小生仍希望和您解释一下，否则心里难安。在您看来，或许会认为小生夫妇还未完全确认小妹心意，便自作主张帮忙说媒，但事实上，我相信妹妹不仅绝非厌恶您，而且恰恰相反。也许您会问，前几天来对您消极模糊的态度以及电话里的应对要如何说明？那是由于妹妹本性即是如此，面对异性不自觉地觉得怯懦羞耻，绝不是讨厌您的表现。三十多岁的女性竟然如此愚笨，他人可能会如此认为，但我们作为平生最了解她的骨肉之亲，并不觉得不可思议。她在那样的场合下表现出那个样子实在是平常，现在这个样子，也不像以前那样认生了。不过，我们深知，即使解释这些也不能取得外人的理解，这甚至不能成为一个合理的理由。特别是前日那个电话，真的是不知要怎么向您道歉才好。小生曾经禀告您说，她的性格并不阴郁，内心藏着一个华丽的世界，至今我依然相信这些话没有错。然而，一个女性到了那个年纪，连一句令人满意的应酬话都说不出，不管怎么说，都实在是迟钝无能。您为此生气，也是理所应当的，以此判断妹妹不够格做您的妻子，也是不得已而为之。非常遗憾，小生不得不清醒地认识到她已经“落第”，对于这个问题，也没有那么厚的脸皮恳请您重新考虑了。总之，把妹妹培养成如此落后于时代的女性，实在是家庭教养的失败。她早年失母，年轻时又遭丧父境遇，但我们也深知应负一半责任。只是，不知不觉间，我们开始偏袒这个妹妹，或许对她有了过高的评价，然而，对待这门亲事，我们绝没有为硬攀高枝而向您虚假报告，这一点请您务必谅解。小生衷心祈望，您能得到好的配偶，雪子也能再获良缘，早日互相忘记不愉快的事。希望那时还能与您来往。我们非常高兴难得有您这样的朋友，如果因为如此小事而断绝来往，实在是没有比这更大的损失了。

贞之助写下这封信寄出去后，桥寺也很快寄来了一封郑重的回信。

接您如此诚恳来信，诚惶诚恐。您曾说令妹落后于时代、迟钝无能，您实在是太谦逊了。令妹无论什么年纪，都未沾染当世风气，终究保有少女纯真，难能可贵。能做这样女性的丈夫的人，须对如此纯真高度评价，且有真心呵护、不损害其高贵品质之义务。于此，须备深刻理解及纤细体贴之心。如小生一般的乡下野人，完全不具此资格。小生思前想后，认为如此下去双方都不会幸福，故请允许小生辞退亲事。如果让您觉得是对令妹的无礼批评，那绝非我的本意。前些日子，受您一家热心厚谊，感激不尽。您一家其乐融融，令人羡慕不已。正因有您这样的家庭，才能培育出令妹如珠玉一般的性情。

和贞之助一样，这封信由毛笔在卷纸上写成，虽非“候文”，但行文依旧周到，毫无漏洞。

此外，幸子那天在神户散步时，带桥寺的女儿去元町的西装店，给她买了一件罩衫，请店家绣上了女孩名字的首字母。亲事告吹的几天后，那刺绣才做好，幸子想到如果不送反倒奇怪，就通过井谷送给了对方。那之后过了半个月，有天幸子去井谷的美容院，井谷说桥寺给夫人送了这个，放在她那里保管，便取出一个牛皮纸包着的盒子递给幸子。回家后打开盒子一看，里面是京都襟万制的纹羽二层衬袄，花纹也选了适合幸子的，这大概是他拜托丹生夫人帮忙准备的吧。幸子他们觉得，应该就是前几天那件罩衫的回礼，在这一点上再次发现桥寺处事周到了。

雪子又是什么样的心情呢？表面看并没有多么垂头丧气，也似乎没有觉得对贞之助和幸子过意不去。她明白二姐夫妇的热心肠，但对自己的性格来说，实在是做不到那种程度，由此而无法结成的姻缘，也就不怎么可惜了——或许多少有些嘴硬和虚张声势吧——但怎么看，她都是这样想的。幸子最后还是失去了对雪子露骨地发泄不满的机会，慢慢地又和好了。但幸子心中仍觉得这事还没完全过去，也无法释怀，盼望着妙子回来再听自己讲一遍。不巧，最近妙子已经二十多天没回家——上次还是三月上旬的一个周二，那个“决定命运的电话”打来后的第二天，她一大早就回到家里，只听幸子说了句“这次又吹了”，就满脸失望地回去了，此后再没见过她的身影。说实话，幸子前段时间每次被丹生夫人或井谷问起妙子的事时，都有种警惕心，“这些人说不定已经知道了小妹的事情，故意装作不知道来打听消息的。”因此一直不痛不痒地回答她们。她希望尽量不要让别人知道妙子和她们分居，但万一妙子和奥畑的关系出了问题，还能对外界宣称自家已经和那个妹妹断绝关系了。然而，这么多的准备如今全部泡汤，幸子突然很想见见妙子。有天早上，幸子和雪子正坐在餐厅里聊天，幸子说：“小妹不知现在怎么样了，给她打个电话吧？”送悦子上学的阿春却迟迟没有回来，过了三个小时，阿春终于回来，她往餐厅里探头一看，确定只有幸子和雪子两个人在，就悄悄进屋走到两人身边。

“小妹生病了。”她小声报告说。

“什么，什么病？”

“好像是大肠黏膜炎或者痢疾。”

“打电话来了？”

“是的。”

“你去看她了吗？”

“去了。”

“小妹是在公寓病倒的吗？”雪子问。

“不是。”阿春回答后，便低下头沉默着。

阿春所说的事情是这样的。其实今天一大早就被“给阿春的电话”叫醒，她去接电话，发现是奥畑的声音，他说：“小妹前天来我家，突然就生了病，那时候是晚上十点左右，发烧将近40℃，身体发冷还颤抖，她说她要回公寓，我把她留下了，让她在我这里睡觉。然而病情越来越恶化，昨天叫来附近的医生诊查，最开始的时候也不知道是什么病，说可能是流感，看样子也可能是伤寒。但从昨天半夜开始，小妹拉肚子特别厉害，感觉腹部绞痛，所以医生说可能是大肠黏膜炎或者痢疾。如果是痢疾的话，就必须要送去医院，不管怎么样都必须要有人看护，所以让她回公寓是不行的。眼下她只能留在我这里治疗休养，这件事我只通知你，小妹现在虽然很痛苦，但无须担心，继续在我这里治疗也没事。如果有什么突发状况我会通知你的，但我想不会有那种事的。”听完，阿春想无论如何自己先去探望一下，所以在今天早上，送悦子去上学回来的途中绕道西宫。然而，去看了才发现，情况比电话中讲的和想象得更严重。从昨晚至今，听说小妹已经拉肚子二三十次，由于太过频繁，她直接起床、抓住椅子，坐在马桶上。本来医生给过忠告，说那个样子对患者不好，必须静卧在床上，用插入式便器。阿春去了以后，和奥畑好说歹说，终于说服妙子卧床，但阿春在的那段时间里，妙子也不知拉了多少次。然而，由于腹部绞痛，每次只能拉出很少一点，为此更添一层痛苦。高烧依然不退，刚刚测量体温时，还是39℃高温。现在还不明确到底是大肠黏膜炎还是痢疾，已经请阪大化验了病菌，过了这一两天就能知道结果。阿春问妙子要不还是请栉田医生过来看看比较好。“我在这里卧床的事让栉田医生知道了就不好了，还是不要叫他来了。也别告诉二姐，不能让她担心。”妙子说。阿春没有说回去后跟夫人说，还是不跟夫人说，只说之后还会再来探望，就先回来了。

“没请护士吗？”

“没有，但他们说如果一直不见好，就得请护士了……”

“现在是谁在看护？”

“弄冰块的是少爷（阿春还是第一次如此称呼奥畑），便器消毒和擦屁股的是我。”

“你不在的时候谁来做呢？”

“不知道……大概是那个老女佣吧。据说是少爷的乳母，人很好。”

“那个老女佣，不是在厨房干活的吗？”

“是的。”

“要是痢疾的话，她去洗便盆，不是太危险了吗？”

“怎么办……我去看看？”雪子说。

“再看看情况。”幸子说。

“如果确定是痢疾的话，就必须要采取措施。但如果是一般的肠炎，两三天内就能见好，所以现在还不用那么慌张。最近这段时间，只能让阿春去陪护了。对贞之助和悦子就说阿春的尼崎老家那边突然有急事，请了两三天假回去。”

“请了个什么样的医生？”

“什么样的医生，我也还没见过。是附近一位不认识的医生，第一次请他来看病……”

“请栉田医生去看看就好了。”雪子说。

“是啊。”幸子也附和着，“要是在小妹自己的公寓还好。人在启少爷那边，还是不请栉田医生比较好。”

幸子知道，妙子其实是个出乎意料软弱的人，嘴上逞强说着不要告诉二姐，其实心里想的正相反。这种时候，她一定会想起家庭的温暖，对自己和雪子不在她身边，不知有多么孤独不安。

十九

阿春不久就做好准备，提前吃好午饭，说“那么我两三天后回来”就离开了。出门时，被幸子叫到客厅，一件件详细叮嘱她一定不要有平时不爱干净的毛病，接触过病人身体后必须记得消毒，病人排便后必须在便器里滴上来沙尔消毒液，等等。此外，报告病人的状况越多越好。虽然奥畑那边没有电话，家里这边在贞之助和悦子在家时也不方便，但至少每天也要上午打一回电话来报告。虽说借用附近店家的电话比较方便，但还是要尽量避免被人知道，用公用电话打给家里。幸子叮嘱完，阿春便离开了。

阿春是下午离开的，幸子她们想这天阿春应该不会打电话来，十分担心妙子的病情。一直等到第二天早上，过了十点才接到电话。幸子把电话转接到丈夫的书房，但由于两个电话距离较远，说话时断断续续的，花了很大力气才只听到了几句话。然而，病人的病情与昨日没什么变化，只是从昨天开始，拉肚子越来越频繁，以致一个小时拉了十次，发烧也没有减退的迹象。“确定是痢疾了吗？是还是不是？”“哎，现在还不清楚。”“便检的结果呢？”“阪大那边还没有消息。”“大便是什么样的？带血吗？”“似乎有点带血，除了血之外，都是像鼻涕一样黏糊糊的白色黏液。”“你在哪里打的电话？”“用公用电话打的，奥畑家附近没有公用电话，很不方便。而且我前面还有两三个人，就打得晚了。之后还会再打一次，如果今天没有打的话，明天早上会打的。”说完，阿春挂断了电话。

“有血便了，就是痢疾了吧？”在一旁听着的雪子说。

“是啊。……我也这么觉得。”

“得大肠黏膜炎会有血便吗？”

“哎，应该没有吧。”

“一个小时拉十次，肯定就是痢疾了。”

“医生会不会不靠谱……”

幸子做好了很可能是痢疾的思想准备，一点点考虑妙子患病的事情。但那天等待的第二个电话一直没有来，第二天上午，过了十一点依旧杳无音信，“到底在干什么呢？”她和雪子两个人焦躁不安，快到中午，阿春忽然从后门走进来。

“如何？”两人看到阿春有些生硬的表情，默默把她带到客厅间。

“很可能是痢疾了。”

其实便检的结果还没出来，医生在昨晚和今天早上都来看了一次，说很像痢疾的症状，必须想办法按痢疾来治疗。医生还说，国道附近有一家木村医院，那里有隔离病房，可以介绍患者到那里住院。正当他们准备按医生说的去那里住院，偶然从后门来了个蔬菜店的店员，跟阿春说还是别去那家医院了。到附近打听后才知道，那家医院评价非常不好。院长耳背，没法好好听诊，总是误诊。虽说是阪大出身，但上学时成绩不好，博士论文也是让某个同学写的。那个同学现在也在附近开业，承认说“那个确实是我写的”。阿春把这些都告诉了奥畑，奥畑也觉得放心不下，去打听了别的医院，但附近没有别的医院有隔离病房了。然后，他说：“就当是大肠黏膜炎，在家里治疗可以吗？”“这毕竟是传染病啊！”医生没好气地回答，不过，奥畑又说，“痢疾而已，不用非得住院，在家不就能治好吗？没什么问题就在家里治吧，医生那边我去说说，还是说问问芦屋姐姐的想法？”“那我去问一下。”阿春觉得在电话里说不清楚，马上赶了回来。

问她医生是个怎样的人，她回答说是阪大毕业的，姓斋藤，看着比栉田医生年轻两三岁。他父亲那代开始就在町上开业，老先生还健在，父子两人评价都不差。但从阿春的观察来看，他不像栉田医生那样干脆利落。在诊断上也相当慎重，不轻易下结论，这也是这次诊断被耽误的原因之一。另一个原因是患痢疾后会发高烧，第一天大便不通，开始拉肚子已经是前天夜里，也就是发病后过了二十四小时了。因此，才怀疑有可能是伤寒，也因此时，使处置都被耽误了，使病情更加恶化。

“是在哪里得上的呢？是吃了什么不好的东西了吗？”

“是的，说是吃了青花鱼寿司。”

“在哪里吃的？”

“似乎是发病当天傍晚，小姐和少爷去神户散步，在一家叫‘喜助’的饭店吃的……”

“那家店从来没听说过啊。是吧，雪子？”

“没听说过。”

“好像是在福原的花街柳巷里。那里的寿司特别好吃，所以他们想去吃一次试试，在新街区看过电影，回来的途中顺便去的。”

“启少爷没什么事？”

“是的，听说少爷因为讨厌青花鱼，就没有吃。只有小妹吃了，她说果然还是那个青花鱼有问题……不过，好像没吃那么多……而且，一点都没有不新鲜的味道，确实是特别新鲜的青花鱼。”

“青花鱼太可怕了，听说新鲜的吃了也有可能中毒。”

“据说青花鱼身上红黑色的部分是最危险的，但小妹吃了两三片。”

“我和雪子从来都不吃青花鱼。吃青花鱼的只有小妹了。”

“小妹说到底还是太常在外面吃各种乱七八糟的东西了。”

“真的是，以前她就几乎很少在家吃晚饭。总是到处吃饭店的饭，最后才会成这样的。”

妙子生病后，启少爷的态度如何？表面上看不出什么，内心会不会觉得收留传染病患者太麻烦了呢？最初只以为是轻微的大肠黏膜炎，知道不是后就觉得处理不了了，想尽可能让芦屋来把患者接回去吧？幸子她们想起来前年发大水时奥畑的做派，不禁担心这次会不会也是这样。但据阿春观察，看不出有这种表现。他平时就是个爱打扮的人，发大水那时他那么做，是由于讨厌裤子上沾水，至于对传染病，似乎没那么害怕。也有可能是因为上次发大水时，他的表现令妙子失望至极，所以这次才努力表现他的心意吧。他所说的留在他那里治疗，看起来也并非只是口头的客套话。而且，他能注意到很多细小的地方，提醒阿春和护士注意，时不时地帮忙换冰袋、给便器消毒。

“我这就和阿春一起过去，我被传染了也没关系，”雪子说，“得了痢疾也不会死人，启少爷这么说的话，就是说也没有别的合适地方能安置患者了，让她在那里也不是不好。但看护患者不能完全交给对方，自己这边放任不管。不知道本家和贞之助姐夫会怎么说，但我们是绝对不能这么做的。总之就当是我一个人自作主张去的，栉田医生也去的话还能多少安心一点，初识的医生护士就不太放心了。从今天开始，我代替阿春去小妹那边住，让阿春负责联系吧。电话里也说不清楚，反倒更让人担心，启少爷一个男人，肯定很多东西都不够，可能得让阿春一天之内往返好几趟。”雪子说着就开始准备起来，简单扒拉几口茶泡饭，不知是否是由于不想给姐姐添麻烦，她还没得到幸子的许可就出去了。幸子和她的心情一样，并不准备拦住她。

悦子回来后，问：“二姨呢？”幸子若无其事地回答：“打完针后去神户买东西了。”但傍晚丈夫回来后，她觉得不得不说了，便将两三天以来发生的事情，以及雪子擅自去陪护的事情都和丈夫一五一十地说了。丈夫脸色阴沉，一言不发地听完，没有说好还是不好，是觉得除了默许以外没有别的办法了吧。悦子晚上吃饭时又问起雪子，幸子只好透露了一点：“小姨生病了，二姨去看护小姨了。”悦子却不依不饶起来：“小姨在哪里？是哪里得病了？”幸子训斥她说：“小姨在公寓里躺着，一个人不方便，所以二姨去看护了。不是什么大病，小孩子不要跟着担心！”说完，悦子沉默了，但不知她到底有没有听进去母亲的训话。贞之助和幸子为岔开话题，跟她讲了些其他事情，她也依然闷闷不乐地答应几声，吃饭时也时时悄悄观察父母的表情。这个孩子从去年年底以来，就听家里人说妙子一直不见身影，是因为工作很忙。然而，她从阿春那里听到了些许情况，她母亲也认为某种程度上让她知道会比较好。从那之后的两三天里，悦子看到只有阿春频繁地进进出出，雪子完全没有回来，越来越坐立不安，后来忍不住追在阿春后面打听妙子的病情，最后竟然抓住母亲，大喊：

“为什么不把小姨带回来？赶紧把她接回来啊！”

辈分颠倒过来，气势汹汹训斥母亲的样子，让幸子也大吃一惊。

“悦子，小姨有妈妈和二姨陪着，放心吧。小孩子不准说这些。”幸子试着安抚她，“躺在那种地方，小姨也太可怜了！小姨会死的啊！”

悦子的声音因亢奋而高昂起来，大声嚷嚷。

实际上，妙子的病情也并没有好转，甚至逐渐恶化。雪子陪在枕边，在看护上不会有什么差错，但从阿春带回来的消息看，妙子的身体日日衰弱了下去。一周后，便检结果出来了，在痢疾杆菌中发现了恶性最强的志贺菌。而且，不知为何，直到如今，患者的体温多次急剧上升或下降。体温高时能达到39.6℃，有时甚至接近40℃，伴随着严重的恶寒和战栗。其原因之一便是拉肚子时下腹部绞痛难忍，吃了止泻药，拉肚子是止住了，但身体颤抖不止，体温升高。相反，如果吃了泻药，那么就会退烧，但腹部更加疼痛，排便像水一样。患者这两天明显没什么精神，医生也说她心脏有些衰弱，雪子非常焦急忧虑，问医生说不知这样下去到底还能不能治好。看着不像单纯的痢疾，是不是有其他疾病呢？差不多该打些林格氏液或者维他康复了？但医生说还没到那个时候，不给妙子打针。“这种时候如果是栉田医生，一定会给妙子打这个药那个药。”雪子说，问了护士才知道，斋藤医生的父亲讨厌打针，他也受了来自父亲的影响，不到万不得已，不给患者打针。阿春说：“雪子姑娘说，‘事到如今还顾虑什么世人眼光，最好还是请栉田医生来看看，也希望二姐来看看。’”又补了一句，“这五六天里，小妹整个人愈发消瘦，简直是变了个人。夫人如果去探望，肯定会被吓到。”

幸子很怕传染病，且顾忌着丈夫，因此一直犹豫不决。听完这些，她再也坐不住了，没和丈夫报告，就决定趁上午让阿春带着自己去探望。正准备出门，她忽然想起了什么，就给栉田医生打了个电话。在电话里，她讲了妙子在西宫某个熟人家中突然发病，由于一些原因目前只能在那里卧床，请了附近一位叫斋藤的医生来看病，之后的经过如此这般，等等，简单讲了一下，询问他的意见。“这个时候必须注射林格氏液和维他康复，放置不管的话患者身体只会继续衰弱下去，为了不耽误治疗，请尽快和医生这样说。”栉田医生说。“看情况有可能需要请您出诊。”幸子说。“斋藤医生我也不是不认识，如果能预先得到他的谅解，我随时可以前去拜访。”栉田医生依旧答应得爽快。幸子挂断电话，坐上等在门口的汽车，沿国道向东行驶。过了业平桥再走几百米，她注意到山脚下的一栋宅邸门口，一棵樱树上的樱花早已盛开，枝头伸出围墙。

“啊，真美……”阿春不由得感叹出声。

幸子也说：“是啊，那家的樱花每年都是开得最早的。”

边说边望着水泥路面，那路面受烈日照射，升起烟霭。这段时间由于妙子的病，忙得不可开交，一不留神，不知何时已经进入四月，再过十多天，就到赏花的季节了。不过，今年还能和往常一样，姐妹们一个不少地前往京都吗？要是可以的话，得多高兴啊。但即使妙子运气不错能很快康复，能这么快就出门吗？嵯峨、岚山、平安神宫去不了的话，至少能赶上御室的花开吧？说起来，去年悦子罹患猩红热也是在这个月。那时是在赏花之后发的病，没有影响去京都，但拜病所赐，没能看成菊五郎演的《道成寺》。今年的这个月，菊五郎又来大阪了。这次他演的是《藤娘》，本想今年一定要去看，现在看来，搞不好又看不成了。幸子浮想联翩，车子驶在夙川大堤上，远处天空模糊了甲山之影。

二十

病房位于二楼，幸子一进到玄关的土台，就看到奥畑和雪子在等着她，他们听到停车声后就马上下楼来迎接了。

“哎，”奥畑使了个眼色，“……客套话之后再说，有紧要之事需与您尽快商谈……”说着，就把幸子带进了楼下里屋。

其实刚才斋藤医生过来诊查，才走不久。奥畑送他出门时，他稍微歪着头说：“病情实在不容乐观，患者心脏十分衰弱。”然后又接着说，“现在症状表现得还不是很明显，可能是我多虑了，我触诊时，总觉得病人的肝脏有些肿大，有可能是肝脏脓肿”。奥畑问那是个什么病，医生回答：“就是肝脏有脓的病。病人这种一会儿高烧一会儿退烧、浑身发冷发抖的，恐怕不只是痢疾，只能认为是并发了肝脏脓肿。不过，这只是我个人的意见，无法断言，我想还是请阪大的专家来出诊一次更放心，如何？”再深问下去，他说患了这种病是由于感染了其他脓肿中的病菌，多来自痢疾杆菌。如果脓肿只有一处还比较好治，如果是多发性的，肝脏内出现多个脓肿的话，就相当麻烦了。脓肿和肠子粘连处破裂了还好，肋膜、气管、腹膜破裂的话，大多就没救了。斋藤医生虽未明说，但从语气上听，几乎就是如此断定了。

“总之还是先看看病人。”

幸子听完奥畑和雪子相继介绍过情况后，暂且先去二楼病房。病房朝南，六张榻榻米大小，外面有一个小阳台，房门为西式大门，屋内有榻榻米地板，但没有壁龛，四周墙壁到天花板都是白墙，除了房间一边有壁橱外，整体感觉属于西式房间。要说装潢摆设，一个角落里有个三角柜，上面放着脏兮兮的全是蜡泪的烛台，像西洋古董似的，还有两三件从跳蚤市场买来的不值钱的零碎东西，以及妙子很久以前制作的法兰西人偶，那人偶旧得已经褪色。墙上只挂着一幅小出楢重[1]的小玻璃画。原本就是个煞风景的房间，病人盖的又是胭脂色底、白色方格纹法国绉绸的大羽绒被，显得花里胡哨的，还有从阳台的玻璃门射进的阳光，照射在那被子上，带来了如花开一般的明亮。病人发烧稍微退了一些，朝右侧躺，似乎是在等待幸子的出现，双眼一直盯着房门。此前，幸子从阿春那里听她讲过病人的状况，害怕自己与病人四眼相对时受到刺激，但还好冲击不大，可能是由于已经做好了心理准备，虽然病人容貌的确发生了较大改变，但消瘦憔悴得没有想象中厉害。只是圆脸变成了长脸，稍显黑的皮肤变得更黑，双眼

① 西洋画家，生于大阪，曾为谷崎润一郎的《食蓼虫》画过报纸连载插画，反响极高。

还是那样大。

然而，除此之外，还有其他事情引起了幸子的注意。那就是由于病人很长时间没洗澡，全身自然是藏污纳垢，而且，病人身体还散发出某种不洁的感觉。要说的话，这都是日常品行不端的结果，平时可以通过巧妙的化妆来掩盖，但如今随着身体衰弱，就化成一种阴暗的、甚至可以说是淫猥的阴翳晕染在她脸上、脖颈和手腕上。幸子只是隐隐约约地感受到这些，但看病人精疲力竭地躺在病床上、无力地摊开双臂，觉得这不光是由于生病的折磨，也是数年来越轨放纵的生活令她疲惫不堪，如病倒在旅途中的人一般。妙子这个年龄的女人，如果长期因患病卧床，本应会如同十三四岁少女一样，楚楚可怜、身体萎缩，有时甚至会显得纯洁、神圣而庄严。而妙子与之正相反，失去了一直以来年轻活力的外壳，暴露出了实际年龄——甚至可以说比实际年龄显得还要老。而且，更奇怪的是，那现代女性的气质也完全消失，反而像茶屋或饭馆——还是不那么高级的暧昧茶屋[①]的女招待。这个妹妹老早就与其他姐妹不同，只有她品行不端，但毕竟还是有些千金小姐的品性，这点无可争议。但这浑浊暗淡松弛的脸上，似乎潜藏着花柳病或其他什么病毒，令人不禁联想到那些堕落下流的女人。原因大概就是她与身上盖的那华丽的羽绒被对比鲜明，更显出病人复杂的不健康的样子。然而，说起来只有雪子很早就察觉到了妙子这种“不健康”，但她对此一言不发，只是小心提防着。比如，雪子在妙子洗过澡后绝不会入浴，明明可以不在乎地穿幸子穿过的各类衣服，

---

①表面做正经生意，背地里卖淫的茶屋。

却绝不会穿妙子的。不知妙子有没有察觉到，但不光幸子隐隐约约看出了些，雪子也是如此，在偶然听说奥畑患了慢性淋病后才开始这样的。说实话，听妙子一个劲地说自己和板仓及奥畑没有肉体关系，交际"清清白白"，幸子并非完全相信，但仍尽力不去往深里追究。雪子对此沉默不言，但很早就开始对妙子表现出无声的批判和轻蔑。

"小妹，现在怎么样了？别人说你瘦得厉害，看着也还好啊。"幸子尽量用平时的语气说，"今天拉肚子几次？"

"今天早上开始拉了三次。"妙子一如既往面无表情，用低沉但清晰的声音回答，"不过，光是觉得绞痛，但什么也拉不出来。"

"这就是这病的特点，不是说'里急后重[①]'嘛。"

"嗯。"妙子答应一声，"真是怕了青花鱼寿司了。"终于露出了一丝微笑。

"可不是嘛，以后别再吃青花鱼了。"幸子说着，换了个语气，"小妹，什么都不用担心。不过，斋藤医生说，虽然没有大碍，但以防万一，还是再请一位医生来会诊，我想让栉田医生过来。"

幸子突然说出这些，是因为三个人私下商量了一下，病人还不知道自身情况有多严重，与其刺激病人的神经，不如像这样直接说出来更好。斋藤医生也提议说找个阪大的厉害的医生来会诊，但如果搞不好就会让病人多疑，最好还是先请栉田医生来，听了他的意见之后再定夺也不迟。考虑到这些，幸子才这样对妙子说的。妙子在听幸子讲话时，双眼无神，恍惚地盯着面前的榻榻米。

---

①为临床常见症状之一，表现为下腹部不适，很想解大便，然而又无法一泄为快。

“喂，小妹，这样行吗？”幸子催促她。

“我不想让栉田医生来这种地方。”不知她想起了什么，忽然坚定地这样说。不知何时起她的眼中已蓄满泪水。“我在这种地方，让栉田医生知道了就太丢人了。”

护士很会察言观色，立刻起身离开了。幸子、雪子、奥畑一脸吃惊，看病人脸上流下的泪。

“啊，这事我还是慢慢问问小妹吧。”

奥畑对隔着病人对面的幸子她们说。他看上去睡眠不足、皮肤水肿，穿着法兰绒睡衣，又披了件蓝灰色丝绸睡袍，一脸狼狈地说着，诉苦一样看了一眼幸子那边。

“行吧，小妹，不想请的话就不请了，这种事就不要在意了。”

最重要的是不要刺激病人，因此幸子如此安慰她。即使如此，幸子依然不由得觉得事情越来越不妙，到底为了什么，妙子才会突然说出这种话呢？奥畑似乎知道些什么，幸子却想不通。

幸子那天是瞒着丈夫出来的，马上就到午饭时间了，因此她只在病房里待了一个小时，看到妙子恢复平静，就决定回家了。回去时，她打算从机场附近坐电车或公交，一如既往抄“慢坡”的近道走向国道，雪子送她走了一段，阿春跟在后面，姐妹两个并肩而行。

“其实昨天，还有个怪事。”雪子说。她所讲的怪事是，“昨天半夜大概两点左右，我和护士两个人睡在隔着过道的病房对面房间里（晚上大多都是我或护士轮流照看，昨天夜里小妹的状态有所好转，十二点左右就睡着了，启少爷说今晚他来陪护，让我们好好休息，我们就按他说的，两个人去那间房里睡觉，病房里启少爷似乎是趴在病床边睡的），然后听到了‘嗯、嗯’的呻吟声，不知道是小妹又开始痛苦起来，还是着了梦魇，我想着明明启少爷应该在陪着的，但还是马上起床，半推开病房的门，就听启少爷连声叫着‘小妹，小妹’，还听到小妹叫了一声‘米子’，小妹只叫了一声，然后似乎是醒过来了，但她叫的确实就是‘米子’。我看小妹差不多醒了，就悄悄把门关上，又回到床上睡觉了。之后病房那边也很快安静下来，我那时想大概没什么事了。我放下心来的同时，积攒了几天的疲惫涌上来，迷迷糊糊了两三个小时。凌晨四点多左右，小妹又开始腹痛拉肚子，非常痛苦，一个人照看她忙不过来，启少爷就把我也叫起来了。那之后我一直醒着，今天上午回想起来，小妹那声‘米子’叫的就是板仓，昨天半夜小妹是梦见了那个死去的男人，才喊出来的。说起来，板仓去世时是去年五月，现在快到他的一周年忌日了。小妹可能觉得他的死法太过悲惨，在脑海中久久挥之不去，如今依然每月，去他的老家冈山扫墓，我看也是这个原因。不过，时间点赶得太巧了，马上就到那个男人一周年忌时，小妹也患了重病，而且小妹还是住在他的情敌启少爷家里，不可能不会东想西想。小妹又是那种深不可测的性格，心里到底想着什么，不容易被人看出来，但这段时间她一定是在想着这件事，所以才做了和板仓有关的梦。不过这些全都是我自己的猜测，不知道有没有猜中。不管怎么说，小妹从今天早上开始身体就遭受了剧烈的苦痛，根本无暇顾及精神上的苦痛，身体的苦痛好不容易缓解了，却依然是一脸失落难过的样子。启少爷比小妹更顾忌面子，表面没有显现出一丝波澜。不过，连我都会这么想，启少爷不可能不在意。”雪子说，“刚刚小妹突然说了那些，还是和这事有关。接下来都是我的猜测，我觉得小妹应该是昨天半夜被板仓的亡灵魇住了，所以才很介意自己住在启少爷家里。她一定是觉得，只要在启少爷家里住着，这病就不会好，还会越来越恶化，最后会死也说不定。所以说，她刚才那些话，不是忌讳栉田医生，而是不想再住在这里，如果可能的话希望转到别的地方的意思吧。”

“原来如此，或许她真的是这么想的。”

“我也想好好问问她怎么回事，但启少爷一直在她身边。”

“我忽然想起来，如果把小妹转移到别的地方怎么样？比如蒲原医院。那边的话，只要说清楚理由，应该会收的。”

“嗯，嗯……不过，蒲原医生能治痢疾吗？”

“没关系，只要能在那儿有间病房，之后让栉田医生来出诊好了。”

蒲原医院位于阪神御影町，是一家外科医院。那里的院长蒲原博士，在大阪大学读书时就常常出入船场店里和上本町的家，莳冈家姐妹几个从小就和他相熟。原因是，蒲原可以说是一位“秀才”，父亲生前听说他因贫穷而交不起学费，就通过他人为他提供了援助。在蒲原去德国留学时，以及回国后开设现在这所医院时，父亲都资助了一部分费用。蒲原是个有着匠人气质的外科医生，对做手术非常有自信，医院也因此很快生意兴隆，没过几年就一笔还清了莳冈家资助他的全部费用。此后，只要是莳冈家族以及船场店员到他那里看病，他都额外打折治疗费，说什么也不再多收一分钱。不用说，这是为了回报穷苦学生时期受到的恩义。他出生于上总的木更津，是个关东热血汉子，重情重义，性格上甚至有些与众不同。因此，只要和这位蒲原说明情况，请他找个合适的名目让妙子住院，按他平时为人处事的样子来看，应该不会拒绝的。由于这里是外科医院，所以不得不麻烦栉田医生来医院出诊。还好蒲原医生和栉田医生都是同学，关系也很好。

雪子把幸子送到“慢坡”南边出口，幸子临走时对她说：“回去之后，我就准备给蒲原医生和栉田医生打个电话，不管怎样，妙子的病情已经恶化，就像斋藤医生说的那样，必须做到以防万一。那么就不能管妙子自己希望不希望，不能再让她接着住启少爷那里了。而且在这期间不能疏忽大意，你赶紧想办法跟斋藤医生说，让他尽快给妙子打林格氏液和维他康复。你做不到的话，就让启少爷去说服他。”回家后她立刻给蒲原医生打了电话，不出所料，蒲原医生立刻答应，说马上就准备特别病房，随时可以送妙子过来。然而，幸子在给栉田医生打电话时，由于他一向很忙，怎么打也不接，一家一家地问过患者后才和他取得联系，等取得他的同意时，已经过了傍晚六点。幸子认为事不宜迟，但在此之前必须做好各种准备，还要对嘴上不说但暗自担心的贞之助说清前因后果，拜托他出这些费用，因此病人转入医院就定在了明天早上。由此，把这个决定通知西宫那边时，已经过了七点。十二点多时，阿春回来传达雪子的话，讲了那之后又发生的各种事情。先是关于病人的病情，幸子离开后不久，病人就说浑身发冷，战栗不止，体温一度烧到40℃以上，晚上也仍在38℃左右。对于打林格氏液的事，奥畑在电话里缠着斋藤医生很久，医生终于同意打针试试，但赶过来的却不是年轻的斋藤医生，而是老先生。来是来了，诊查之后考虑了一会儿，说还不到打林格氏液的时候，让刚做好准备的护士停下来，很快把注射器收进包里回去了。雪子看到这一幕，越来越觉得有必要换医生，等病人稍微平静下来，她又一次和病人提出无论如何也要让栉田医生过来，问问她的意见。和预想中的一样，妙子没说理由，只说："不想一直在这里躺着，去医院或者甲麓庄都行，想换个别的地方，然后再请栉田医生出诊，我不想让他来这里。"奥畑在她枕边屏息听着，妙子顾忌着他，但总之就是这个意思。奥畑听妙子说完，非常焦躁不安，"小妹，别这么说，就住我这里吧，别想太多。"一个劲地劝她重新考虑。病人却好像完全没听见一样，只和雪子说话，奥畑渐渐气得青筋暴起，提高音量说："为什么小妹就这么讨厌我这里啊！"雪子一看这个样子，就察觉到这两人因为昨天半夜妙子的梦话搞得不愉快了。但她没有提及，只是安慰着对病人发火的奥畑："您的好意我们感激不尽，但对我们来说，也认为不应该长时间把重病的妹妹放在您这里，芦屋姐姐也是这么说的。"还告诉他已经办好了蒲原医院的住院手续，这才说服了他。

二十一

第二天早上八点，妙子就被救护车拉走了，那时也起了一点争执。事情是这样，奥畑一个劲地坚持说："到现在都是我照顾的小妹，我有责任送她平安无事进医院，我一定要随车同去。""您说得是，但今天就请放心交给我们吧。我们并不是说今后就不让您和小妹见面了，只是您和小妹的关系还没有被普遍认可，病人看上去也很在意社会评价，所以您把病人暂时交给我们，回避一段时间，如果小妹有什么万一，我们自然会通知您。即使没有，您打电话来，我们都会日日通知。”幸子和雪子轮流劝说，几乎鞠躬作揖，终于说服了他。还有为了让他给芦屋打电话时要在上午打给幸子或阿春，不要直接打到医院，她们说得满身是汗。幸子又对斋藤医生讲了事情的经过，感谢他这段时间的辛苦付出，对方表示谅解，主动提出要把病人送到蒲原医院，担负起把病人交给在那里等待的栉田医生的任务。

雪子和斋藤医生一同随车前往医院，幸子和阿春留下收拾用作病房的二楼六张榻榻米房间，分别给护士和“老妈子”一些赏钱，然后叫了辆夙川的出租车，运送病人的救护车在一个小时后到达医院。幸子在近亲住院时，总会产生某种不可名状的不快……以后会不会再也回不来了？她曾有过这种不祥的预感，恐怕今天又会产生这样的心情。来到国道，仅隔一日，沿途春光便明媚许多，六甲群山被更浓的霞霭所覆，家家户户处处盛开着白玉兰和连翘。如果放在平日，这该是多么怡人的景象，如今却无法阻止自己陷入沉重的心情。这是因为昨天和今天，她发现病人的状况发生了很大改变。说句实话，到昨天为止，斋藤医生那么说，她也只听信一半，认为不会出现最坏的情况，那不过是医生吓唬人的，对此不屑一顾。今天早上再看，让她不由得觉得“这或许有可能……”幸子首先注意到的，就是病人的眼睛和昨天不同，今天看着有些发直。虽说平时妙子也不是表情生动的人，但今天早上似乎失去了知觉，一脸茫然，睁着她那格外大的眼睛，死死盯着房间中的某一点。这个样子怎么看都像临近死期，光是看着就令人恐惧。昨天还能那样流着泪说话，还有精神，今天奥畑和姐姐们在外面走廊争执着“我要跟着去”“不，您不能去”时，她本人却像和自己完全无关似的，只是瞪着空洞的眼睛。

昨天，蒲原院长在电话里说准备了一间特别病房，妙子被送进去的是一间和医院主体隔开、由走廊连通的一栋造价很高的纯日本式建筑。原本这栋小楼将用作院长的住宅，但去年蒲原在一公里外的住吉村观音林里，买下了某个实业家卖出的宅邸，移居到那里后，这栋房子就用来临时休息。这次让妙子转到这里，是由于为了达到隔离的目的，就把这里用作特别的超级病房。有回廊的八张榻榻米客厅和四张榻榻米大小的房间就作为病房，为了方便他人陪护，厨房、浴室也可以自由使用。幸子昨天向护士协会申请，希望派来去年在悦子患猩红热时看护的“水户姐姐”，对方表示同意，今天早上“水户姐姐”就来了。生意红火的栉田医生如今依旧忙个不停，虽说和他约好了时间，但幸子到医院后依然找不到他。打电话过去打听、催促了两三次，费了很大力气才找到人。在此期间斋藤医生时不时地看看手表，没有表现出厌烦，一直安静地等着，直到栉田医生终于现身，和他交接后再回去。两位医生交谈时夹杂着德语，外人根本听不懂。然而，栉田医生检查的结果和斋藤医生大相径庭，他说：“我不认为出现了肝脏肿胀，所以也并非肝脏脓肿。高烧不退且伴随恶寒战栗，患了恶性痢疾也有类似的症状，不至于反常，总体上说是在向好发展的。”不过，考虑到病人身体非常虚弱，他命令“水户姐姐”必须当场注射林格氏液和维他康复，之后再注射氮磺胺。“那么明天我会再来，请您不必如此担心。”他若无其事地说完，就准备离开，幸子依然放心不下，一直送他到玄关，眼里噙着泪问他：“医生，真的不要紧吗？”栉田医生很有把握地回答：“不要紧，不要紧”“那么，需不需要再请一位阪大的医生过来出诊呢？”“不用，虽然斋藤医生这么说，但他有点太谨慎了。如果有必要的话，我会和您讲的。现在您交给我就好。”“但是，在我们不懂行的人看来，昨天还没到这个样子，今天却连面相都变了……她那个面相，看着不就像临死的人似的吗？”“您多虑了，身体衰弱的人，看着都是那个样子的。”栉田医生确实没有把这看作问题。

幸子把栉田医生送出门后，不久自己也决定回家，去院长室和蒲原医生打过招呼，就回到了芦屋家中。丈夫、悦子、雪子、阿春都不在，幸子一个人静静地坐在西式客厅的椅子上出神，又开始把事情往坏处想。在她看来，常年给她们姐妹看病的栉田医生既然那样说了，他又至今从未误诊过，那么相信他也无妨——和斋藤医生的意见相比，她更会重视栉田医生的意见——然而，仅有这次，看到病人今天早上那样的面相，那种只有同胞骨肉才会明白的预感在她心中挥之不去。因此，她越来越觉得有必要将这种预感告知本家大姐，正是为了写这封麻烦信才回来的。要写这封信，得从将妙子逐出家门开始写起，写到这次听说小妹生病，必须接她回家为止，而且多少需要润色一下事实，无论如何都要写个两三个小时，所以她有些不愿意坐到桌前动笔。等她终于上楼把自己关起来写信，已经是午饭结束之后了。她在姐妹几个当中是字写得最漂亮的，尤其擅长书写假名，文笔流畅，因此写信对她来说不是什么难事。她不像本家大姐那样需要写好草稿，一向喜欢直接用毛笔写在卷纸上，字体大而饱满有力，一气呵成。然而今天写得却没有往常那样顺畅，重新改过两三次，才写出如下这封信——

久疏问候，不知不觉又到今年好时节，六甲群山日日烟雾缭绕。阪神之间如今正值最好的季节，每年这时，我在家里都待不住。长时间未去信，不知大姐全家是否安好，这边家人一切安好。

又发生了一件不愉快的事，甚至无法下笔。是这样的，小妹患了恶性痢疾，眼下病重不容乐观，为此先向您报告一下。

关于小妹的事，曾经收到过大姐的信，虽然同情她，最终还是不得已让她离开这个家，今后不允许再进出芦屋家中，那时已经报告过了。

但是小妹并没有如我们所想一般和启少爷同居，一直居住在本山村的甲麓庄公寓里，过着独身生活，上次也应该向你报告了。此后她是如何生活的，我们虽然挂念她，但一直没有去联系过她，那边也没有任何消息。只是阿春有时偷偷去探望一下，听她说小妹一直住在那个公寓里，和启少爷私下里还有来往，但从来没有住在对方家里过，我们多少也放下了心。然而，上个月月底，启少爷突然给阿春打电话，通知小妹生病了。更不巧的是，她是在去启少爷家里后发病的，情况严重到无法移动，只能住在启少爷家里治疗。最初连得了什么病都不知道，没觉得有多严重，就装作不知道的样子，后来症状明显了，才知道是痢疾。然而，两边已经断绝关系，她又病在启少爷家里，我们也不知道到底要不要把她接回来。阿春特别担心，小妹的痢疾还是恶性的，医生也是附近不认识的医生，治疗也不太顺利。小妹每天发高烧和拉肚子，非常痛苦，身体虚弱了不少，瘦得像换了个人。即使听到这些，我也依然放置没管。然而雪子瞒着我跑去启少爷家照看，因此我也不能再坐视不管，实际去探望之后，令我大吃一惊。

医生说，似乎并发了肝脏脓肿，如果真是这样，可能很难救过来，他觉得自己没有把握，说要再请一位专家来问诊。小妹一看到我，就一个劲地掉眼泪，说不想待在这里，要换到别的地方。听起来，她无论如何也不要死在启少爷家里。雪子猜测说，马上就到那个板仓摄影师的一周年忌了，小妹恐怕是被那个男人的亡灵缠住了吧。前段时间，她似乎也是做梦梦到了他。恐怕事情真的是这样。再加上小妹想到，如果在启少爷家死去，那么也会给大姐和我们添很大麻烦。不管怎么说，那么坚强的小妹，竟然会如此胆怯，这绝不是小事。小妹的面相从昨天开始，可以说现出了一副死相，双眼呆滞无神，面部肌肉僵硬，看了让人大吃一惊、毛骨悚然。因此，我也觉得必须考虑病人的心情，不要让她再和启少爷来往，马上把她接出来，所以今天已经叫救护车送到蒲原医院了。实际上，有防治传染病设施的医院已经满员，所以我就和蒲原医生说明情况，偷偷送她到那里住了院。至于来看病的医生，也是大姐认识的栉田医生。

情况即是如此，这次如此处理也是万不得已。不说姐夫，我想至少姐姐一定会谅解我的。贞之助这次似乎也觉得无可奈何，暗自担心，但现在还没去探望过病人。虽然我觉得可能性不大，但万一小妹病重，我会电报告知的，这种事不是绝对不会发生的，请姐姐做好思想准备。栉田医生的意见是，应该不是肝脏脓肿，未必那么危险，总体上是朝好的方向发展的。不过，我说句不太好听的话，总觉得这次栉田医生有可能误诊。因为这次从小妹的那个样子来看，还有她的面相，我总有种不祥的预感。我真心希望我的预感是错的……

絮絮叨叨，讲了一堆，总之今天报告到这里。之后还要再去医院。由于这次小妹出事，我已无暇顾及其他事情。这段时间，雪子比我更加辛苦，没日没夜地陪护在身边，几乎夜夜无法合眼，这种时候有她在真是放心。

那么以后再叙。

幸子

四月四日

幸子担心，她那单纯善良的姐姐，会因此受到惊吓，但为了让大姐怜悯妙子，只能在妙子的病情上稍微夸大事实，但大体上都是如实描写自己的感受。写完这封信，她想到要趁着悦子回来之前走掉，匆匆赶往医院去了。

二十二

病人的状态在转入医院两三天后，肉眼可见地好转了起来。前一天病人还是瘆人的死相，令人惊异的是，那状态仅仅持续一日而已。住院后的第二天，笼罩在病人脸上的不祥幻影就消失得干干净净。幸子如同从怪异的噩梦中清醒，想起前段时间，栉田医生十分肯定地说过“没关系、没关系”，不由得感慨他的诊断依然正确。然后，她又想到东京的大姐看到那封信，不知会多么担心，因此又寄了第二封信过去。大姐似乎是看到第二封信后很高兴，不像往常一样拖沓，仅隔一天便寄来了一封加急信。

敬复

前日拜读来信，出乎意料，不知如何是好，每日发愁不已，因此没有回复。刚刚收到第二封来信，总算放下心来。小妹本人自不必说，我们也觉得没有比这更值得高兴的事了。

事到如今再说无妨，看到你第一次的来信，我以为小妹大概没救了。而且，小妹至今让人不知操了多少心，她一向自由散漫、我行我素，这次生病也许就是上天对她的惩罚。这样说虽显得她有些可怜，但即使她现在死了，也是没办法的事。万一真的去世的话，到底谁来料理后事、在哪里举办葬礼呢？姐夫恐怕会不愿意，在幸子那里也不合规矩，更不可能在蒲原医院出殡，我越想心越痛……甚至想小妹这个人，到底要让我们跟着操心到何时？

不过，还好她的病情有所好转，真的让我们也跟着松了口气。这都是托了幸子和雪子精心照料的福，只是小妹本人会理解幸子你们的苦心吗？如果能理解，那么请借此机会彻底斩断和启少爷的关系，重新开始新生活。不知她会不会愿意呢？

我知道这次蒲原医生和栉田医生没少费心，但作为姐姐，此时无法公开表达感激之情，请你体谅我的苦衷。

鹤子

四月六日

幸子收到回信当天，为了让雪子读到这封信，特地去了医院一趟，正要回去时，雪子送她离开病房，幸子抓住机会，说：“来了这么一封信。”接着悄悄把信从包中取出，“就在这里看。”

让雪子就站在玄关看。看完后，雪子只说了句“真是大姐的风格”，就回去了，也不知她说的到底是什么意思，但幸子对这封信是没什么好意。实话实说，大姐在这封信中，不经意间暴露出她对妙子已经几无亲情，不如说，她只关心自己一家如何从妙子引起的灾祸中顺利脱身，虽然可以理解，但妙子被大姐这样明说，也未免太可怜了。的确，这次妙子生病，可以说是“上天降下的惩罚”，但这个妹妹自少女时代起就喜欢波澜起伏的活法，曾经差点因水灾而死，曾抛弃地位名誉爱上一个男人，而最终却与这个男人生离死别，等等，她一个人经历了不知多少平安无事的姐姐们做梦都想不到的痛苦。可以说，至今为止，她已经受了足够多的惩罚。幸子觉得，如果这些事情放在自己或者雪子身上，绝对无法忍受如此多的苦痛，由此对这个妹妹的冒险生活感慨万千。即使如此，姐姐最初接到来信通知时的狼狈样子，还有第二次读完来信时不禁松了一口气的样子，在幸子眼前活灵活现，便更觉她可笑。

奥畑在妙子住院后的第二天早上，就给芦屋打了电话。幸子接起电话，和他详细讲了妙子今早病情好转及栉田医生诊断的情况，告诉他已经见到了一道康复的曙光，自那以后两三天，他再没有打来电话。第四天的傍晚，也就是午后幸子在病房待到下午三点左右回家以后，雪子和"水户姐姐"陪在妙子枕边，阿春在隔壁房间用电锅煮米汤时，"现在您家那边有人来了，对方没有说自己姓名，可能是莳冈家的老爷。"这日式建筑的看守老头前来传话。"哎，是贞之助姐夫吗？我觉得不会是他吧……"雪子说着，和阿春对视一眼。忽然从庭院方向传来了脚步声，胡枝子做的篱笆对面来了一个有派头的人，身穿深紫色双排扣西装，戴着金边深色眼镜（他的视力并非不好，不知从何时起有了爱戴有色眼镜充门面的毛病），手持那根梣木手杖。这栋日式建筑与医院主楼各有各的大门，但第一次来的人不会知道，大多都从医院大门请人带过来，不知奥畑是怎么知道这里的，直接找过来，在老头去传话时，就擅自从大门那边绕到庭院来了。（后来才知道，奥畑到了门口突然就问老头："莳冈妙子的病房是这里吗？"老头问了两次他到底是谁，他只说："跟她们说是我，就知道了。"他到底是怎么知道这栋偏房是妙子的病房的？怎么知道从大门穿过庭院就能找到病房的？最开始怀疑可能是阿春说漏嘴的，但转念一想，他可能谁都没问，是自己耐心地找到的。他自从板仓事件以来，就对妙子的行动有了奇怪的侦查兴趣。这次也是如此，自妙子住院以来，他时常徘徊在医院周围。）庭院沿着回廊，成直角由东向南延伸，奥畑拨开盛开的珍珠绣线菊花丛，走到里面的八张榻榻米房间的回廊，那里正好能看到妙子，从外面将手伸进稍稍拉开的玻璃门，拉得再大一些。“我正好路过，顺便来看看。”连理由都不找，摘掉他那有色眼镜，笑嘻嘻地说着。雪子正在喝着红茶看着报纸，为了安抚因看到陌生男人闯入而受惊吓的“水户姐姐”，就若无其事地起身，走到回廊和他打招呼。看他站在换鞋处扭扭捏捏的样子，为了不让他进屋，雪子赶紧给他拿来坐垫，放在回廊上让他坐在那里。然后，她看奥畑似乎是要和她搭话，为了避开他，她赶紧走进隔壁房间，把阿春煮米汤的瓦锅拿下来，放上水壶，等水烧好后沏了茶。她本想让阿春把茶端去，又转念一想，万一擅长与人打交道的阿春也被他缠上就麻烦了，就对阿春说：“阿春，之后的事我来做，你可以回去了。”自己端着茶过去，又马上回到隔壁房间里。

那天樱花盛开，花多得似乎能遮云蔽日，天气微温，病房拉门开着，朝着庭院方向卧床的妙子，看到奥畑出现在眼前，坐在回廊上，也只是面无表情，安静地将眼光转向客人。奥畑看雪子避着他，似乎有点不好意思，没过一会儿拿出烟盒，抽出一根烟点上。烟灰渐渐变长，他犹豫着要不要把烟灰弹到脚边，又朝房间里四处张望，问了一句。“不好意思，有烟灰缸吗？”“水户姐姐”很机灵，拿起身边的红茶茶托送了过去。

“小妹，看着好多了啊。”

奥畑说着，单脚伸直撑在门槛上，后脚跟压住拉开的玻璃门门槛，努力向妙子展示他新买的鞋。

“到了现在才能这么说，小妹之前可太危险了。”

“嗯。这事我知道。”妙子出乎意料有力地回答，“差点就要见阎王了。”

“什么时候能起床？今年赏花去不了了吧？”

“我与其赏花，更想去看菊五郎。”

“这么有精神，看来没事了啊。”奥畑说着，“如何？这个月内就能下床走动了吧？”又转向“水户姐姐”，问。

“不知道啊……”“水户姐姐”只答应一下，没再搭理他。

“昨天晚上，我在坂口楼跟菊五郎一起吃饭了。”

“谁请的菊五郎？”

“柴本请的。”

“那人真是偏爱第六代菊五郎啊。”

“之前他就说要请第六代菊五郎吃一次饭，可结果人家没过来。”

奥畑生来性子就急，注意力也不集中，没法集中精力于一件事。因此，他能看的也就是电影之类的，戏剧都会让他坐不住，因此很少看，但他喜欢和演员结交。以前手头充裕的时候，总是招待他们到茶屋或饭店去。所以，他和水谷八重子、夏川静江、花柳章太郎等人都很熟，那些人来大阪时，他从来不认真看演出，反倒一定记得去后台探班。对于第六代菊五郎等人，也并非喜爱他们的演出，只是不知为何想结交有名气的演员而已，总想着请谁来帮忙介绍一下。

妙子问了不少问题，奥畑就得意扬扬地讲起昨晚在坂口楼席间的样子，还模仿了第六代菊五郎的说话方式和开玩笑的样子，恐怕他这次来探望，就是为了在妙子面前炫耀这些的。和雪子两个人待在隔壁房间的阿春，最喜欢听这种趣闻，被雪子说了两次："快点回去！"她也只应着"是、是"，依然悄悄竖起耳朵偷听。雪子又说："阿春，已经五点了。"实在没法，才起身回去。她大多每日午后来到医院，帮忙做饭洗衣服，到晚饭时间再回芦屋。回家途中，阿春心想："看现在那个样子，奥畑少爷不知要讲到何时去。本来他不应该来医院的，要是让夫人知道了，肯定大吃一惊。要是不让他差不多就回去，雪子姑娘要怎么办？'您这是毁约，请您回去吧。'这话雪子姑娘一定说不出来……"她走出新国道柳之川车站，一如往常地在那里等电车回去。这时，她正好看到芦屋川认识的司机从神户方向开着空车驶过，就站在马路一边冲着他喊："喂！你要是回去的话带我一起吧！"坐上车后，又特意让司机绕道送她去芦屋家的拐角处。她从后门气喘吁吁地进去，像发生了什么大事似的，紧张地问正在厨房做鸡蛋烧的阿秋："夫人现在在哪里？老爷还没回来吗？不好了，奥畑少爷去医院了。"当她穿过走廊走进西式房间，看到正好幸子一个人卧在沙发上，就走过去小声对她说："夫人，刚才奥畑少爷去医院了。"

"什么？"幸子脸色倏变，立刻坐起身。比起事情本身，阿春夸张的语气更令她吃惊。"什么时候去的？"

"就是刚才，夫人您回来之后，他马上就到了。"

"现在还在吗？"

"直到我回来时他还在。"

"他有什么事吗？"

“说是路过附近顺便来探望一下，还没等门口看守同意，就突然从院子那边进来了，雪子姑娘逃到隔壁房间里了，所以奥畑少爷就和小妹说上了话。”

“小妹没生气吗？”

“没有，看样子他们聊得很开心。”

幸子先让阿春待在客厅，自己一个人离开房间去丈夫的书房里，用桌子上的电话给雪子打电话（雪子讨厌接电话，所以最开始是“水户姐姐”代接，幸子说“不好意思，请让雪子接电话”，雪子才不情不愿地自己接了电话），一问，得知启少爷还在。雪子说，最开始他坐在回廊上，太阳下山，天气转凉，没让他进来，他自己就进屋了，关上玻璃拉门，坐在小妹枕边说个没完，小妹也没有一点觉得厌烦的意思，一直陪着他聊。雪子在隔壁房间里躲了一段时间，但又不能一直待在那里，就出了房间，旁观这两人聊天。刚才雪子想着该让他回去了，给他换了一杯茶，屋子里很暗了也没开灯，给了他那么多暗示，他还是装不知道的样子，无聊的话题讲个没完。幸子说：“那种人就是那样，脸皮很厚，要是你不吱声的话，以后他指不定会一直要来呢。他要是再不回去，我就过去一趟。”“但是已经到晚饭时间了，他也知道现在二姐给我打了电话，我觉得他应该很快就回去了，二姐也不用现在赶过来。”雪子说。幸子顾虑到这个时候丈夫快回家了，悦子又会缠着自己，问着这个时候要去哪里。“那么之后就交给雪子了，马上跟他说让他回去。”说完，幸子就挂断了电话。不过，她知道雪子最后肯定什么都说不出来，因此一整晚都在担心后来会怎么样。然而，此后的一夜里，她再没有打电话的机会，十一点钟左右，她正要跟在丈夫后面去二楼卧室，阿春轻轻走过来，在她耳边悄悄说：

“听说那之后过了一个小时，奥畑少爷就回去了。”

“你打电话了？”

“是的，刚才去打公用电话了。”

二十三

第二天，幸子到医院后才听说，昨天晚上奥畑迟迟没有要回去的意思，雪子就又躲进隔壁房间里，之后再也没露面。然而，天色越来越黑，没有办法，只好打开电灯。而且，那时已经过了妙子的晚饭时间，雪子就叫来“水户姐姐”，让她把米汤送过来。奥畑依然若无其事，问：“小妹有没有食欲？什么时候能喝粥的？我也饿了，能不能托人叫来点吃的？这附近有没有什么好吃的？”甚至说到了这个份上，最后连“水户姐姐”也逃进了隔壁房间里。病房里只剩妙子和他两个人，其间奥畑似乎是真的饿了，便朝着隔壁房间说：“那么我就告辞了，抱歉打扰这么久。”就又从回廊走向庭院，回去了。他对着隔壁告辞时，雪子也只是从拉门缝隙中探出头打了招呼，故意没有出去送他。因此，从四点左右到六点，奥畑差不多待了两个小时。雪子说，“小妹明明可以跟他说一声‘你回去吧’就好的呀？那个男人突然从院子里进来，大摇大摆地闯进来讲个不停（雪子以前说过，二姐在时和不在时，奥畑的态度相差非常大，昨天尤其傲慢无礼），‘水户姐姐’可能都觉得他很古怪，小妹明明更清楚他会让我们多为难，而且小妹也是能对他直接说让他回去的人，这种情况下不是更应该让他回去吗？”但这些话她没有和妙子当面抱怨，只是背地里和幸子讲的。

幸子感觉，奥畑很可能两三天内还会再来，更认为现在有必要自己这边去见他，让他以后不要再来医院。说起来，无论如何也应该去奥畑家拜访一下。这是因为，上月月末请斋藤医生看病的费用，等等，大多数都是由奥畑支付的，还有妙子卧床十天的医药费及陪护人员的赏钱，等等，没少给他添麻烦。往细里算，迎送医生的车费、司机的赏钱、每天的冰块钱，开销着实不小，这些都是他垫付的，而且至今还没有还清这份人情。不过，现在把钱给他，他可能也不会收，但斋藤医生的诊疗费一定得让他收下，其他费用就得用送礼物来补上了。幸子左思右想，也不知道奥畑一共花了多少钱，送什么礼物过去比较好。她不太懂这些，就问妙子：“哎，小妹，送什么好？”“这事我会处理好的，你就别管了。”妙子说，“这次的费用，包括在奥畑家卧床的开销、住院以后的费用，本来就应该是我付的，只是我生了病没法把存款取出来，所以暂时请启少爷和二姐帮忙垫付，等我康复之后，我会好好算清的，二姐就不用那么担心了。”然而，妙子不在时，幸子向雪子征求意见，当时雪子说：“虽说小妹那么说，但她搬到公寓已经将近半年了，估计大多数存款都花掉了。她嘴上说得好听，恐怕最后是拿不出钱的吧。以小妹和启少爷的关系，不还也不会怎么样，但我们既然已经插手了，这样做就不行了。无论是还钱还是送礼，早点还清比较好。”然后又补了几句，“二姐现在可能还认为启少爷是有钱人，但我前段时间住在他家，在很多方面都没想到他家生活开支已经很拮据了。比如饭菜简朴得令人惊讶，晚饭时，餐桌上除了汤以外只有一道蔬菜拼盘，启少爷、护士和我都吃一样的东西。阿春时常看不下去，就去西宫市场买天妇罗、鱼糕、牛肉罐头等回来，那时启少爷也跟着一起吃。斋藤医生的司机的小费，大多数也都是我想着给的，最后就都变成我给了，他装作不知道的样子。不过启少爷毕竟是男人，可能注意不到那些细小的事情，但对他家的老妈子就不能疏忽大意了。那个老妈子一直对启少爷忠心耿耿，性格温柔，对小妹非常亲切，尽心尽力地照顾，但饮食方面的开支一切由她安排，一分钱两分钱也不轻易浪费。在我看来，那个老妈子表面对我们非常热心，内心对我们家，尤其是小妹可没什么好感。她对我没有表现出来厌恶，只是我一直有这种直觉。如果二姐想知道更详细的情况，可以去问阿春，她和那个老妈子经常聊天，问她肯定能知道些什么的。不管怎样，看在那个老妈子的份儿上，也一分钱都不要欠他们。”

幸子听完，也开始在意起这些事，回家后就叫来阿春问：“奥畑家那个老妈子是怎么看我们的？你从那个老妈子那里听到了些什么？知道什么赶紧跟我们讲。”阿春翻了翻眼睛，一脸非常严肃的表情思考着，先确认一下：“我说出来可以吗？”然后战战兢兢地讲了出来：“其实，对于这件事，我一直觉得如果有机会的话，必须要报告给夫人您的。”阿春先起了个头，她说她上个月下旬，开始进出奥畑家时，很快就和那个老妈子混熟了。但妙子在奥畑家刚病倒时，需要她们做的事太多，就没有什么好好聊天的机会。妙子住院后的第二天早上，阿春去奥畑家拿剩下的行李时，两个人才聊了一下。那天奥畑外出不在，只有老妈子一个人在家，她挽留阿春让她喝了茶再走，阿春就和她聊了一段时间，那时老妈子常常夸起幸子和雪子，说："你家小妹有那么好的姐姐们，真是幸福。反过来说，我家少爷就没这个福气了，他自己虽然也有错，但老太太（上一代家主的夫人）去世后，连长兄都把他赶出了家门，结果，现在社会上的人也都不搭理他了，真是太可怜了。所以，他现在能依靠的，只有你家小妹一个人了，请一定让小妹嫁给少爷。"说着，眼眶泛泪，"请一定帮忙促成他们这段姻缘。"拜托阿春帮帮忙。然后，老妈子有些难以启齿地说，"我家少爷这十年来，为了小妹牺牲了所有。"讲了奥畑被长兄逐出家门，禁止他再出入奥畑家的事。她说得非常委婉，但意思就是在暗示原因都在于妙子。老妈子所说的话中，最让阿春感到意外的是，这些年来，妙子的生活大多是由奥畑接济的。尤其是从去年秋天，她搬到甲麓庄的公寓独自生活以来，更是如此。妙子几乎每天一大早，也就是早饭以前，就去奥畑家，一天三顿都在西宫奥畑家解决，晚上很晚了才回去，自己的公寓只是睡觉用的。所以，虽说她搬出去独居，但实际上相当于寄居在奥畑家，连衣物也都拿到奥畑家让老妈子洗，或是老妈子再送到洗衣店洗。两个人在外面的各种娱乐活动的开销，虽说不知谁来负担，但每次奥畑身上的一两百块钱，和妙子出去后回家，一晚上的时间就花得一干二净了。可以猜到，这也是大多数由奥畑出的。因此，如果妙子月月有什么用自己存款花的钱，也就是甲麓庄的房租而已。即使听老妈子这么说，阿春也还是一脸不太相信的样子，老妈子就说，“正好可以顺便看一下。”去里屋拿出了这一年间的各种账单和收据。一看，妙子来寄居后，和以前相比，每月开支有着惊人的差别。果然，煤气费、电费、车费，等等，还有菜店、鱼店的开支，自从去年十一月以后急剧增加，高得令人吃惊，可以想象得到妙子在这个家里有多么奢侈挥霍了。不光这些，看百货店、化妆品店、西装店等的账单，妙子买的东西占了一大部分。阿春没想到还在其中发现了两张账单，分别是去年十二月妙子在神户Torroad的龙新女子洋装店里定制的驼绒大衣和今年三月在同一家店里定制的天鹅绒晚礼服。驼绒大衣里外颜色不同，很厚实，又非常轻巧，外面是茶色，里面是非常华丽的红色。当时，妙子说这件外套花了三百五十元，没办法，卖了两三件太花哨穿不了的和服才买下的，得意扬扬地在姐姐们和阿春面前炫耀。阿春还记得当时自己很纳闷，那时候妙子已经被赶出芦屋家独居，过得不应该还能那么奢侈，但如果真是奥畑给她花钱定做的，就都说得通了。

老妈子说：“我说这些，绝不是说小妹的坏话，只是少爷为了讨小妹欢心，不知有多么尽力。说来惭愧，少爷说是奥畑家的少爷，但他在兄弟当中排老三，在金钱上并非那么自由。老太太还在的时候还能想办法过得去，现在完全被断了经济来源。去年被赶出家门时，主房的老爷（他的长兄）给了他点慰问金，这是他唯一的生活来源，他就靠着这点钱勉强过到了今天。少爷沉迷于取悦小妹，根本不顾后果地挥霍无度，那点慰问金现在也坚持不了多长时间了。他可能心想走一步看一步，车到山前必有路，但他不知道，这样就得发自内心地重新做人，否则是不会得到亲戚们的同情的。我也非常担心，一直跟他说不能再像现在这样每天闲得无所事事，早点找个营生的活计，一个月能挣一百块也行。但不管我怎么说，他脑子里都只想着小妹，别的事他根本就听不进去。所以我才想到，要想把他带回正道，除了让小妹嫁给他，没有别的办法。这个问题到现在已经十年了，是当时上报事件以来的悬案，当时老太太和主房老爷都不同意，我也是不赞成的人之一，现在再想，那个时候要是让他们结婚就好了，这样的话少爷现在也不会走上歪门邪道，就能有幸福的家庭，认真工作了。”然后说，“主房的老爷不知道为什么那么讨厌小妹，现在也不同意让少爷和小妹结婚。反正现在他已经被撵出去了，不用顾忌这事，就让他们结婚，老爷也不会一直反对下去的，反倒或许能开辟新大道呢。现在摆在眼前的难题，与其说是主房的意志，不如说是在于小妹这边。为什么这么说？在我看来，今天的小妹已经完全变心了，再没有和少爷结婚的意愿了。”

“这么说，听上去好像我又在批判小妹，但我完全不是这个意思，”老妈子连连解释着，“莳冈家是如何看待少爷的呢？哎，少爷就是个不知世事的公子哥，要挑他的缺点肯定能挑出一大堆——但至少对于小妹的纯真感情，从最开始到现在完全没有改变过，这点我可以保证。只是，他从十七八岁开始就去过茶屋、酒馆，那时品行没那么正直，在不得不和小妹分开的时候耽于酒色，这也是由于不能和心爱的人在一起，心里难免妒忌，这份心情请一定体谅他。然而，和少爷相比，小妹是个那么聪明的千金小姐，主意也正，还有一手一般女性没有的技艺，所以看少爷这么没出息，觉得失望也不是没有道理。但想到两个人一起走过这十年，这份情谊也不是能轻易舍弃的，希望小妹能可怜可怜少爷心中的一往情深。而且，如果小妹真的一点都不想和少爷在一起的话，米吉事件那时，就该了断得一干二净，这样少爷或许也会放弃。但那时小妹似乎是要和米吉结婚，又好像不结婚，对少爷也是，好像有爱情又好像没有爱情，态度一直很暧昧，所以少爷才拖拖拉拉直到今天。米吉去世后，到今天小妹依然是这个态度，也不拒绝少爷，又不愿堂堂正正地和少爷同居，这是为什么？从这些表现来看，只能说她只是想在经济上利用少爷了。”老妈子如此说明。阿春依然无法完全相信，“老太太您这么说，可是板仓事件时，我们听到的是小妹无论如何也想和板仓结婚，就因为少爷从中作梗才失败的。还有一个原因，他们说要等雪子姑娘姻缘定下来后再结婚。”“雪子姑娘的事先不提，你说少爷从中作梗，那可说笑了。那时小妹就瞒着少爷和米吉见面，同时又瞒着米吉和少爷见面，而且一直都是小妹给少爷打电话，这些我都知道。换句话说，小妹就是在巧妙地玩弄少爷和米吉的感情。她或许真心喜欢米吉，但又出于某种必要，想尽量和少爷保持长久关系。”老妈子就差说出那时妙子出于贪心而勾引奥畑了。“不过，您也知道，小妹那个时候还在做人偶，做人偶的收入不光能养活自己，还能攒钱呢，怎么说也没有让少爷接济的‘必要’。”阿春反驳。“那是因为小妹自己是那么说的，不管是你，还是你家夫人、雪子姑娘，都完完全全听信了她的话。但仔细想想就会明白，小妹确实多少在做些工作，但毕竟是女性，还是千金小姐半玩乐性质的业余工作，这点收入，真的能在衣食住行上那么奢侈、还能攒下钱吗？听说她有个很不错的工作室，收了洋人徒弟，让米吉拍了作品的照片，大肆宣传，你家各位就由于偏爱而高估了她的实力，不是没有道理。不过，恐怕她本人手里并没有赚了那么多钱，也没见过她存钱的存折，没法说什么，但大概不会太多吧。如果不是这样，真的有不少存款的话，那就是她为了存钱而榨干少爷了。”老妈子甚至说，“看这个样子，让小妹这么做的，幕后可能就是米吉呢。米吉的话，可希望小妹能从少爷那里得到的接济越多越好，这样他自己的负担也能尽量减轻，所以他可能心里清楚小妹和少爷见面，却当作没看到一样。”

阿春听老妈子讲了一件又一件，件件都出乎她的意料，她忍不住为妙子辩护了几句。可是老妈子手里有着实实在在的证据，阿春一说“然而还有这么个事”，她就举出多个事例反驳。阿春实在没有把这些一五一十地报告给幸子的勇气，只能说，“都是些非常过分的事，没法向您报告。”她只说了一两件事情。老妈子对于妙子有几颗宝石、都是什么样的宝石，知道得一清二楚（中日战争开始后，人人都避免把戒指戴出去，妙子就把那些宝石收在首饰盒里，看得比命都重要。首饰盒也没有带到公寓，而是拜托幸子保管）。那是因为，那些宝石都是奥畑商店里的商品，奥畑偷偷把那些宝石拿出来送给妙子，每次被发现都是老太太来给他擦屁股，这位老妈子曾经多次目睹。据老妈子说，奥畑有时直接送给妙子宝石，有时候卖了钱后给她，或者是妙子拿到宝石后偷偷卖到别的地方，辗转多次又被奥畑商店赎回来。奥畑从长兄店里偷偷拿出来的东西，并没有悉数送往妙子那里，奥畑自己也变卖过几次来换零花钱，但确确实实大部分都给了妙子。妙子不光知道这些东西是怎么来的，还收下了，她自己甚至还会求着奥畑点名要特定某个戒指（除了戒指以外，当然还有手表、胸针、脂粉盒、项链，等等）。总之，老妈子在奥畑家做了几十年工，奥畑被她从小带到大，连琐碎小事都非常了解，如果像这样一件件举例，那就没完了。但正如老妈子自己说的那样，她并非是憎恨妙子，只是为了证明奥畑对妙子几乎献身的付出。“因为你家各位都不了解事情真相，就觉得我家少爷十恶不赦，反对他们结婚，所以我才会说这些的。想想少爷到底因为什么原因被赶出家门的，你家就不会反对他们结婚了，”老妈子说，“我不是说小妹好或者不好，能让少爷如此深爱的小姐，对我来说也是非常重要的人。所以我希望请各位帮忙，让小妹回心转意跟少爷在一起。我听说小妹最近又有了中意的人，因为这个更有要甩掉少爷的想法，如果这是真的，那大概就是因为看少爷生活越来越拮据，想早点放弃他吧。”

老妈子的话说得越来越出乎意料，阿春大吃一惊：“‘她又有了中意的人’，这话你是听谁说的？我今天才第一次听说。”老妈子回答：“这个我也不能确定，是最近听少爷和小妹总是吵架，每次吵架时少爷都嚷嚷着‘三好’这个名字，说些难听的话。那好像是个神户人，不知道是住在哪里、做什么的男人，只是总听少爷说‘巴藤’[①]、‘那个巴藤’之类的”。阿春问：“‘巴藤’是什么意思呢？”老妈子说那个男人似乎是在神户某个酒吧当调酒师，其他的她就完全不知道了，因此阿春也没有往深追究。阿春讲的就是这些，顺便她又得知妙子喝酒喝得相当多。妙子在幸子他们面前，一向最多喝个一两合，但据老妈子说，在西宫家里和奥畑喝酒时，她能喝七八合日本酒，威

① 即bartender，调酒师。

士忌的话也能若无其事地喝掉方形酒瓶的三分之一。她酒量很大，喝了酒也不会露出丑态，只是偶尔不知道在哪里喝得烂醉如泥被奥畑搀扶着回家，而且最近越来越频繁了。

二十四

幸子听阿春讲到这里，不知用了多大的忍耐力，可想而知。阿春说话时，幸子总觉得自己的脸羞得通红，提心吊胆，甚至想捂住耳朵，举起手制止她说：“阿春，别说了！”她觉得继续听下去的话，还会有更多不为人知的事。

“行了，你去那边吧。”

阿春的话终于告一段落，幸子赶她去房间外面，垂头丧气地趴在桌子上，等心里的刺激平静下来。

刚刚她说的果然是这样吗？一直害怕担心的事成真了？谁都偏爱自己亲人，在老妈子眼里启少爷肯定也是个纯真的青年，但其实他绝对没有对小妹像老妈子说的那样一往情深。丈夫和小妹早就看出他轻薄放荡，他们的看法大概才是对的吧。然而，虽说如此，也不能把老妈子说小妹是“妖妇”的话当作虚言。和老妈子高估启少爷一样，我们也在各个方面高看了小妹。一直以来，幸子每次看到妙子手指上新的宝石戒指闪闪发亮，就不由得有种不吉利的怀疑。但妙子每次都自豪地说，这些都是自己挣钱买的东西，看她那得意扬扬的样子，那种怀疑常常立刻就被打消了。而且，不管怎么说，当时妙子有自己的工作室，在那里制作人偶，她的作品价格相当高，非常畅销，这些都是幸子目睹过的。在妙子开个展时，幸子也去帮忙对账核算过，因此不知不觉间就相信了妙子说的话。此后妙子逐渐放弃制作人偶，转向剪裁西式服装，收入来源自然渐渐没有了，但她曾经说过，她已经为准备出国、开洋装店攒下了一笔钱，生活上不会有困难。幸子依然担心她没有工作却一点点花光存款，为了给她些零花钱，就让她做做悦子的衣服，给附近熟人家里做洋装，现在有了这类收入，至少生活上不会出现什么问题。所以幸子尽管偶尔还是会对妙子的生活产生怀疑，却一直以这些理由打消了心中的疑虑……妙子说过她不想借亲戚姐妹的力，更不想依赖他人的帮助，要凭女人自己的本事做到独立自主，幸子也愿意相信她所说的……然而这些最终果然还是偏爱吗？不过，妙子一直是怎么说奥畑的呢？说他是在经济上无能的人，别说依赖他了，将来搞不好还需要自己养他。她不是还说启少爷的钱一分一毫都不收，也尽量不让启少爷动自己的钱之类的吗？嘴上说得那么好听，难道都是用来欺骗姐姐们和世人的吗？

然而，该责备的与其说是妙子，不如说大概是被她巧舌如簧蒙在鼓里、不知世事天真幼稚的姐姐们。事到如今，幸子不得不相信老妈子说的“妙子姐业那小余爱好的工作不可能让她过得那么奢侈”。幸子当时也曾时常这样想过，但一直努力避免往下深究，在这点上，就算被说不是天真而是狡猾，也没办法。只是无论如何，她也不想把自己的亲妹妹看成那样不良的女人——这正是看错的源头。恐怕世人，尤其是奥畑本家和老妈子那些人，都不可能理解幸子她们的想法，想到这里，幸子脸上又羞得通红。原本她听说奥畑的母亲和兄长反对奥畑和妙子结婚，还觉得非常不快，事到如今才理解他们反对的理由。在他们看来，不光妙子是个妖妇，妙子背后的家庭也是不健全的。不知让妹妹做出那些事的姐夫、姐姐到底是何居心——他们一定是这么想的。幸子想到这里，只能认同辰雄当时做出和妙子断绝关系的决定是正确的。丈夫也不愿掺和进妙子的事，说："小妹的性格太复杂，我猜不透。"看来丈夫大概也已经看出妙子的阴暗面了吧。然后，他还非常小心谨慎地婉转提醒过幸子，要是当初更清楚明白地提醒她注意就好了。

幸子那天没再去西宫，她觉得脑袋有些昏沉，吃了点氨基比林，便把自己关在二楼的房间里，精神受了很大刺激，连丈夫和悦子也都不见。第二天早上，把丈夫送出门后，就又回到卧室躺在床上。妙子住院后，幸子几乎每天都会去医院探望，因此她想"要不下午去看一下好了"，但又不知为何忽然觉得妙子已经不是以前那个妙子了——与自己离得很远、有些令人毛骨悚然的存在，去见她都觉得可怕。下午两点左右，阿春上楼，问："夫人今天还去医院吗？刚刚雪子姑娘打来电话，说要拿给她《蝴蝶梦》[①]。"幸子躺在床上吩咐她说："我今天就不去了，你把书给她带去吧，就在六张榻榻米房间里的书架上……"突然，她不知想起了什么，叫住阿春，说，"小妹现在不需要照顾了，你跟雪子说，让她回来休息一下。"说完让阿春走了。

雪子上个月月底就到奥畑家陪护，此后又一直在医院照料妙子，

---

① 1938年英国女作家达芙妮·杜·穆里埃的长篇小说。

到今天已经有十多天了，一次都没回过家。阿春传达了幸子的话，当天晚上雪子就回到了家，时隔许久再次和家人围在桌旁吃饭。傍晚，幸子也起了床，努力装作没有事的样子去了餐厅。贞之助为了慰劳雪子，从他已经有些匮乏的贮藏当中，特地选了一瓶那时已经很珍贵的勃艮第白葡萄酒，亲自擦去上面的尘埃，清脆的一声打开了瓶塞，问：

“雪子，小妹已经没事了吧？”

“是，不用担心。不过她的身体还是很虚弱，要恢复到原先那样还得需要一段时间……”

“瘦得特别厉害吗？”

“是，那圆脸都变长了，颧骨都突出来了。”

“悦子也想去看望——”悦子说，“去看望不行吗？爸爸。”

“嗯……”贞之助稍稍皱起眉头，但又很快笑起来，“去也行，但毕竟是传染病……没得到医生同意是不行的。”

贞之助这种情况下在悦子面前提起妙子，听他的语气似乎也不禁止悦子去见妙子，看来今天他的心情格外不错。不过这对幸子她们来说也是完全没想到的，让她们觉得，他是不是要重新考虑如何对待妙子呢？

“医生的话，请的是栉田医生吧？”贞之助又问雪子。

“是……不过这段时间，他说不要紧之后就没再来过。毕竟是个特别忙的医生，看患者有点好转了，就是这样。”

“雪子不用去也行了吧？”

“是的，不用去了。”幸子说“有‘水户姐姐’在，阿春也每天都过去帮忙。”

“什么时候去看菊五郎呀，爸爸？”悦子问。

“什么时候都行，等小姨回来之后吧！”

“那么就周六去？”

“不过，得先去赏花吧，菊五郎的演出这个月有好多呢。”

“那就去看花，一定要去啊，爸爸。”

“嗯，嗯，这次周六周日要是没去成，以后就看不了花了。”

“妈妈也是，二姨也是，一定要去啊。”

“嗯……”

幸子觉得，今年如果缺了妙子就太寂寞了，看贞之助的样子允许妙子回来，那就先等到月底，看看妙子康复的情况，大家一起去御室赏花。左思右想后觉得，眼下还不合适，就没有说出来。

“哎，妈妈，在想什么呢？……不想去赏花吗？”

“再等下去，小妹也赶不上了吧？”贞之助察觉到了妻子的想法。“要是能赶得上八重樱的话，那就等那时再去，我们先去看一次吧。”

“小妹到这个月月底，才能在房间里走动。”雪子说。

与贞之助和悦子兴致高涨的样子相比，雪子早就注意到了幸子一直没什么心情。第二天早上父女俩出门后，雪子问：

“说起来，你去启少爷那里了？”

“没去。”幸子说，“这事我有话跟你说。”

说完，幸子便赶紧把雪子拉到二楼，关上八张榻榻米房间的拉门，把昨天从阿春那里听到的事一五一十地告诉了雪子。

“哎，雪子你怎么想？那老妈子说的是真的吗？”

“二姐怎么想？”

“果然还是真的吧。”

“我也这么觉得。”

“全都是我的错……就是太信任小妹了……”

“不过，相信她也是理所当然的嘛。”雪子看幸子哭了出来，自己眼眶也泛起热泪，“……这不是二姐的错。”

“我得怎么跟本家姐夫和大姐说啊……”

“跟贞之助姐夫说了吗？”

“什么都还没说……这么不像话的事，怎么讲？”

“贞之助姐夫应该是在考虑对小妹更宽容点吧。”

“昨天晚上那个样子，看着像。”

“贞之助姐夫就算谁都没告诉他，估计也已经知道小妹都干什么了。他可能意识到，把小妹那种人赶出家门置之不理，反倒会让家族更蒙羞。”

“贞之助姐夫好不容易改变想法，小妹要是能改正错误就好了。”

“她小时候就有这种倾向。”

“劝劝她也没用了吗？”

“估计不行，小妹啊……到现在不知跟她说过多少次了。”

“果然还是像那老妈子说的，让小妹跟启少爷结婚比较好，这对启少爷和小妹都好。”

“我也觉得除了这样以外，没有别的办法能救这两人了……”

“小妹真的那么讨厌启少爷吗？”

幸子和雪子都非常介意这个叫“三好”的调酒师，光是提到这个名字就很不愉快，现在说话时更是无视这人的存在。

“我也不知道是讨厌还是不讨厌。前段时间那么讨厌住在他家里，前天又跟启少爷说‘回去’，一直陪着他……”

“可能故意在我们面前表现得讨厌他吧，心里可不一定这么想。”

“要是这样就好了……也许是想让他回去，却迫于人情说不出口呢。”

雪子那天又回去一趟医院，拿到《蝴蝶梦》之后就立刻回了家，在那之后的两三天都在家里专心休息，有时读读这本书，或是去神户看电影。第二个周六，按贞之助的提议，幸子夫妇、悦子和雪子四人去京都住了一晚，完成了每年例行的赏花。但今年由于顾忌时局，赏花时喝醉的客人少了，反倒让他们好好赏了次花。他们从未像这次一样细细端详平安神宫的红樱垂枝之美，人人安静游览，衣裳也尽量素朴简约，放轻脚步在花枝下徘徊，这样的光景才是真正风雅的观樱气氛。

赏花后的两三天，幸子让阿春代她去西宫奥畑家，把妙子发病以来奥畑垫付的钱还给了他。

二十五

奥畑过了几天又到医院去了。那天除了“水户姐姐”之外，只有阿春还在。“怎么办？”她给幸子打电话问，幸子吩咐，“不要像上次一样轻待他，跟他说请他进来，好好招待他。”傍晚，阿春又打来电话报告，“他刚刚回去了。今天他们聊了三个小时。”此后，隔了两天，奥畑又在同一时间出现，那天过了晚上六点还没回去，阿春自作主张给他在国道菱富饭馆叫了饭菜，甚至给他添了一壶酒，招待得他非常高兴，一直聊到九点还没离开。好不容易等他回去，“阿春，你怎么干了那么多余的事啊。”妙子非常不高兴。“那个人啊，稍微对他好点，他就蹬鼻子上脸。”妙子说。阿春不明白，明明刚才妙子自己对待他还笑容可掬的，为什么现在又训斥自己？

和妙子预想的一样，奥畑没想到会受到如此优待，过了两三天后又来了医院，晚饭吃了菱富的饭菜，到了十点也没有要回去的意思，最后竟然提出要留宿。阿春给幸子打电话征求到同意后，虽然很挤，还是安排他睡在八张榻榻米的房间里，在妙子的床和“水户姐姐”的床旁边，铺上雪子前段时间睡的被褥，让他在那里睡下。阿春在那天晚上特地留下，躺在已有的坐垫上，盖着毛毯睡在隔壁的房间。第二天早上，阿春由于前几天被妙子训斥过，就说：“如果有面包就好了，但实在不巧，面包都吃光了。”故意只端来红茶和水果，奥畑慢悠悠地吃完就回去了。几天后，妙子出院，回到了甲麓庄公寓中。由于她还需要一段时间的静养，因此阿春需要每天从芦屋往返公寓，在妙子的公寓从一大早待到深夜，给她做饭、照料起居。在此期间，樱花都凋零了，包括单瓣樱和八重樱都谢了。菊五郎也完成了在大阪的演出，离开了。妙子真正能走路时，已经是五月下旬了。还好那时贞之助的态度逐渐软化下来了，虽然没公开表示“同意”，但对妙子出入家门明显没有异议，因此妙子整个六月都要每天来芦屋吃饭，摄取营养，争取早日康复。

在此期间，欧洲战争发展到了惊天动地的程度。五月，德军进攻荷兰、比利时、卢森堡等国，发生了敦刻尔克的悲剧[①]。六月法国投降，在贡比涅签订了停战协定。在此时局之下，舒尔茨一家现在怎么样了？舒尔茨夫人曾说，希特勒事事都能很好处理，大概是不会引起战争的，现在她的预言悉数落空。活在这世界的大动乱之中，舒尔茨夫人现在又会有怎样的感想呢？她的长男佩特，如今也到参加希特勒青年团[②]的年龄了吧？看如今的局势，父亲舒尔茨先生可能也会被召集参军吧？但那些人，包括舒尔茨夫人和罗斯玛丽，现在大概都在沉醉于祖国的光辉战果，不会在意家庭一时的寂寥吧？等等，幸子他们常常讨论这些事情。

与欧洲大陆隔绝的英国，随时都可能成为德军大空袭的对象，对此，住在伦敦郊外的卡特里娜也成了幸子他们讨论的话题。的确，人的命运难以预料。前段时间还一直住在像玩具一样矮小的家里，还是个亡命天涯的俄罗斯姑娘，转眼间去了英国，成了大公司总经理的夫人，住在城堡一样的宅邸，过着人人羡慕的荣华富贵生活。然而，这段美好时光也转瞬即逝，现在，前所未有的悲惨事件即将降临到全体英国国民的头上。德军的空袭，对伦敦周边地区的攻击尤其猛烈，卡特里娜那壮观的宅邸恐怕也会一朝归于尘土吧。不，如果只是这样还好，往坏处想，可能会沦落到连衣食都无法保证的地步。如今在英

---

① 敦刻尔克位于法国最北端，1940年5月，德军同时进攻荷兰、比利时、卢森堡，三国依次投降，英法联军被击败，在空袭之下从敦刻尔克港撤退到英国。

② 1926年创立的纳粹德国的青少年组织，目的是对青少年进行集体主义和国民社会主义教育及军事预备教育。

国，恐怕人人都在提心吊胆着不知何时会降临的空袭吧。现在看来，卡特里娜或许也在憧憬着遥远日本的天空，想念住在那夙川简陋家里的母亲和兄弟，后悔着当初自己留在那个家就好了吧……

“小妹，给卡特里娜写封信吧……”

“嗯，下次遇上基里连科时问问她的地址。”

“还想给舒尔茨夫人那边写封信，有没有谁能把信翻译成德语呢？”

“再找赫宁格夫人就可以吧？”

两人如此对话后不久，幸子打算拜托以前那个赫宁格夫人翻译一下。时隔一年，她给舒尔茨夫人写了一封长信：对德国辉煌的战绩，我们作为德国深交国的国民，与有荣焉。每次在报纸上读到欧洲战争的消息，我们都十分担心您一家的安危，经常一起讨论。我们这边一切依然还好，日本与中国之间的纷争依旧没有停歇，很有可能陷入一场真正的战争中。和与您一家做邻居朝夕往来的日子相比，转瞬之间，世间就发生了如此惊人的变化，我们不禁怀旧起来，不知从前那样的岁月何时才能再来。您一家曾经遭遇过那样猛烈的洪水，可能会因此对日本产生不太好的印象，但那是在任何国家都极少发生的灾难，还请您一家不要太担心，等事态平和，请您一家一定再次来访日本，我们也殷切盼望这辈子会踏上一次欧洲的土地，也许什么时候就会到您汉堡的家里拜访。特别是我非常希望女儿能在钢琴上有所发展，如果情况允许，希望有朝一日能到德国修习音乐。最后，另去信送给罗斯玛丽绸缎和扇子。

幸子拿着这个草稿，第二天就去拜访赫宁格夫人，拜托她翻译成德文。几天后她去大阪时，顺便去心斋桥附近的“美浓屋”买了舞扇，把扇子和绸缎布料一起装进小包裹，寄往汉堡。

六月上旬的一个周末，贞之助拜托雪子看家，把悦子也托付给她，自己和幸子两个人去奈良赏新绿。这是因为从去年开始到今年，两个妹妹身上轮流发生了各种事件，为了慰劳神经一直紧绷的妻子，更是因为夫妇两个很久没有单独在一起了。因此，周六晚上他们住在奈良宾馆，第二天出发去了春日神社，然后去三月堂、大佛殿，一直游玩到奈良西部。然而，幸子从中午开始耳根子里面红肿发痒，鬓角头发碰到那里更痒，让她受不了了。那种痒和荨麻疹的痒相似，很可能是由于今天早上开始穿过春日山的新叶林时，拿着徕卡相机的贞之助让她站在树下拍照五六次，在那时被蚋虫之类的东西蜇了。她想，这个季节走山路应该带个包在头上防虫的东西，很后悔没带条披肩来。晚上回到宾馆，幸子让人去街上药店买消炎止痒剂，那人回来后说“药店没有那种药”，只买了防蚊剂回来。然而，防蚊剂完全没有效果，到了夜晚幸子被叮咬的耳朵越来越痒，一晚上都没睡着。第二天离开宾馆前，她又派人去街上买了锌化橄榄油，涂后再出门，在上本町和直接去事务所的丈夫道别，一个人回到芦屋家中。直到那天傍晚，耳边发痒才渐渐止住。丈夫和往常同一时间回到家，不知在想什么，说“耳朵让我看看”，就把幸子拉到阳台明亮的地方，仔细端详被叮咬处，“嗯，这不是蚋虫蜇的，是臭虫咬的。”他说。“哎？是在哪里被臭虫咬的呢？”“就在奈良宾馆的床上，今天早上我也觉得这里痒，你看。”丈夫说着，卷起袖子露出上半截胳膊给她看，“看，这是臭虫咬过的痕迹，你耳朵上不是也有两个这个吗？”因此，幸子对着镜子照了照，发现的确是这样没错。

“还真的是。这宾馆，态度一点都不热情，服务什么的也不好，竟然还有臭虫，真是太过分了！”

幸子一想到好不容易出来玩两天，却被臭虫搅得不能消停，就觉得奈良宾馆太可恨，气愤不已。

贞之助说：“那么我们最近什么时候再去旅一次游吧？”但六月和七月都没找到好机会，八月下旬，贞之助终于要去东京出差，就说借此机会可以去东海道沿线游玩。幸子正好早就想去富士五湖，所以贞之助先去东京，幸子两天后出发，两人在滨屋会合，从新宿出发去富士五湖那边，回程顺便去御殿场。幸子从大阪出发时，按丈夫说的“夏天就要坐三等卧铺车，没有闷热的窗帘，风能很顺畅地吹进来，比二等车还要凉快”，就坐了三等卧铺的下铺。那天正好白天有防空演习，幸子生来第一次被赶下车接力传水桶。可能是由于太累，她迷迷糊糊地睡不踏实，总做梦梦见防空演习，睡了又醒醒了又睡。梦里自己似乎在芦屋家里的厨房，但是比真实的厨房更时髦的美式厨房，处处是瓷砖和白墙，闪闪发亮，摆满了被擦得光亮的瓷器和玻璃做的餐具。防空警报一响，那些东西突然噼里啪啦地自己把自己弄碎了，闪烁着光亮的细小碎片散乱得到处都是。“雪子、悦子、阿春，危险危险！快到这边！”她一边喊着，一边逃进餐厅，结果那里橱柜上的咖啡杯、啤酒杯、高脚杯、葡萄酒和威士忌酒瓶也稀里哗啦地碎得到处都是。“这里也危险！”她边说边上楼，这次二楼的灯泡也都噼里啪啦地碎掉了。最后，她带着家人逃进只有木制家具的房间里，终于松了一口气，这时她也醒了。……这样的梦重复做了好几次，直到天亮。早晨不知是谁把窗户打开了，一粒煤灰被吹进了她的右眼，怎么也弄不出来，眼泪一个劲地流。九点时，幸子到达滨屋，但贞之助一大早就出门办事了。昨晚她睡眠不足，为了补觉，就让人铺好床，自己躺下休息。但眼睑里的异物依然还在，一眨眼睛眼球就痛，每次都会流眼泪。洗眼、滴眼药水都没什么用，只能让旅馆老板娘带自己去看附近的眼科医生，让医生把眼睛里的异物取出来。医生给她的右眼戴上眼罩，说今天一整天都不能摘下它，让她明天再来一次。贞之助中午回来，看到妻子戴着眼罩，就问："那个眼罩是怎么回事？""都是拜你所赐，才遭了这么大的罪，三等卧铺我可是怕了。"幸子说。"真是的，咱们的旧婚旅行从奈良开始就不太顺啊。"贞之助笑着说，"之后我还得出去一趟，今天把事都办完，我想明天早上就出发。眼罩得戴到什么时候啊？""眼罩就戴今天一天，但医生说如果不注意保护的话容易伤到眼球，让我明天再去他那里一次。明天一大早就走的话，这该怎么办？""不过是眼睛里进了点垃圾而已，医生都是为了赚钱才那么夸张的，这点毛病今天之内就能好。"说完，贞之助就出门了。

幸子趁丈夫不在，就给涉谷家里的姐姐打了个电话，说其实因为什么什么今天早上就到了东京，今天一天都在，戴着眼罩有点郁闷，可不可以请大姐到这边来……大姐说："我也想去见你，但现在忙不开。"又问了妙子之后怎么样，幸子说："妙子真的康复了，我觉得那么严格地和她'断绝关系'是不是不太好，所以虽然没有公开提出，但实际允许她出入家里了。详细情况没法在电话里讲，近期还会来东京的……"说完就挂断了电话。之后，她还是觉得非常无聊，就等到街上有了阴凉，出门朝银座方向散步。走在街上，她发现以前看过一次的《谍网情迷》的广告，忽然想进去看看。或许是由于单只眼睛看电影，看不清查尔斯·博耶的脸，觉得他那充满魅力的双眼不像一直以来那么美了，电影播放途中，幸子便摘掉了眼罩。忽然，她发现不知什么时候眼睛几乎没事了，也不流眼泪了。晚上，幸子对丈夫说："你说得真对，眼睛今天就已经好了，医生都是那个样子，爱把病情夸大了讲，就为了能多拖一天是一天。"

第二天和第三天的两天时间里，夫妇俩住在河口湖畔的富士观景宾馆，完全弥补了两人旧婚旅行去奈良时的遗憾。两人从炎热的东京逃来这里，深呼吸着山麓秋日的清爽空气，有时在湖畔路边逍遥闲适地漫步，有时在二楼房间里躺着，透过窗外遥望富士山景，仅此，他们便已心满意足。像幸子这样出身于京都大阪地区、很少踏足关东的人，对富士山产生的好奇心与外国人的憧憬相似，是东京人想象不到的。她特地选择住在这个宾馆，也是为这里"富士观景"的名字所吸引。实地来到这里一看，发现富士山与宾馆正门相对，近在眼前。幸子还是第一次与富士山如此相近，心满意足地朝夕观赏时刻变化着的山姿。宾馆用白木造成宫殿样式，这一点和奈良宾馆很相似，但其他方面就没有一处相似的地方了。奈良宾馆虽然也由白木建成，但年代久远，有些肮脏，给人一种灰暗阴郁的感觉，但这里墙壁墙柱处处崭新，干净清爽。这或许是因为建成以来没过几年，另一个原因则是山间空气格外清新。幸子在到达的第二天下午，吃过午饭后，在床上躺了一会儿，凝视着天花板。即使如此，在她的视野中，一边窗口映进富士山顶，另一边窗口则映进湖水环绕、山峦起伏。不知为何，她还没有去过瑞士，却联想到那里的湖畔景色，还有拜伦的诗篇《西庸的囚徒》。她感到自己似乎去了一个并非日本的遥远之地，与其说是因为眼前的山水景色，不如说是由于空气带给肌肤的触觉不同。她感到自己仿佛处于清冽湖水之底，像喝汽水一样呼吸着周围的空气。空中似乎绵延不断地飘过浮云，太阳时不时地被遮蔽或显现，当太阳发出耀眼的光芒时，室内白墙被照射得非常明亮，不知为何，自己脑中也似乎变得清朗通透了。而且，听说前段时间来避暑的游客还相当多，过了二十日客人就急剧减少，现在没有太多住客，偌大的宾馆里非常安静，侧耳倾听，听不到什么声音。处于这种静谧之中，看着光线反反复复、时而明朗时而阴翳，她甚至忘记了“时间”。

“哎……”

丈夫也和她沉浸在同样思绪中了吧。他躺在旁边的床上，品味着四方静寂，长时间沉默着凝视天花板，刚刚起床走向看得到富士山的窗边。

“哎，有个有意思的事，喂，来看看这个。”

“什么呀？”贞之助回头，看到幸子在床上坐起身，看着床头柜上镍制外壳的暖瓶。

“哎，你过来看看。看这表面映出来的，这房间好像一个巨大的宫殿啊。”

“啊？什么什么？”

暖瓶外侧闪闪发亮，起了凸面镜的作用，明朗室内的所有东西，连微小的东西都留下了玲珑的映像。每件物品都一个一个地被扭曲呈现，所以这个房间看着就像天花板高度无限的大客厅，坐在床上的幸子，也被映得无限微小，像在远方似的。

“看，我在这里被映出来了。”

幸子说着，晃晃头举举手，凸面镜中的她也在遥远的地方晃头举手。看这个映像，她好像变成了水晶球中的妖精、龙宫的公主、王宫的王妃。

贞之助已经不知多少年没见过妻子像小孩子一样的行为举止了，夫妇俩心照不宣，似乎共同回到了十几年前新婚旅行时的心情。说起来，那时他们住的是宫下富士宾馆，第二天在芦之湖畔开车兜风时，相似的环境可能让他们回想起了昔日的世界。

“以后时不时地这样旅行吧。”当天晚上，幸子在丈夫耳边悄悄说。贞之助对此没有异议。不过，枕边蜜语过后，还是触及了现实世界，聊到了女儿和妹妹们。幸子觉得，丈夫现在心情不错，不能错过这个好时机，就自然地提起了妙子，说：“你也和她见一面吧。”“嗯，这个我明白，”丈夫立刻同意了，“我对小妹有点太强硬了。对那样的人如果那么严厉，反倒适得其反，最后让我们更为难。果然今后还是尽量不要差别对待，怎么对雪子就怎么对妙子吧。”

二十六

旧婚旅行那晚的商谈实现了，时隔一段时间贞之助再次见到妙子，已经是进入九月之后了。在此之前，妙子虽然已经被允许出入芦屋家中，却一直避开与贞之助接触，直到这天才让她一同上桌吃晚饭。幸子夫妇、悦子、雪子、妙子，五个人放下隔阂围在餐桌旁吃饭。幸子和雪子心中，曾从阿春那里听奥畑家老妈子说的话仍挥之不去，因此对妙子还没有完全释然，但这两人都决定忘掉那些不愉快的事情。她们两个打算那些事情不告诉贞之助，也不准备拿它质问妙子，不如说她们觉得自己也有一半的责任，因此要尽量用温馨亲情来感化这个“奇葩”妹妹的心。她们没有另外沟通过，很自然地想到了一起，因此餐厅的氛围其乐融融。近来沉闷的家中竟有了一阳来复[①]之感，大人们喝得都多了些。“小姨今晚就住下吧。”悦子说。贞之助他们也跟着劝说挽留，最后妙子决定留下。悦子非常高兴，“小姨今晚就住悦子的房间，和二姨、悦子一起睡。”每当这种时候，她都特别兴奋。

妙子已经完全恢复了以前的她所拥有的女性魅力。生病时幸子所见到的颓废且筋疲力尽的感觉——肤色暗沉发黑，像患了花柳病的血色——皮肤更是松弛成那个样子。幸子原以为妙子没法立刻恢复到原先活泼精神的样子，没想到，不知何时她又充满了活力、双颊饱满，又成了原先那个现代姑娘。但贞之助考虑到本家的面子，认为当下还是让小妹和他们分居比较好，所以妙子依然睡在甲麓庄，大约每天在芦屋待上半天。然后，此前她所住的二楼六张榻榻米房间也允许她继续使用，因此最近她常常待在那个房间里不出来，在阳光充足的窗下

①《参同契》：“朔旦为复，阳气始通，出入无疾，立表微刚。”古人认为，天地之间有阴阳二气，每年到了冬至日，阴气尽，阳气开始复生，叫一阳来复。

努力踩着缝纫机。那些都是幸子给她带来的订单，妙子原先就喜欢剪裁洋装，只要开始做就充满热情，晚饭也只扒拉几口就又上楼了。幸子希望尽量不要再让妙子因为金钱而去麻烦奥畑，所以一言不发地给她带来各处的订单。看到这样拼命工作的妙子，幸子又怜爱起这个妹妹了。看样子，这个妹妹是真的喜欢这样的工作，性格活泼开朗，坐不住，要是中间出了什么差错，让她走上歪门邪道，就会越走越远，如果引导得好，她也会发展得越来越好。她才华出众，心灵手巧，无论什么都能很快掌握……跳舞跳得好，人偶做得也漂亮，洋装做成现在这种程度……真是厉害，还没到三十岁的一个女人，竟然掌握了这么多本领，世上能有几个人像她这样?

“小妹真是有毅力啊！”幸子听到夜里八九点钟缝纫机依然在响，便上二楼对妙子说，“悦子容易睡不着，差不多就行了，太卖力气肩膀会痛的。”

“嗯……我想在今天之内都做完。”

“明天再做吧，现在不是不用着急赚钱嘛。”

“呵呵呵。”妙子从鼻子里发出笑声，“其实我是需要点钱。”

“需要钱就跟我说。哎，小妹，一点小钱我还是能给得起的。”

幸子由于丈夫最近和某军需企业在业务上产生了关系，开支宽裕了不少，雪子的生活费几乎不需要再由本家出钱，而由她这边负担了。丈夫很早就说过：“既然雪子的生活费都由我们负责了，那么妙子的费用也该我们出。”因此，只要有机会，幸子就对妙子这样说，但妙子一直当耳边风，绝不想顺着幸子的好意，看得出，她有种讨厌无功受禄的矜持。

对于妙子此后和奥畑的交往情况，幸子和雪子都不太了解。妙子几乎每天都会来芦屋，有时候傍晚过来待到晚上，有时候早上过来、傍晚突然出去，基本上只有这两种情况，另外半天一定是在其他地方度过的。在那段时间里，她会不会去见启少爷呢？还是说见的对象不是启少爷呢？两个姐姐时常暗自猜测，没有直接问过本人。姐姐们的担忧和奥畑家老妈子一样，既然事到如今，不如让她和启少爷在一起。她们知道短兵相接、急于求成并非上策，只能祈求随着时间流逝，妙子的心境能产生变化。正在这时，也就是十月的月初，某天妙子带来了一个消息，说奥畑可能要去满洲。

“什么，去满洲？”幸子和雪子异口同声问道。

“很怪吧。”妙子笑着说，“我自己也不是很了解，只知道这次满洲国的官员要来日本，要召集二三十个日本人陪同满洲国皇帝。说是陪同，不是掌管仪式的官员或者侍从那种高级官吏，只是单纯地陪在皇帝身边随身伺候，像伙计那种的职务，不看才华和学问。只要家世清白、有产阶级出身、容貌端正、有教养懂礼仪的人就行。换句话说，只要是有品的少爷就可以，脑袋不太好使也没事，这条件完全就是为启少爷量身定做的嘛。而且启少爷的哥哥们也说：‘既然有了这么个机会，你一定得报名去满洲。陪在皇帝身边，说起来也好听，而且不是什么很难的工作，实在是适合启三郎。如果启三郎愿意，而且决定了去满洲的话，那我们就会给他开个送别会，收回之前断绝关系的成命。’”

“这倒真是不错，不过启少爷还真是下定决心了呢。”

“他还没完全下定决心。周围人全在劝他去，但他本人可一直都没说过要去。”

“也难怪他这样。船场出生的大少爷，竟然沦落到要去满洲。”

“不过启少爷现在非常缺钱，穷得连西宫那个房子都快没法住了。而且大阪也没有人雇他，他又不愿意放下身段，这次不去，以后还能有这次这么好的机会吗？”

“说起来也是。那个工作不是谁都能干的。可以说非他不可。”

“是呀，而且听说工资给得相当高，我也一直极力劝他去。不长期做也行，干个一两年，也能得到哥哥的原谅，还会取回世间的信任，怎么说都该努力试一下。”

“一个人去，他可能心里没底吧。让老妈子也一起去怎么样？”

“她说她也想跟着去，但自己也有儿子孙子，去不了满洲那么远的地方。”

“那小妹跟着去吧。”雪子说。

“为了让启少爷重新做人，这点事小妹还是得为他做的吧？”

“嗯……”妙子马上露出一脸厌烦。

“就算半年也好，陪他住一段时间，表示自己愿意跟着他去，他或许就会想去了呢。为了帮他，我觉得小妹不会不愿意的。”

“真的，你就去陪他去怎么样？”幸子也说。

“这样，启少爷的大哥也会感谢小妹的。”

“我觉得现在是个和启少爷分手的好机会。”妙子低声说着，语气却十分坚决。

“要是这样的话，以后都别想跟他断干净了。让他一个人去满洲是最好的。所以我才极力劝他的，启少爷也正是担心这点，才怎么都不愿意去的。”

“哎，小妹——”幸子说，“我们不是说不管怎样一定要让小妹和启少爷结婚。刚才也说过，总之先陪他去，待个一年半载，看他能好好工作了，你要还是不想跟他结婚的话，自己回来不就好了？”

“满洲那么远我都跟着去了，以后更别想分手了。”

“这倒是，但你可以跟他好生商量，他要是再不分手，你逃回来不就行了吗？”

“我这么干的话，他肯定也得扔下工作，不顾一切地追着我回来。”

“倒也有这个可能。但想想你们到现在为止的情义，分手的话再说，现在我觉得还是能给他尽力就尽力吧。”

“我可没有为启少爷做到那种份上的义务。”

幸子觉得再说下去，势必吵起来，就没再接着说。

“你能说你没情义吗？”雪子说，“你跟启少爷，这社会上不是谁都知道你们是一对吗？”

“我可是早就想跟他撇清关系了，他倒是一直缠着我不放，别说情义了，简直就是个大麻烦。”

“小妹，你在经济上不也给启少爷添了很多麻烦了吗？我这么说不太好听，在钱上你不是也受他照顾吗？”

“真好笑，这种事可从来没有过。”

“真的吗？”

“我不用靠他，自己赚钱也能活下去，还有存款，雪姐你不是知道吗？”

“小妹你这么说，但社会上可有人不这么想。连我也一次都没见到过小妹的存折和零钱账单，你到底有多少收入，我们都不知道真实情况……”

“首先你们觉得启少爷有那么多的钱，这点就大错特错了。我倒是正好反过来，觉得过不了多长时间我就得养活他了。”

“那我得问问你——”雪子尽量不看向妙子，双手一直摆弄着桌上的玻璃花瓶，花瓶里插着一枝菊花，然后接着往下说。然而她却一点都没有因生气而亢奋的样子，语气一如既往，摆弄着花瓶的纤细指尖也没有颤抖。“小妹去年冬天那件在龙新定做的驼绒大衣，不是启少爷给你定做的吗？”

“那个时候我不就说过了吗？定做那件花了三百五十块，卖了玫瑰色羽织，还有波纹、圆花纹和服才买下的。”

“不过启少爷家的老妈子说，那是启少爷付的钱，连龙新的收据都给我们看了。”

“……”

“还有那件天鹅绒晚礼服，也是这样。”

“那种人说的话，还是别信的好。”

“我也不想相信，可是老妈子那边一个个拿出了账单作为证据，都是基于这些账单才说的。小妹，你要是觉得她在说谎，就拿出来能反驳这些话的账簿，给我们看看如何？”

妙子和雪子一样坦然冷静，面不改色，但听到雪子这么说，她只是一言不发地盯着雪子的脸。

“老妈子说，这种事从好几年前就开始了。不光是洋装，那时那个戒指也是，脂粉盒也是，胸针也是，这些东西她都一个个记得一清二楚。还说启少爷被赶出家门，也是因为他为了小妹偷了店里的宝石。”

“……”

“小妹，你要是真想跟启少爷断绝关系，至今为止不是有那么多机会可以断吗？板仓那时候明明就是个好机会……”

“那时你们不是不同意我跟他断绝关系吗？”

“我们那时是希望你和启少爷结婚，所以才不同意的。但若我们知道你一边跟板仓交往到那种程度，一边又在经济上利用启少爷，我们一定会再考虑的。”

对雪子说的这些，幸子深以为然，也觉得必须对妙子把这些事都说清楚。但她自己到底还是没有勇气说到这种地步，因此她看雪子如此直言不讳，她非常吃惊，又只是在旁边默默听着。说起来，她想起五六年前，也见过一次雪子这样不断质问辰雄姐夫。难道内向的人都会出于某些原因，突然变得这么厉害？那时的雪子也是，完全不像平时那样优柔寡断，条理清晰地质问着辰雄，甚至问得他支支吾吾说不出话来。

“确实，启少爷可能没什么出息，但让他那样没出息的人去店里偷东西，事到如今你还能说没有情义吗？不过，为了不让小妹误会，话说在前面，那老妈子说她并非怨恨小妹，因为启少爷为了小妹都做到了那种份儿上，她才希望无论如何都要让小妹嫁给他的……我们知道了这些，当然也是这么想的。”

“……”

“能利用的时候就先利用着人家，没有利用价值了就说他是低能的阔少爷，碰上这么好的机会让他一个人去满洲。你还真能说得出口啊。”

不知是无言以对，还是觉得说了也没用，不管雪子说什么，妙子都没出声。只听雪子一个人絮絮叨叨反反复复念叨了很长时间。雪子的语气一直一如往常的平静，妙子眼中却不知何时潸然泪下。尽管如此，妙子依然面无表情，好像没有意识到脸上流下泪，没过多久，她突然站起身，“咣当”一声摔上门跑向走廊，那声音大得几乎震动了整个房间。然后，又听到外面大门发出了“咣当”一声。

二十七

这次罕见的争执发生在即将吃午饭时，贞之助、悦子都不知道，阿春也正好有事外出。而且，从头至尾双方都没有大声吵嚷，在锁着门的餐厅里用平常说话的声音争吵。因此厨房的女佣们都没有注意到她们这里，只听到刚才那两声“咣当”摔门声，阿秋被吓得赶紧跑到走廊。然而，走廊里一个人都没有，她把餐厅门推开了个小缝，往里一看，发现刚刚本应在那里的妙子不见了，只有幸子和雪子正从橱柜抽屉里拿出桌布，收拾那个玻璃花瓶。然后，幸子问：

“怎么了？”

“没有，没怎么……”阿秋支支吾吾地回答，正要把头缩回去。

“小妹刚才回去了，午饭只有夫人和我吃。”雪子说。

“那些事啊，偶尔还是得跟她讲讲。”之后，雪子只说了这么一句，似乎要忘掉这件事。因此，那天早上这件事，悦子和贞之助都没有察觉到。只是，第二天一整天妙子都没再出现在芦屋，“今天小妹怎么没来呢？是感冒了吗？”悦子和阿春都觉得很奇怪。“小妹今天罕见缺勤啊。”幸子也若无其事地说，心里暗自担心着小妹会不会一段时间内再也不回来了呢。到了第三天早上，妙子又像没事人似的满不在乎地来了。来了之后，毫不在意地和雪子搭话，雪子也心情很好地回应着她。关于奥畑的事，妙子说他决定不去满洲了，雪子只回了句“是吗”，此后都再没提起过这事。

那之后过了几天，幸子和雪子在元町街头偶遇井谷，从她那里听来了件出乎意料的事。具体来说，就是最近井谷就要把美容院盘给别人，她自己为了研究最新的美容技术，决定再次去美国。井谷的友人当中，有人劝她现在正值世界动乱事态最严峻之时，美国与日本之间也可能发生冲突，再等一段时间如何？但她认为，再怎么等下去发生冲突的可能性也不会随之消失，就算是发生冲突，也不是说马上就会爆发，不如在那之前尽可能快去快回。最近护照似乎很难办下来，她由于有特殊关系，护照的事已经办好了。她打算去那边半年到一年。虽说出国时间很短，没有必要卖掉好不容易办起来的店，但其实近些年她一直希望能到东京发展，想借此机会离开神户，回国后再在东京开店。幸子她们并不是第一次听说这些，记得井谷在去年长年罹患中风的丈夫去世时，就说过这个计划。如今已经过了亡夫的一周年忌，她才下定决心实行这个计划。而且，她似乎很早就利索地办妥了各项事务，打算尽早离开这里。接下美容院的人已经确定，转让手续也已办完，似乎连船票都订好了。然后，她说如果让熟人们传开了她这个决定，大概会有人给她举办欢送会什么的，但看现在这个时局，还是不要搞这些事情为好。而且她走得很急，没有什么接受大家好意的时间，恐怕也没有挨家挨户打招呼辞行的时间，因此实在不好意思。

当晚，幸子和贞之助商量说："不管井谷自己怎么说，在神户她的美容院可是相当有口碑的，她本人也很有名气，肯定会有人提出给她办欢送会的。尤其是她在雪子姻缘的事上没少帮忙，如果没人给她开欢送会，我们也必须为她设宴款待。"然而，第二天一大早，就收到了井谷寄来的铅印通知，上面写着"请允许我坚决谢绝各类送别会"，等等，还写了她明天就坐夜行列车出发去东京，乘船前预计住在帝国饭店，已经没有参加任何送别会的时间了。因此，姐妹三个只能带着礼物，在今明两天之内去跟她打个招呼了。但在选什么礼物上很难抉择，因此收信当天没能去成。第二天早上，贞之助出门后，幸子和雪子正讨论着送什么好，井谷来了。

"哎，您百忙之中抽空拜访，欢迎欢迎。其实我们姐妹三个正准备今天去拜访您呢。"幸子说。"哎，别这么客气，就算您三位去了店里，现在那里也已经转让了。冈本的房子，也给了我弟弟和弟媳，他们今天就搬过去，弄得到处都是乱七八糟的……"井谷说，"所以我才过来和各位辞行。已经不剩多少时间了，我谁家都没去，但无论如何也要来您家一趟，不来的话我过意不去，而且还有一件事要和您报告……"

“您先进来坐吧。”幸子说。

井谷看了一眼手表，“那就打扰您一二十分钟了。”说着走进了客厅。

“哎，美国那边我不会待太长时间的，马上就会回国。但想到从此就彻底告别神户了，真是舍不得啊。特别是您家各位，无论是夫人、雪子姑娘还是小妹，我这么说可能失礼，但真的都是我最喜欢的人……”井谷和往常一样语速飞快，为了在短时间内把必要事项说完，一个人讲个不停，“说起来，莳冈家三姐妹各有千秋，虽然面容相像，但每一位都个性鲜明，三位都是好姐妹。说句实话，我对神户这片土地没那么深的留恋，但对于本想长久来往的莳冈家各位，以后无法再如现在一样亲密交往，实在是特别遗憾。今天能见到您二位真是特别高兴，没见到小妹有些可惜。”听井谷这样讲，幸子正要站起来，井谷赶忙欠身，“不用打电话，不用，虽然确实很可惜，但请各位代我向小妹问好。”接着又说，“那个，虽说在神户没法再见面了，但离出发去美国还有十天左右，如果方便的话，三位可不可以来东京一趟呢？”然后又说，“我不是说让各位到东京送我，其实是在东京有个想介绍给各位的人……”

井谷讲到这里，稍微停了一下，然后又接着讲了如下的事情。“在这里当着雪子小姐的面，又是如此慌乱之时，我知道提出这件事有些不合时宜，但我自己在离开神户时，最大的心事就是，没能尽一份力促成雪子小姐的姻缘就不得不离开。真的，我说的绝不是奉承客套的话，现在像雪子小姐这样有着好姐妹的小姐已经很少了，因此我一直觉得自己没有尽到责任。所以，即使到了这个关头，我依然迫切希望能尽可能帮小姐牵线搭桥，了却这桩心事后再出国。因此，我有一个可以考虑的人选。这个人我想您各位应该也会听过名字，是明治维新时期立了功的公卿华族，一个姓御牧的子爵。原本为了国事奔走的是上一代的御牧广实，现在的家主御牧广亲是他的儿子，这个人现在的年龄也相当大了，曾经隶属于贵族院研究会，有过活跃于政界的经历。现在他在祖先之地，也就是京都别宅隐居，悠闲度日。一个偶然的机会，我认识了御牧家的庶子御牧实。这个人毕业于学习院，听说又在东京大学理科读过书，中途退学去了法国，在巴黎学了一段时间的绘画，还研究过法式料理，说是做过不少事，但都没坚持多长时间。然后又去了美国，进了某个不怎么有名的州立大学修习航空学，反正是好不容易从那里毕了业。不过，毕业后他没有回日本，在美国到处漂泊，还去了墨西哥和南美。在此期间，有段时间没有了国内的汇款，为生活所迫，他做过宾馆厨师和服务生。除此之外，还再次开始画油画，做做建筑设计，因为他生来心灵手巧，却又没什么长性，因此真的是做过各种各样不少活计。航空学是他大学的专业，在他从学校毕业后就完全放弃了。八九年前，他回到日本，也没有个固定工作，整天到处游荡。几年前，他有个朋友要盖房子，那时他一半出于爱好，就去做了建筑设计，结果获得了意外好评，之后渐渐有人认同他在这方面的才华了。因此他本人也深受鼓舞，最近在西银座某个大厦的一块地方开了家事务所，准备把建筑设计作为本职工作去做了。但御牧的设计充满了西洋现代趣味，奢侈昂贵，受七七事变影响订单越来越少，工作完全闲散下去了，事务所才开了不到两年就不得不关门了，也就是说现在他的确还在游手好闲。他本人的经历就是这些，但不是说这个人最近想结婚，而是他周围的人都很担心他，说一定要给御牧先生找个妻子。从我听说的来看，这个人今年差不多四十五岁，因为在国外生活了很长时间，回国后又习惯于不受拘束的独身生活，没有要成家立业的打算，因此至今没有娶妻，或是像妻子那样的人。当然，他在西洋时谁都不知道他怎么回事，回国后也总去新桥赤坂一带游乐，充分感受过放荡的滋味。这样的生活持续到去年为止，如今连去那里玩乐的经济能力似乎都没有了。之所以这样说，是因为这位先生年轻时从父亲御牧子爵那里分到了些财产，用这笔钱度过了半生的放浪生活。但他只会浪费、不知存钱赚钱，所以大部分钱都已经花光，所剩无几了。所以，他想做建筑设计师，虽然晚了点，但还想通过这条路生活自立。如果不是赶上了当下时局，应该能做到经济独立的，不幸的是眼下他遭受了不少挫折。不过，他是那种华族子弟中常有的那类人，擅长交际、说话风趣、兴趣广泛，自命为艺术家，天性乐观，因此他本人一向不会为这些事情所烦恼。这次大家都说要给他找个媳妇，也是因为本人过于乐观，旁人担心他这样下去不好，就说要想办法让他成家立业。”

听井谷还说，她之所以会认识这个人，是通过她女儿介绍的。她女儿叫光代，去年从目白毕业后，就在《女性日本》杂志当了记者。御牧很被杂志社社长国岛权藏看重。这是因为国岛曾经让御牧设计了他在赤坂南町的住宅，对他的设计非常满意，由此御牧便成了国岛家的座上宾，夫人也非常重视他。另外，御牧开建筑事务所时，事务所和《女性日本》杂志社同在西银座，相距非常近，他几乎每天都去杂志社玩，和所有员工都混得很熟，尤其是和井谷的女儿关系特别好，甚至叫她“小光、小光”。这是因为井谷的女儿也非常受社长夫妇喜爱，对她如同对家人一般。有一次，井谷去东京，顺便由女儿带着去社长宅邸拜访，当时正好御牧也在。虽然是第一次见面，但他依然说话风趣幽默，令人不禁莞尔，因此很快就熟了起来。其实井谷那次去东京没有什么事，只是女儿很受国岛先生重视，自去年以来只去东京到国岛宅邸拜访了三次，其中两次都遇到了御牧。据她女儿光代说，国岛夫妇喜欢赌博，经常彻夜不眠玩纸牌、桥牌或麻将，作陪的都是御牧和光代。井谷解释着从母亲嘴里说出这样的话实在可笑，一边说她女儿非常聪明，有着不似她年龄的博弈才能，好胜心强、忍耐力也强，通宵一两晚白天也能照样上班，还比其他人更活跃，国岛夫妇好像就是因为这些原因才喜欢她的。然后，井谷说为了准备这次出国，前段时间曾经去过两三次东京，拜托国岛帮她办理护照以及其他事情，因此又和御牧见了几次。而且，最近每次去国岛宅邸时，都看大家围着御牧本人嚷嚷“赶紧给御牧君找个媳妇”。国岛夫妇是最先提出来的，也是最热心张罗的人，而且国岛和御牧的子爵父亲认识，只要御牧有了想和合适的对象结婚的想法，国岛就打算亲自去说服御牧的父亲，让他多少再给儿子一点钱，让新婚夫妇结婚当下不愁生计。因此，国岛就抓住了正赶上这时候来访的井谷，问她那边有没有合适的人选，有的话务必帮忙牵个线。

一口气讲到这里的井谷，看了一眼手表，说：“时间快到了，我长话短说我听他这么问，马上就想到这不正适合莳冈家雪子小姐嘛，遗憾的是我要出国，太不凑巧，但凡我在日本，就会当场答应，‘我这边有个非常不错的小姐，我一定会帮忙牵线搭桥的’，尽快帮双方说媒。但出国日期迫在眼前，实在没有办法，话都到嘴边了，最后还是没说出来。回神户之后，我也一直在意这事，总觉得特别可惜，就想没有别的办法了吗？所以，我才和您各位报告了御牧的情况作为参考。对方的年龄刚刚已经说过，今年四十五岁，应该比您家老爷年轻个一两岁。至于长相，和长期待在西洋的人一样，秃顶、肤色较黑，看着不像好男子，但能看得出很有教养，一表人才。他体格很壮实，要说的话有些肥胖。他一直自夸没生过病，再怎么苦也能坚持，应该是个非常健壮的人。接下来是最重要的资产问题，学生时代分家时，他分到了十几万元，但到今天应该分毫都不剩了。之后他又跟父亲哭穷过几次，有一两次父亲给拿了些钱，但这些钱他当然也花得一分不剩。反正只要手里有了钱，他就全部挥霍掉，一夜之间重返贫穷。他父亲说他这个样子给多少钱都没用，在这一点上可以说是完全无法信任他。所以国岛也说：‘四十五岁了还在公寓里待着，无所事事，这是最成问题的。他这个样子父亲和社会当然没法信任他，因此首先要让他结婚成家，可以一个月挣得不多，挣月薪也行，首先要通过自己的能力得到一定的收入。这样的话子爵也会放心，多少帮他一下吧。不过他这样已经很多次了，真的多少给他一点就行，没有必要给他太多。在我（国岛）看来，让御牧设计个精致漂亮的住宅，他真的能发挥突出的天分，我认为他将来能做个优秀的住宅建筑设计师，当然我也会尽力支持他。只是现在这个时期不好，生活拮据，但这都是一时的，不用悲观。所以我会跟他父亲子爵说的，说服让他答应出结婚的费用、给新婚夫妇买个住宅、负担他们两三年内的生计。他十有八九会同意的。’整体情况就是这些，我想您可能会有些不满意的地方，但至少对方是第一次结婚，是庶子但也流着藤原氏[①]的血脉，出身名门，他的亲戚也都是有名气的人，没有一个必须他抚养的累赘——有件事忘说了，他的生母，也就是子爵的侧室，生下他没过多久就去世了，他对母亲一点记忆都没有。他兴趣广泛，很了解法国和美国的语言风俗，这些怎么说都是他的优点，也符合您这边的条件要求，您看怎么样？我和他交际比较浅，您这边可以对他好好进行一番调查，但从至今为止的交往来看，他待人温柔体贴，没有什么致命性的缺点。只是他酒量非常的大，我自己也见过两三次他喝醉的样子，他喝醉了之后会更有意思，更爱逗人笑……所以，在我看来，如果错过了这段姻缘，那实在就太可惜了，我也放弃不下，所以一直在想谁能代替自己来牵线搭桥。说是我在中间牵线搭桥，但对方非常擅长人际交往，几乎不用麻烦什么。做好了初次见面的介绍，之后还有国岛夫妇在，能给双方牵线搭桥，发展顺利的话他们会尽量帮忙促成的。此外我女儿光代也能帮把手，虽然她年纪小，但很成熟、又有主意，很适合做这种事，使唤她在中间联络应该会有很大帮助。”说着，井谷又看了次手表，“啊，完了完了。”说完她站起身，“本来只打算打扰十五分钟的，我真的必须告辞了……”但还在继续说，“我要说的事情都已经说完了，之后就请你们好好考虑了。对了，在东京国岛先生要为我举办个小宴，如果您有想法的话，能否请各位出席呢？各位就作为神户这边的代表，夫人、雪子小姐——如果三人聚齐的话更好，尽量让小妹也去——这样我也会请御牧出席，我来为双方介绍。不过至于

① 日本具有代表性的名门氏族之一。

发展得会不会顺利，那就是之后的事了。这次请就当作为我送行，来见对方一下如何？至于您的回复，我到东京后，兴许明天就会打电话问。欢送会的日期时间到时候再告诉您。”说完这些，她匆匆寒暄几句，马上奔出了莳冈家门。

二十八

刚才井谷走得太匆忙，幸子突然想起忘了问她坐今晚什么时候的列车出发，就给她冈本的家里打了个电话。但井谷本人不在，接电话的人说“送行一概谢绝”，没有告诉幸子井谷乘车的时间。到了傍晚，幸子估计着井谷回家的时间，又打了个电话，“还想找她说一下之前那件事，一定得见她一面……”对方终于告诉她井谷是坐九点半从三宫出发的快车。去送行的除了三姐妹以外，贞之助和悦子也加入进来，可以说是全家都出动了。已经很久没像这样——三姐妹各自盛装打扮，贞之助陪同外出了，上一次还是在去年秋天为已故双亲做法事的时候。

“小姨今天不穿洋装？”

大家都做好准备，一起围在桌边吃晚饭时，悦子看妙子难得穿了件绿底白色大山茶花图案的盛装和服，便一直盯着她看。很明显，她一看母亲和两位姨妈盛装打扮，就和每年赏花时一样兴奋。

“怎么样，悦子？我适合穿和服吗？”

“小姨果然还是穿洋装好看。”

“穿和服的话看着有点显胖。”幸子说。

妙子最近也常穿和服了。她的腿部线条很漂亮，穿洋装的话更能体现出少女般的可爱，穿和服的话，腿部线条的优势就被隐藏起来，反倒显得矮胖丰满。一个原因是，病情好转后她食欲大涨，摄取了太多营养，比生病前似乎胖了些。但让她本人来说，她本来双脚都很暖和，生了那场大病以后，不知道为什么，一穿洋装脚就冷得受不了。

“不，日本女性年轻时再怎么时髦，上了年纪之后就变得不怎么穿洋装了。这可能是小妹上了年纪的证据吧。”贞之助说，“井谷老板娘也是在美国留过学的人，她又做的美容生意，应该是穿洋装的，可是她不也是一直穿和服的嘛。”

“真的是，井谷老板娘一直穿的都是和服啊。她也是个老太婆了。”幸子说，“对了，刚才那事，今晚怎么跟井谷说？”

“这事我是这么想的。先不提相亲的事，总之就当去东京出席井谷老板娘的送别会吧。就算没有相亲这事，咱们也得去送她呀。”

“还真是，你说得对。”

“我本来也应该去的，但不巧这段时间事太多了走不开，你和雪子去就行了，小妹要去的话也好。”

“也让我去吧。”妙子说，“正好天气不错，去送行还能顺便看看好久没来的东京。今年都没赏花，这回不补回来的话……”

妙子不像其他两人那样和井谷有那么深的情义。她虽然也是井谷美容院的常客，但井谷的店里收费很高，所以她也经常去其他店。雪子时不时地麻烦井谷帮忙介绍姻缘，而妙子没有在这方面上有所亏欠人情。但她一直对于井谷这种干净利落、不拘小节的气质，还有充满侠义的男子汉性格很有好感。尤其是从去年以来，她被莳冈家赶出家门后，总觉得这世间不像原来那样吃得开了，至今相熟的人们都一下子对她投去了怪异的眼光。而井谷却一如既往，对她的态度还和往常一样亲切。她那些品行不良的传言，最容易在美容院这种地方传播，而作为老板娘的井谷，本应是最早清楚知道这些的，却对她的阴暗面视而不见，只看到她好的一面。妙子平素就对这点很有好感，而且听说这样的井谷今早特地抽空来访，还说了“想见小妹”，甚至说希望她能一起来东京，这些更令妙子深深感激。对妙子来说，每次雪子相亲时，不知为何她自己总被当作麻烦且“见不得光”的人对待，而井谷会这样说，大概是为了暗示莳冈家不用认为这位妹妹的存在有损名声，要认识到妙子的个性，堂堂正正地对世间宣告自家有这样一个妹妹。妙子想，就算是为了井谷这样一份心意，这次也必须参加东京之行。

“那小妹也去吧。这种场合，人越多越热闹。”

“但最重要的雪子呢……”幸子回头看向一言不发却一脸笑嘻嘻的雪子说，“好像不太想去呢。”

“为什么？”

“她说三个人都出去的话，那就只有悦子一个人在家了……”

“谁不去雪子都得去呀，雪子不去的话怎么行呢？反正也就两三天时间，悦子能好好在家待着的。”

“二姨，你就去东京吧。”悦子用大人的语气说。她最近渐渐懂事了。“悦子会好好在家的。阿春还在，一点都不会寂寞的。”

“那个，雪子去东京的话，她有一个条件。”

“哎，什么条件啊？”

“嘿嘿。”雪子只是笑了笑。

幸子说：“她说不去的话，对不住井谷老板娘，但要是去的话，最后就只有自己一个人留在涉谷的家里，所以她不想去。”

“原来如此。”

“那不去涉谷不就行了？”妙子说。

贞之助表示反对：“这不行，至少得去露个面，要不到时候让本家知道了就麻烦了。”

“因为这个，她说想让我提前跟那边说以后再去多住几天，这次就和大家同去同回。我要是答应的话她就去。”

“雪姐那么讨厌东京的话，那这次的相亲估计也没什么希望了。”

“悦子也觉得肯定不行。”妙子说完，悦子也跟着说，“悦子觉得，二姨嫁出去了也是没办法的事，但还是觉得不要让二姨嫁到东京比较好。”

“悦子懂这些事吗？”

“因为要是去了东京那种地方，二姨就太可怜了。是吧，小姨？”

“行了，你给我闭嘴。”幸子制止了悦子。

“我是这么想的。那个御牧既然是公卿子弟，那从血统上看应该是京都人，现在只是在东京住公寓而已。看情况让他住关西或许也可以呢。”

“嗯，这也不是说完全不可能。如果我们给他在大阪一带找个工作，那他也许就能过来住了。哎，至少能确定他身体里流着京都人的血脉。”

“即使是关西人，京都人和大阪人的气质可不太一样。京都人的话，女子还好，男子就没那么好了。”

“喂，喂，从你开始就这么挑剔，这可不行啊。”

“就算这样，那人也有可能是在东京出生的，还在法国和美国待了那么长时间，和一般的京都人不一样吧。”

“我是不喜欢东京这个地方，但东京人的话或许还可以。”雪子说。

贞之助提出，给井谷的纪念品，在去东京的送别会之前定下来就好，今晚先给她送花束什么的就行。为了买花，吃完饭后五个人就提前出发去了神户。在元町买了花后，就让悦子在站台上给井谷献花。车站里本来应该有相当多的人热热闹闹地来为她送行，但她有意没有通知，因此站台上显得有些冷清。即使如此，以她的两个弟弟、在大阪开业的村上医学博士夫妻、国分商店的店员房次郎夫妻为首，来了二三十人为她送行。好不容易打扮得漂漂亮亮的莳冈家三姐妹，顾虑到周围的气氛，最终还是没有脱掉外套。幸子来到井谷身边，说：“今早特地来访，非常感谢。和我丈夫商量了一下，您临出国前仍如此挂念妹妹的事，您这份热心我们不知该如何表达感谢才好。更令我们感激不尽的是，您还为我们提供了这样一个人选。就算没有这门亲事，我们三个都必须出席您的送别会的……”说完，贞之助也一再表示感谢。“我太高兴了，大家都来了，”井谷看上去非常开心，“那么我就在那边等您各位光临。详细情况明天一定给您打电话告知……”双方在已经开动的列车车窗告别时，井谷又重复了一遍。

第二天晚上，电话如约从帝国饭店打来。“送别会定在后天下午五点，会场定在了帝国饭店内。出席者有我和女儿光代、国岛权藏夫妇和女儿，御牧先生，还有作为神户代表的您家姐妹三位，一共九位。”然后，井谷问，“您几位到东京后住在哪里？您本家在东京，我想可能会住在那里，但为了方便联络，住在帝国饭店如何？从这个月到下个月，东京举行两千六百年祭[①]，几乎所有旅馆都住满了。还好国岛先生的亲戚提前定了一个这里的房间，可以把这个房间让给你们，对方也说愿意住在国岛家……”幸子想到反正这次妙子也一起去，雪子又提出了那么个条件，尽量不要让本家知道为好，所以她马上说：“既然如此，实在失礼，请一定把那间房让给我们。我们坐明天晚上的夜行列车或是后天早上的快车出发，虽然很想待到您出发那天，到横滨送您，但我们三个都长时间不在家的话不太好，尽管这并非我本意，也只能在参加完送别会之后就和您告辞了。因此，我们大概只住后天晚上和大后天这两晚，也就是送别会那天晚上，但还想顺便去歌舞伎座看过演出后再回去，因此可能会为此多住一晚。”幸子说完，井谷马上就说：“那么歌舞伎座的票就由我来买吧，看情况有可能我们会陪着一起看。”

第二天，很顺利地就买到了大阪出发的夜行卧铺票，因此三人一

①从神武天皇即位算起，至昭和十五年，也就是1940年为止，为两千六百年。

整天都在忙活收拾准备。幸子和雪子本想今天去做个头发，然而井谷的美容院关张后，她们也不知道到底去哪家好了，一心等着妙子过来带她们去她熟悉的店。“小妹今天怎么这么晚？”她们念叨了一个上午，妙子也没来。对这种事情一向考虑周到的妙子，似乎是打算一个人做好了准备再过来，下午两点左右她终于做好头发过来了。

“什么嘛，我们还想着让你带我们去做头发呢！”姐姐们说。

“在东京再做不也行嘛，帝国饭店里就有美容院的吧。”妙子一脸满不在乎。

“也是，那就去东京再做吧。”

姐姐们这样决定下来，然后三人开始讨论要带哪些换洗衣物，行李装了大小两个行李箱和波士顿包。等吃完晚饭收拾完毕，时间刚好只够赶路了。

二十九

“不好意思，请问是莳冈女士吗？”

第二天早上，姐妹三人刚在东京站走下站台，一个穿西服的小个子姑娘便匆匆跑过来，缠着幸子说：

“我是光代……”

“啊啊，就是井谷老板娘的……”

“实在是久疏问候。本应该是我母亲来迎接的，但她实在是太忙了，所以就由我代她过来……”

光代说着，看到三个人带来的行李，“我去叫小红帽[1]吧。”说完，立刻啪嗒啪嗒跑出去，找来了个小红帽。

“啊，这两位就是雪子姑娘和小妹吧，我是光代。真是多少年都没见了，我母亲一直承蒙各位关照，而且这次三个人一起特地前来，真是不胜惶恐。昨天晚上我母亲还说了这事，她特别高兴。”

之后，她们把大件行李交给了小红帽，剩下的只有两三个包袱、化妆包等细小物件。

“这些我来拿吧。不不不，还是我来拿吧，给我拿吧。”

光代从姐妹三个手里把行李夺过去，敏捷地穿过混乱拥挤的人群，先一步走了出去。

在光代还在神户上县立第一女子高中时，幸子她们曾见过她一两次。因此怎么说都还是不太熟悉她。那姑娘现在和那时比起来，出落成了一个大大方方的女性，要不是她先自报家门，根本认不出来。然而，她母亲井谷老板娘虽说清瘦，但个子很高，而她却一直身材矮小，现在也没怎么长高。以前她肤色很深，是个圆脸，身材比较丰满，如今皮肤变白了不少，脸和身体反倒有些缩水了，双手像十三四岁的孩子那么小。现在把她和三姐妹中最矮的妙子相比，她也要矮个五六厘米，但穿着和服外面披着大衣的妙子，虽然个子矮但看上去非常丰满，而光代和她母亲说的一样，老成却瘦小。此外，她在说话上和井谷竟然一模一样，语速飞快、喋喋不休，像个早熟的孩子。雪子

① 车站行李的搬运工。

被比自己小十多岁的小姑娘叫“雪子姑娘、雪子姑娘”，听着总觉得难受、不自在。

“真是的，光代小姐这么忙，还来接我们，真是不好意思。”

“哪里哪里，您太客气了。不过说实话，这个月因为要举办两千六百年祭，会有各种各样的活动，杂志那边也相当忙呢。正好这个时候，我母亲就说有事让我帮忙……”

“前段时间已经举办过舰艇阅兵式了吧？”

“是的，第二天就是大政翼赞会①的成立仪式，而且靖国神社的大祭也开始了，二十一日还有阅兵式，这个月的东京可真是热闹得不得了。哪个旅馆都住满了……啊，对了对了，因为这个所以大批客人都来订房间，虽然订到了您各位的房间，但可能不是特别好。”

“没事，没事，什么样的都行。”

“房间很小，没办法，但房间里只有两张单人床，我们跟饭店那边说这可不行，最后终于把其中一张床换成了双人床。”

一路上光代一直在车上讲着：“因为这些原因，本来想尽量买到今天的歌舞伎演出的票，结果十天后的票都很难用普通办法买到了。我通过杂志社的关系，总算买到了后天的票。当天我和母亲，还有前几天母亲提到的御牧先生也会做陪，但有可能六个人不会坐在一起。”

“就是这么个简陋的地方，真是抱歉……而且这边光照不好，环

① 二战期间日本的一个极右翼政治团体。1940年10月12日成立，1945年6月13日解散。该组织以推动“新体制运动”作为主要目标，在二战期间，以一党专政的模式统治日本。

境也差，还请您各位将就一下……”

光代把姐妹三个送到宾馆房间，把行李放下，然后立刻走向门口，说：

“母亲刚刚出门了，马上就会回来，她回来后会前来拜访的。但我现在得去上班，之后再来拜访，要在银座买东西什么的吗？如果有什么事，请随时给我打电话。”

“我的电话在这里。”说着，她用那短小且涂了红指甲的手指，从手包里取出了一张名片。

幸子还是在意着自己的头发，打算今天之内把头发做了。然而又想到自己和雪子坐了一夜的火车，非常疲累，认为今天还是不要勉强自己、休息一下为好。而且听光代说不久井谷就会来拜访，现在开始也没法好好睡觉，要不把腰带解开躺一会儿吧。她自己无所谓，担心的还是雪子。这是因为雪子眼眶上的那块褐斑，或许是一直打针有了效果，最近虽然没有完全消失，但颜色变淡了许多。然而最近雪子的生理期快到了，长途跋涉、舟车劳顿导致脸色不太好，幸子看她这个样子，不禁想起每当这种时候，她脸上的褐斑颜色就会变深，更认为这种场合下最重要的就是不要让雪子疲劳。

“怎么办，雪子？明天再做头发吧，今天太累了。”

“今天也可以的。”

“送别会是明天下午五点开始，明天又不是没有时间。今天就先休息一下吧，去银座逛逛，买买东西……”

“我躺一会儿。”

妙子刚才一进房间，就毫不客气地占了坐着最舒服的扶手椅，筋疲力尽地躺靠在上面。姐姐们说话时，她就脱下外套、解开腰带，一下子横躺到了双人床上。以前的她这种时候即使有些疲乏，也绝不会显露出来，扔下两个姐姐就高高兴兴地跑出去了。然而，最近她渐渐没有了原先的活力，不一会儿就不管不顾地伸出双脚，或是枕着胳膊趴下，或是一个劲地叹气，举止越来越不像样了。这可能是她还没有完全康复，可却比以前胖了不少，似乎干什么都费劲。

“雪子你也稍微躺一下吧。”幸子说。

“嗯。”雪子回答，去了刚才妙子占着的那个扶手椅。椅背上还搭着妙子脱下的外套，雪子轻轻把那外套拿开，不解开腰带就端正地坐在了椅子上。这个房间里只有两张床，晚上雪子只能和妙子两个人睡在双人床上，那床虽说是双人床，但比普通的小一些，所以现在雪子还不想爬到妙子旁边躺下。至于另一张床，她考虑到幸子，便没有躺上去。不过，比起躺在床上的妙子，反倒是雪子不知何时就迷迷糊糊睡着了。

不知幸子是否明白了雪子的想法，去那张空着的床上躺了下来。雪子一个人坐在椅子上睡着了，幸子和妙子都睡不着。

“小妹，现在去洗个澡吧。”

幸子说完，便和妙子轮流去洗了澡。两人出来后看雪子还在睡，就叫醒她，让她也去洗了澡，三个人去餐厅吃了午饭。左等右等，井谷依然没有出现，于是下午三个人出发去了银座。眼下必须买好送给井谷的礼物，此前就没有决定送她什么，现在她们到处转悠，看过一个又一个商店橱窗，最终认为不要送要出国的人时髦的礼物，应该送点让外国人也感兴趣的日本特产。她们忽然在服部钟表店的地下室发现了螺钿匣子，就买下来作为幸子送的礼物。又在御本木买了一个镶了珍珠、能当胸针用的玳瑁发夹，把它作为雪子和妙子一起送的礼物。至此，三个人已经精疲力竭，就去野鸽咖啡厅休息了一下。虽然还有没买的东西，妙子先站起身说：

“回去吧，回去吧。”

四点半左右她们回到宾馆，进到房间后，看到桌上摆了一个插着兰花的花瓶，旁边放了张井谷的名片，写着“各位回来后请通知我，我等各位来一起喝茶”。

“又喝茶啊，刚才不是喝过了吗？”

妙子又占了扶手椅，一点没有要动弹的意思，其他两人也想休息一下，就靠在床头伸了一会儿腿，十分钟还没过，电话铃响了。

“是井谷老板娘。”幸子说完，拿起听筒。

“今天早上外出，实在失礼。刚刚已经回来了，准备好了茶，就等各位到前厅来了。”果然是井谷打来电话催促了。

“好，好，正想给您打电话呢。嗯，嗯，马上就过去。”

“我就不去了吧。二姐和雪姐去就好了。”妙子说。“那可太不尊重井谷了，小妹也一起来，我们也很累啊……”幸子强拉着不愿动弹的妙子，三个人又去了前厅。

三十

井谷在双方寒暄了一通之后，说刚刚售票处的某某通知说，后天演出的票已经买好了，不过只有幸子姐妹三位是连号的，另外有两张是挨着的，还有一张是单独的。因为她和光代是一起的，御牧先生只能一个人单独坐了。喝茶时，她也巧妙穿插着讲了些御牧的事。幸子她们在闲聊时，得知井谷不光和国岛夫妇及御牧提到了雪子，甚至把她手里的雪子的相亲照片也给他们看了。他们对这照片里的雪子评价很高，昨天晚上在国岛宅地，大家也都说看不出雪子已经三十多岁了，御牧甚至说："不用看雪子本人，光看照片就非常好了。只要莳冈家那边没有意见，我希望能尽早娶到雪子。"井谷不想做那种把人吹到天花乱坠的媒人，便把莳冈家的情况——包括涉谷本家和芦屋分家的关系，大姐夫辰雄与雪子、妙子不和及其原因，言无不尽。然而，御牧这个人听了这些后却依旧毫不在意，完全没有要改变结婚意愿的意思。这或许是因为他昔日有过放荡不羁的经历，对这些事情非常理解，或者说是他这个人就非常超脱恬淡，等等，就算现在不知道，以后不知何时也会知道的。雪子和妙子发现，话题逐渐往那个方向深入下去了，因此喝过茶就匆匆离席回去了。两人离开后，井谷望着雪子走远的背影。

"我其实把雪子脸上褐斑的事也说了。"她悄悄压低声音说。"我觉得这样比之后对方发现了要好，就都跟对方说了。"

"您这样讲真是太好了，我们也能轻松了……雪子自上次之后一直在接受治疗，您也看到了，褐斑已经不那么显眼了。而且结婚后她那褐斑就会完全消退的，这一点也希望您和对方说明一下。”

“是，是，这个我也说了。对方说‘是嘛，结婚之后看着那褐斑一点点消退，蛮令人期待的’。”

“哎。”

“还有就是那个，小妹的事。不知道夫人您是怎么想的，社会上的确有不少传言，就算这些传言全都是事实，我也认为不用那样担心。哪家都会出来个奇怪的人，有个这样的人也没什么不好。御牧先生也说，妹妹怎么样没关系，他又不是要娶妹妹。”

“哎，像他那样看得清的人太少了。”

“毕竟是放荡过一段时间的人，或许现在是醒悟了呢。他说：‘妹妹的事和我没有关系，您知无不言、言无不尽当然最好，不想讲的话也不用非得讲。’”

井谷看幸子松了一口气，便立刻问：

“不过，雪子姑娘是怎么个想法？”

“啊，那个……其实还没……”

说实话，幸子听了刚才井谷讲的，才开始动了心。这次来东京的目的，主要还是在于出席送别会。相亲的事不是没有放在心上，但她尽量把它放在次要位置，等见了面之后再说——采取这种不温不火的态度，这是因为她怕了这种失落感，即自己这边过于积极主动、最后却告吹。因此，她还没有问过雪子的想法。现在她对对方各个条件都很满意，但唯一有些不足的地方就是前几天和井谷讲过的，雪子要嫁到东京去，这也是雪子本人犹豫不决的一点。不过说实话，事到如今，不能再让雪子那么任性，她本人也不会那么说，不如说是幸子自己不想让这个妹妹嫁到东京，内心深处希望雪子尽量住在京都、大阪、神户一带。于是幸子又问："御牧先生将来要住在哪里呢？听您说他京都的父亲要给他买个房子，要在哪里买呢？我不是说一定要把房子作为条件，只是想问他是一定要住在东京吗？假如在关西有了份工作，他愿意来关西住吗？这些也想打听一下，作为参考。"井谷说："好的，这件事我忘问了，我会尽快问他的。"又反问幸子，"我想恐怕他会住在东京，您这边是不愿意去东京吗？"幸子慌忙回答："不是，并没有……"支支吾吾起来。

"那么之后再说……晚饭后，看情况有可能今晚光代会带御牧先生过来，到时候请您各位也到我的房间里坐坐。"井谷说完，两人就暂时分别了。果不其然，八点刚过井谷就打来电话："各位可能已经很累了，但刚刚客人来了，请您三位一定一起来……"幸子从行李箱中拿出几个纸包，拆开包装纸，把里面的衣服摊开放在两张床上。她帮雪子换好衣服后，自己和妙子也换上衣服，在此期间井谷又打来一次电话催促她们。

"快来，快来，快请进来坐……"她们敲过门，光代就边说边打开门，"您看这房间里实在太乱了，真是抱歉。"

房间的确很乱。有大小五六个手提箱，很多个装了洋服的纸箱，很多人送来的饯别礼和为去美国准备的行李，放得到处都是。御牧一看见三姐妹，赶紧从椅子上站起来，互相介绍后他也没有坐下。

"我在这里就好，您各位坐这边。"

他自己坐在了暖气片上。各种形状的椅子只有四把，因此，三姐妹和井谷坐在椅子上，光代则坐在床头。

“怎么样，井谷夫人？客人也来了。”御牧似乎是在接着刚才的话题说，“这么多观众呢，真就不让我们看看吗？”

“无论如何也不给御牧先生看。”

“您就算这么说，反正我也是要把您送上船的，您不愿意我也会看到的。”

“不过我准备在开船时也穿和服。”

“哎，在船上也一直穿？”

“倒不会一直穿着，但尽量不穿洋装。”

“这想法可不太好。那您为什么做这么多洋装呢？”御牧说着，又转向幸子她们，说，“啊，我想请教一下，其实我们刚才在讨论井谷夫人穿洋装的问题，怎么样？您各位见过井谷夫人穿洋装的样子吗？”

“没有。”幸子回答，“从来没让我们见过。所以我们也很好奇，她穿上洋装会是什么样子。”

“东京的各位也都这么说。连小光都说没见过，所以才想怎么都要请她穿一次给我们看看的。”御牧又转向井谷，“如何，井谷夫人？有必要在大家面前穿一次，让我们都欣赏一下吧？”

“您在说什么呀，让我现在在这里脱衣服吗？”

“请吧，请吧——这段时间我们会去走廊的。”

“穿不穿洋装有什么关系啊，御牧先生。”光代帮她母亲说话，“不要这么欺负我妈妈！”

“说起来，小妹最近也总穿和服啊。”井谷好不容易摆脱掉这个话题。

“真狡猾，就这么被蒙混过去了。”

“是啊，最近小妹也是，穿和服的次数比穿洋装多了。”

“他们说这是我一点点变成老太婆的证据。”幸子说完后，妙子也用一口大阪话接着讲。

“不过我这么说有些失礼，”光代上下打量了妙子的绚烂衣裳，“小妹还是穿洋装更合适吧，当然也不是说穿和服就不合适。”

“光代小姐，恕我插一句，我知道这位小姐叫妙子，为什么大家都叫她‘小妹’呢？”

“哎，御牧先生明明是京都人，怎么不知道‘小妹’呢？”

“‘小妹’这个词，好像只有大阪人才用呢。京都人几乎不用。”幸子说。

井谷说“尝尝这个吧”，拿出了一个可能是别人送的巧克力点心罐招待客人。但大家都已经提前吃饱了，谁都没有伸手去拿，粗茶却喝了不少。光代劝母亲招待一下御牧先生，就叫人送了瓶威士忌到房间里来。御牧丝毫不客气，说：“服务生，把酒放这里。”让人把四方酒瓶放到他旁边，边品酒边聊天。会话因井谷的巧妙引导而得以令气氛没有冷场。“御牧先生要是成了家，一定要在东京住吗？”井谷开口就问，御牧由此讲了很多自己的经历和将来的计划。

“刚刚光代小姐说我是京都人，但御牧家族从祖父那代起就把本宅迁到了东京的小石川，我是在东京出生的。我父亲那代还是纯粹的京都人，但我母亲出身于深川，所以我体内同时流着京都人和江户人的血脉。因此，我年轻的时候对京都那片土地完全没有兴趣，不如说更憧憬欧美的生活。最近，我发现自己对祖先之地萌生了类似乡愁的情感，说起来，我父亲他们也是到了老年才开始怀念京都，最后扔下小石川本宅去嵯峨隐居了。想到这里，我感受到了某种宿命般的东西，趣味上也出现了如此倾向，由此自己渐渐明白了古时日本建筑之美。所以，等自己将来有时机，还会再做个建筑设计师，在那之前我会尽可能研究日本固有的建筑，将日本特色的东西融入今后的设计之中。我想了很多，如果在京都找份工作，在那边生活一段时间，可能更方便自己研究。不光如此，我感觉以后自己想建的住宅样式，比起东京更容易和大阪神户地区相协调。往大了说，我甚至觉得自己的将来就在关西了。”然后御牧还问，如果在京都安家该选择哪里为好，幸子就讲了自己的意见，从“您父亲在嵯峨的别宅具体在哪里”开始，说在京都住的话最好是在嵯峨一带，以及南禅寺、冈崎、鹿之谷附近。几个人不知不觉聊到了深夜。其间，御牧一个人喝掉了威士忌的三分之一后依然泰然自若，此后随着酒劲上头，他变得诙谐滑稽起来，时不时地吐出出人意料的“名言”，逗得大家笑个不停。尤其是和光代像一对好搭档，两人之间发生了辛辣精彩的舌战，听着就像相声一样。幸子她们也忘记了白天的疲累，睡意全无。“啊，完了！没有电车了！”御牧慌慌张张地站起身，接着光代也站起来，说：“我和你一起走。”等他们回去时已经将近十一点了。

幸子她们那天晚上都睡得晚，第二天早上睡到九点半左右才起床。幸子等不到白天餐厅开门，就在房间里简单吃了些吐司，催促雪子一起去了资生堂美容院。这是因为昨晚光代告诉她们：“宾馆一楼虽然也有美容院，但资生堂做头发时会用到一种新方法，其中会用到一种叫Zotos的药液，这样就没有往头上戴烫发机的麻烦了，非常轻松，就在那里做头发吧。”她们去了一看，前面还有十二三个客人在等着，看样子不知要等几个小时。如果是在神户井谷的店里，这种场合下就可以利用她们和井谷的关系随意插队混进去，但在这里就行不通了。在休息室等待时，周围都是不认识的纯正的东京夫人小姐，一个搭话的人都没有。她们两个小声交谈时，也怕被人听到她们的关西方言，像身处敌处一般瑟缩着身子，只能悄悄竖起耳朵听着周围喋喋不休的东京话。

“今天的人真是多啊！”有人说。“可不是嘛，今天可是大安日，好多办婚礼的呢，哪里的美容院都是生意兴隆。”另一个人也说。

幸子想原来如此，井谷把送别会定在今天，也是为了给雪子讨个吉利吧。等待时，客人进来得越来越多，“不好意思，我预约过……”有两三个人用这招混到前面去了。幸子她们在十二点前来的这里，可是现在已经两点了，幸子不知还能不能赶得上今晚五点开始的送别会，决定以后再也不来资生堂了，生了一肚子气，焦躁不安地等着。尤其雪子平常总说“我的胃比普通人的要小”，因此吃的也非常少，也由此比普通人饿得更快，甚至出现过脑贫血。幸子了解这一点，比起自己更担心雪子，担心她能不能坚持到做完头发，所以一直默默地看着有些发冷的雪子。过了两点，终于轮到了她们，幸子让雪子先做，等她自己也做完时已经是四点五十分左右了。正要回去时，听见店员说“有莳冈女士的电话”，一接发现是妙子等得不耐烦了，从宾馆打来的，“二姐你们还没好吗？已经快五点了”“嗯，我知道，刚完事，马上就回去……”幸子不自觉地说出了大阪话，两人赶紧走出店外。

“雪子，好好记住，大安日绝对不要去不熟的美容院。”幸子懊悔地说。

那天晚上，她匆忙赶往宾馆宴会厅时，在走廊里碰到了五个刚刚在资生堂见过的女人，也都穿着礼服。幸子在会场和井谷赔不是时，又重复了一遍：

“非常抱歉迟到这么久……大安日这种日子不能去不熟的美容院，以后不能忘了啊！”

三十一

她们待在东京的最后一天，也就是第三天的早上到下午，照例颇为忙碌。

幸子最初的计划是，今天一整天都留出来去看戏剧，明天上午去道玄坂拜访，下午去买特产纪念品，然后坐夜行列车回去。然而妙子首先对此表示反对，说来时坐夜行列车已经受够了，现在还觉得睡眠不足，想早点回去，回自己的房间里伸开四肢好好睡一觉，雪子也赞成她的意见。其实她们真正的想法是，虽然确实很疲乏，但最重要的是要尽可能缩短拜访本家的时间——换句话说，她们打算坐明天早上的“燕子”号列车出发，今天上午买完东西，到下午去歌舞伎座之前仅有的这段时间里，让汽车等在本家门前，去拜访个五六分钟就出来，幸子也不是不能理解妹妹们的这种心情。妙子厌恶本家自不必说，就连雪子，也已经一年多没回本家了。其实去年十月，本家就让妙子做出选择，到底是来东京，还是和莳冈家一刀两断，对雪子也表示了差不多的意思。只是对雪子没有说得那么绝，是隐约传达了这个态度，也不知道本家有多大程度上是出于真实想法，因此雪子完全无视这些，该干什么还干什么，本家那边，对于雪子的处置问题也没有再催促。这可能是因为姐夫觉得处理雪子的问题十分棘手，为了避免刺激她，就暂时放任她一段时间。或许也有可能因为雪子不听他们的话，正好借此机会和对待妙子一样，无声无息之间和她断绝关系，总之就是这两种可能之一。这次如果去拜访本家，大姐大概会提起和这些有关的话题，因此雪子本人自不必说，连幸子也不愿去道玄坂了。说实话，幸子上上个月去富士五湖游玩，顺便去东京时，只给大姐打了个电话，这的确是因为自己当时眼睛不太好，还有一个原因，就是担心姐姐会传达姐夫的意思，要让雪子回东京，如果雪子不同意，那么自己就会夹在中间左右为难。不仅如此，就算没有这些事情，幸子自己对本家大姐的感情也有些疏远了，虽然她自己也没有意识到这种潜在的感情。今年四月，她把妙子的病情通知大姐后，收到大姐的回信以来，她一直对大姐有些不快。因此，这些理由堆在一起，让她这次完全不想去本家露面，打算偷偷回去好了。但贞之助也说过，如果这事被知道了就麻烦了，而且还有雪子姻缘的事，万一这次成功了，还是有必要借此机会多少给本家吹吹风。这是因为到前天为止，幸子还没有多么期待这次的相亲，前天晚上第一次见到这个叫御牧的人，昨天晚上的送别会上，又被介绍认识了这次的媒人国岛夫妇，对这些人的人品和他们在场营造出的气氛有了了解，因此她“不能轻易深入此事”的警戒心也一下子放松了下来。从给幸子留下的印象来看，昨晚的送别会是一次不装腔作势、十分自然的相亲，最终双方都获得了好的结果。她最高兴的，就是御牧和国岛对待妙子都很用心，相继和她敞开心扉聊天。可以说，这是因为对方并不认为妙子是莳冈家这边的缺点，暗地里表示安慰，而且对方这样做并非是装出来的，妙子也能坦率地放下戒心，一再插科打诨或是表演模仿，逗得满堂大笑。幸子也明白，妙子这样做是为了雪子，出于姐妹情谊，自己甘愿去做那个炒热气氛的丑角，由此，幸子不由得眼眶发热起来。妙子这样不动声色的体贴，雪子看上去也察觉到了，那天晚上难得表现得高兴开朗，有说有笑。御牧在席间再三重复“我会在京都或大阪安家的”，幸子甚至觉得，如果雪子在这些人的介绍下嫁给这样的丈夫，那么居住地在关西还是东京都不是问题了。

因此，幸子在今天上午估摸着姐夫已经出门上班，就给涉谷的姐姐打了个电话，说井谷要出国，为了出席她的送别会，姐妹三个才来到东京，计划明天早上坐特快列车回去，因此只有今天一天的时间，但下午还和井谷约定去歌舞伎座，所以打算在那之前抽出一点时间前去拜访。另外，在送别会上，井谷又给雪子介绍了个亲事，但目前还没有多少进展，等等。幸子她们从早上起就去银座逛街，在尾张町的十字路口来回走了三四趟，在滨作吃了午饭，幸子和雪子在西银座的阿波屋前搭出租车去了道玄坂。妙子那天一直一边嚷嚷着好累一边跟着去银座逛街，在滨作时也枕着坐垫躺倒，两个姐姐乘出租车时，她说：“我就不去了，本家已经把我撵出去了，再去拜访，会给大姐添麻烦，我自己也不想去。”幸子说：“你这么说没错，但只有妙子你不去显得不太好，不管姐夫怎么想，大姐是不会那么介意断绝不断绝关系的，你去看她的话她肯定很高兴的。尤其是你生了那么一场大病之后，就算说了断绝关系，她还是非常想见你的。你就别说那些了，跟我们一起去吧。”“去的话太累了，我就不去了，在哪里喝杯咖啡，先去歌舞伎座好了。”既然她这样说，幸子也不再勉强她，和雪子两个人出发了。

司机说不能停车等待。“您别这样说，请一定等等我们，只有十五或二十分钟左右，您等待期间的钱，想要多少就给多少。”幸子一再拜托恳求，请他把车停在格子门前，她们俩上楼走进二楼八张榻榻米的房间里，房间里和上次来时一样，摆着朱漆八仙桌、赖春水的匾额、泥金画架子、架子上的时钟，她们环顾依然不变的摆设，和大姐对坐。除了今年六岁的梅子，其他孩子都去上学了，因此家里不像往常那样吵闹了。

“哎，这样的话，还是别让汽车等着了。”

“在这附近能叫到回去的车吗？”

“以前走到道玄坂的话，有不少车呢，比起打车不如坐地铁去吧，从尾张町到剧院走一走就到了。”

“下次再慢慢聊……反正最近还会再来的。”

“歌舞伎座这个月有什么演出呢？”突然，鹤子这样问。

“《茨木》《菊畑》，别的还有什么来着……”

雪子看梅子来到二楼，说：“梅子，我们下楼吧。”就牵着她的手下了楼。

“小妹呢？”只剩两人在时，鹤子问。

“小妹到刚才还和我们在一起，她说‘我还是不去比较好吧’……”

“为什么呀……直接来就行了啊。”

“我也这么说……但这两三天的确一直都特别忙，她总是说特别累，不管怎么说，她还没完全恢复呢。”

幸子在和大姐对坐下来的一瞬，就觉得这几个月来积攒的隐隐约约的反感渐渐消失了。尽管相距甚远，想起来时会涌现一些不愉快，但这样面面相对，就发现姐姐还是以前的那个姐姐，哪里都没有变。此外，幸子发现，刚才听大姐问歌舞伎的表演时，听上去似乎是姐妹四人好不容易在东京相聚，大家去看演出却唯独不叫上大姐，好像故意刁难大姐似的。幸子不由得感觉有些对不住她，不知她是怎么想的，虽说她性格大大咧咧的，对此什么都没想到是最好的，但她毕竟也是无论多大年纪都没有失去少女心的人，所以听到有演出就想一起去看吧。而且，最近本家一直当命根子的动产，大部分由于股票下跌几乎一文不值了，因此生计肯定越来越拮据了，如果不是偶然有这样一个机会，她应该是不会去看演出之类的。幸子这样想着，为了转移姐姐的视线，便一个劲地把雪子的亲事往夸张了讲，说对方也已有意迎娶雪子，只要这边同意，那么肯定告成，这次大概会让姐夫和姐姐高兴的。等贞之助见过对方后，还会再过来商量。

“今天去歌舞伎座，那个御牧先生和井谷老板娘母女也和我们一起。”说着，幸子就要起身，“那么，我回头再来……”

姐姐跟在幸子后面下楼，说：

“雪子也要再开朗点，不会讲点客套话可不行啊。”

“这次她跟以往不一样，应对自如，讲了不少话呢。她能这个样子，我怎么看都觉得这事能成。”

“我也很希望能成功啊，明年她就三十五岁了呀。”

“再见，回头再来。”

在楼下等着的雪子，在门口跟大姐打了个招呼，就在幸子之前逃到外面去了。

“再见，代我跟小妹问好。”大姐也出来送她们到马路，站在车旁继续说，“井谷老板娘要出国，我不去打个招呼不好吧？”

“不去也没关系的，姐姐也没见过她。”

“不过，都知道她来东京了，不去露个面不好吧？她坐的船什么时候出发？”

“听说是二十三日，说是讨厌搞什么排场，送行一律谢绝。”

“那去宾馆看看吧？”

“我觉得不至于这样……”

幸子在司机启动发动机时，一直和大姐隔着车窗说话。她忽然注意到姐姐那时边说边簌簌掉泪，觉得很不可思议，讲到井谷她怎么会掉眼泪呢？直到汽车开动，姐姐的眼泪依然止不住地流下来。

“姐姐哭了啊。”车开过道玄坂时，雪子说。

“为什么呢？真奇怪啊，怎么会听到井谷的事就哭了呢？”

“肯定是有别的原因，只是用井谷的事掩盖一下。”

“是啊，她好像很想去看演出。”

幸子现在才搞清楚，原来姐姐是因为没法去看演出而哭，又暗自对这样孩子气的自己感到非常羞耻，一开始拼命忍着，最后实在忍不住了才哭出来的。

“姐姐没说让我回去吗？”

“嗯，没说这样的话。大概心里想的都是看演出的事。”

“是吗？”雪子从心底里松了一口气。

由于在歌舞伎座时座位互相分开，因此这些人没有了加深了解的机会。虽说如此，他们一起去了餐厅，即使是五分钟十分钟左右的幕间休息，御牧也特地过来，问：“怎么样？要不要一起到走廊走走？”他虽然对时髦的东西兴趣广泛，但他自己曾经说过对歌舞伎一无所知。这也似乎并非是他在谦虚，他对古典戏剧的确一无所知，连长歌[①]和清元[②]的区别都搞不懂，被光代嘲笑了一通。

井谷听说幸子她们要坐明早的特快列车出发，就说：“今夜就要分别，我很高兴能给您各位留下一个这么好的纪念，之后还会有很多需要协商的事，等什么时候光代到芦屋那边和您联系吧。”演出结束后，御牧说：“咱们一起走到那边吧。”于是六个人便向尾张町方向进发。井谷和幸子两个人走在大部队后面，井谷简单说了几句：“如您所见，御牧先生非常中意雪子小姐，国岛夫妇昨晚也见到了雪子小姐，他们比御牧先生更中意小姐。也就是说，下个月御牧先生就会去关西，到您芦屋府上拜访，打算和您家老爷见面，如果能得到您这边的同意，他就会通过国岛先生去和子爵父亲商量了。”此后六个人在野鸽咖啡厅休息了一下，御牧和光代说“那么明天早上再来送行”，

---

① 江户时代以后以京阪地区为中心流行的长篇三味线歌曲。

② 歌舞伎及歌舞伎舞蹈的伴奏音乐。

就在西银座分别，其余四人继续走回了宾馆。

井谷把她们一直送到宾馆房间，然后又聊了一会儿，说过“晚安”后就走了。幸子先去洗澡，然后雪子接着洗。从浴室出来的幸子，看妙子依然穿着去看演出时的衣服，外套也不脱，坐在铺了报纸的绒毯上，背靠扶手椅，知道她跟着大家一起走回来，实在是太累了。尽管如此，她仍觉得妙子如此筋疲力尽太不寻常。

“小妹，可能你的身体还没完全恢复过来，现在这么累是有其他不舒服的地方吗？回去之后要不要再让栉田医生看一下？”她问。

“嗯。”妙子只应了一下，看样子依然十分疲累，“不去看医生我也知道。”她说。

“那是哪里不舒服呢？”听幸子这么问，妙子把脸贴在扶手上，茫然地望向幸子，

“我大概怀孕三四个月了。”她平静地说着，语气一如往常。

“什么？”幸子一下子屏住呼吸，要盯出一个洞似的直直盯着妙子的脸，过了好一会儿才接着问，“……是启少爷的孩子吗？”

“是一个叫三好的人的。二姐应该从老妈子那里听过。”

“那个调酒师？”

妙子默默点头，然后说：“还没看医生，不过应该就是怀孕了。”

“小妹你想生吗？”

“他说想让我生，要不启少爷是不会死心的。”

幸子意识到自己又犯了突然受到巨大惊吓时的毛病，指尖脚尖血色消退，身体剧烈颤抖。眼下对她来说最重要的就是恢复平静，因此

她之后不再和妙子说话，步履蹒跚地走向墙边关掉天花板上的灯，打开枕边台灯钻进被窝。雪子从浴室出来时，幸子闭着眼装睡，感到那之后妙子似乎慢悠悠地爬起身，去了浴室。

三十二

什么都不知道的雪子最先睡着，接着妙子也睡着了，幸子一个人睡意全无，时不时地用毛毯一端擦掉眼泪，翻来覆去思考了整晚。包里有安眠药，还有白兰地，但她清楚今晚这个样子，这些都没有用，因此也不想去服用这些东西。

自己每次到东京来，都要碰上些什么不好的事，到底是什么原因呢？是自己和东京八字不合吗？前年秋天，自新婚旅行以来时隔九年再次来到东京时，也是由于收到启少爷揭发小妹和板仓恋爱的信而令她惊诧不已，那天和今晚一样，过了一个不眠之夜。去年初夏第二次来时也是——虽然和自己没有直接关系——正好在歌舞伎座看演出时，被叫出去后得知板仓病重。即使不是这些，但常常提到雪子的亲事就会碰到什么不吉利的前兆。不巧这次相亲的地点也在东京，她不知为何总有种不好的预感，觉得这次在东京会不会又发生什么糟心事呢？有了两次就会有第三次，幸子不是没有过这样的预感，但今年八月第三次来东京时平安无事，而且那时是时隔很久和丈夫进行的一次愉快旅行，她尽量把这当作缠在“东京之行”的厄运已经消失。而且，说真的，最初她就觉得反正这次的姻缘也不会顺利，有些破罐子破摔，没觉得有必要让相亲成功。现在再看，东京果然是个鬼门关。而且这次也会因为妙子怀孕，导致雪子的姻缘受挫。遇到了这样的好姻缘，却不得不把地点选在东京，还是因为雪子没有福气啊。幸子想到这里，不由得觉得雪子太可怜，而妙子太可恨了。这两种感情互相交织，令她泪水流个不停。

“啊，又是这样……真是一次又一次……又被这个妹妹给耍了。而且这次该责怪的不是妹妹，是该担起监护人责任的自己啊。妙子说她怀孕‘三四个月’了，那怀上孕的时候就应该是今年六月左右，她大病初愈以后吧？要是这样，她应该有段时间隐瞒自己孕吐反应了吧？我们竟然完全没有注意到，实在是太疏忽大意了。现在自己看这个妹妹这两三天不愿意动筷子吃饭，稍微动一动就一个劲地喊着累，看着筋疲力尽的，自己却做梦都没想过会是怀孕，说到底还是自己太迟钝了吧？说起来，前段时间开始，她就不穿洋装改穿和服了，也是因为这个原因吧。小妹那种人，肯定觉得我们傻得不能再傻了，然而她这样做，不会对不住自己的良心吗？听刚才小妹说话那个口气，她不是事出突然、一时疏忽，而是提前跟三好那个男人谈好，是有计划的怀孕。他们打算故意弄成既定事实，让启少爷硬着头皮和小妹断绝关系，再让自己这边不得不承认她和三好的结合，才用了怀孕这招的。这对小妹来说可能是个好办法。站在小妹的角度来看，可能不管它是好是坏，也没有其他办法可用了。不过，她这么做，能被原谅吗？我、贞之助、雪子她们为了她违抗本家的严厉命令，不知牺牲了多少次，去包庇维护她，难道小妹一定要让我们的好意白费，逼得我们到处都没脸见人才痛快吗？这样也罢，只是让我们夫妇在世间丢人现眼也就算了，难道她也要彻底毁掉雪子的将来吗？真是搞不懂，为什么这个妹妹一定要三番两次折磨我们姐妹呢？今年春天她得那场大病时，她不知道那时雪子有多尽心尽力地看护她吗？要不是雪子，她能捡回那条命吗？我原先还以为，小妹一直记得那时雪子不知为了她付出了多少，为了回报这份恩情，才在昨天的送别会上那样努力活跃气氛的，没曾想却是高估她了。昨晚她那么兴奋躁动，看来没有别的原因，就是喝醉了而已。这个妹妹就是只考虑自己、其他什么都不在乎的人。”

幸子最愤慨的莫过于妙子一如既往的冷静判断、厚脸皮和胆大包天。她明明知道这样会令幸子愤怒不已、再次惹贞之助不快、让雪子蒙受几乎无法估量的灾难，什么因素都考虑了进去，最后仍采取这种对她自己来说是上策的非常手段。这手段本身的确是“弃卒保车”，在妙子自己的人生观看来也是不得已而为之，但她怎么就选择了这个时候呢——在决定雪子命运的关键时期——惹出这种事呢？确实，妙子怀孕和雪子相亲赶在同一时期，纯属巧合，并非故意为之，但她一个劲地说：“我在雪姐结婚前是不会考虑自己的姻缘的。会注意不给雪姐添乱的。”如果她说的这些都是发自真心，那不应该得等雪子定下姻缘后，再采取各种手段的吗？行吧，这些也罢了……不过，她既然知道自己身体不便，为什么还要跟着一起来东京呢？在她看来，时隔很久能作为莳冈家三姐妹的一员公开露面，她也是很高兴的吧？而且也感谢井谷给了她这次机会，不知不觉就忘记了自己容易疲劳的身体状态，不对，她一直胆大莽撞，觉得稍微勉强自己一点也没关系，所以才跟来的。然而到后来越来越累、筋疲力尽，所以她是觉得找到了一个好机会才讲出事实的……不过，亲近家人不会轻易往怀孕那方面想，但有了三四个月身孕，要是碰到明眼人，很快就会被发现，而妙子竟然还若无其事地出入于大庭广众之下，去参加宴会、看戏剧，是有多么胆大包天啊。最重要的是，现在是最应该小心乘坐交通工具的时期，她却长时间在车上颠簸，万一出什么事该怎么办？就算她自己无所谓，幸子她们也会不知感到多么惊慌丢脸呢。幸子只是想到这些就心慌不已，甚至觉得昨晚送别会上，恐怕就已经被谁发现了，不知不觉间自己这边就丢尽了脸面……

“再怎么说，如今这也是无法改变的既定事实，这次只能怪我们愚蠢了。不过她反正也是对我瞒到了今天才坦白的，为什么不能再等一等，找个适当的时机和地点再说呢？偏要选在旅途当中被搞得乱七八糟的宾馆房间里，累得不行正要睡觉，什么心理准备都没有时，突然一下子当头一棒，往大了说，简直要天翻地覆了。告诉我这么一件事，难道不是太残忍了吗？还好我没有发作脑贫血，她这个样子怎么说也太无情太没心没肺了。这和别的事不一样，不是想瞒就能瞒的事，迟早都是要坦白的，而且是越早越好。但像今晚这样大家都没有做好思想准备，而且还是深夜三个人同在一个房间里，想哭、想生气、想逃走都做不到，她怎么就能在这种时候把这事告诉我呢？姐姐尽管能力有限，却长年累月尽心尽力对待妹妹们，那作为妹妹就应该这样对待姐姐吗？只要有点正常人的同情心，她不是也应该在旅行当中尽量忍着，等我回家、身心都恢复正常再慢慢坦白吗？我现在也不求小妹能为我做什么，至少这点不是什么无理要求吧……”幸子不知何时听到了清晨电车驶过的声音，看到窗帘缝隙里透出来了点点亮光，脑子昏昏沉沉，眼睛却十分精神，又开始继续思考这件事情。现在妙子这个样子，不久就会被人看出来的，现在必须尽快采取什么处置措施才行。那么怎么办才好呢？有一个办法能神不知鬼不觉地暗地里解决掉这个问题，但听刚才妙子的语气，她大概不会同意的吧。这个时候责备妙子任性、让她承认自己的错误，说服她为了莳冈家的名誉、为了雪子的命运，牺牲肚子里的孩子，然后不管她同不同意，都要让她去打胎，这种办法也不是不行。但幸子那种性格软弱的人，做不到逼迫妙子去打胎的。而且，两三年前无论哪里的医生都会做这种手术，但最近社会上对这类事情的批评谴责越来越多，时至今日即使妙子同意做手术，也不是轻易就能做的。既然如此，其他可行的办法，就是让她藏在某个不为人知的地方，暂时躲避一段时间，在那里分娩，在那期间绝对禁止与男方交往，一切费用由自己这边负担，将妙子放在自己眼下监督。另一方面，加速推进雪子这次的亲事，直至举办婚礼。然而，幸子若想实行这个方法，就必须和丈夫说明缘由，不借助他的力量，自己一个人是绝对做不到的。想到这里，她的心情越来越沉重。然而，丈夫再怎么信任自己、深爱自己，幸子也无法三番五次地将自己亲妹妹的不端品行不知羞耻地告诉丈夫。从丈夫的角度来看，雪子和妙子不过是小姨子，和本家姐夫的立场不同，他没有非得照顾她们的道理，然而他却像亲哥哥一样对待她们，怎么说都是出于对妻子的深爱才这样做的。幸子内心对此非常得意，也十分感激丈夫。丈夫每每都会因妙子而遭受他人不快的目光，在其他事情上风平浪静的家庭内部，夫妻两个也会因为妙子而罕见发生冲突，幸子作为妻子，一再感到对不住丈夫。不过最近还好，丈夫的心情有些好转，允许妙子公开出入家里了——幸子本想把这次雪子相亲的好消息作为纪念品告诉丈夫，让他高兴一下——就在这时，又怎么能把妙子怀孕的坏消息告诉他呢？丈夫是那样温柔的人，为了不让妻子和雪子感到屈辱，反倒会过来安慰她们。然而，丈夫越这样做，幸子就越痛苦。幸子非常清楚，丈夫嘴上说着没关系，但心里在忍着不快，因此她更是觉得对不住他。

然而，自己只能依靠丈夫的理解和侠义了。幸子最担心的，就是不管采取什么措施，雪子的好运最后还是会因此而徒劳。一直以来都是如此，最开始时非常顺利，到了紧要关头就会出现什么阻碍，导致最后告吹。这次也是这样，假如把妙子送到哪个遥远的温泉附近，也不可能完全避开世人耳目，真相最后还是会让御牧那边知道的。简而言之，今后两家的交往会越来越频繁，互相邀请的机会也会增多，如果妙子今后从这个家里消失，不管怎么找理由糊弄过去，御牧那边也会起疑的。而且，奥畑那边也会有可能搞出意想不到的障碍。从他的角度看，他只对妙子有所怨恨，没有怨恨幸子和雪子的道理，但他却可能因被妙子抛弃而敌视莳冈全家，因此采取报复手段也说不定。他很有可能偶然间听说雪子的姻缘，然后采取某种曝光战术而让御牧那边知晓。想到这里，幸子觉得还是跟御牧讲明事实，请求他的谅解为好。既然他说过不把妙子的事看作什么问题，那么这样总比遮遮掩掩最后暴露出来安全，或许还能平安无事地解决这个问题呢。不，不，御牧本人的确对于妙子身上发生过什么坏事都不介意，但他周围的人们，子爵父亲和国岛夫妇等人不会嫌弃吗？尤其是子爵和子爵家的亲戚们，对于培养出如此一个放荡女子的家庭，会同意御牧迎娶这样家庭的女子吗?

啊，果然这次也是，这次的亲事也要告吹了，雪子真是太可怜了。

幸子叹了口气，翻了个身。等她再次睁开眼，发现间房间里已是大亮了。旁边的那张床上，雪子与妙子和小时候一样背靠背睡着，正好面向幸子这边的雪子睡得正香，幸子一直目不转睛地看着她肤色发白的睡颜，心想不知她正做着什么样的梦呢。

三十三

贞之助是在幸子她们从东京回来的当天晚上，从妻子口中得知了妙子怀孕的事。幸子一看到丈夫，便再也忍不住心事（那天早上在宾馆时，她趁着妙子不在的两三分钟间隙里，对雪子讲了这件事），晚饭前，她“喂”了一声，叫丈夫一起到二楼，从雪子相亲的事开始到妙子的事，都一五一十地讲给了丈夫。

“好不容易带了个好消息回来，还想让你高兴一下的，结果又出了这事，还得让你也担心……”

贞之助安慰着边说边哭的幸子：“正赶上雪子相亲进展顺利的时候，虽然的确很难办，但并不是说因为这事就会告吹，我会想办法解决的，你也不用这么担心着急，一切由我来处理。让我考虑两三天。”他那天只讲了这些。过了几天，他把幸子叫到书房：“你看我这么处理怎么样？”

贞之助提出的方案是，首先妙子怀孕三四个月这事应该是没有错，但还是要请专科医生来检查，确认一下事实，了解一下何时分娩。然后是让她转地生产，有马温泉附近相对比较便利。还好妙子现在住在公寓，今后绝对禁止她出入家中，夜晚让车载她从公寓出发送到有马。一起陪同的人估计会有些难办，让阿春陪去也可以，但一定要叮嘱阿春，住有马的旅馆时要隐藏莳冈这个姓，装作不知哪里来的夫人来疗养的样子，在那里一直住到临产。在有马生产也可以，或者只要不被人发现，提前住进神户的医院也可以，这就是到时候看情况再决定的了。为了实行这个方案，必须得到妙子和那个叫三好的男人的同意。这件事由贞之助分别和妙子及三好见面，说服他们同意。按贞之助的想法，事到如今，妙子和三好早晚都要结婚，他自己也对此并不反对。然而，现在妙子在没有得到父兄许可的情况下，和那个叫三好的男人发生关系，甚至怀孕，如果被社会得知，影响将会非常恶劣，因此眼下需要让这两人断绝交往。由此，妙子将由贞之助夫妇负责照顾，直到顺利生下孩子。等将来有了适当的时机，自会将妙子母子交给三好，承认两人结婚，并将尽力帮忙寻求本家的谅解。而且这并不需要忍耐太长时间。大概等到雪子姻缘的结果确定下来为止。贞之助就此去说服这两人，让妙子暂时避开世人耳目，尽量不让任何人知道她怀孕的事实。据妙子说，至今为止知道事实或探出苗头的，只有自己和三好两个人以及奥畑，其他人中只有贞之助夫妇、雪子知道。这件事即使无法避免阿春等女佣知道，也要严厉禁止她们外传。

另外，贞之助知道幸子担心奥畑会不会从中作梗，就说“我立刻就去找奥畑谈”。幸子害怕的是，如果奥畑不惜牺牲自身名誉也要报复的话，这种时候什么事情都能干出来，比如造成持刀伤人事件，自己再向报纸提供线索，诽谤中伤莳冈家，这些只要他想做，也不是做不到的。贞之助却对此一笑置之：“这些不过是你杞人忧天，奥畑再怎么有不良青年的倾向，也毕竟是在上流世家长大的少爷，他做不到地痞流氓才能干出来的事，就算他想这么干，也不会有动刀子的勇气的。而且，他和妙子的关系两家一次都没有承认过，这样看来，他对此也完全没有主张不满报复的权利。再说妙子对他已经彻底没有爱情了，如今甚至有了三好那个情人的种，对奥畑来说，除了干净利索地放手，没有其他办法了。只要我去好好劝劝他，跟他说‘虽然非常同情，但眼下只能放手了’，他应该不会不同意的，愿意按我们说的去办。”

贞之助按照这个计划，第二天就开始行动。他首先到甲麓庄见妙子，和她说明这个计划，然后去拜访住在神户凑川某公寓的三好，商定他的意见后就回家了。幸子问起三好是个什么样的男人。“是个意外不错的青年，”贞之助回答，“不过我只见了他不到一个小时，没能仔细观察他。但在我看来，和板仓相比，这个男人更正经、更诚实。我虽然对他说话时没有用责问他的语气，但他承认造成了如今这样的结果，自己也有一半的责任，言辞非常恳切地道歉。不过，从他说的话来看，两个人会做出那种事，似乎不是三好求她，而是妙子诱惑三好的。三好还辩解说：‘这么说听起来很卑怯，也是因为我意志薄弱，但绝对不是由我积极主动造成的，前前后后各种事情让我陷入了情非得已的地步，最终才犯下了错，这一点请您务必理解。只要问问小妹，就会知道我没有说谎。’他既然这么说了，那多半是事实了。不管怎么说，我了解的大概就是这些，他不光同意了我的请求，还体谅到了我的心情，似乎很感激我。然后他还说‘我自己也知道我这样的人没有资格娶小妹为妻，但如果将来您家各位允许我们结婚的话，我发誓一定会让小妹幸福。其实我内心也一直觉得自己有责任，想到可能会被允许和小妹结婚，因此攒下了一些钱。如果真的得到允许，我打算开一家小店，经营面向上等洋人的酒吧。小妹也说过要一点点通过做洋装立身，夫妇俩一起赚钱，在经济上也绝对不会给您府上添麻烦’之类的话。”

第二天，妙子去了兵库船越医院的产科做检查，结果为怀孕不足五个月，预产期为明年四月上旬。一来二去，怀孕的样子越来越明显了，因此幸子按丈夫的指示，十月末的某天晚上由阿春陪着，悄悄去了有马，路上也特地避开熟悉的车行，在省线本山站叫了辆车，等出了神户之后又换乘另一辆，越过山头驶向有马，不可谓用心不深。幸子跟阿春交代了几条规矩：今后阿春要用“阿部”这个假名字，在温泉旅馆“花之坊”恐怕要住上五六个月；住在旅馆时阿春要叫妙子“夫人”，不准叫她“小妹”；与芦屋之间的联络，要么由阿春过来，要么这边派人过去，总之不准打电话；阿春也应该明白，妙子与三好那个男人已经被禁止交往，妙子的去处应该不会告诉三好；万一收到怪异的来信、电话，或有访客前来，必须及时注意。讲完后，幸子又听阿春说：“现在才敢和您报告，我们在您各位去东京之前，就已经知道小妹肚子大了。”听完，她大吃一惊：“你怎么会知道？”“阿照是最早发现的，她说：‘小妹的样子有点奇怪，是不是有了呀？’但只是我们之间说说而已，其他人谁也没告诉。”阿春说。

打发妙子和阿春出发去有马后，某天贞之助回来说他今天去拜访了奥畑。他是这样对妻子讲的：

“早前听说奥畑家在西宫一棵大松树旁边，今天我去看了看，发现奥畑已经不住在那里了。问了附近邻居，才知道这个月月初他就把行李收拾好，退掉房子去夙川的松苑旅馆了。我又到松苑旅馆打听，对方说他住了一个星期左右，就又换了地方，似乎是搬到香栌园那边的永乐公寓了。最后，我终于找到了他的住址，和他见了一面。我跟他谈得不是那么顺利，但大体上还是如我所想解决了。”贞之助说，“有妙子这样一个品行不端的妹妹，对我们来说也非常不体面。你被她扯进这段关系，只能说是一场灾难，我们非常同情你……”奥畑一开始露出一副非常理解的样子，让贞之助放心，然后若无其事地问：“那么小妹现在住在哪里呢？阿春是不是也跟她一起？”时不时地问起妙子的住所。“哎呀，这个就请不要再打听了，我们对三好也隐瞒了妙子的住处。”“是吗？”奥畑听完只回答了这一句，就陷入了思考。贞之助说：“妙子现在在哪里、做什么，能不能请你把这些当作与自己无关呢？”奥畑一下子不高兴了，“不管怎么说我是放弃了，但您家会同意小妹和那么个人结婚吗？那个男人在现在的店里工作之前，曾在外国轮船上做过调酒师，可以说是个来历完全不明的男人。板仓那个样子，我们也清楚他的来历，而三好那边，却从来不知道他父母兄弟是什么样的，再说他还是个船员，说不好他会有个什么样的过去。”贞之助不想跟他对着干，便说：“感谢你的忠告，这一点我们会好好考虑的。还有一件不情之请，你憎恨妙子是应该的，但她的姐姐们却没有罪过，所以可否请你为她们、为莳冈家考虑一下，对外界保密妙子怀孕的事？万一这件事被世人知道，最受牵连的就是还没有定下姻缘的雪子，这点可以请你配合一下，承诺不向别人透露吗？”“这是当然，不必担心，我一点都没有怨恨小妹，更不用说从未想过给姐姐们添麻烦。”奥畑虽然有些不情愿，但还是明确表了态。所以，这件事很简单地解决了，贞之助也松了口气，马上去大阪的事务所上班了。没过多久，奥畑又打来了电话。“关于刚才您说过的那件事，我也有个请求，希望现在再和您见一面。如果您方便的话，我这就过去。”“好，我等你过来。”挂断电话没多久，奥畑就来了，贞之助把他带到了会客厅。奥畑和贞之助面对面坐下后，他扭扭捏捏了一会儿，突然露出一副可怜相，“今天早上听您说完，我也觉得除了彻底断了念想之外没有别的办法了，但毕竟是相处了十多年的恋人，如今不得不分手，真是太凄凉寂寞了，还请您能体谅。还有一件事我想您大概也会知道，因为小妹，我被哥哥和亲戚们撵出了家门，前段时间还能租一个那样的房子住，而现在如您所见，我只能待在肮脏的公寓过着独身生活了。如今又被小妹抛弃，我今天起就成了真正的孤家寡人了。”奥畑说话的语气像演戏一样，马上又换了一副皮笑肉不笑的表情，说：“因此，这件事我实在难以启齿，但我现在连每天的零花钱都不能保证了，真的是没法开口，以前我为小妹花了点钱，现在可否把钱还给我？”说着，他的脸竟然红了，“不，其实我花钱也不是一直指望着她能还我的，只是现在我实在是生活太困难了，但凡不困难，我也不会提出这样的请求。”贞之助就问：“如果真的有这些事，还钱是理所当然的。你大概花了多少钱呢？”“我也说不清楚具体有多少钱，您问问小妹就知道了，”奥畑说，“差不多两千块。”贞之助本想跟妙子确认一下再说，但又想到作为分手费和封口费，只需要付这些也不多，反倒是以后奥畑都不会再纠缠了，就说：“那么我现在就还给你吧。”当场写了一张支票递给他，又说，“刚刚拜托你的事，也就是对妙子怀孕保密的事，请你一定说到做到。”奥畑回答，“我明白，您不用担心。”说完就回去了。因此，这件事也终于得到了解决。

收到井谷的女儿光代给幸子的来信时，幸子夫妇正忙于处理妙子的问题。光代感谢三姐妹特地远行过来出席母亲的送别会，并表示母亲非常高兴地出发了，御牧先生说将在十一月中旬左右去关西，还将会去芦屋拜访，希望能见见莳冈老爷，让他看看自己的品性。光代还代国岛夫妇转达了他们的问候。在那之后只过了一个星期，涉谷的鹤子也来了信。鹤子一般不到万不得已是不会写信的，幸子边拆信边想到底发生了什么事情，打开一看，信里写的不过是些琐碎小事。

幸子妹妹：

前段时间你们难得来访，本想长聊叙旧，奈何你们时间仓促，实在遗憾。歌舞伎座的演出一定很有意思吧？下次请一定叫上我呀。

和御牧先生的亲事后来怎样了？我认为现在和你姐夫说还为时过早，因此没有和他讲，希望这次能够顺利。

对方是声名显赫的世家子弟，虽不至于调查他的家世背景，但如果希望调查他的身份，我们这边也会去做的，到时候请告知我们。每次雪子的亲事都由贞之助妹夫和幸子操心，真是过意不去。

最近，我的孩子们也都渐渐长大，可以稍稍放松一下，也有写信的空闲了。因此我现在经常练字，幸子和雪子现在还去书法老师那里学习吗？其实我现在没有字帖，有些烦恼。如果你们有写过的字帖簿，请寄给我，最好是老师用朱笔批改过的。

此外，我还想跟你顺便讨些东西。如果你有旧的、不穿的汗衫或是贴身衣物，可以寄给我吗？幸子不想穿的衣服，我可以想办法改做一下，在我家还能用得上。想扔的衣服或者想给女佣的衣服都可以。即使不是幸子的衣服，雪子和小妹的，只要是贴身衣物都可以，灯笼裤之类的也行。虽然孩子们上学了，家务事轻松了，但花钱的地方也越来越多了，不得不节俭再节俭，维持贫穷家庭的生计真是太难了，不知何时才能过上轻松的日子。

今天不知为何很想写信，就写了这样一封满是抱怨的信。就写到这里吧，期待雪子不久后的好消息。

最后请代我向贞之助妹夫、悦子和雪子问好。

鹤子

十一月五日

幸子读到这封信时，眼前浮现起前几天在道玄坂家门前，隔着车窗道别的姐姐泪眼婆娑的样子。姐姐虽然写“不知为何想要写信”——也有索要一些东西的原因——但恐怕还是无法忘掉那时看演出没有叫她的事，婉转表达她的不满。从大姐至今为止寄来的信来看，大多是姐姐对妹妹发表意见的语气。幸子每次去拜访大姐时，都觉得大姐很温柔，但在书面上就只剩训斥了。这样的大姐竟然会写封这样的信来，让幸子感到有些不可思议，因此她先把大姐要的东西装好包裹寄出去，没有马上回信。

十一月中旬的某天，赫宁格夫人来访，说女儿弗里德尔这次要跟着父亲去柏林。夫人说，一直犹豫着要不要让女儿出发去正爆发战争的欧洲，但女儿为了研究舞蹈，不听母亲的话，无论如何都要去。她丈夫就说：“既然女儿那么想去，那我就带着她去吧。”最终夫人没办法，只能同意他们去。幸好还有其他人同行，路上应该不用担心。而且也一定会顺路拜访汉堡的舒尔茨一家，如果有什么口信，可以托她女儿带去。幸子在今年六月曾拜托夫人将写给舒尔茨夫人的信翻译成德文，并随之寄去了舞扇和白衣料，但舒尔茨家那边一直没有回信，她有些担心，便准备借此机会托赫宁格夫人带些东西过去。“那么，在您家小姐出发前，我把东西送到府上去。”幸子说完，送走了赫宁格夫人。几天后，幸子选了只珍珠戒指作为赠给罗斯玛丽的礼物，给舒尔茨夫人写了封信，一同送到了赫宁格家。

如光代在信中通知的一样，快到当月二十日的一个晚上，御牧从嵯峨的子爵宅邸打来电话：“昨天从东京来到这里，打算在这儿待两三天，希望在老爷在家时能前去拜访。”幸子说：“晚上来就可以，哪天的话就看您那边了。”“那么明天就去拜访。”第二天四点左右他就来了。提前回家的贞之助，在客厅与客人单独谈了三四十分钟，然后两人和幸子、雪子、悦子一同去神户，到东洋饭店的西式餐厅吃了饭之后，把要坐新京阪电车回嵯峨的御牧送到阪急电车站道别。御牧的态度与在东京时一样，在初次见面的贞之助面前，光明磊落、谈笑风生，发挥了他平易近人之处，酒喝得要比上次更多，餐后也不断喝着威士忌、幽默风趣地聊着天，似乎不知疲倦。最高兴的是悦子，回去时，在路上就让御牧拉着手，像对亲近的叔父撒娇一样，还在幸子耳边悄悄说：“如果二姨能嫁给御牧先生就好了。”然而，贞之助被妻子问起“你怎么看这个御牧”时，思考了一会儿，说：“见了面感觉当然不错，在给人好印象这点上也无可辩驳，我中意他是中意他，但他那种尤其平易近人的人，也常有很难伺候的一面，很多这样的人会拿妻子出气，而且华族少爷中这样的人格外多，不能一开始就迷恋住他。”还说，“虽说不需要调查他的身世背景，但那个人自身的品行、性格，以及至今未婚的理由，还是调查一下比较好。”他的语气中多少有些警惕。

三十四

原本御牧就是为了让贞之助看看自己的人格才来芦屋拜访的，

因此他自己并不提及亲事，讲了建筑与会话、京都的名园古刹、父亲在嵯峨的宅邸的林泉和风景、父亲广亲从祖父广实那里听来的明治天皇与昭宪皇太后的轶事、西餐、洋酒，等等，展示了自己的博学多才后就回去了。那之后过了十天，一个周日的早上，光代没有提前打招呼就来了。她说："我是由于公司有事来大阪出差的，社长和御牧先生都让我顺便来您家拜访一下，问问御牧先生有没有'考试及格'。""其实现在按我丈夫贞之助的意见，正在对对方的情况进行调查，十二月时他会去东京，到时和本家商量一下，然后才能给您答复。""您家各位觉得有疑问的是什么地方呢？最近我和御牧先生来往最多，他的缺点优点大概都了解，您有什么疑问可以直接问我，我都会如实相告，这样比另做调查效率更高，请您一定来直接问我。"光代说话的样子与母亲相似，短兵相接，幸子招架不住，就让贞之助出来应对。由于光代说了这些，贞之助自然也无所忌惮地问了很多。从结果看，他搞清楚了这些情况：这个人大体上是个洒脱的绅士，但出人意料地阴晴不定，有时会生气发脾气。在子爵家他有个同父异母的哥哥，是嫡长子，名叫正广，御牧和这位哥哥关系尤其不好，经常吵架，光代自己没有亲眼见过，但听说争吵激烈时他甚至会动手打他哥哥。他的酒品也多少有些不好，一喝醉就非常容易耍酒疯，但近来由于上了年纪，他很少喝到烂醉了，也就不再耍酒疯了。这人原本就是受过美式教育的，对女士彬彬有礼，不管喝醉到什么程度，从来不会对女性动手，这一点请放心，等等。说到那一两个缺点，那就是他对事物的理解很快、兴趣广泛，却也容易浮躁、心血来潮，没有专注于一件事的毅力。另一个则是非常喜欢请人吃饭、帮助别人，常常擅于把钱散尽却不擅长赚钱，等等。光代对贞之助没有提到的地方，也讲了很多。贞之助说："听你说的这些，我大概了解了御牧先生这个人。但不客气地说，我们这边最担心的，就是结婚以后的生活问题。我这么说可能有些失礼，听说御牧先生是因为有从父母那里得到的财产，才这样任性生活的。尽管他自己也做过不少事情，但可以说没有哪件事做出了成绩吧。既然这样，就算在国岛先生的支持下他成了一名建筑家，我们也有些担心他最后到底能不能成功。即使他真的成功了，现在的日本也很难让他这样的建筑家得以生存，我想这样的形势今后三四年是不会好转的，这段时间他要怎么度过呢？的确，在国岛先生的周旋下，他需要仰仗子爵父亲给的补贴，但如果这种状况持续个五六年，甚至十年的话，他总不能一直靠父亲的补助生活下去吧。另外，如果真的这样下去，那么最终他们会成为子爵家一辈子的负担，非常令人担忧。在这一点上，能否请他给一个能让我们放心的答复？我这样直言了不少，实在对不住，但说实话，我们也非常中意这门亲事，已经决定同意了，但还是想下个月去东京时和国岛先生见一面，确认一下刚刚说过的点……"贞之助大致讲了这些，光代听完说："原来是这样，我明白了，您担心这些是有道理的。但以我对他的了解，我现在没法回答您这个问题。我回去后会将这个问题传达给社长的，对于他们结婚后的生活保障，一定会给您一个满意的答案。那么下个月就在东京等您光临了。"贞之助挽留她在家吃晚饭，她推辞说："感谢您的盛情邀请，但我得坐今晚的夜行列车回去。"便离开了。

幸子在十二月上旬时邀请雪子同去京都的清水寺，祈求妙子安产，并请了张护身符回来。正巧，三好也不约而同地往贞之助的事务所里寄了一个中山寺的安产护身符，附言“请把这个带给小妹”。阿春这时正好有事回来，便让她把这两个护身符带回去。有段时间没见到妙子的幸子她们，从阿春的话里得知，妙子每天朝夕都固定出去散步，其他时间整天待在房间里闭门不出。散步时，也尽量避开街道，走人烟稀少的山路。待在房间里时，就读读小说，或是重新开始制作人偶，缝缝婴儿的衣服襁褓。没有人寄来信，也没有接到过奇怪的电话。阿春还说：

“说起来，我今天遇见基里连科了。”

她所讲的是这样的。“刚才我从有马坐神有电车过来，在终点神户站的检票口出来时，正好遇见基里连科站在那里。我只见过他两三次，但对方好像记得我，还对我笑笑，我也点点头打了招呼，他问我：‘你一个人吗？’我说：‘是的，我一个人，有点事，刚从铃兰台那边回来。’他又问：‘莳冈家的各位都还好吗？妙子小姐现在如何？’我就说：‘还好，大家都没什么变化，都很好。’‘是吗？很久没见大家了，请代我向各位问好。’他说，‘我现在要去有马。’说完就要去检票口。我赶紧问他，‘卡特里娜小姐有来信吗？现在是战争中，伦敦被德军空袭炸得很严重呢，大家一直都很担心她，总问卡特里娜现在怎么样了。’他回答‘啊，是吗，非常感谢，不过不用担心。我前几天收到了她九月份寄出的信，她说她家在伦敦郊外，在德军飞机的航路上，每日每夜都有轰炸机编队飞过，扔下来很多炮弹，但他们有非常深且完备的防空洞，那里灯火通明，大声放着舞曲唱片，大家喝着鸡尾酒、跳着舞，说战争什么的真是愉快，没什么让人害怕的。所以请你和各位转告，不用担心她。’他说完笑笑就走了。”幸子觉得这很有卡特里娜的风格，很有兴致地听阿春讲，但又担心嘴快的阿春会不会把妙子的事情透露出去，便问：“基里连科先生没问起小妹吗？”“没有，什么都没问……”“真的吗，阿春？多余的话真的没说？”幸子不放心，又问了一次，“他看着不像是知道小妹什么事吧？”阿春明确表示了否定：“看上去什么都不知道。”幸子总算松了口气，又反复叮嘱起阿春：“尽管如此，出入时还是要注意不要被人发现。一个人的时候还好，你和妙子一起出去散步时，保不齐会什么时候被谁看见，一定要小心再小心。”说完就让阿春回去了。

贞之助直到十二月即将过去，也就是二十二日时因办事才去了东京。出发前，他通过两三个门路，对御牧的品行和其他情况，以及子爵父亲和同父异母哥哥之间的关系，等等，进行了一番调查，确认了光代所说的均为事实。但对于最重要的将来生活问题，贞之助去拜访了国岛，也没有得到具体保证。国岛说：“总之，之后我会和他子爵父亲谈的。现在还不能给你明确答复，但是，新婚夫妇的住宅将由他父亲购置，且眼下的生活费由父亲多少负担一些。而且，为了不让这笔钱被他乱花，钱会保管在我这里，我每个月付给他们一定数额，这些我都可以向你做出保证。”他接着说，“对于他们再往后的生活，我肯定不会让他们困难的，所以可以请你相信我，把这事交给我处理，好吗？我非常认可御牧先生作为建筑设计家的才能，只要形势好转，肯定会支持他东山再起。每个人的见解可能不一样，但我不相信这样的时代会一直长久持续下去，假如真的持续了很长时间，在那期间吃饭应该还是不成问题的。”国岛这样说，就差说出他会全程全力以赴了。贞之助还被带着到处参观了御牧设计的国岛宅邸，他对建筑方面的知识所知甚少，也搞不清楚御牧在这方面到底多么有才华，但国岛那样有社会地位的人都那么认同他，而且还说担保他的将来，眼下只能选择相信。而且说实话，很明显妻子幸子比国岛还要热心，热切盼望能够成功。贞之助没听妻子明说，但看幸子的样子，她已经为御牧这个人的人格魅力所倾倒，更为能高攀华族子弟而欣喜。因此，万一贞之助把这门亲事谈崩了，可以想象到她会有多失落。不仅如此，其实贞之助也萌发了这个想法，认为这可能是能指望得上的最好姻缘了。所以他对国岛说：“既然如此，这件事就全部仰赖您了，我们这边同意这门亲事。但按照长幼顺序，还需要得到本家同意，对雪子本人也需要再次确认一下，虽然我想她不会不同意的。所以拜托您再等一下，对于这门亲事的回复，我回到芦屋之后，正月初就会给您书面答复。但是这些都是形式而已，您基本上可以视为今天已经定下来了。”国岛就说：“那么收到您的答复，我就会向子爵那边传达。”贞之助告辞后，立刻赶往道玄坂，向鹤子详细报告后，拜托她尽快将此事告知姐夫。

年刚过，正月初三光代便再次为此来到芦屋。她说：“我是利用三天假期到阪急冈本的叔父家玩，顺便来传达社长口信的。社长因为在大阪有事要办，因此昨天、也就是正月初二到了大阪，今天下午会去京都，住在‘都’宾馆。所以，社长说如果这几天能得到您这边的回复，他就可以利用待在关西的这段时间拜访御牧子爵和他商量，然后请各位到嵯峨的子爵宅邸做客，您看这样如何？社长让我先来问一下您这边是否方便，希望最晚明天，也就是正月初四得到您这边的答复，然后由我跟‘都’宾馆那边联系。这么匆忙真是不好意思，但社长说，得到您本家和雪子小姐本人的同意，也不过是走个形式而已，或许我一来，当天就能得到回复，因此我才来拜访的。”贞之助虽说正月初就会给出答复，但打算过了初七后再说，而且涉谷那边还什么消息都没有。不过，大姐那时非常高兴，说：“那么雪子这次就会嫁出去了吧。妹妹能嫁到那么好的世家，我在辰雄的老家也有面子，辰雄也更能挺直腰板了，等这么长时间真是没白等。一切都托了贞之助妹夫操心尽力的福啊。”贞之助想，听她这样说，事到如今姐夫应该不会不赞成，没有回信是因为年末杂务缠身，正月时无论怎样都会有回信的，就算不问也都知道的，当下自己做主决定下来也没关系。只是这种时候，如果不问雪子的意见就独断专行很危险。虽然眼看她没有反对的意思，但如果不正式得到本人同意，那么雪子会觉得自己被轻看了，反倒会不愉快。因此，即使麻烦，也必须要走过这些流程，所以今天一天就只能让对方等待了。因此，贞之助解释了为何没有如约答复，保证今晚就给东京那边打电话得到姐夫的意见，麻烦光代明天早上再跑一趟，明早一定给出答复，向光代寻求延期一天。原本“给东京打电话”不过是个借口，正好当晚有时间，贞之助便给涉谷打了个电话。接电话的是大姐，说：“辰雄去麻布拜年，不在家。”贞之助便问：“那么姐夫寄出回信了吗？”“年末各种杂事太多，看样子还没有，但这件事我已经好好跟他讲过了。”“那么姐夫怎么说的？有什么意见吗？”“那个……”大姐支支吾吾地说，“你姐夫说这人身份家世都没得说，就是没有固定工作，有点不放心。然后我就说，‘要是这样我们都不同意结婚的话，那我们可就太奢侈了。’他说‘那倒也是这么回事’，听语气大概是同意了……”“是吗？其实今天国岛先生派人过来问了。如果是这样的话，那我就当作你们没有异议，适当给对方答复，推动这事继续进行了，还请姐姐谅解。不过，之后再继续推进的话，请姐夫一定给个直接的意见，否则这边也很难办的，还请姐夫马上寄来回信。”贞之助说完便挂断了电话。

至于雪子那边，总之要尊重她本人的意愿，只要表现出这点，她应该就会满意的。然而，当晚幸子去问本人意见时，雪子并未如他们预期一样简单回个“嗯”答应，而是问最晚要什么时候答复。“明天早上光代小姐就会来问的。”幸子说。“那么贞之助姐夫就是让我一个晚上就做决定了？”雪子有些不满。“但我看雪子你也不像讨厌的样子呀，觉得你肯定会同意的。”幸子说。“贞之助姐夫和二姐让我嫁过去的话，我也会听你们的话嫁过去的。但这是人生大事，至少也得给我两三天时间，等我做好心理准备啊……”虽然她心里已经决定了，但就要这样说出来。第二天早上，雪子终于磨磨叨叨地答应了，但还是带着些埋怨地说：“这还不是因为贞之助姐夫说的，让我一晚上就做决定的嘛。”一点看不出高兴的样子，更别说对至今为止为她操心的人们的热心表示感谢了。

三十五

光代在初四早上过来得到答复后就回去了，隔了一天，初六傍晚她又来拜访了一次。她说：“我初四那天把您这边的答复电话告知了‘都’宾馆那边，原计划当晚乘车回京，然而社长命令，‘给这门亲事牵线搭桥的是你母亲，你作为她的代理必须留下来。’因此我延期了两三天再回京。今天社长又打了电话，让我告知您各位他和御牧子爵的谈话顺利，他还说御牧那边的各位想和雪子姑娘以及各位家人见个面，如果没有问题的话，就请各位后天，也就是初八的下午三点左右光临嵯峨宅邸。当天御牧方会有子爵、当天赶到的御牧先生、社长、我，大概还有一两位住在京都大阪的御牧家亲戚参加。不管怎么说，如果能留些时间，几天后见面就好了，但社长实在公务繁忙，希望一次把所有事情都解决，因此才会如此匆忙，非常抱歉，还请您各位体谅一下。然后他还说，请小妹，还有悦子姑娘，尽可能大家都出席。”“难得有此机会，但本家不允许小妹出席这样的聚会。”幸子谢绝了让小妹前去的邀请，让悦子请假提前回家，四人应邀前往。

聚会当日，贞之助他们在新京阪电车的桂站换乘，到终点站岚山下车，徒步穿过中之岛，走到渡月桥边。每年春天他们都会到这里赏花，对这个地方非常熟悉，但现在正是极寒季节，京都的冬天又格外冷，他们望着大堰川的水色，感到浑身寒气沁骨。沿着河边经三轩家向西行进，右边经过小督之墓①，路过游船乘船处，在天龙寺南门

① 中纳言藤原成范之女。

拐过去，就看到了一个挂着“听雨庵”匾额的大门，那里便是子爵在嵯峨的宅邸了。光代曾经告诉过他们，因此很快就找到了，但贞之助他们是第一次知道这里还有别墅。宅邸屋顶是茅草做的，整栋建筑是个平房，看上去不是很大，但从客厅正面来看，将岚山作为背景的泉水、山石景致十分优美。在国岛的介绍下，主客双方互相寒暄了几句后，御牧说：“虽然有些寒冷，但没有风，咱们稍微走走怎么样？如果各位能参观一下庭院，我父亲会高兴的。”说着，便带着大家去庭院里转了一圈，“从这里看过去，岚山宛如和庭院连在一起了，完全看不出道路和大堰川夹在其中。即使是游人如织的赏樱时节，这里也如人烟稀少的仙境般寂静。客人常惊讶于这里竟然听不到外面人群喧嚣，这也是父亲最为骄傲的一点。庭院里一棵樱树都没有栽，这是因为到了四月，在家里就能安静赏到山上的樱云，别有一番风味。”御牧又说，“今年赏花时节请各位一定光临，在这里打开饭盒，在家边吃边赏远山樱花，这样我父亲不知会有多么高兴呢！”不久，用人便来报告已经准备好了，大家被带到茶席，御牧的妹妹，也就是嫁到大阪富商园村的园村夫人按茶道礼法为大家上茶，喝过茶，到客厅吃晚餐，日已将暮。晚餐料理看得出很费心思，对京都吃食很熟悉的幸子推测，这大概是在“柿传”之类的餐馆订的菜。子爵广亲老人的确有着公卿血脉，是适合衣冠束带风貌的人，消瘦、长脸、血色如象牙，给人一些能乐演员的感觉。一打眼，看父亲和圆脸、皮肤色深的儿子完全不像，但再仔细观察对比，便会发现两人在眼神和鼻子上并非没有共通之处。然而，比起长相，不如说父亲的气质和儿子完全相反，儿子御牧是开朗豁达，父亲御牧广亲则阴郁谨慎，也就是典型的“京都人”。老人说了句“请多担待”，为了预防感冒戴了条鼠灰色绸围巾，把电暖炉放在背后，铺上了电热毯。他说话很慢，人已过七十岁高龄，身体却依然硬朗，无论对国岛还是贞之助他们都非常客气。最初，大家都还顾虑着这位老人，席间氛围有些凝滞，酒过三巡，这凝滞的氛围便消解了。坐在父亲旁边的御牧说：“怎么样，各位？人家都说这父子俩可一点都不像……”有些开玩笑地调侃父亲与自己的相貌，自此，席间处处欢声笑语。贞之助站起身，走到老人面前敬酒，然后又走到国岛面前，以聆听高见的样子坐了很长时间。除了悦子，女客人都穿了和服，只有光代一个人穿了洋装，套着袜子的双脚似乎有些冷，屈腿坐着。“今天怎么这么有礼貌呢，小光？你竟然还能这么老实。”御牧接连给她倒酒。“今天你可别这么欺负我。”光代说着，有些醉了，又发挥她平时口快的特长了。最后，御牧说着：“没有白葡萄酒，实在不好意思，但我清楚二位喝酒的本事。”拿着酒壶走到幸子和雪子面前，给她们倒酒。她们也不好推辞，酒杯被满上了就喝，尤其是雪子，坐得笔直，喝了不少。她依然安静地坐在那里微笑着，但幸子看到，这个妹妹的眼里闪烁着从未有过的兴奋。御牧也注意到了悦子夹在大人们中间无所事事，时不时地来跟她搭话。实际上，悦子并没有那么闲得无聊。这个敏感的少女有个癖好，在这种时候，她一向会一脸若无其事，仔细观察研究在座大人们每个人的言行举止、表情、衣着、携带的物品，等等。

八点左右，宴会结束，贞之助他们最先告辞，回去时，广亲老人为他们叫了一辆车，送他们直接到七条站。“那么我也一起。”要回冈本叔父家的光代说着，便一起上了车。御牧也说“我把各位送到车站吧”，不顾贞之助等人的劝阻，坐上了副驾驶。汽车沿三条大道向东行驶，在乌丸大道向南拐，其间御牧心里非常高兴，在车里一边抽烟一边聊天。悦子不知何时起开始叫御牧“姨夫”了，“喂，姨夫，姨夫你姓御牧，我姓莳冈，这两个姓都有maki两个字呢。①”悦子突然说。“真是发现了不得了的事呢，悦子，你怎么这么聪明呀！”御牧听起来很高兴，“所以一开始悦子家和我家就有缘呢！”“可不是嘛。”光代也在一边附和，“雪子姑娘也没必要改行李箱和手帕上的英文首字母了，这不是很方便嘛。”雪子听了也笑出了声。

国岛从“都”宾馆打来电话：“昨晚的聚会真是圆满结束了啊，双方看上去都很满意，我真是太高兴了。我今晚和御牧先生一道回京，至于订婚彩礼和其他事情，之后将会由井谷姑娘和您各位联络。此外，昨晚广亲子爵说，阪神电车甲子园正好有栋园村家所有的房子，可以出售，子爵家大概会把它买下来送给新婚夫妇。御牧先生最近也决定要在大阪到神户一带找工作，那里的话也离芦屋很近，做什么都很方便。只是眼下那栋房子里还有租客在住，房东会和他们交涉，请他们立刻搬走的。”贞之助听完，有些担心涉谷姐夫那边为什么还没有来信，本家态度这样暧昧不清，看来是雪子的事让姐夫有些不满，或许还有其他理由。因此，某天贞之助给辰雄寄去了一封如下书信。

关于这次雪子的亲事，我想您应该从大姐那里听取了

① “莳”和“牧”在日语中都读作maki。

详细经过。小生绝非认为这次即为最佳选择，然而考虑到我们这边有着期望太高的缺点，因此只能信任国岛先生所说，及时决定下来。所以，和前几天在电话里报告的一样，初八我们应邀拜访了御牧家，和广亲子爵见了面，目前已经进行到近期即将订婚。对于小生夫妇不顾本家，自作主张推进此事，我想您可能会有些不满。对此，事到如今可能为时已晚，但有件事小生必须向您道歉。就是去年以来，不对，实际上要更早一些，尽管您曾经多次叫雪子回到本家，我们却没有执行，一直拖延至今。这其中有很多原因，小生绝对没有不当回事，只是有很多情非得已之处。实话说，是由于雪子对回东京一事非常厌恶，幸子也对她有几分同情，若不诉诸强硬手段则无法实行。然而，不管怎么说，小生也应负一半责任。小生正因深切感受到了这份责任，才尽力为雪子的姻缘四处奔走。实际上，兄长不照顾不服从兄长命令的妹妹，是理所当然的。时至今日，不如说小生这边才有照顾她的义务。如果您认为我是在多管闲事，那么我只能选择退出了。但小生很早以来就是带着这样的心情而行动的，因此，这次的亲事如果得到了本家的允许，那么随之产生的一切费用都应该由小生负担。只是为了不让您误会，我还是要说明一下，小生绝不是要雪子从小生家这边出嫁的。当然，这件事只有我们知道，无论如何，雪子都是作为本家的姑娘嫁出去的，这点不会有变。所以，对于以上诸事项，如果能得到您的许可，我将不胜感激，您看如何？小生言辞拙劣，还请您理解我的意思，如能告知您的意见，可谓幸甚。此外，恕我冒昧，此事紧急，还请即刻回复。

信上内容即为如此。看上去辰雄在读信时并没有曲解原意，四五天后，便寄来了一封表示理解的回信。

拜读恳切来信，我已十分理解了你的心情，数年来，小姨子们一直疏远我，而仰慕你和幸子，我虽不想彻底放手，终仍招待不周，一味给你那边添麻烦，实在抱歉。对于雪子的亲事一直没有答复，没有别的意思，只是一直因为此类事情麻烦你们，非常过意不去，也不知该如何写下回信。我从未认为对于雪子不愿回来这事你有责任，因此，也不认为让雪子结婚也是你的义务。硬要说的话，这都应该是因为我自己无德，但事到如今，再去责怪谁也没有意义。这次的亲事，对方是名门子弟，又有国岛先生这样知名人士介于其中牵线搭桥，而且你也说到了这种地步，我认为我也不应再多说什么了。今后也全部拜托你跟进处理，订婚及其他事情均可由你做出决定，关于结婚费用，我会尽可能负担，但近期我这边经济情况不如意，还好接到了你的恳切来信，并不是理所当然由你负担之意，我或许会仰仗你的帮助。这件事情，我们日后见面时再商量吧。

姐夫的来信内容大致如此。贞之助读完，松了一口气，另外还有妙子的事，贞之助总觉得奥畑虽然嘴上那么说，但看情况可能还会提出些什么要求。因此，在奥畑还没有从中作梗时，贞之助必须尽快让两人成亲，至少要先完成订婚。然而，此后据光代的消息，不巧那时国岛夫人患了恶性感冒，发展成了肺炎，病情相当严重，没有办法，这边只能暂时延期了。国岛先生那边也寄来了信，在书面上郑重地说明了这一情况。不过，御牧自己也来了封信，说甲子园那栋房子已经被子爵家买下，转让给了御牧，登记手续也都办妥了。租客还没有立刻搬出去，但据说不久就会搬走，等房子空出来了，御牧就会再次来到关西检查那栋房子，希望芦屋的姐姐和雪子小姐也同去检查。在正式结婚之前，那栋房子将会空置，听雨庵会派一位女佣去照看，那位女佣在御牧和雪子结婚后也可以继续留下使唤。

国岛夫人病情一度垂危，幸好后来转危为安，二月下旬即可下床，之后两周时间便转到热海疗养。国岛夫人一直担心着订婚的事，病时说胡话甚至还提及了此事。三月中旬，光代为商量订婚事宜又到芦屋拜访。首先是订婚和婚礼是在东京举办还是在京都举办。国岛的意见是，御牧氏在东京小石川有子爵家本宅，莳冈氏的本家也在涉谷，仪式应在东京举行，还希望订婚日期定在三月二十五日，婚礼在四月举行，等等。商量过后，贞之助他们对此也没有异议，给涉谷本家打了电话如是告知。但涉谷那边的家被孩子们搞得乱七八糟，脏乱得像猪圈一样，本家那边得知消息后慌忙重新贴了拉门，换了榻榻米，甚至重新粉刷了墙壁，没少忙活。

幸子听地点定在了东京，不知为何总是不放心，又没有合适的理由提出反对。三月二十三日，贞之助工作繁忙，因此由幸子陪着雪子出发去东京。二十五日订婚结束，国岛就给正在洛杉矶的井谷打了电报，传达了这个消息。雪子为告辞而顺便在本家多留几日，因此二十七日早上只有幸子回来了。那时正好十点左右，贞之助和悦子都出门了，她想一个人好好休息，便上楼走进卧室，忽然看到桌上有两封经由西伯利亚寄来的外国信件，信封已被拆开，旁边是丈夫写的潦草纸条：

这些是舒尔茨夫人和赫宁格姑娘寄来的珍贵信件。悦子想尽快知道内容，因此拆开了信封，发现舒尔茨夫人是用德文写的。所以，我把它带到大阪，找了熟人翻译，内容见附页。

旁边放了七张稿纸，上面写着信的译文。

三十六

亲爱的莳冈夫人：

我本应尽早给您写封详细的信的。我们都时常想起您和可爱的悦子小姐。我想悦子小姐已经长大一些了吧。但我们几乎没有执笔写信的时间。我想您也一定知道，德国现在人手不足，很难雇佣到阿妈。我们从去年五月开始，雇用了一位阿妈，每周来三个早上到家里打扫卫生，其余家务如做饭、买东西、修补东西、缝补衣物等都必须由我来做。我每天做这些工作，到了晚上才能歇一下。要是以前的话，我会用这段时间写信，但现在需要把装袜子的筐拿出来，缝补孩子们穿破的有大大小小窟窿的袜子，整晚都忙于此事。以前的话，穿破的衣物就直接扔掉了，但最近事事都需节约。我们为了国家打仗胜利，想要尽自己的微薄之力，才如此节俭的。我听说日本也开始万事节俭朴素起来了。我们的一个朋友正好因休假来到这里，讲了很多日本的变化。这也是努力寻求发展的后进民族必须担负的共同命运吧。要占据向阳处的一席之地，并非轻而易举。但我一直坚信，我们会占据那一席之地的。

去年六月，您寄来的信被翻译成了德文，我读到这封信时特别高兴。您这样细致体贴，感激不尽。不知您又要拜托某位热心好友帮忙把这封信翻译成日文了吧，如果那位能认得我的字迹就最好了。实在难读的话，下次写信我就用打字机吧。您说的衣料和日本扇子的包裹一直没有收到，真是太遗憾了，但您给我们罗斯玛丽送的漂亮戒指，让她非常高兴。赫宁格小姐前段时间来信说，把戒指带给罗斯玛丽，但直到现在也不知道什么时候能来汉堡。不过我们有个熟人，前几天在柏林碰见了赫宁格小姐，便由这位熟人把戒指带过来了。这个戒指实在是太好了，我代表罗斯玛丽向您表示深深的感谢。不过，现在我先不让她戴，收起来保管，等她长大一些再交给她。另外，我们在日本的一位熟人四月份又要回到日本，因此我准备请他帮忙给悦子小姐带去个不值钱的装饰品。这样的话，这两个小姑娘身上就都戴了象征友谊的纪念品。如果战争能取得辉煌胜利，一切再次恢复正常，那时不知道您会到德国来玩吗？我想悦子小姐一定很想知道新的德国是什么样的。如果能留您各位这样重要的客人在家多住几天，我该有多高兴啊。

那么，我想您现在一定很想知道我的孩子们的情况吧。每个孩子都和以前一样，充满了活力。佩特十一月以来和同学们去巴伐利亚了，他似乎很喜欢那里。罗斯玛丽十月以来开始学钢琴，现在弹得很不错。弗里茨的小提琴也拉得很好，是孩子们当中长得最大的，是个开心快乐的男孩子。在学校里也学得很好。一年级的时候还在边玩边学，最近已经能很好地适应学校生活了。最近这些孩子也必须帮着做家务了，每个孩子都分担了一点工作。弗里茨每天傍晚都必须擦全家的皮鞋，罗斯玛丽要擦干餐具、磨刀。大家都做得很努力。佩特今天也正好寄来了一封长信，他们那些孩子在宿舍也有擦皮鞋或修补东西的工作，自己的衣服袜子都要自己整理。我认为这样的工作对年轻人来说真的是个好的修行。但是我又担心他回到家以后，又把这些工作扔给我。

我丈夫承兑了某个进口商馆，最近也渐渐适应工作了。原先都是从中国或日本进口，但战争期间这些受到了限制。这个冬天真是长，但不如去年那样特别寒冷。这边有阳光的日子真的很少，从十一月起就没见过太阳，不过我想很快就会到早春了吧。在日本的时候，天气一直温暖宜人，因此我们一直憧憬着日本美好的气候，如果还能听到您家的消息，我们会非常高兴。请一定多告诉我一些您那边的情况。现在不允许寄照片了，真是特别遗憾，罗斯玛丽最近会给悦子小姐写信。这孩子平时学校作业很多，只能等到周日才有时间写信。佩特也会在巴伐利亚给您各位写信的。我想那孩子正在那边享受着美好自然，几乎没时间窝在室内。我觉得这样很好，因为在我们这样的大城市里，怎么说都像是在过着洞穴生活。

那么请代我们、特别是孩子们向悦子小姐问好。莳冈夫人，我衷心向您和您丈夫表示问候，您这样亲切地关心着我们，我对您再次表示感激。

您的希尔达·舒尔茨

一九四一年二月九日于汉堡

赫宁格小姐的那封信是用易懂的英文写成的，幸子多半能读懂原文。

亲爱的莳冈夫人：

请您原谅我没有更早给您写信。此前我一直忙于寻找住处，完全没有写信的时间。不过最后我们终于住进某位年纪大的熟人家里了。我们和那人的儿子在日本相熟，那位老人今年六十三岁，一个人住在宽敞的公寓里，一直感到非常寂寞，因此来问我们要不要一起住。我们真是特别幸运，非常高兴！

我们在度过漫长但愉快的航海旅程后，正月初五到达了德国。在俄罗斯边境的检疫禁足期间当然不太愉快，但可以说俄罗斯人确实是尽了他们最大的努力。饮食糟糕得吓人，我们每天都只能吃到黑面包、奶酪、黄油和一种叫“罗宋汤”的蔬菜汤。我们整日靠打纸牌或下棋度日，圣诞前夜点上蜡烛，吃着和平日一样的面包和黄油。您无法想象我有多么想念母亲和弟弟们在的日本那个家。不过，过了六天之后，我们被带到了所乘的列车。父亲和我坐在大而新的双人座位上，对面坐着访日结束正在回国途中的希特勒青年团的少年们。我和他们在车上聊了各种有意思的事，忘记了旅途的漫长。

在柏林，我们几乎感受不到战争。剧场和咖啡厅挤满了客人，食物充足美味。其实我们在旅馆和饭店吃饭时，常常因为食物太多而吃不完。气候变化给我带来了异常旺盛的食欲，因此我必须始终注意不要变得太胖。最近让我们唯一感到惊讶的是街上多得惊人的士兵将校，看他们穿着军服的样子，真是特别精神！

我从这个月起就入学俄罗斯芭蕾学校了，从我的家走到那个学校仅需十分钟。老师名叫古苏斯基太太，曾在彼得堡修习过芭蕾，是个平易近人的女士。她始终自己举办日场演出，所以我每天上午十一点到十二点半、下午三点到四点半和她学习，我希望自己能尽快有些长进。古苏斯基芭蕾团由她有多年经验的得意门生组成，最近刚在罗马尼亚慰问演出回来，马上又要去挪威和波兰演出。我希望大概两三年之后，也能加入他们。

最后，您托我送给罗斯玛丽的珍珠戒指已经送到了。我怕途中丢失，曾犹豫要不要把它邮寄过去，但两三天前我父亲的友人正好从汉堡来访，我就拜托他，把您托我送的东西直接亲手交给罗斯玛丽。今天我从舒尔茨夫人那里收到了明信片，上面写着已经收到了您送的漂亮戒指，罗斯玛丽非常感谢。这里将明信片一并附上。

至今依然非常寒冷，但以后会渐渐暖和起来的。正月气温-18℃，想象一下，会有多么寒冷。但室内有暖气装置，温暖宜人。德国住宅都是两层窗户，比日本的更坚固结实，因此风也不会从缝隙中吹进来。

去学舞蹈的时间到了，暂且写到这里。希望能收到您的来信。

弗里德尔·赫宁格

一九四一年二月二日于柏林

信封中，还小心地装进了汉堡的舒尔茨夫人寄给柏林马耶尔奥特街的赫宁格小姐的明信片，上面报告说已经收到了戒指。

三十七

雪子三月一直住在涉谷的大姐夫妇家，本可以一直住到结婚当天，但她还是不想长留，更想回芦屋和那里的家人们好好告别。因此，一到四月，她就立刻回来了。顺便带回国岛那边的口信，说婚礼定在四月二十九日的天长节[①]举行，宴会在帝国饭店举办。御牧那边由于子爵年事已高，因此由嗣子正广夫妇代为出席，等等。另外，御牧家还希望，虽然眼下应避免华丽奢侈，但宴会一定要符合子爵家的地位，并且已经以此标准发了请帖。所以，当天御牧家在东京的亲戚友人自不必说，预计从关西前来的出席人数也会相当多。这样来看，莳冈家这边自然也会来很多人，大阪的亲戚、辰雄名古屋的老家种田家的亲戚，还有那位大垣的菅野遗孀也说要出席，可想而知，这将是近期相当有排场的婚宴了。正好这时甲子园的房子也渐渐空出来了，因此御牧有天来到关西拜访芦屋，请幸子和雪子同去检查那栋房子。那栋房子位于阪神电车北侧数百米处，是很新的平房，夫妇和一个女佣住在那里，空间很合适，尤其还有三百多平方米的庭院，这是最好的。御牧和幸子她们商量了房屋的装饰、衣柜、梳妆台的摆放位置，又公布了他的新婚旅行计划，说结婚当晚住在帝国饭店，第二天早上出发去京都，在京都只去拜访一下父亲，当天前往奈良，住两三天，好好游玩春天的大和路。他说："这不过是我自己的想法，如果雪子小姐觉得奈良没什么稀奇的话，也可以改成去箱根热海一带。"幸子

① 庆祝天皇的生日。

也不问雪子的意见，说："关东地区就算了吧，请带她去奈良吧。我们虽然离奈良近，但对大和的名胜古迹都不熟悉，妹妹甚至没去看过法隆寺的壁画。"御牧表示要在奈良住纯日本式的旅馆，就算他没有提出这个要求，幸子也被西式宾馆的臭虫咬怕了，便给他推荐了月日亭。御牧还说这次国岛先生给他介绍了一份工作，地点是东亚飞机制造所，将建在尼崎市郊外的工厂。这是因为他曾在美国的大学里修过航空学，有毕业证书，才可以到那里工作的。但其实他毕业后没再做过相关工作，对飞机的了解和外行差不多，因此非常不安，不知道会被安排什么样的工作。而且看在国岛先生的面子上，薪资给得较高，更令他担心。但为了度过眼下时局，无论如何也只能抓住这个工作机会，新婚旅行过后回来，他就直接去上班，过工薪生活了。但他说还想利用闲暇时间研究关西地区的古建筑等，为他日东山再起做准备。

幸子听御牧问起小妹最近如何时吓了一跳，只好若无其事地回答："今天没看到她，但她挺好的。"不知御牧到底知不知道小妹的事，他听完没有再问下去，待了半天就回去了。妙子那时临近预产期，由阿春陪同悄悄从有马回到神户，转移到船越医院的一间病房了。不过，幸子为避人耳目，她们家人绝不往医院方向去，一个问候的电话也不打。妙子住院的第二天半夜，阿春悄悄回家报告胎位异常。据院长说，去年妙子去有马前到医院诊查时，胎儿还在正确胎位，在那之后，大概是由于乘车翻山越岭时受到颠簸，导致了胎儿胎位不正。再早一些检查还能恢复到正常位置，但如今已临近分娩，胎儿已经下到骨盆，很难再有办法了。"但院长医生说，一定让产妇平安生产，请务必放心，他可以保证。那么我们也不用担心。”阿春说完就回去了。但四月上旬过了预产期，却依然没有任何消息，似乎由于初次生产，难免多少推迟几天。这样那样折腾一番，樱花也快散落了，贞之助他们想到还有半个月雪子就嫁出去了，不由得对春天一日日匆匆逝去而伤感，打算为她举办什么用来纪念的游玩行乐。但今年比去年更难办了。如今雪子为婚礼本应重换盛装，但在“七七禁令”[①]之下无法定做新衣，只能拜托小槌屋找找他人的旧货。自本月起，大米也实行了通账制度[②]。而且，今年菊五郎也不来大阪了。至于赏花，去年都忌惮着他人目光，如今更要小心谨慎了。不过，只有每年例行公事的赏花不能少，所以她们怎么简朴怎么打扮，十三日，也就是周日去京都赏花，当天返回，连瓢亭之类的地方都没有去，仅在平安神宫到嵯峨一带逛了一圈。今年赏花时妙子也不在，四人坐在大泽池边樱花树下，静静地打开饭盒，用漆器酒杯轮流沉默地喝了冷酒后就回家了，也不知到底看了什么。

贞之助他们去赏花后的第二天，很早就大起肚子的小铃生了小猫。它已经是只十二三岁的老猫了，去年怀孕时就无法靠自身力量生小猫了，而是靠打针促进阵痛才生下小猫的。今年也是如此，从前一天晚上就开始阵痛，却怎么也无法分娩，因此幸子他们在楼下六张榻榻米大小房间的壁橱里给它做了个产床，叫兽医来打针，好不容易才看到小猫露出来。幸子和雪子轮流把小猫都拉了出来。两人心照不宣，都祈求着妙子能够顺利生产，所以无论如何也要让小铃安全地

---

① 昭和十五年（1940）颁布的《奢侈品等制造贩卖限制规定》。

② 即凭证供给制度。

把小猫生出来。悦子时不时地说要下楼去厕所，走下楼时偷偷在走廊往房间里看，幸子训她："悦子上一边去，这不是小孩子能看的。"直到凌晨四点，小铃才终于平安生下了三只猫仔。然后，两人用酒精消毒了满是血腥的手，脱下沾上臭味的衣服，换上睡衣，正准备上床睡觉时，电话突然响了起来。幸子大吃一惊去接电话，果然是阿春的声音。"怎么样了？结束了吗？"幸子问。"没有，还没生，好像很难生出来的样子，二十个小时之前就开始痛了。"阿春说，"院长说因为她阵痛微弱，就给她打了催产素，但最近德国制的好药匮乏，所以用的是国产药，不过看上去没什么效果，小妹一直在呻吟，扭着身体很痛苦的样子。从昨天开始什么都没吃，光是吐一些又绿又黑的奇怪东西，她边哭边喊这么难受没救了，这次肯定得死了。医生说没关系、不要紧，但护士说她的心脏可能承受不了，而且我们外行看着她这个样子也觉得特别危险，所以虽然您说不让打电话我也打了。"幸子认为只听阿春说的，具体情况还是不清楚。如果因为得不到德国制的阵痛催产素而让产妇难产，那么不管怎么说都会有弄到药的路子的。而且大多数的妇产科医院，都会为了特殊患者多少藏一些药，那么自己好好去找院长哀求一下，应该就会拿到进口药。雪子在一旁也说："都这个地步了，别再顾忌着社会怎么看了。"多次催她赶快去医院探望。随后贞之助也起来，说他和雪子的意见一样。他说："我曾经跟三好说过，小妹的身体和肚子里的孩子我们都有责任保证安全，所以现在知道了这样的消息，不能置之不理。"不光让幸子立刻去医院，还通知了三好，让他也尽快赶到医院。

神户船越医院的院长德高望重，经验丰富，是位专家，口碑很好，因此幸子去年向妙子推荐了这里，但幸子自己并非认识院长。她想到以防万一，便从自家密藏药品中拿出了如今已成贵重物品的可拉明、百浪多息、维生素B等针剂带去了医院，三好已经先她一步到了病房。自去年秋天以来半年不见的妙子哭着说："二姐啊，你可终于来啦……我觉得这次要不行了。"说着又哭了起来。其间，她的四肢因痛苦而蜷缩抽搐，嘴里呕吐出一堆堆看不出是什么的东西。那都是些特别肮脏黏糊的东西，三好从护士那里听说，是胎儿的毒素从母亲嘴里吐出来了。幸子一看，很像婴儿在分娩后拉出来的新生儿胎屎。幸子争分夺秒地冲进院长室，给他看了贞之助的名片，拿出了她带来的全部针剂说："医生，我好不容易才搞到了这些药，但怎么都没法弄到德国的催产素……价格多高都可以，请您在全神户找一下吧，看看哪里有人有这种药……"她故意高声喊着，有些疯狂地哀求着医生，终于成功地打动了善良好心的院长。"其实这个医院里只有这么一支了，真的只剩这一支了。"医生有些为难地说。不过，令人吃惊的是，注射这支药五分钟后，妙子就开始阵痛，和国产药相比，德国药要厉害得少，这下幸子他们亲眼见证到了。之后，妙子被推进分娩室，幸子、三好和阿春坐在外面走廊长椅上等着。刚听到妙子叫唤两声，只见院长拎着婴儿从分娩室中迅速跑出来，冲进了手术室。那之后半小时里，只听用手有力拍打的啪啪声，却从未听到婴儿的哭声。

妙子再次被推进自己的病房，幸子他们三人也回来，围在妙子病床周围，屏住呼吸。但始终只能听到啪啪拍打的声音，可以想象到院长徒劳努力的样子。不久，一位护士进来说："真是非常对不起，婴儿在出生之际还活着，但在分娩时去世了。我们用了一切办法抢救，能想到的办法都用上了，您府上带来的可拉明也给婴儿注射了，但非常遗憾，我们没能救活婴儿。详细情况立刻会由院长前来说明，我想至少让婴儿穿上母亲准备的衣服吧。”说着，接过妙子在有马缝的婴儿襁褓就离开了。没过多久，院长抱着死婴进来了。“真是非常非常对不起，我造成了巨大失败。由于婴儿胎位不正，我便想用手把婴儿拉出来，虽然这种失误非常少，但我还是在拉婴儿时手滑了，由此造成婴儿窒息而亡。真是非常对不起，我明明曾经那样保证过绝对不会有问题，却造成了这么大的失败，真是不知道要怎样道歉才好。”医生满脸是汗。幸子看院长这样坦率地承认自己的失败，不说明也可以的事项都非常惭愧地进行说明，她对他这样直率的态度产生了好感。院长两手抱着婴儿，说：“产妇生出来的是位小姐。看看她漂亮的脸蛋，我接生过太多婴儿了，这不是客套话，像这样可爱漂亮的婴儿还从没见过。我一想到她要是活下去的话，该会有多么漂亮啊，越想越觉得可惜遗憾。”说着又再次道了歉。婴儿的毛发被梳得光滑锃亮，穿着刚才那件襁褓，头发浓密黑亮，脸色白皙，双颊透红，谁见了都会感叹她可爱漂亮。三人轮流抱过婴儿，突然，妙子大哭出声，幸子、阿春、三好也哭了。“唉，真像市松人偶①啊……”幸子边说边凝视着婴儿蜡色透明、娇艳欲滴的美丽面容，想到这像是板仓和奥畑的怨恨带来的报应，不禁觉得浑身发冷。

那之后一星期，妙子便出院了。贞之助的意见是，只要不在外面

① 一种可以换衣服的人偶。

招摇过市就没关系，因此妙子被接到了三好那边，在兵库租了个二楼房间，自那天起开始了夫妻生活。后来在四月二十五日的晚上，为了和贞之助他们以及雪子告别，顺便拿走随身行李，妙子悄悄来到了芦屋。她上楼到六张榻榻米房间，也就是她以前住的房间一看，那里琳琅满目地装满了雪子的嫁妆，壁龛里大阪亲戚及其他人送来的贺礼堆积如山。然而，虽然和雪子相比，妙子先成了家，但谁也不会知道这件事，因此她只能一个人从放在这个家的行李之中拿出当下要用的东西，一个人悄悄装好藤蔓纹样的包裹，和大家聊了三十分钟左右就回兵库的家了。

在妙子出院的同时，阿春也回到了芦屋。她说："我尼崎老家的父母也悄悄给我说了门亲事，等雪子姑娘的婚礼结束后，请允许我请假回尼崎两三天。"

幸子一想到最近人们的命运被一下子决定下来，很快家中就会变得冷清寂寞，便体会到了嫁女儿时母亲的心情，常常沉浸于万千感慨之中。雪子更是如此，自从决定下来二十六日由贞之助夫妇陪同坐夜行列车去东京后，她就为每一天时间的流逝而悲伤。而且，不知为何从几天前她的肚子就不太好，每天要拉五六次，吃了黄连素片和阿莫西林片也没见效。拉肚子还没止住二十六日就来了。那天早上，请大阪冈米定制的假发赶制好了，送了过来，她只是试了一下，便把它放在了壁龛上。放学回家的悦子偶然发现了这顶假发，说着"二姨的头真小呀"，便戴上了它，故意跑到厨房显摆，把女佣们都逗笑了。拜托小槌屋准备的婚礼盛装，也在同一天送来了。雪子看着它，心里"这要不是婚礼的衣裳就好了"的想法差点嘟囔出来。说起来，以前幸子嫁给贞之助时，也是一点都不高兴，被妹妹们问起时，也只说“没什么可高兴的”。雪子忽然想起，那时幸子写了一首和歌给她们看：

日日试嫁衣，何日是尽头。嫁作他人妇，日暮悲漫漫。

那天雪子依然没有止住拉肚子，坐上火车后仍没有停止。

（完）